Das Buch

Der Alptraum einer jeden Mutter: Als die 21jährige Sylvie von einem kurzen Einkauf nach Hause kommt, findet sie die Wiege leer, ihr sechs Wochen altes Baby spurlos verschwunden.

In der Schule hatte man der Tochter einer alleinerziehenden Akademikerin bescheinigt, daß sie Schwierigkeiten habe, ihre Aufmerksamkeit zielgerichtet zu halten, und später wechselte sie häufig die Jobs. Kein Wunder, daß die als labil und unstet geltende Sylvie mit ihrem kindlichen Wesen selbst der Polizei und dem FBI verdächtigt wird, am Verschwinden ihres Kindes schuldig zu sein.

Als Sylvie einige Zeit vor diesem Ereignis den zehn Jahre älteren Peter in einem Supermarkt kennenlernte, schien sich alles zum Guten zu wenden. Schnell kan es zu einer leidenschaftlichen Beziehung, deren Folge das Baby war. Peter versprach ihr die Heirat, doch nun, nachdem das Baby verschwunden ist, wendet auch er sich von ihr ab. Als die Fragen und Nachforschungen des FBI immer eindringlicher werden, ist Sylvie nahe daran, ob ihrer Schuldgefühle zu verzweifeln – wäre da nicht der verständnisvolle Polizist Martinson, der ihr bei ihren privaten Ermittlungen inoffiziell zu Seite steht. Denn inzwischen fügen sich in Sylvies Gedächtnis einzelne Begebenheiten aneinander, die sich auf einen bestimmten, unglaublichen Verdacht hin verdichten …

»Jessica Auerbachs neuester Roman ist mit atemberaubendem Schwung und Spannung geschrieben.« PUBLISHERS WEEKLY

Die Autorin

Jessica Auerbach ist Autorin von zwei weiteren Romanen. Sie lebt in Ridgefield, Connecticut.

JESSICA AUERBACH

SCHLAF, KINDCHEN, SCHLAF

Roman

Aus dem Englischen
von Regina Hilberth

PAVILLON VERLAG
MÜNCHEN

PAVILLON TASCHENBUCH
Nr. 02/0164

Titel der Originalausgabe
SLEEP, BABY, SLEEP

Umwelthinweis:
Dieses Buch wurde auf
chlor- und säurefreiem Papier gedruckt.

Taschenbuchausgabe 07/2001

Der Pavillon Verlag ist ein Unternehmen der
Heyne Verlagsgruppe, München
http://www.heyne.de
Printed in Germany 2001
Umschlagillustration: Rob Wood/Wood, Ronsaville, Harlin, Inc.
Umschlaggestaltung: Nele Schütz Design, München
Gesamtherstellung: Elsnerdruck, Berlin

ISBN: 3-453-18541-2

Für René und Mort

TEIL I

KAPITEL 1

Zuerst, wohl ziemlich genau drei Minuten lang, schätzte sie später der Polizei gegenüber, war Sylvie vollkommen ruhig. Sie erwartete gerade den Besuch ihrer Mutter, und sie hatte alle Zutaten für ihren gemeinsamen Lunch aus der braunen Einkaufstüte ausgepackt: Tortellini, Marinara-Soße mit Tomatenstücken, Blattsalat und Salatsoße, dazu ein Laib italienisches Brot, das sie aufschneiden und in einen üppig mit Butter getränkten Knoblauchtoast verwandeln wollte, so wie sie ihn bei Alfredo's servierten. Dann ging sie hinüber, um nach dem Baby zu sehen.

Sylvie begann Cally immer nach ungefähr einer Stunde zu vermissen, besonders wenn ihre Brüste anfingen schwer zu werden, was auch zu diesem Zeitpunkt der Fall war. Sie ging den Flur entlang zum hinteren Schlafzimmer (ja, die Tür war geschlossen. Sie konnte sich noch ganz genau daran erinnern, daß sie den runden Türgriff drehte und er dabei ein wenig klemmte, wie er das gewöhnlich tat). Sie sagte, sie habe schon halbwegs den Raum durchquert, bis sie begriff, daß das Kinderbett leer war. Sie wich ein paar Schritte zurück, als hätte sie in dem Bettchen etwas Erschreckendes gesehen, das jetzt statt Cally dort war. Dann stand sie ein paar Sekunden lang da, starrte einfach nur auf das Leintuch und bemerkte, daß die Rosenknospen nicht, wie sie immer angenommen hatte, einfach hier und dort verstreut, sondern in einem festgefügten diagonalen Gitter angeordnet waren. Danach drehte sie sich um und ging den ganzen Weg in die Küche zurück, zum einzigen Telefonapparat in der Wohnung, und wählte die Nummer der Notrufzentrale.

Der diensthabende Beamte wies später besonders auf Sylvies sachlichen Tonfall hin und erklärte, sie habe sich völlig verständlich ausgedrückt – keine Wiederholungen, keine verschwommenen Angaben, keine abgehackten Wortfetzen. Er sagte, es sei so wie bei diesen Anrufen gewesen, die sie von Außenstehenden erhielten, wenn irgendein unbeteiligter Beobachter Meldung erstattete, oder wie bei denen, wo jemand bei einem Familienzwist einfach eins draufsetzen wollte. Die Polizei habe eine Aufzeichnung davon, denn jeder Anruf, der das Revier erreiche, werde ja auf Band aufgenommen. Alles, was Sylvie sagte, war: »Mein Baby ist weg«, berichtete er, und dann nannte sie ihre Adresse. Das einzige, was sie ein wenig nervös erscheinen ließ, war die Tatsache, daß sie nicht lang genug am Apparat blieb, um das Gespräch korrekt zu beenden – kein Abschiedswort oder das übliche: Schnell bitte. Man könne deutlich hören, wie die Leitung unterbrochen wurde, bevor der Beamte seinen Satz vollständig loswerden konnte, daß er jemanden rüberschickt.

Erst nachdem sie das Telefonat beendet hatte und zum zweitenmal ins Kinderzimmer gegangen war, berichtete sie, habe sie die Fassung verloren. Sie ging direkt zum Bettchen zurück und hob die zusammengeschobene Decke hoch, obwohl darunter kein Baby (nicht einmal ein so kleines wie Calida) hätte liegen können. Sie schüttelte die Bettdecke sogar aus, sagte sie, wenngleich sie später bei der Vernehmung nicht erklären konnte, was sie denn ihrer Ansicht nach damit hatte erreichen wollen. Vielleicht habe sie die Decke ja doch nur hochgehoben. Als nächstes schaute sie dann unter dem Kinderbett und überall auf dem Boden nach und hinter der Babykommode, weil sie dachte, Cally sei irgendwie aus dem Bettchen und über den Boden gerollt. Dann ging sie den Flur hinunter zum Wohnzimmer, weil sie auf den Gedanken gekommen war, sie hätte vielleicht bloß eine Gedächtnislücke und habe das Baby in Wirklichkeit dort hingelegt, in die Korbwiege, und für einen Moment war sie wirklich überzeugt, sie werde die Kleine gleich zusammengerollt unter der rosa Spitzendecke erblicken, ja, sie begann sich sogar Sorgen zu machen, ob die bei der Polizei sie jetzt für verblödet halten würden, weil sie vergessen hatte, in welchem Bett ihr Baby lag. Doch Cally war auch dort nicht zu finden, und dann dachte sie, vielleicht war ja Peter heimgekommen und hatte die Kleine in ein anderes Zimmer mitgenommen, und so fing sie an, seinen Namen zu rufen, aber jedesmal, wenn sie ihn aussprach, bekam sie lediglich ein Echo zu hören, keine Antwort. Trotzdem überprüfte sie dann jeden Raum, jeden Wandschrank –, zog dabei verschiedene Sachen heraus, als ob es möglich gewesen wäre, daß das Baby unter Handtüchern oder Pullovern verstaut war. Sie schaute noch sechs- oder siebenmal im Kinderbett und in der Wiege nach und kam dann zu dem Schluß, womöglich habe sie Cally doch in den Supermarkt mitgenommen und gar nicht daheim gelassen, und so ging sie zur Tür hinaus (ohne Mantel, obwohl es ein ungewöhnlich kalter Tag war) und machte sich auf den Weg in Richtung Grove Market, wo sie eine halbe Stunde vorher gewesen war. Sie hielt ihren Blick nach unten auf den Gehsteig geheftet und blickte nach links und nach rechts, wie es die Leute tun, wenn sie eine Münze oder einen Ring verloren haben. Sobald sie dann im Geschäft war, ging sie an den Regalreihen hin und her, obwohl sie doch genau in Erinnerung hatte, was geschehen war. Sie wußte noch, wie sie Cally in ihrem Bettchen betrachtet und dabei entschieden hatte, sie nicht bloß wegen einer schnellen Besorgung eigens aufzuwecken, und sie also dagelassen hatte. Zu Hause. Im Babybett.

Alle Zeugen sagten aus, sie sei ziemlich hysterisch gewesen, als sie schließlich im Grove auftauchte. »So eine Art Stöhnen und Jammern war in ihr Weinen vermischt«, sagte eine Zeugin. Tony, der Geschäftsführer des Grove Market, sagte, er habe durch die Schaufensterscheibe beobachtet, wie sie hinausging, und sie »habe bis ins Mark verstört ausgesehen«. Er habe einen Kloß im Hals gehabt von dem Anblick solcher Verzweiflung.

Sie rannte die beiden Häuserblöcke zurück, und die Polizeibeamten, die soeben vor ihrem Haus vorfuhren, berichteten, sie sei direkt an ihrem Streifenwagen vorbei die Stufen zu ihrem Eingang hinauf gestürmt. Sie sagte, sie hätte sie nicht gesehen, sie hätte nur daran gedacht, wieder im Bettchen nachzuschauen, und sich ausgemalt, daß sie das Baby dort sehen würde und daß die Kleine noch immer diesen weißen Strampelanzug mit den rosa Häschen drauf anhaben würde, den sie gerade erst am Tag zuvor gekauft hatte, und sie wüßte noch, daß sie zu diesem Zeitpunkt voller Hoffnung die Daumen gedrückt und sich so intensiv wie nur möglich darauf konzentriert hatte, wie Cally in dem Anzug aussah, weil es so wichtig erschien. So, als wäre genau das notwendig, um sie dazu zu bringen, wieder dazusein.

Der dienstälteste Beamte Reynolds sagte, er habe an der Haustür geläutet, obwohl sie weit offenstand, doch niemand habe reagiert, und so sei er hineingegangen. Da pfiff gerade ein Teekessel in voller Lautstärke. Sein Kollege, Bellarosa, suchte sich den Weg zur Küche, stellte die Platte ab und schob den Kessel in die Herdmitte. Später erklärte sie, soweit sie sich erinnern könne, habe sie direkt, bevor sie nach dem Baby schauen ging, einen vollen Kessel Wasser aufgestellt.

Aus dem Zustand der Wohnung schloß Reynolds, jemand habe sie geplündert und es müsse mehr als nur der Säugling fehlen, was vielleicht bedeutete, daß das Baby erst am Schluß ins Spiel kam – normalerweise ein ganz schlechtes Zeichen, was die Chancen anging, die Opfer jemals wieder lebend zurückzubekommen. Doch dann sah er, wie Sylvie verschiedene Sachen aus dem Schlafzimmerschrank riß, und so wußte er, daß er in dieser Hinsicht vermutlich auf dem Holzweg war.

Er mußte die Wohnung absichern, bevor sie alles vollkommen auf den Kopf stellte, und daher forderte er sie sofort auf, sie möge es bitte unterlassen, Beweise zu zerstören. Doch mit Worten war sie nicht zu bändigen. Sie hatte sich in ein solches Kreischen hineingesteigert, daß es klang, als hätte immer noch niemand den Wasserkessel abgestellt. Er und Bella knieten sich rechts und links von ihr hin und packten jeweils einen Arm. Zuerst kämpfte sie gegen die Männer an, versuchte ihre Arme loszureißen, doch Reynolds verstärkte seinen Griff, wie er sagte, und Bella tat vermutlich dasselbe – das sei etwas, was man instinktiv mache. Sie hielt diese gelbe Decke an sich gedrückt, so eine altmodische selbstgemachte. Als sie ihren Widerstand aufgab und zusammensackte, was passierte, sobald die Männer sie gut im Griff hatten und sich zum Bett hinüberführen ließ, da drückte sie die Decke nach Reynolds' Worten zu urteilen »wie wild« an sich. Es gelang ihnen, sie dazu zu bewegen, daß sie sich hinsetzte, nicht aber, daß sie sich beruhigte. Inzwischen hatte sie angefangen zu schreien: »Der bringt mich bestimmt um«, nur das, wieder und wieder.

Reynolds versuchte ihr klarzumachen, daß er unbedingt wissen müsse, wer sonst noch das Baby rechtmäßig haben könnte (ein paarmal im Jahr stelle sich heraus, daß Babysitter die ihnen anvertrauten Kleinen einfach zum Einkaufszentrum mitgenommen hatten oder zu einem Besuch bei ihren Schwestern, ohne daß irgendeine böse Absicht dahinter steckte), doch genau in diesem Moment zog sie sich die Decke vors Gesicht und heulte einfach hinein, unfähig weiterzusprechen. Er versuchte ihre Hand zu nehmen, um ihr das Gefühl zu vermitteln, daß er verstehe, wie schlimm das alles sei, aber sie wich zurück, sobald er nur die Hand berührte.

Er bemerkte die dunklen feuchten Flecken, die sich vorn über ihre Bluse ausbreiteten. Dabei mußte er an seinen Hund Jinx denken, den er hatte, als er noch ein Kind war, diese Hündin, die einen Wurf von nur zwei Kleinen hatte, die tot zur Welt kamen. Sie nahmen ihr die kleinen Hunde natürlich weg und begruben sie, doch dann rollte sich Jinx mit einem kleinen Teddybär zusammen, der immer auf dem Bett seiner Schwester saß. Sie leckte das Plüschtier von oben bis unten ab, brachte das braune Fell zum Glänzen, so daß es wirklich wie ein neugeborenes Hündchen aussah. Es war mitleiderregend, das mitanzusehen, weil es so falsch war, so total daneben. Er hätte sich damals von dem Hund abwenden müssen, erzählte er, und genauso von dem jungen Mädchen – sie sah so jung aus, nicht alt genug, um schon Mutter zu sein. Nein, dieses junge Mädchen habe er genausowenig anschauen können.

Er warf einen Blick auf Bella und sah, daß er den Kopf schüttelte, und so sagte er ihm einfach, er solle im Revier anrufen und veranlassen, daß sie die Spurensicherung rüberschicken und Marty auch, falls möglich. »Schnell«, sagte er, während Bella schon am Apparat war und zu reden begann. Denn es sah ganz danach aus, daß sich ihr Zustand weiter verschlimmerte.

Kapitel 2

Hannah sah durchaus den Streifenwagen, als sie vor dem Wohnhaus ihrer Tochter Sylvie vorfuhr, nur ging sie, wie es die Menschen tun, von der Annahme aus, es gebe woanders ein Problem. Und im übrigen war sie momentan mehr damit beschäftigt, sich all die Tüten und Kartons aufzuladen, die neben ihr auf dem Beifahrersitz lagen: frische Schnittblumen, eine Schachtel mit kleinen Napfkuchen, eine Tüte mit Säuglingsbekleidung, darunter eine Jeans mit Aufschlägen, der sie einfach nicht hatte widerstehen können, und zwei ihrer übergroßen Hemdblusen, die, so hatte sie überlegt, Sylvie vielleicht praktisch zum Stillen fand. Hannah wollte den Weg zum Eingang und die Treppe hinauf nicht zweimal machen, deshalb warf sie sich die Handtasche über die Schulter und packte sich all die übrigen Sachen auf, ohne besonders darauf zu achten, was nun worauf gedrückt wurde, bemühte sich aber immerhin, die Kuchenschachtel einigermaßen waagerecht zu halten. Sie schaffte es, die Wagentür abzuschließen, ohne etwas fallen zu lassen, aber sie mußte das Papier, in das die Blumen gewickelt waren, mit den Zähnen festhalten, damit ihr der Strauß nicht entglitt.

Hannah erwartete in Sylvies Apartment eine einfache, entspannte Mittagsmahlzeit und die Möglichkeit, Cally zu halten und sie vielleicht in den neuen Jeans und dem Batik-T-Shirt zu sehen, die sie soeben in ihren Armen beförderte. Die Semesterferien hatten gerade angefangen, und so fühlte sich Hannah reich an freier Zeit.

Ein Polizeibeamter machte jedoch Hannah die Tür auf. Irgend etwas – möglicherweise schlicht Verwirrtheit – lähmte sie so gründlich, daß sie nicht über die Türschwelle treten, sich nicht klarwerden konnte, wonach sie diesen Mann eigentlich fragen mußte. Vielleicht war es die Frage des Beamten »Kann ich Ihnen helfen, Ma'am?«, die sie zu der Überlegung veranlaßte, ob sie nicht vor lauter Konzentration auf das Jonglieren ihrer Päckchen die falsche Wohnungstür angesteuert hatte.

Hinter dem Mann in Uniform sah Hannah zwei weitere Leute, von denen einer bei dem Sofa vor Sylvie kniete. Sie konnte sehen, wie die Schultern ihrer Tochter bebten, sich hoben und senkten, und sie vernahm die Töne ihres Schluchzens.

»Ma'am?« sagte der Polizeibeamte, und dann noch etwas, irgendeine Frage, die Hannah nicht hörte.

»Was ist passiert?« wandte sie sich fragend an den stattlichen Bewacher der Tür, obwohl ihre Augen die Antworten direkt von der zusammengesunkenen Gestalt ihrer Tochter erwarteten.

»Dann sind Sie also Ihre Mutter?« fragte die Person in Blau.

»Ja, ja«, erwiderte sie und fing die Gebäckschachtel ab, die aus dem Gleichgewicht geraten war und ihr aus den Armen zu gleiten drohte.

»Das Baby scheint verschwunden zu sein«, sagte der Beamte.

»O Gott, nein, nicht das Baby«, sagte sie, warf die Päckchen auf den Fliesenboden des Flurs und schritt an ihm vorbei. Dabei schob sie ihn mit der Hand beiseite, ganz so, wie sie es auch mit einer Tür getan hätte, die ihr im Weg gewesen wäre. Er versuchte nicht sie zurückzuhalten. Sylvie hob den Kopf, schien für eine Sekunde zurückzuzucken, doch sobald Hannah bei ihr ankam, hielt Sylvie schon die Hand ausgestreckt und begann sich zu erheben, zugleich aber fast auf Hannah zu fallen, voller Verlangen, aufgefangen und umarmt zu werden. Hannah umfing ihre Tochter fest; mit jedem ihrer krampfhaften Schluchzer noch fester. Nach einer Weile schien Sylvies Atem sich etwas zu beruhigen, und Hannah fragte: »Was ist passiert?«, aber ihre Tochter wimmerte nur klagend vor sich hin. »Sag mir, was passiert ist«, bettelte Hannah, und ihre Stimme klang so verzweifelt, so voller Panik wie die ihrer Tochter. »Sylvie«, flehte sie, und sie sah über die Schulter ihrer Tochter hinweg, daß ein Mann in einem Sportjackett aus Tweed sie direkt anstarrte. Hannah wandte die Augen ab und flüsterte Sylvie zu: »Sag's mir«, und wünschte dabei, der Mann – mit allen anderen – wäre verschwunden, aber er war noch unübersehbar vorhanden, als sie wieder aufblickte. Er beugte sich näher zu ihr, sie hielt Sylvie noch fester. Er stellte sich vor, doch sie nahm seinen Namen nicht wahr. Hannah streichelte das blonde Haupt ihrer Tochter und fragte ihn dann mit zitternder, aber klar vernehmlicher Stimme: »Wo ist das Baby?«

»Wir tun alles, was wir können, um das rauszukriegen«, sagte er. »Aber wir müssen Ihre Tochter soweit ruhig bekommen, daß sie uns hilft.« Er fragte, ob sie glaube, Sylvie fühle sich besser, wenn sie sich hinlegen würde.

»Das Baby ist weg?« fragte Hannah, und er nickte, bloß ein tiefes, sehr nachhaltiges Kopfnicken: hinunter, und wieder hinauf. Aber sie hatte den Eindruck, sie könnten das Baby doch übersehen haben, in der Wohnung herrschte solch ein Chaos. Wäre es denn nicht möglich, sagte sie zu ihm, daß sie die Kleine einfach irgendwo (hier unterdrückte sie mühsam das Wort *hingeworfen*) hingetan haben, und er sagte: »Ich glaube, es war Ihre Tochter, die hier alles auf den Kopf gestellt hat, nicht die Kidnapper.«

»Sylvie war's?« fragte sie ihn, obwohl sie natürlich Sylvie selbst hätte fragen können, schließlich stand sie direkt vor ihr. »Das ergibt doch keinen Sinn«, sagte sie mit Nachdruck.

»Ja, Ma'am, das weiß ich. Wir müssen den Sinn herausfinden, deshalb möchten wir gern so bald wie möglich versuchen, wieder mit ihr zu reden. Glauben Sie, daß sie sich besser fühlt, wenn sie sich hinlegt? Ich kann im Schlafzimmer mit ihr reden, wenn Sie das für besser halten. Bis jetzt stehen wir alle praktisch noch bei Null, muß ich sagen.«

»Ich kann jetzt reden«, sagte Sylvie mit stockender Stimme, von Schluckauf unterbrochen.

Das Weinen hatte nachgelassen, aber Hannah sah, daß ihre Augen – ihr ganzes Gesicht – so verschwollen waren, so schlimm zugerichtet, daß sie Sylvie fragte: »Haben sie dich geschlagen?«, aber Sylvie schüttelte zur Antwort den Kopf.

»Es wäre am besten, wenn Sie mich die Fragen stellen lassen«, sagte er. »Dann kommen wir am schnellsten zum Ziel. Die Zeit ist von entscheidender Bedeutung, wissen Sie. Falls sie jetzt bereit ist, meine ich.«

»Ich brauche Taschentücher«, sagte Sylvie und ließ sich wieder auf das Sofa sinken.

Hannah eilte sofort ins Badezimmer, doch als sie in dem kleinen Raum angelangt war, mußte sie nach dem kalten Porzellanbecken greifen, um Halt zu gewinnen, bevor sie die Hand nach der Schachtel mit den Papiertaschentüchern ausstrecken konnte. Sie ging langsamer zurück, ihr Gleichgewichtssinn war in labilem Zustand, ihr Sehvermögen so brüchig wie die Bilder in einem zerborstenen Spiegel.

Er hieß Martinson – Detective Martinson. Er war derjenige, auf den alle Polizisten hofften, wenn es darum ging, jemanden zu beruhigen. Alle hatten es schon miterlebt – er vermochte Hysterie in Frieden zu verwandeln, obwohl keiner von ihnen je ganz dahinter gekommen war, wie er das zustande brachte. Sie konnten sehen, daß es kein Auflegen heilender Hände war, denn er berührte nie jemanden; tat es nicht einmal annähernd. Wenn sie sich darüber unterhielten, meinten sie, es müsse an seiner Stimme liegen, die tief und angenehm wie ein dunkler Baß klingen konnte. Aber eigentlich wußten sie, daß es das auch nicht sein konnte, denn je aufgeregter eine Person war, um so schroffer wurde Marty im Grunde genommen. Der Detective selbst dagegen wußte, daß es etwas damit zu tun hatte, wie sehr er jedes Chaos haßte. Es machte ihn verrückt, wenn er sich Leuten gegenübersah, die vor Erregung bebten und schrien. Also sagte er ihnen einfach, sie sollten nicht beben und schreien – jedenfalls kam es ihm so vor. Er hatte das Gefühl, daß sie seine Angst spürten. Es war nicht so, daß sie Trost empfanden oder wußten, daß sie in guten Händen waren, es war vielmehr so, daß sie instinktiv merkten, wie stark er selbst Gefahr lief, ebenfalls aus der Fassung zu geraten, falls sie nicht ihre Selbstbeherrschung wiedererlangten. Also taten sie es aus lauter Verzweiflung.

Wie ein Zwölfjähriger, der sich verloren fühlt, wenn er sich in Schale werfen muß anstatt Jeans zu tragen, behielt Martinson häufig seine Hände in den Taschen seines Sportjacketts. Er ließ das Gewicht seiner Arme nach vorn sinken, so daß seine Jackentaschen selbst, wenn sie leer waren, schlaff und abgenutzt wie die Ohren eines erschöpften Jagdhundes aussahen. Hannah sah es als gutes Zeichen an, daß er Joggingschuhe trug, auch wenn sie aus schwarzem Leder und so geschnitten waren, daß sie den Eindruck erweckten, er trage ganz normale Schuhe. Somit bestand wenigstens die Möglichkeit, daß er tatsächlich joggte oder wenn nicht, so doch ein aktiver Mensch war, der notfalls einen Sprint hinlegen konnte. Ledersohlen würden nicht von großem Nutzen sein, falls er hinter einem Kidnapper herjagen mußte.

Wie Hannah rasch bemerkte, war Martinson kein Interviewer, der irgendwelche Anteilnahme zeigte. Bis auf seinen anfänglichen Vorschlag, Sylvie möge sich vielleicht hinlegen, schien er ihren qualvollen Gemütszustand gar nicht zu bemerken. Und Hannah mußte gleich zu Anfang wegblicken, als er an dem Knoten seiner Krawatte zog: ein zu dickes, unschönes Ding mit silberfarbenen und blauen Streifen. Es kam ihr wie eine schreckliche Obszönität vor, die Art, wie er seinen Schlips lockerte – er hat kein Recht, dachte sie, an seine eigene Bequemlichkeit zu denken, nachdem diese Sache passiert ist.

Das Tempo der Befragung bestimmte allein er – wenn er es vorzog, mittendrin völlig zu verstummen, um über die Antworten zwischen den einzelnen Fragen nachzudenken, dann tat er es. Dann jedoch ließ er auf seine Unterbrechung eine gnadenlose Serie von Fragen folgen und hämmerte so auf Sylvie ein, daß sie kaum Zeit hatte, zwischendurch Luft zu holen. Seine Erkundigungen wiesen auch keine erkennbare Ordnung auf, sondern es wirkte eher, als setze er den Zeiger an einer Drehscheibe in Bewegung, der dann manchmal bei denselben Fragen landete, manchmal bei neuen. Nach Hannahs Einschätzung erzielte er damit lediglich ein Durcheinander ungeordneter Fakten. Martinson fragte nach Peter, dann, was das Baby zur Zeit trage, wann Hannah zum Lunch mit ihr verabredet gewesen sei, was Sylvie in dem Laden besorgt habe, wie lange sie schon hier wohne.

Dann konstatierte er: »Sie sind also nicht verheiratet?«, als sei ihm dieses Detail, das Sylvie zehn Minuten zuvor genannt und seither nicht wieder erwähnt hatte, eben erst richtig bewußt geworden.

Martinson forderte Sylvie auf, wieder in das Schlafzimmer zu gehen, wo Cally gewesen war, und das Kinderbett genau dorthin zu stellen, wo es zuvor gestanden hatte. »Haben Sie sie zum Schlafen auf den Bauch oder auf den Rücken gelegt?« fragte er, und dann: »Weshalb auf den Rücken? Hat ihr Kopf das Bettende berührt, oder war er fünf, fünfzehn, vielleicht zwanzig Zentimeter davon entfernt? Denken Sie nach«, sagte er, als sie zögerte, und Hannah sah, wie Sylvie bei der Schärfe seiner Aufforderung zusammenzuckte. Welche Bedeutung konnten um Himmels willen solche pedantischen Einzelheiten haben? fragte sie sich. »Zeigen Sie mir mit der Hand, bis wohin ihr Kopf reichte«, sagte er. Hannah sah Sylvie über dem Bettchen taumeln und dachte einen Augenblick lang, sie werde gleich in Ohnmacht fallen. Gefühlloser Mistkerl! dachte sie. Warum zwang er sie dazu, das Laken zu berühren, zwang sie dazu, wieder und wieder das Ganze so genau durchzugehen? Dann wollte er die Namen sämtlicher Personen wissen, die sich außer Sylvie, Peter und Hannah um Cally kümmerten. Sonst gebe es niemanden, beschied ihn Sylvie. Er wollte wissen, ob irgendwelche anderen Kleidungsstücke fehlten, und als sie ihm erklärte, sie wisse es nicht, sie könne sich nicht an all die Sachen erinnern, die dem Baby gehörten, und außerdem seien sie überall verstreut, da unterbrach er sie mitten im Satz und verlangte mit einer Vehemenz, die Hannah grausam vorkam: »Denken Sie nach.«

»Sie hat eine sogenannte Aufmerksamkeitsstörung«, warf Hannah ein und erhob sich in der Absicht, sich zwischen diesen Mann und ihre Tochter zu stellen.

»Ja?« fragte er und wandte sich mit erwartungsvoll erhobenen Augenbrauen Hannah zu – in Erwartung einer Antwort, vermutete sie.

»Sie wäre nicht in der Lage, sich an all das zu erinnern und es für Sie aufzuzählen.«

»Dann tut sie es eben so gut sie kann, oder?« erwiderte Martinson mit einem Blick auf Sylvie, die nickte und dann zögernd begann, Strampelhöschen und Overalls zu benennen, von denen jedoch nichts zu fehlen schien.

Als nächstes wollte er die Minuten und Sekunden wissen, die von dem Zeitpunkt, als sie das Baby hinlegte, bis zu dem Zeitpunkt, als sie das Verschwinden der Kleinen bemerkte, vergangen waren. Und dann wollte er diesen Zeitraum erneut bestimmen und forderte sie auf, diesmal rückwärts abzuziehen, so, als verlange er, sie solle eine Zahlenkolonne dadurch überprüfen, daß sie erst von oben und dann von unten alles addiert. Hannah wußte, daß Sylvie dazu alleine nicht in der Lage war, zumindest nicht unter Druck. Zuerst nannte sie ihm vierzig Minuten, dann zweiundzwanzig bis fünfundzwanzig, und jetzt entschied sie sich für vierunddreißig, wahrscheinlich indem sie einen Kompromiß einging. Er versucht sie absichtlich durcheinanderzubringen, folgerte Hannah, während sie ihn beobachtete, wie er Sylvies Antworten in einem kleinen Notizbuch aufzeichnete, und zweifellos gelingt ihm das auch.

Während der Vernehmung machten Polizeibeamte Fotos, bestäubten Türgriffe zur Spurensicherung, sammelten Decken und Bettücher ein, die zum Kinderbett gehörten. Ein paar der Männer trugen an ihren Gürteln Funkgeräte, die unverständliche Botschaften herauskrächzten und um die sie sich überhaupt nicht zu kümmern schienen. Sie sollten hier lieber Ordnung schaffen, dachte Hannah, damit Sylvie das Gefühl bekam, daß wenigstens etwas, irgend etwas wieder normal war und so, wie es sein sollte. Schon die ganze Zeit über, seit sie hier war, räumte Hannah in ihrer Vorstellung auf, wünschte sich die Anziehsachen in die Kommode zurück, die Handtücher wieder in die Fächer und die Bücher in ihren ursprünglichen Zustand geordneter Stapel zurück. Und sie hatte sich sogar vorgestellt, wie Cally langsam, mit sanften Schwimmbewegungen der Arme und Beine durch die unbewegte Luft in ihr Bettchen zurückgesegelt kam. Ach, bringt doch das Zimmer endlich wieder in Ordnung, beschwor sie die Männer im stillen.

Und dann ging Martinson mit einemmal alles von Anfang bis Ende an und hieß Sylvie alles berichten, und zwar von dem Moment an, als sie am Morgen aufgewacht war.

»Ja«, erklärte er, »ich will auch wissen, ob Sie zur Toilette gegangen sind oder sich geduscht haben und was Sie zum Frühstück gegessen haben. Ich will jede Einzelheit.«

Zu diesem Zeitpunkt begriff Hannah überhaupt erst, daß Sylvie Cally allein zu Hause gelassen hatte, und Hannah packte sie beinahe an den Schultern, wollte sie schon schütteln und schreien: *Was* hast du getan? Du hast das winzige kleine Baby allein gelassen? Natürlich hat jemand sie mitgenommen. Und Hannah fiel ein, daß sie doch mindestens schon hundertmal den Gedanken gehabt hatte, sie müsse eigentlich zu Sylvie sagen: Du läßt sie doch bestimmt nie los, wenn sie auf der Wickelkommode liegt, oder? Du trägst sie auch bestimmt nie herum, wenn du diesen langen Morgenrock anhast, auf den du vielleicht treten und dadurch stolpern könntest, oder? Wenn du sie vorne die Backsteintreppe hinunterträgst, dann hältst du dich doch am Geländer fest, oder etwa nicht?

Doch das waren Dinge, die sie nie zur Sprache gebracht hatte, auch wenn jeder einzelne dieser Punkte sie beschäftigte. Und sie hatte nie gesagt: Du läßt sie doch nicht allein in der Wohnung, oder?, obwohl sie weiß Gott auch darüber nachgedacht hatte. Fehlte Sylvie denn jeglicher Realitätssinn, daß ihr nicht bewußt war, daß Leute Kinder stahlen? Wußte das nicht jedes *Kind*? Hannah hatte sich nicht geäußert, weil Sylvie ziemlich gut zurechtkam, weil sie sich endlich einer Sache zu widmen schien, *dieser* Sache: ein Kind zu versorgen. Arme Cally, dachte Hannah, ich hätte dich retten können! Ich wußte doch, daß sie jemanden braucht, der sie anleitet und bei der Stange hält. Ich hätte sie beraten sollen. Ich hätte darauf bestehen müssen.

»Ich hab einen Fehler gemacht«, hörte sie jetzt ihre Tochter sagen, und erneutes Schluchzen füllte ihre Stimme. »Und ich verzeih mir das nie und nimmer. Ich wünschte, ich wär tot.«

»Hör auf«, sagte Hannah und griff nach Sylvies Hand, als

wolle sie ihre Tochter von einer plötzlichen unüberlegten Tat gegen sich selbst abhalten. »Am wichtigsten ist es jetzt, ruhig zu bleiben, damit wir sie wiederfinden können.«

»Es waren bloß fünf Minuten, die ich weg war, das schwör ich«, sagte Sylvie. Ihre Augen waren geschlossen, und Hannah fiel wieder ein, daß das genau die gleichen Worte waren, die sie zu dem Arzt gesagt hatte, als sie ihr eigenes leblos wirkendes, bewußtloses Baby zu ihm in die Praxis brachte. Sie sei davon ausgegangen, daß es bloß ein paar Minuten dauern werde, hatte sie zu dem Arzt gesagt. Sie habe gedacht, sie könne rasch in die Apotheke rennen und wieder zurück – besser, als die Kleine all den Kranken auszusetzen, die dort bei der Ausgabestelle für rezeptpflichtige Arzneimittel herumhingen. Sie habe nicht erwartet, daß sie dort so lange auf das Medikament würde warten müssen. »Davon können Sie sterben«, hatte der Arzt erbarmungslos in seiner Schuldzuweisung festgestellt. »Sie können bei diesem Wetter in einem geschlossenen Wagen innerhalb von Minuten ihre Körperflüssigkeit verlieren.« Und natürlich waren es nicht bloß fünf Minuten, erinnerte sich Hannah. Sie mußten Sylvie daraufhin über Nacht ins Krankenhaus einweisen und an den Tropf hängen. Der Arzt hatte in einer langen Litanei von Sozialarbeitern und Fürsorgeeinrichtungen gepredigt, während er Sylvies trockene Hand in der seinen hielt und den Puls abnahm. Sie hätte ihm damals am liebsten das Baby aus den Armen gerissen und sich mit ihr davongemacht, aber sie war vor stummer Unterwerfung wie gelähmt und stand weinend gegen eine Wand gelehnt da, während er den Telefonhörer nahm und einen Krankenwagen anforderte. Selbst nachdem Hannah ihre nun wieder fröhliche und voll genesene Kleine in ihre winzige Einzimmerwohnung zurückgeholt hatte, erschrak sie noch wochenlang bei dem Geräusch von Schritten, die sich ihrer Tür näherten. Doch es erschien nie jemand von irgendeiner Sozialbehörde, und auch das, was Hannah wirklich gefürchtet hatte, erfolgte nicht: der Besuch eines Polizeibeamten.

Jetzt aber, in Sylvies Wohnzimmer, hier in diesem riesigen, weitläufigen Apartment, streichelte Hannah die Hand ihrer nun großen Tochter und versuchte die zu einer Faust verkrampften Glieder zu lockern. »Du hast gedacht, sie ist in Sicherheit«, sagte Hannah sanft.

»Es waren bloß fünf Minuten«, wiederholte Sylvie.

»Sollen wir fortfahren?« fragte Martinson. Er wollte wissen, wie man Peter erreichen könne.

Er sei auf einer Geschäftsreise zu drei verschiedenen Stellen in Florida unterwegs, informierte ihn Sylvie. »Er fährt dort überall herum.« Martinson wollte die Namen der Hotels wissen, in denen sich Peter aufhalten werde, aber Sylvie erklärte, sie wisse nicht, wo er übernachte. Er kehre meistens bei einer der Motelketten ein, da, wo es billiger sei, sagte sie.

»Wird er Sie anrufen?« fragte Martinson.

»Normalerweise ruft er irgendwann an, wenn er unterwegs ist.«

»Uhrzeit?«

»Weiß ich nicht. Er meldet sich zu ganz verschiedenen Zeiten. Hängt vermutlich davon ab, wann er eine Pause einlegen kann.«

Martinson notierte diese Auskunft, entschuldigte sich dann, um sich zu einer Besprechung mit den übrigen Beamten und für einige Telefonanrufe zurückzuziehen. Hannah und Sylvie saßen schweigend da. Hannah mußte wieder daran denken, wie ihr Kind – Sylvie – damals in einem Gitterbett festgebunden lag und eine Nadel im Arm hatte, die zu einem über ihrem Kopf aufgehängten Glukosebeutel führte.

»Bleibst du bei mir, bis Peter wieder da ist?« fragte Sylvie ihre Mutter mit jetzt ruhiger, aber seltsam klingender Stimme – etwa so wie die Computerstimme am Telefon. »Wie soll ich ihm das bloß sagen?« Sie sprach verhalten, scheinbar nur zu sich selbst. »Der bringt mich um.«

»Sag so was nicht«, flüsterte Hannah ihrer Tochter warnend zu. Ihr gefiel es nicht, wie die Polizeibeamten offenbar versuchten, ihre Unterhaltung mitzubekommen. »Du mußt dir vor Augen halten, daß es nicht deine Schuld ist.« Noch war es meine damals, mit dir, sagte sie sich. Schlichte Fehleinschätzung. Schlechtes Timing, unglückliches Zusammentreffen von Zufällen. Jedenfalls hatte sie es sich einst so interpretiert.

»Doch, ist es schon«, sagte Sylvie hartnäckig, und ihr Gesicht verdüsterte sich wieder. Hannah wollte sagen: Er ist bestimmt nicht sauer oder wütend, er versteht dich sicher. Nur war das reines Wunschdenken, eine Lüge – man kann einem Menschen nicht erzählen, daß sein Kind verschwunden ist, und irgend etwas anderes als einen Aufruhr von Verzweiflung und Empörung erwarten, und wenn er sich dann gegen Sylvie richten würde, wäre das so überraschend? Würde es nicht sein gutes Recht sein zu fragen: Wäre das passiert, wenn du sie nicht allein gelassen hättest? Konnte man von irgend jemandem erwarten, daß er nicht diese fundamentale Frage stellen würde? Sosehr ihr auch Peter mißfiel, war sie doch überzeugt davon, daß er ein anständiger Vater war, der sich die Zeit nahm, seine Tochter frisch zu wickeln und zu füttern. Und Sylvie sagte doch, neulich abend hätte er sich einen Stuhl neben das Kinderbett geholt und die Kleine unverwandt betrachtet, während sie schlief. Wie konnte man von ihm erwarten, bei solch einem Verlust volle Absolution zu erteilen?

»Finden Sie sie wieder?« fragte Sylvie Martinson, als er ihr erneut gegenübersaß, und die Frage klang wie eine seltsame Folge unzusammenhängender Wörter.

»Wir tun, was wir können.«

Routine-Antwort, dachte Hannah. »Haben Sie irgendwelche Ideen? Mögliche Spuren?«

»Wir wissen, was ein typischer Kidnapper tut, und wir befragen als nächstes jeden, der typischerweise etwas mit diesem Vorfall zu tun haben könnte.«

»Zum Beispiel …?« fragte Sylvie.

»Zum Beispiel jeden hier im Gebäude und in den Häusern links und rechts und in denen gegenüber der Straße. Vielleicht hat ja jemand am Fenster gesessen und etwas gesehen. Ich möchte, daß Sie meinem Kollegen Reynolds eine Liste mit all den Leuten geben, die seit der Geburt des Babys hier in die Wohnung gekommen sind – Handwerker, Boten, wer auch immer.« Und Hannah lag eine Frage auf der Zunge, die sie gern gestellt hätte: Detective Martinson, was genau tut denn ein typischer Kidnapper?, doch sie blieb wortlos sitzen und schüttelte sogar den Kopf, als er sie beide fragte, ob sie noch irgendwelche Fragen hätten.

Es gab noch die üblichen Schlußbemerkungen wie etwa, daß sie anrufen sollten, falls ihnen noch irgend etwas einfiel, was sie angeben wollten, egal, wie unbedeutend. Daß er den Fall mit seinen Vorgesetzten durchgehen werde, und daß vermutlich noch andere Beamte eine Unterredung mit Sylvie wünschen würden. Vorläufig halte er es für besser, wenn der Vorfall aus den Medien herausgehalten werde, und er werde vorübergehend alle mit dem Fall befaßten Beamten zum Schweigen verpflichten, doch das würden sie dann nach Peters Eintreffen noch eingehender erörtern. Er erwarte umgehend Bescheid von ihr, sobald sie Peter ausfindig gemacht habe.

»Alles, was wir im Moment mit Sicherheit wissen«, sagte er, »ist, daß sie verschwunden ist. Aber wir werden alles tun, was wir können, das kann ich Ihnen versprechen.« Hannah sah, wie Sylvie ihn am Arm packte, sich an ihn klammerte, um ihn zum Bleiben zu bewegen.

»Sie ist so klein«, sagte Sylvie.

»Sie können mir glauben, daß ich mich dahinterklemme«, sagte er, und Hannah sah, daß er seinen Arm gar nicht schnell genug aus ihrem Griff herauswinden konnte. Sie hielt sich nur mit Mühe davon ab, sich auf ihn zu stürzen und dem Mann ein Minimum an Menschlichkeit abzuverlangen.

Als er zur Tür hinaus war, griff Sylvie krampfhaft nach den langen, schweren Strähnen ihres weißblonden Haares und sagte zu ihrer Mutter: »Es waren bloß fünf Minuten.« Hannah schwieg – hätte sie es gewagt, den Mund zu öffnen, dann hätten sich unweigerlich die eigentlichen Worte ihren Weg gebahnt, die Worte, die sich schon die ganze Zeit während Martinsons Anwesenheit zwischen ihnen aufgetürmt hatten: Niemand läßt ein Baby allein. Niemand mit einem Hirn, Sylvie, denn die Welt ist einfach ein zu fürchterlicher Ort.

KAPITEL 3

Sylvie bestand grundsätzlich darauf, sie hätte Peter zuerst gesehen, obwohl er stets geltend machte, es sei genau umgekehrt gewesen. Sie balgten sich deswegen wie kleine Hunde, die ihre Milchzähne testen und an den entgegengesetzten Enden eines weichen Seils zerren, wobei erst dem einen auf dem rutschigen Boden die Füße unter dem Körper wegschlittern, dann dem anderen. Sylvie und Peter beendeten ihre Kontroverse (und die meisten ihrer Auseinandersetzungen) ausnahmslos mit einem Unentschieden. Einer von ihnen sagte dann: Na gut, wir haben uns zur selben Zeit entdeckt, exakt gleichzeitig. Wenn Sylvie den Kompromiß formulierte, klang es gewöhnlich ziemlich aufgebauscht, wie zum Beispiel: »In einem strahlenden, kristallklaren Augenblick.« War es jedoch erst einmal soweit gekommen, gingen sie unweigerlich dazu über, sich zu küssen oder wie kleine Hunde zu zwicken und sich umherzuwälzen.

Das geschah natürlich alles vor Callys Verschwinden, damals zu einer Zeit, als das Gefühl, den Atem des anderen auf dem Gesicht zu spüren, während sie beieinander im Bett lagen, das einzige war, was wirklich von Bedeutung schien. Als noch alles, was er sagte, richtig, und das, was sie sagte, ihm wichtig zu sein schien. Doch wie schon Martinson sagte, diese Dinge belasten eine Beziehung.

Und sogar Martinson räumte ein, daß es sich wirklich romantisch anhörte, als Sylvie ihm von dieser ersten Begegnung erzählte. Oder falls nicht romantisch, so doch nach einer glücklichen Fügung, wie sie es ausdrückte.

Das Ganze ging nämlich so vor sich, daß sie damals das Gefühl hatte, unbedingt aus dem Gebäude der Old Mill Medical Services, wo sie arbeitete, ins Freie raus zu müssen, weil sie in diesem muffigen kleinen Aufenthaltsraum, wo alle Mittagspause machten, keine Luft mehr bekam. Der Raum roch ständig nach Thunfisch und Bananen, und sie konnte es nicht ausstehen, sie alle beim Stricken zu beobachten, was ihr wie eine unglaublich langweilige Version der Hölle vorkam, wo man dazu verdammt war, unablässig, Tag für Tag, Garn erst hierhin zu wickeln und dann wieder zurück. Also steuerte sie in Richtung Einkaufspassage – wenigstens bemängelte dort niemand den Nährwert ihres Mittagessens. Peter war es, der die ganze Sache eine glückliche Fügung nannte – nämlich, daß sie beide genau zum selben Zeitpunkt dort aufgetaucht waren, und, wenn man es sich recht überlegte, auch aus dem gleichen Grund. Es stellte sich heraus, daß er gekommen war, um einem Menschen namens Damien zu entrinnen, einem Kollegen, der ihm wegen irgendeiner Sache so schrecklich auf die Nerven gegangen war, daß Peter sogar ohne sich abzumelden seinen Schreibtisch verlassen hatte. Sie stand also da, lehnte sich einfach oben ans Geländer, blickte hinunter und dachte, daß es mit ihrem Job als Schwesternhilfe vielleicht auch nicht gutgehen werde, und fragte sich, ob sie nicht lieber in einem Kleiderladen hier im Einkaufszentrum arbeiten würde. Zum Teufel damit, daß ihre Mutter wahrscheinlich fand, das sei ein sozialer Abstieg. Sie beobachtete, wie die Leute unten vorbeigingen, zumeist Mütter und kleine Kinder, und ihr fiel auf, daß es zweierlei verschiedene Verhaltensmuster gab: Die eine Hälfte der Mütter behielt ihre Kinder ganz bei sich in der Nähe, die andere Hälfte verlor sie völlig aus den Augen und mußte alle zehn Sekunden stehenbleiben und nach ihnen rufen. Und dann hatte sie aufgeschaut, und da war er, gegenüber auf der anderen Seite, genau wie sie die Hände auf dem Geländer, und schaute sie an.

Sie wandte das Gesicht ab, so wie man es tut, wenn man Leute anschaut und merkt, daß sie sich beobachtet fühlen, und spürte, wie es sie heiß durchlief – halb aus Angst, halb aus Erregung. Dann hatte sie eine Weile abgewartet und wieder hingeschaut und sah, daß er sie in Wirklichkeit gar nicht anblickte. Sie hielt ihre Augen auf ihn geheftet, bemerkte, wie ausgesprochen gut er aussah mit den blonden Haaren, die nach der neuesten Mode hinaufgekämmt waren, diesen weich anliegenden dunkelgrauen Hosen. Dann blickte er tatsächlich wieder zu ihr herüber, und wie in einem automatischen Reflex wandte sie sich etwa zwei Sekunden lang ab, spähte wieder hin, und da lächelte er und versuchte eindeutig ihren Blick zu erhaschen. Also ließ sie ihn diesmal gewähren, blickte dann aber prüfend an sich herunter, um festzustellen, was sie denn eigentlich anhatte, und fand es ganz in Ordnung, diese ihre abgetragene Latzhose (die im übrigen teilweise daran schuld war, daß sie Ärger in der Arbeit hatte, denn sie trugen dort alle Röcke und hohe Hacken, und das lehnte sie schlicht ab. Sie wollte sich einfach nicht unbequem fühlen und in Strumpfhosen einzwängen). Als sie wieder aufblickte, sah sie, daß er nach links wegging, sie dabei aber weiterhin anschaute, während er seine Hand über das Geländer gleiten ließ. Sie hielten die Augen fest aufeinander gerichtet – es war verrückt, wie unruhig sie war, bereit, davonzulaufen und es trotzdem nicht tat.

Er bahnte sich seinen Weg bis zu einer Querpassage, dann daran entlang bis zur anderen Seite, ihrer Seite, und kam immer näher und näher. Sie konnte hören, wie ihr Herz schlug, denn ja, sie war völlig aus dem Häuschen, während sie darauf wartete, was wohl als nächstes passierte. Ihre Hände umschlangen noch immer das Geländer, und sie hatte fast das Gefühl, gelähmt zu sein – bis auf ihren Kopf, den sie langsam drehte, damit sie sich beide im Auge behielten. (Wie eine Filmszene in Zeitlupe, oder nein: Wie dieses Gemälde im Büro ihrer Mutter, das *Begegnung im Park* hieß – eines dieser Bilder, auf denen alles weich und verschwommen ist und wo sich als einziges diese beiden Augenpaare wie im Traum aus dem Dunst abheben, ihres und seins, und dunkel und durchdringend aufeinander ruhen. Sie erinnerte sich, wie Hannah einst auf das junge Liebespaar gedeutet und dazu gesagt hatte: »Das ist Sex pur mit den Kleidern an.«) Und dann stand er da, dicht neben ihr, und stellte sich vor, wollte alles über sie wissen, fragte sie auch, ob sie wohl gern ein Eis hätte, und sie fing an zu lachen, löste sich allmählich aus der Erstarrung, sah, daß er sogar ganz aus der Nähe, so wie jetzt, wirklich phantastisch aussah, mit goldenem, fast braungebranntem Teint, passend zu diesem Haar, mit den dunkelblauesten Augen, die es wohl je auf der ganzen Welt gegeben hatte, und sie hätte keinem erklären können, wie sie zur Häagen-Dazs-Eisdiele gelangten (Aufzug, Rolltreppe, Stufen? – keine Ahnung) und sie ihm dabei anscheinend ihr ganzes Leben erzählte.

Sie holten sich Waffeleis, und er versuchte sie ständig dazu zu bringen, sich mehr und mehr Extras obendrauf türmen zu lassen, so daß ihre Waffel schließlich wie ein Süßigkeiten-Füllhorn aussah und das Eis selbst wie eine bloße Nebensache wirkte – es mußte ihn an die acht Dollar gekostet haben. Später sagte sie zu ihm: »Der beste Lunch, den ich je hatte, das schwör ich, Eis mit Pepsi«, und er nahm sie bei den Händen (es glich der Szene auf dem Bild so sehr, daß es *zum Fürchten* war) und sagte, er würde sie von der Arbeit abholen, wann sie denn fertig sei?

»Hier sieht's so aus, als wär gerade einer ausgezogen«, stellte sie fest, als er sie am selben Abend in seine Wohnung mitnahm. Ein Sofa, eine Matratze und ein einzelner Barhocker waren alles, was in dem einer riesigen Höhle ähnelnden Raum an Einrichtung vorhanden war.

»Na ja«, sagte er, »ich schätze, so war es auch. Jemand ist ausgezogen, und ich bin eingezogen.« Er wohne erst seit zwei Wochen hier, erklärte er.

»Aber du hast keinen Tisch und gar keine Stühle.«

»Ich hab das Sofa, also kann ich mich da hinsetzen. Ich esse an der Küchentheke, und ich sitze auf dem Barhocker. Und ich kann immer eine Decke auf dem Boden ausbreiten, wenn ich Besuch hab«, sagte er, während er genau das tat, die Decke von der Armlehne des Sofas nahm und mit einer schwungvollen Bewegung über dem soliden Holzboden entfaltete. »Voilà«, sagte er und plazierte die Tüte mit dem Essen aus dem China-Restaurant und die Literflasche Pepsi genau in der Mitte der Decke. »Und irgendwo hab ich Tassen für die Suppe und den Tee«, ließ er sie wissen.

Er sei nicht etwa aus moralischen Gründen gegen Möbel eingestellt oder irgend etwas so Extremes. Und er sei auch nicht auf einen asketischen Lebensstil versessen. Es sei eher eine Sache von Zeit und Geld und daß er lieber die richtigen Sachen haben wolle, nicht einfach irgendwas – ob sie das verstehe?

»Warum dann aber so eine große Wohnung, in die soviel reinpaßt?« Auch das sei in seinen Augen ein Fall von glücklicher Fügung. Der Typ, von dem er den Job übernommen habe, sei gerade dabei gewesen, an die Westküste umzuziehen, und sein Mietvertrag sei noch acht Monate gültig gewesen. Das Apartment sei zwar groß, ja, aber dadurch, daß er sich dafür entschieden habe, sei es ihm erspart geblieben, überall herumzusuchen und in der Zwischenzeit Hotelkosten zu berappen. Zudem habe er einen unglaublichen Mietnachlaß erhalten, weil der Typ so froh gewesen sei, überhaupt einen Nachmieter an der Hand zu haben. Aber eigentlich, berichtete er, hatte er sich schon auf den ersten Blick in das Haus verliebt – er fand das Backsteingebäude im Altbaustil einfach toll, mit den beiden symmetrischen Treppen, die von der Straße hinaufführten, mit dem Garten im Innenhof, den Bänken dort und dem Brunnen. »Es gibt sogar einen Gärtner hier«, erzählte er Sylvie. »Letzte Woche war er da und hat nachgeschaut, ob alles in Ordnung ist – die Abdeckungen aus Laub und Rupfen oder was man sonst noch so im Winter überprüft. Er hat mir gesagt, daß er den Brunnen wieder anstellt, sobald keine Frostgefahr mehr besteht. Es soll phantastische Vögel da draußen geben – er hat erzählt, daß hierher Vögel kommen, die man sonst nirgends mehr in New Haven sieht.« Und wer brauche schon Möbel, sagte er, wenn er die ganzen architektonischen Finessen bereits fertig eingebaut habe – im Wohnzimmer dorische Säulen, die bis zu der unglaublich hohen Decke aufragten, dann krenelierte Simse, fein bearbeitete Griffe und Scharniere aus Messing, in sechs Felder unterteilte getäfelte Türen, Glaseinbauschränke in der Küche und Glastüren, die direkt zum Garten führten. Letzten Endes, sagte er, sei es der Garten gewesen, der die Entscheidung ausmachte; ihn dazu gebracht habe, das extra Geld hinzublättern. Das Gefühl, das er ihm verdanke, schätze er wirklich sehr, nämlich, daß er überhaupt nicht in der Stadt sei, sondern irgendwo in einem ruhigen Nest auf dem Land. Ein wirklich toller Glücksfall sei das gewesen, sagte er. Ein ganz erstaunlicher Glücksfall sogar.

Was Sylvie dagegen für erstaunlich hielt, war die Tatsache, daß er solche Dinge wie krenelierte Simse kannte und schätzte (sie wußte nicht einmal, was das war, bis er ihr die zinnenartigen Ornamentleisten zeigte und benannte), doch es stellte sich heraus, daß das nur ein Teil des ungewöhnlichen Wissens war, das er parat hatte. Es machte sie ein wenig befangen, weil sie lieber mit interessanteren Antworten aufgewartet hätte, als sie es tatsächlich tat. Sie war noch nie mit einem Mann ausgegangen, der so alt war – dreizehn Jahre älter als sie –, und sie fühlte sich die ganze Zeit über irgendwie verunsichert, als kenne sie die Regeln für Menschen dieses Alters nicht und weil er sie bestimmt für unglaublich dumm hielt. »Ich leide unter einer sogenannten Aufmerksamkeitsstörung«, brach es schließlich aus ihr heraus, und sie spürte, wie sie dabei rot wurde. Als würde dieses Bekenntnis überhaupt helfen oder alles besser machen, ihn dazu bringen, daß er sie trotzdem gern hatte, auch wenn sie dumm war. Ihr war bewußt, daß sie lieber hätte abwarten sollen; die Leute, Männer ganz besonders, konnten es nicht ausstehen, wenn sie erfuhren, daß irgend etwas nicht mit einem stimmte.

»Was soll das schon heißen?« Sie holte tief Luft und wappnete sich für eine Erklärung über Verbindungsstellen motorischer Nerven und ein Geburtstrauma, doch er fuhr fort: »Das heißt wahrscheinlich, daß du unaufmerksam bist, stimmt's?« Sie nickte zur Antwort. »Alle Leute sind unaufmerksam, besonders wenn man sich irgendwelches Zeug anhören muß, für das man nichts übrig hat – mit anderen Worten, die ganze Zeit in der Schule über, und genau dort, da geh ich jede Wette ein, haben sie dann entschieden, daß du diese Sache hast.«

Sie zuckte mit den Achseln. »Ja, so ungefähr«, bestätigte sie. »Und meine Mutter auch. Sie hat das übernommen.«

Er erklärte ihr, er finde, daß die Art, wie Leute ihre Kinder abstempeln, sobald sie ihnen nicht aufs Haar gleichen, einfach kriminell sei, und reichte ihr ein Paar Eßstäbchen. »Aber irgendwer muß den Seelenklempnern ja was zu tun geben, vermute ich«, sagte er und lachte. »Sie haben das auch mit mir probiert, wollten mich in eine Sonderschule stecken, aber meine Eltern haben gesagt: »Kommt gar nicht in Frage, sie werden ihn nicht zum Außenseiter machen.« Man kann ein Kind wirklich zum Außenseiter *machen*, weißt du.«

»Was haben sie denn behauptet, was du hast?«

»Ich weiß nicht«, erwiderte er. »Ich hatte Glück, ich hab mir nie anhören müssen, wie das hieß, also hatte ich's auch nie. Ich finde sowieso, daß die Schulen viel zuviel Macht haben. Die machen dir weis, daß du verrückt bist oder irgendwie komisch oder lernbehindert, genau, wie sie's mit dir gemacht haben, und sie sind schließlich die Lehrer, richtig? Du glaubst das, genauso wie du glaubst, daß die Indianer die lieben braven Weißen skalpiert haben und was sie sonst noch alles an Mist verzapfen.« Er lag auf seiner Seite am Rand der Decke ihr gegenüber, und die Kartons mit dem Fisch und dem Hühnerfleisch mit Mandarinen standen zwischen ihnen. Sie lag auf dem Rücken und starrte zu der ausgeklügelten kreisförmigen Verzierung in der Mitte der Zimmerdecke hoch und erwog, ihn nach der Bezeichnung zu fragen, wollte ihn aber nicht unterbrechen. »Aber hör mal«, fuhr er fort, »ich rede ja schon wie ein Pontifex daher, und das will ich wirklich nicht.«

»Was soll das denn heißen?« fragte sie mit einem Blick zu ihm hinüber, und er schaute sie wieder unverwandt an, fixierte sie ganz genau mit seinen Augen, so wie er das in der Einkaufspassage getan hatte. Sie bemerkte, wie ihm die Haare nach vorn in die Stirn gefallen waren, und sie wollte sie berühren, herausfinden, ob sie sich weich anfühlten, ob sie an Ort und Stelle bleiben würden, wenn sie sie wieder hinauf zu den übrigen Haaren streichen würde, und sie streckte die Hand aus, die jedoch bei weitem nicht an ihn heranreichte. Da schob er das Essen einfach aus dem Weg (verschüttete es auch, wie sie später entdeckten) und zog die

Decke mit ihr darauf, alles auf einmal, zu sich heran und schaute ihr wieder ins Gesicht und flüsterte ihren Namen und küßte sie, und sie berührte sein Haar, das viel weicher war, als sie es erwartet hatte.

Am nächsten Morgen versuchte sie sich an einige der Ausdrücke zu erinnern. Sie schaffte es auch ziemlich schnell mit *kreneliert* und *dorisch* – inklusive ihrer Bedeutung –, tappte aber bei den anderen, die sie sich einzuprägen versucht hatte, im dunkeln. »Welches Wort?« fragte er sie. »Wie hab ich's verwendet?« Aber sie kam einfach nicht darauf. »Hör auf, dir deswegen Sorgen zu machen«, riet er. »Ich mag's gerade so, wie du redest.«

»Die haben mich ständig gezwungen, Tricks zu lernen, um mir Sachen zu merken.«

»Was heißt ›die‹?«

»Alle. Meine Lehrer, meine Mutter.«

»Und was für Tricks genau?«

»Ach, weißt du, die Methoden, bei denen man Begriffe alphabetisch ordnet oder auf irgend etwas anderes reimt. Die Hälfte der Zeit fiel mir nicht mehr ein, wie der Trick ging, und schon gar nicht das Zeug, an das ich mich erinnern sollte.«

Er wandte sich von seinem Kühlschrank ab, der fast leer war, und nahm sie in die Arme. »Rede jetzt nicht mehr über *die* und *sie alle*«, erklärte er. »Denn *die* und *sie alle* scheren sich einen feuchten Kehricht um dich. Fang an, auf das zu hören, was *du* für richtig hältst, weil du die einzige bist, auf die es ankommt.« Ihre Hand tastete nach seinem blonden Brusthaar, dort, wo es im V-Ausschnitt seines Hemds zum Vorschein kam. Die Kräusel glätteten sich unter ihren Fingern und sprangen wieder zu Locken zurück, wenn sie sie losließ. »Die Kraft steckt in dir«, sprach er weiter und küßte sie leicht auf den Mund. »In dir selbst.« Er gab ihr erneut einen Kuß, einen kleinen, dann noch einen, dann mehrere Küsse, liebkoste zart ihren Mund und raubte ihr dabei irgendwie auch den Atem, sog ihn in seinen eigenen hinein. »Die Kraft steckt in dir«, sagte er, und seine Worte bildeten einen rhythmischen Kontrapunkt zu ihrem Stöhnen.

Kapitel 4

In Puerto Blanco mußte es gewesen sein, in einem Zimmer mit Balkon zum Meer hin, wo Cally vermutlich gezeugt wurde. Nicht etwa so absichtlich wie durch einen bewußten Willensakt, eher als ein Nebeneffekt von aromatischen tropischen Blumen, von durchsichtig, duftig-weißen Vorhängen vor einer offenen Balkontür und von einer Brise, die den Schweiß ihrer nackten Körper auffing.

In Puerto Blanco war der Sand weiß, und die See lag in Streifen von Türkis und Jade vor ihr. Wie das Bild, das ein Kind vom Paradies gemalt hat, dachte Sylvie, nur daß es keine Wachskreiden gab, die so leuchteten wie das, was sie in Wirklichkeit von ihrem Balkonzimmer aus sehen konnte. Die Farben – lag es daran, daß sie so unerhört klar waren, oder vielmehr so unerhört üppig? – trieben ihr Tränen in die Augen.

Und außerdem hatten sie tatsächlich vergessen, Verhütungsmittel mitzunehmen – es war solch ein Durcheinander gewesen, so eine Hektik. Ein kalter Regen war niedergegangen und auf dem Pflaster von New Haven gefroren. Als Peter nach der Arbeit anrief, hatte sie ein bißchen herumgezetert, wie sehr sie den Winter haßte und daß sie sich wirklich noch umbringen werde, wenn sie nicht bald die Sonne zu sehen bekam. Er nahm die ganze Angelegenheit entschieden ernster, als es ihrer Absicht entsprach – in Wirklichkeit hatte sie doch bloß gescherzt, obwohl sie in der Tat über das kalte Wetter deprimiert war und es sie vielleicht sogar noch mehr bedrückte, wie trübe alles aussah. Der Mangel an Farbe, daran lag es genaugenommen. Er hatte gesagt: »Tu nichts, ich komm sofort rüber«, und dann hatte er aufgelegt. Sie versuchte ihn zurückzurufen, weil sie sich wirklich idiotisch vorkam mit ihrer ganzen Theatralik (noch so ein neues Wort), aber niemand nahm den Hörer ab. Doch dann kam er nicht. Über eine Stunde verging, und noch immer saß sie da und wartete, und dachte sich: Na, wenn mir jetzt wirklich nach Selbstmord zumute gewesen wäre, dann wär ich jetzt bereits tot, und sie war stinksauer. Dann schellte es an der Tür, und da stand er und hielt ihr zwei Flugtickets entgegen. Sie konnte es kaum fassen, zwei Tickets nach Puerto Blanco. »Vergiß den Winter«, erklärte er, griff nach ihrer Hand und küßte ihr die Fingerspitzen. Das Ganze war einfach so wahnsinnig, daß sie zu lachen anfing und sich nicht mehr einkriegen konnte – es war völlig absurd, wie eine Art freudiger Hysterie, sagte Peter. Sie lachte, bis sie zu weinen anfing. Kein Kerl hatte ihr je in ihrem ganzen Leben irgend so was geschenkt, und es lag bestimmt nicht daran, daß sie nicht mit einer Menge Typen ausgegangen wäre. Es lag einfach daran, daß einem Männer ihrer Erfahrung nach keine Geschenke machten. Es sei denn zu besonderen Anlässen, bei denen sie nicht drum herum kamen. Und wenn sie einem doch mal Geschenke machten, was für welche waren es dann? Blumen oder eine CD, aber ganz bestimmt keine Reisen in die Karibik.

»Das ist total verrückt«, sagte sie zu Peter, während sie sich die Tränen wegwischte.

Er schüttelte den Kopf. »Ungestüm, ja. Verrückt, nein.«

»Übertrieben?« schlug sie vor, aber er schüttelte wiederum den Kopf.

»Im großen Stil, das ist alles.«

Und dann sah sie sich die Tickets erst richtig an und entdeckte, daß sie noch für denselben Tag spät abends ausgestellt waren – für vier Stunden später –, und sie sagte: »Hör mal, das ist aber wirklich irrsinnig.«

»Ungestüm«, erwiderte er. »Und eine perfekte Kur gegen den Winter.«

Dann versuchte sie ihn zu küssen (sie liebte seine Lippen), aber er wehrte sie ab.

»Du mußt packen. Mein Zeug ist schon fertig im Kofferraum verstaut.«

»Was soll ich denn mit meiner Arbeit machen?«

»Melde dich krank. Es sind doch bloß die drei Tage und

dann noch das Wochenende. Wenn du also die drei Tage freikriegst, haben wir fünf.«

Sie ging zum Telefon, vermochte jedoch nicht den Hörer abzunehmen, wußte einfach nicht, was sie sagen sollte. Während sie so dastand und sich ihre Lüge zurechtzulegen versuchte, hielt sie ihr langes weißblondes Haar in zwei dicken Büscheln fest, eines in jeder Hand. »Ponyschwänze«, kommentierte er, und sie ließ die Haare los. »Hat mir doch gefallen«, protestierte er, kam auf sie zu und hielt jetzt ihre Haare auf die gleiche Weise fest, je eine Hälfte zu jeder Seite gebündelt. »Wüßte ich's nicht besser, könnte ich dich für zwölf halten.«

»Zwanzig.«

»Weiß ich doch. Zufällig mag ich's, daß du manchmal wie ein kleines Mädchen aussiehst, und manchmal dann wieder vollkommen anders – scharf, verführerisch. Ich mag all diese Facetten von dir.« Dann fing er an sie zu küssen, begann mit diesen kleinen Bissen an ihren Lippen, die sie so gern hatte, ließ seinen Mund über ihre Wange gleiten. »Die Tickets kann ich nicht zurückgeben«, flüsterte er, »und ich will dich unbedingt, unbedingt mit auf die Reise nehmen, also mußt du diesen Anruf machen.«

»Was soll ich denen denn sagen?« fragte sie ihn. »Ich bin eine miserable Lügnerin. Ich fang immer an zu beichten, bevor ich mit der Lüge halb fertig bin. Es ist eine Arztpraxis. Wenn ich behaupte, daß ich krank bin, bestellen sie mich vielleicht zur Untersuchung rein.«

»Es ist eine Frauenarztpraxis, Sylvie, die wollen dich nicht wegen Halsweh untersuchen.«

Sie griff nach dem Telefonhörer. »Ich kann solches Zeug einfach nicht, die Stimme verstellen und so. Wahrscheinlich hör ich mich für die nicht einmal krank an. Die merken bestimmt, daß ich lüge.« Sie legte den Hörer wieder auf die Gabel.

»Gut, dann lüg eben nicht. Sag, du mußt in einer persönlichen Angelegenheit verreisen.« Sie lachte über seinen Vorschlag. Er hatte nach der Fernbedienung für den Fernseher gegriffen und auf den Wetterkanal geschaltet. Das Radarbild zeigte, daß die kalten Luftmassen offenbar noch mehrere Tage lang nicht von Neuengland weichen würden.

»Ach, verdammt«, beschwerte sie sich. »Ich *will* doch fahren, das weißt du ganz genau, oder?« fragte sie, kam von hinten an ihn heran und umschlang ihn mit den Armen. »Es macht mich halt einfach schrecklich nervös, ich weiß nicht, was ich tun soll.«

»Schau mal«, sagte er und nahm sie an den Händen. »Deine Praxis ist jetzt zu. Du brauchst also einzig und allein den Telefondienst anzurufen, und die tun nichts anderes als deine Nachricht Wort für Wort aufzuschreiben. Die sagen doch nicht: Was fällt Ihnen eigentlich ein, so etwas zu sagen? Hab ich recht?« Sie nickte, er küßte ihr die Hand. »Du gibst hier den Ton an. Du bestimmst jetzt, wo's langgeht.« Er zupfte an ihren Armen, so daß sie herumkam und vor ihm stand. »Erzähl ihnen, daß du wegen einem Notfall in der Familie für den Rest der Woche wegfahren mußt.« Als Antwort rümpfte sie die Nase. »Hör mal, das entspricht vollkommen der Wahrheit. Du gehörst doch zu deiner Familie, oder?«

»Uuuh-je«, sagte sie durch ein Lächeln hindurch.

»Und gehöre ich nicht praktisch auch zur Familie?« fragte er, und sie spürte seinen Atem warm auf ihrem Nacken, während er sich mit seinem Körper an ihren lehnte. »Und haben wir uns im Grund nicht viel lieber, als wenn wir miteinander verwandt wären?«

»Der Teil stimmt«, erwiderte sie und rückte näher.

»Alles stimmt, mein kleines Mädchen.« Und dann schlug er ihr allen Ernstes vor, sie solle die Sache doch so sehen, daß schließlich jemand aus ihrer Familie (sie) Selbstmord begehen würde, falls sie diese Reise nicht antrat, und dann jemand anderes (er) um fast sechshundert Dollar für die Tickets ärmer wäre. »Meiner Meinung nach ist das ein echter Notfall«, sagte er, und sie fingen an zu lachen. Er ließ seine Hand an ihrem Rücken auf und ab gleiten und dann hinunter über ihren Hintern und sagte: »Vergiß den Winter.« Und dann erledigte sie ganz rasch den Telefonanruf und packte einen Koffer mit Sommersachen voll.

Allein schon der Versuch, sich daran zu erinnern, wo sie

ihre Badeanzüge hingepackt hatte, schien eine kleine Ewigkeit zu dauern. Ebenso die Anstrengung, ihre Aufmerksamkeit auf die für einen Aufenthalt in der Sonne nötigen Utensilien zu richten, wie etwas leichte Oberteile, Sonnenmilch und Sandalen. Bestimmt paßt dann nichts zusammen, erklärte sie ihm, aber selbst das schien Teil des Vergnügens zu sein. Unter den gegebenen Umständen war es also nicht allzu überraschend, daß sie es versäumten, auch Verhütungsmittel in ihr Reisegepäck zu stecken.

Ihr entscheidendes Versäumnis bemerkten sie erst, als sie schon in Puerto Blanco gelandet und in ihrem Hotelzimmer angekommen waren, sich ihrer Kleider entledigt und jeden vernünftigen Gedanken hinter sich gelassen hatten. Sätze à la »Wie stellst du dir das eigentlich vor, so mir nichts dir nichts in einem Land der Karibik mitten in der Nacht Verhütungsmittel aufzutreiben?« überforderten zu diesem Zeitpunkt bei weitem ihre rationalen Fähigkeiten. »Ich werd schon nicht schwanger«, versprach ihm Sylvie einfach, und für den gegebenen Augenblick schien es, als könnte sie es auch willentlich erreichen, ganz einfach so.

Danach bemerkte Peter dann, es wäre vielleicht gar nicht so schlecht, ein Kind zu bekommen. Und er sagte, er müsse ihr etwas gestehen: daß er nämlich schon zuvor daran gedacht habe, ein Kind mit ihr in die Welt zu setzen, weil sie so schön sei und weil er wirklich das Gefühl habe, total in sie verliebt zu sein. Er hätte noch nie den geringsten Gedanken an diese Sache verschwendet, sagte er, mit keiner einzigen Frau zuvor. Mit ihr aber habe er sogar schon vor dieser Nacht daran gedacht, es aber nicht erwähnen wollen, weil sie dann womöglich gefunden hätte, es wäre zu früh, irgendwie zu besitzergreifend oder sogar eine Macho-Allüre. Sie weinte und sagte: Ja, ein Kind, obwohl sie selbst zuvor noch nie daran gedacht hatte, es sei denn, man rechnete die Überlegung, wie man eins verhüten konnte, dazu. In dieser Nacht aber, das wußte Sylvie, öffneten sie sich für die Vorstellung von Cally, luden sie in ihr Leben ein.

In Puerto Blanco mit Peter zu schlafen war etwas völlig anderes, als sie es je zuvor mit irgend jemandem sonst erlebt hatte. Davor hatte sie sich auf Sex eingelassen, weil es sich gut anfühlte, so wie ein erfrischendes Bad an einem glühendheißen Sommernachmittag oder wie ein köstliches Abendessen an einem Tag, am dem sie vergessen hatte, Mittag zu essen. Diesmal kam dieser Aspekt der Selbstverwöhnung zwar mit ins Spiel, aber da war noch etwas anderes, und es hatte damit zu tun, daß sie beide daran dachten – und es sich gegenseitig sagten (das war vielleicht das Wichtigste daran, es auch auszusprechen) –, daß sie Lust auf ein Baby hatten. Ein altmodisches Wort, *Vereinigung*, kam ihr in den Sinn.

»Das ist ein zu prosaischer Ausdruck«, warf er ein. »Es ist etwas viel Spirituelleres.«

Ja, sagte Sylvie, das habe sie auch gefühlt, so eine Art schattenhaften weißen Wächter, der sie beschützte, während sie sich liebten, und dessen Existenz aus der Wärme stammte, die ihre Umarmung ausstrahlte.

Selbst als sie ins kalte, graue New Haven zurückkehrten, benutzten sie keine Verhütungsmittel. Sie hatten Angst, sie könnten das, was sie hatten, verpfuschen; sie hatten nicht die geringste Lust, irgend etwas daran zu verderben. Peter sagte, man müsse zurückgehen zu dieser Nacht in Puerto Blanco, um es zu verstehen, müsse sich ins Gedächtnis rufen, daß sie die Balkontür offengelassen hatten, während sie sich der Liebe hingaben. Diese symbolische Geste nämlich, sich einer größeren Welt zu öffnen, sagte er, sei es gewesen, welche die Intensität zwischen ihnen erzeugt habe.

Es geschah fast im Handumdrehen, daß die verschwommene Gestalt, die über ihnen verweilte, anfing sich in ein Baby zu verwandeln, das neben ihnen, in Reichweite ihrer Arme, in der Luft schwebte. Und bald schon begannen sie sich die besondere Gestalt, den eigenen Klang dieses Säuglings vorzustellen und sich sogar Namen auszudenken, so daß es nicht mehr den Eindruck erweckte, als wäre es ein unbekanntes Wesen, für das die Tür offengestanden hatte. Sylvie bekam allmählich das Gefühl, sie kenne die Unbekannte bereits, sie kenne sie ganz genau.

Kapitel 5

Daß sie schwanger war, hätte Sylvie Peter bereits mitteilen können, als sie um fünf in der Früh von einem merkwürdig kribbelnden Schmerz geweckt wurde, der sich quer über ihre Brüste zog. Das war ohne Zweifel ein ausreichender Beweis für sie. Doch sie wartete ab, da sie dachte, es würde ein noch schöneres Geschenk sein, wenn sie erst absolut, vollkommen sicher war.

Oder sie hätte ihn informieren können, nachdem sie beobachtet hatte, wie sich bei dem Schwangerschaftstest, den man zu Hause machen konnte, das Stäbchen bonbonrosa färbte. Doch dann las sie den Teil der Gebrauchsanweisung über falsche positive Ergebnisse. Sie hätte ihn aber auch sofort ins Bild setzen können, als sie die Resultate aus dem echten, offiziellen, wissenschaftlich kontrollierten Labortest erhielt. Doch selbst da wartete sie noch zwei weitere Tage ab und zerbrach sich den Kopf, wie sie es auf möglichst perfekte Weise für ihn formulieren könnte. Irgendeine Ausdrucksweise, die vermittelte, daß sie nichts erwartete. Obwohl sie selbstverständlich durchaus etwas erwartete oder wenigstens manchmal etwas erwartete, wenngleich ihr die meiste Zeit verteufelt klar war – spirituelle Liebe hin oder her –, daß dies noch zu einem Problem für sie werden konnte und sie vielleicht in ganz, ganz schlimmen Schwierigkeiten steckte.

Schließlich merkte er, daß etwas im Busch war – er sagte, sie spreche ja keinen ihrer Sätze zu Ende. »Wieso brichst du immer so komisch ab beim Reden?« fragte er sie. Er spüre doch, daß ihr etwas Sorgen mache, und er ließ nicht locker, versuchte hartnäckig, sie dazu zu bringen, daß sie mit der Sprache herausrückte. Endlich, als sie gerade nach dem Kino in seine Wohnung zurückgekehrt waren, fing sie an zu weinen und platzte einfach damit heraus, während ihr so irrsinnig schwindlig war, daß sie sich kaum auf den Beinen halten konnte. Einen Moment war es totenstill und sie tastete sich zum Sofa hinüber. Doch dann sagte er: »Komm mal her«, zog sie auf seinen Schoß und küßte sie überall aufs Gesicht: kleine zarte Küsse, die an ihrem Herzen zupften und wahrhaftig bewirkten, daß sie sich allmählich besser fühlte.

Er fragte, wie lange sie schon Bescheid wisse und weshalb sie es ihm nicht gesagt habe. Sie fühlte sich schließlich richtig furchtbar, weil sie es solange vor sich hergeschoben hatte, vor lauter Angst, er könnte wütend werden. Er sagte, sie habe doch gewußt, daß er ein Kind wolle. »Das war's doch, worauf wir aus waren«, erinnerte er sie. »Es geht doch um uns.«

»Verstehst du«, sagte sie, »das Problem war, ich wußte zwar, daß du *gesagt* hast, du willst ein Kind, aber die Leute reden viel daher, und dann passiert's in Wirklichkeit, und alles ist plötzlich ganz anders.«

»Was ich sage, ist ein Teil von mir, das bin ich, Sylvie. Das ändert sich nicht oder wabert hin und her. Ich hab dir gesagt, ich will dieses Kind, und so ist es auch. Hast du geglaubt, daß das mit einemmal völlig umschlägt, daß ich dich vielleicht zu einer Abtreibung oder so was zwingen will?« Sie erwiderte, sie habe einfach nicht das Gefühl, daß das Ganze so einfach sei. Er legte ihr den Finger auf die Lippen und brachte sie damit zum Schweigen.

»Hör mal zu«, ergriff er mit sanfter Stimme das Wort, so wie es ein Geschichtenerzähler tut. »Ich war schon immer der Überzeugung, daß man sein Leben am besten so führt, daß man das Unvermeidliche hinnimmt. Und weißt du, warum?« fragte er sie. Sie schüttelte den Kopf. »Weil der eigentliche Schmerz im Leben fast immer daher kommt, daß man wie wild gegen Dinge ankämpft, die ohnehin unumgänglich sind.«

Doch dann fiel ihr etwas anderes ein, und sie lehnte sich nach hinten, damit sie seine Augen sehen konnte und er sich möglichst auf sie konzentrierte, auf sie und ihre Schwangerschaft, nicht auf die ganze weite Welt, das ganze Weltall. »Was ist, wenn ich gar kein Kind will?« Dann verschwamm ihr sein

Anblick völlig vor den Augen, weil ihre Augen von Tränen überflutet wurden, und sie spürte, wie die Luft rings um ihre beiden Gesichter heiß wurde.

»Ach, Sylvie«, antwortete er leise und fast stockend. »Es ist deine Entscheidung. Ich will doch nur, daß du weißt, daß ich dafür bin.«

»Und du bist dir sicher?« Statt einer Antwort küßte er sie weich auf den Mund. »Findest du's richtig, wenn wir das tun, obwohl ich noch nicht einmal einundzwanzig bin?«

Lachend zog er sie wieder eng an sich heran und streichelte ihr den Rücken. »Bis dahin *bist* du doch einundzwanzig; dann, wenn das Baby zur Welt kommt. Du wirst eine junge, wunderschöne, tatkräftige Mutter sein.« Sie ließ ihre Finger in sein Haar kriechen.

»Und du findest es auch in Ordnung, obwohl wir gar nicht verheiratet sind?«

»Das kann man ja ändern«, sagte er, und seine Lippen suchten sich ihren Weg entlang des Ausschnitts von Sylvies Pullover. »Wie lang kann es schon dauern zu heiraten? Zehn Minuten? Fünfzehn? Oder sagen wir nach vorsichtiger Schätzung eine Stunde, weil es Papiere gibt, die man ausfüllen muß, wie die amtliche Ehegenehmigung.«

»Brauchen wir dann nicht auch eine Blutprobe?«

Er nickte. »Okay, also müssen wir wahrscheinlich zwei, drei Tage vorausplanen.«

»Du willst also heiraten?« fragte sie, und die Frage kam ihr seltsamer und peinlicher vor als irgend etwas, worüber sie jemals zuvor gesprochen hatten.

»Wenn du's willst. Wenn du findest, wir sollten's tun. Ich will das Kind mit dir haben, das ist das, worauf's ankommt. Wenn es auch wichtig ist, daß wir heiraten, dann heiraten wir eben.«

»Und du bist dir sicher, daß du ein Kind mit mir haben willst? Ganz sicher?« fragte sie ihn, und ihre Hand drückte währenddessen ganz fest die seine.

Er küßte sie mit diesen kleinen Küssen, die sie so gern hatte. »Ich will das Baby von dir, Sylvie, das hab ich dir mindestens schon hundertmal gesagt. Wir wollen es beide.« Sie ließ ihren Kopf auf seine Schultern sinken. Er hatte recht, es war das, was sie wollte. Sie schniefte, weil die Tränen allmählich ihre Nase und Kehle verstopften. »Dann ziehst du doch jetzt bei mir ein, oder?« fragte er, denn noch hatte sie jedesmal widerstanden, wenn er sie dazu aufforderte. »Wir können uns ja sogar noch einen Hocker für die Theke besorgen, und das zweite Schlafzimmer wandeln wir dann in ein Kinderzimmer um.« Sie hatte sich diesen leeren Raum schon vorgestellt, wie er für ein Baby eingerichtet aussehen würde, und wie sie beide dann in der gelben Beleuchtung eines Nachtlämpchens dastehen und einen in seinem Bettchen schlafenden Säugling betrachten würden.

»Wir besorgen also Möbel dafür?« fragte sie.

»Natürlich. Möbel, Teppichboden, Tapeten, Vorhänge.«

»So was wie gelbe Streifen mit einem Band aus Teddybären«, sagte sie und deutete dabei auf den oberen Rand der Wände dieses Zimmers, des Wohnzimmers, damit er genau verstand, was sie meinte. »Oder vielleicht was nicht ganz so Niedliches«, bremste sie sich bei dem Gedanken an die Reaktion ihrer Mutter auf lauter Babymuster an den Wänden. »Vielleicht sollte das Muster ein bißchen raffinierter sein. Karos oder irgend so was.«

»Und eine von diesen altmodischen Korbwiegen fürs Wohnzimmer«, schlug er vor. »Wir gehen gleich heute nachmittag und schauen nach einer.«

»Dafür ist es zu früh«, schalt sie ihn lachend aus, umarmte ihn aber gleichzeitig, weil er ganz genau dasselbe wollte wie sie.

»Zu früh wofür? Zu früh, um dieses Baby zu verwöhnen?« Seine Hand glitt über ihren flachen Bauch. »Ist es etwa zu früh, uns selber zu verwöhnen? Die Wohnung hier gehört jetzt uns allen drei. Ich will, daß sich dieses Baby gleich von Anfang an dazugehörig fühlt. Also mußt du mir da schon entgegenkommen.«

»Das ist okay«, erwiderte sie. »Eigentlich finde ich, daß es bestimmt Spaß macht, obwohl uns die Leute im Geschäft vielleicht auslachen, weil ich nicht gerade schwanger *ausseh*, weißt du.«

Er setzte sich auf, schob einen Finger unter ihr Kinn. »Ich kümmer mich nicht um das, was andere Leute denken, das weißt du doch.« Sie nickte. »Ich kümmer mich um uns. Wir sind jetzt eine Familie, und wir sind alles, was wir brauchen.«

»Seh ich zu sehr wie ein kleines Mädchen aus, als daß ich eine Mutter sein könnte?« fragte sie ihn und reckte sich dabei nach hinten, damit er sie in Augenschein nehmen konnte. Kein Kellner dachte daran, die Bestellung eines Drinks von ihr entgegenzunehmen, sie war nicht groß genug, um ohne Stuhl an die obersten Regalfächer heranzureichen, und sie bekam ständig die Frage gestellt, ob ihre Mutter zu Hause sei, wenn sie auf ein Klingelzeichen hin an ihrer eigenen Wohnungstür erschien. Sie paßte noch in eine Kleidergröße für Kinder, was angenehm war, weil die Sachen viel billiger als die für Teenager waren.

»Wenn du schwanger bist, bist du auch alt genug, Mutter zu sein«, hielt er ihr vor Augen. »Mir jedenfalls gefällt die Vorstellung einer Kindsbraut«, sagte er und schmiegte sein Gesicht an ihres.

»Bei mir hat noch nie etwas richtig hingehauen«, stellte sie fest.

»Diesmal klappt's bestimmt«, entgegnete er, und sie spürte, wie seine Augen über sie wanderten und Gefallen an ihr fanden.

»Ich glaube, es sollte wohl so sein«, flüsterte sie ihm in den Nacken, und dann liebten sie einander auf der blauen Samtcouch und schliefen unter seinem Hemd eng aneinandergekuschelt ein.

»Schicksal, Sylvie?« sagte Hannah. »Du machst doch wohl einen Witz, oder? Ich weiß, daß du weißt, wie Kinder entstehen, weil ich's dir selbst gesagt hab, als du – wie alt noch mal warst, Sylvie? Wie alt warst du, als ich dir erzählt hab, wie Kinder zustande kommen?«

»Weiß ich nicht, Mutter.«

»Nun, aber ich weiß es. Du warst neun. Du hast gefragt, und ich hab's dir gesagt. Mit neun hast du erfahren, daß es nichts mit Schicksal und Märchenfeen und Magie zu tun hat. Was ist seither passiert, was dich auf den Gedanken bringt, es würde anders vor sich gehen?«

Sylvie beschloß den Mund zu halten und sich stur zu stellen. Sie war in ihrer Mittagspause herübergefahren mit der Überlegung: Wenn sie im Büro ist, dann sag ich's ihr, wenn nicht, dann ist das ebenfalls Schicksal und kann mir recht sein. Dann muß sie eben warten, bis sie's erfährt. Wenn sie ehrlich war, hatte sie gar nicht damit gerechnet, Hannah anzutreffen, weil sie so selten dort war.

»Was genau meint er eigentlich mit Schicksal?« hakte Hannah nach.

»Ich weiß nicht, jedenfalls nicht Magie und Märchenfeen.«

Ihre Mutter seufzte schwer und kippte ihren Schreibtischstuhl nach hinten, so daß er auf zwei Beinen stand. »Versuch mir da weiterzuhelfen, Sylvie. Ich will's wirklich verstehen.«

Sylvie schaute ihr gerade ins Gesicht und versuchte herauszufinden, ob ihre Mutter denn möglicherweise wirklich eine Antwort wollte oder ob sie bloß auf unterhaltsamen Gesprächsstoff erpicht war, den sie beim Lunch mit ihren Professorenkollegen wiedergeben konnte. Sie hätte sich so gern besser ausgedrückt. Ihre Gedanken besser organisiert. Sie hätte gern Peter dagehabt, damit er es so sagen konnte, wie er es ihr erklärt hatte, mit all dem Zeug über Mythisches und Typisches. Ob ihre Mutter dann behaupten würde, etwas Mythisches sei bloß Magie und Märchen? Sie holte tief Luft – sie wollte es rasch und flüssig über die Lippen bringen, bevor Hannah sie unterbrechen konnte. »Ich glaube, er meint einfach, daß die Leute immer versuchen, das, was sie sind, zu ändern, jemand andres zu sein und gegen das anzukämpfen, was nun mal so sein soll. Er sagt, daß man das nicht tun sollte, daß es sich nie lohnt.«

Hannah schüttelte den Kopf. »Das ist eine sehr banale Weltanschauung«, war ihr Kommentar. »Eine reichlich unelegante Version von: ›Was soll's, wenn's nun mal die Frau ist, die das Baby austrägt?‹«

»Ich *will* dieses Kind«, sagte Sylvie so schlicht wie möglich.

»Du glaubst, daß du's willst«, belehrte sie Hannah. »Ist er katholisch? Ist er vielleicht so ein versessener Anti-Abtreibungsfanatiker?«

»*Nein*«, sagte Sylvie, und ihre Stimme stieg in einer Welle der Abwehr gegen ihre Mutter an. Peter war Mormone, aber diese Information gab sie nicht preis, weil sie sich nicht sicher war, was Mormonen von Abtreibung hielten, wohingegen sie völlig überzeugt davon war, daß ihre Mutter es wissen würde.

»Wie alt ist dieser Junge?«

»Er ist kein Junge, Mutter. Er ist dreiunddreißig.« Daddys Alter, als er starb, hätte sie hinzufügen können, ließ es aber bleiben – ihre Mutter sprach nicht gern über die Vergangenheit.

»Bereits zweimal verheiratet und geschieden, nehme ich an?«

»Nein. Er war noch nie verheiratet.«

»Wie auch immer, Sylvie, *du* bist zwanzig. Du bist nicht verheiratet. Ein Kind zu kriegen kommt nicht in Frage für dich.«

»Oh, doch.« Sie hörte, wie ihre Stimme schrill wurde, spürte den Unterton von Weinerlichkeit und wie kindisch sie doch war. »Wir haben vor zu heiraten«, erklärte sie so sachlich wie möglich. »Eine Menge Leute kriegen mit einundzwanzig Kinder. Du warst erst zweiundzwanzig.«

»Und ich war verheiratet und fertig mit dem College.«

»Ich bin auch bald verheiratet, und das College ist mir egal.«

»Sylvie, an einer Abtreibung ist nichts auszusetzen, es ist eine ausgesprochen sichere Prozedur. Du kannst eine Narkose bekommen, wenn du Angst vor den Schmerzen hast, aber ich kann dir versichern, eine Geburt ist hundertmal schmerzhafter als ein einfacher Abort. Dabei wird einfach nur die Gebärmutter ausgeschabt. Man braucht nicht mal mehr über Nacht in einem Krankenhaus zu bleiben.«

»Ich weiß, was eine Abtreibung ist, Mutter, und es ist

nicht das, was ich will. Ich will das Kind kriegen, und ich will mich darum kümmern.«

»Wie denn? Wie willst du dich darum kümmern? Du bleibst ein paar Monate bei deinen Jobs und haust dann ab, du baust alle zwei Monate einen Autounfall, du bringst nichts zu Ende, was du anfängst, Sylvie, und glaub mir, ein Baby ist kein solches Projekt, das du einfach in den Müll werfen und hinter dir lassen kannst. Und noch etwas will ich dir jetzt auf der Stelle sagen, ich mach bestimmt nicht den Babysitter für dich«, erklärte Hannah und schüttelte einen schlanken Finger in Richtung ihrer Tochter. Sylvie wandte ihre Augen zum Fenster hin. Sie konnte ein paar rötliche Knospen an einem der Bäume im Hof der Kunstgalerie sehen. Was um Himmels willen hatte sie sich nur von diesem kurzen Gespräch versprochen? »Ich werde dir das Geld für eine Abtreibung geben, wenn du allerdings bei deiner Schwangerschaft bleibst, bist du diesmal auf dich allein angewiesen.«

Sylvie wandte sich ihr noch einmal zu. »Ich mache das mit Peter zusammen, Mutter, nicht mit dir. Ich bitte dich nicht um Hilfe. Ich bin jetzt bloß hier, weil ich fand, daß es richtig ist, dir davon zu erzählen. Ich hab nicht erwartet, daß du überglücklich bist.«

Hannah machte ein Geräusch, ähnlich einem gepreßten Lachen, das ihr irgendwo im Nasenkanal steckengeblieben war. »Nun, in diesem Punkt hast du zweifellos richtig vermutet.« Hannah griff nach einem Briefumschlag auf dem Schreibtisch, langte nach dem Brieföffner und begann ihn unter die zugeklebte Klappe zu schieben. Sylvie erhob sich. Die Art, in der Hannah es vorzog, ihren Begegnungen ein Ende zu setzen, war ihr schon vertraut. »Hör mir gut zu, Sylvie«, sagte Hannah und legte erstaunlicherweise das Kuvert und den Brieföffner wieder beiseite, »du kannst das nicht machen. Du ruinierst dir dein Leben. Du hast doch gesagt, daß du wieder aufs College gehen willst.«

»Ich hab gesagt, daß ich's mir überlege, ob ich zurückgeh, bloß das hab ich gesagt. Die Idee war doch sowieso von dir.«

»Sie haben jetzt dieses besondere Förderungsprogramm

für Leute mit Aufmerksamkeitsschwächen. Es ist ein kostenloses Programm, und sie kümmern sich einzeln um einen, damit man gut durch die Vorlesungen kommt. Es hilft einem emotional und beim Studium.«

Sylvie nahm die starke Betonung auf dem Wort *emotional* wahr. »Zu welchem Zweck?« fragte sie ihre Mutter.

Hannah schob ihren Stuhl zurück und stand auf. »Was meinst du damit, zu welchem Zweck? Damit du deine Vorlesungen schaffst.«

»Das weiß ich, aber wieso ist das wichtig?«

»Damit du mit der Zeit einen Abschluß machen kannst, meine Liebe. Damit du mit der Zeit einen guten Job kriegen kannst, vielleicht irgendwas auf medizinischem Gebiet, wie du's zur Zeit machst, aber mit mehr Kompetenzen.«

Sylvie verlagerte ihr Gewicht auf das linke Bein. Ihre Füße wollten eigentlich schon zur Tür hinaus marschieren. »Mutter, ich führe Patientinnen aus dem Wartezimmer in den Behandlungsraum und erkläre ihnen, wie herum sie die Öffnung des Kittels anlegen sollen. Für so was ist nicht gerade viel medizinisches Wissen nötig.«

»Aber darum geht es mir doch – du kannst dir das Können für etwas viel Besseres erwerben. Das ist jetzt erreichbar für dich.«

»Ich bin nicht gern in der Bude«, sagte Sylvie, obwohl ihr bewußt war, daß diese Äußerung etwas danebenging und genau dazu geeignet war, ihre Mutter zu erzürnen.

»Das ist völlig irrelevant, Sylvie. Versuch dich auf das Thema, das anliegt, zu konzentrieren.«

»Nein, es ist nicht irrelevant. Ich mag nicht drinnen arbeiten, und ...«

»Sylvie«, unterbrach sie Hannah, »hier im Nordosten arbeiten wir alle drinnen, und so sieht die Situation nun einmal aus.«

Sylvie wollte schon sagen: Dann zieh ich eben weg, hielt sich aber zurück.

»Was für ein Mann läßt denn nur eine Frau schwanger werden?« fragte Hannah unvermutet.

»Wir sind eigentlich zusammen schwanger geworden.«

»Ich kann dieses Klischee ›wir sind schwanger geworden‹ nicht ausstehen. Es versucht bloß die Wahrheit dadurch zu kaschieren, daß es sie in niedliche Schönrednerei einwickelt. Stell dich den Tatsachen, Sylvie, es ist nun mal die Frau, die schwanger wird – ihr wird es am Morgen kotzübel, sie hat die Kreislaufprobleme und Atembeschwerden und ebenso die Wehen. Willst du damit vielleicht sagen, daß ihr beide gleichermaßen Mist gebaut habt?«

»Wir wollten es beide, meine ich damit.«

»Oh, Sylvie.« Ihre Worte platzten wie ein dumpfes Ächzen heraus.

Sylvie atmete tief ein, bevor sie weitersprach. »Wir finden es romantisch.«

»Romantisch ist nicht gerade der Ausdruck, den ich benützt hätte, Sylvie. Unreif vielleicht, oder dumm. Kein gebildeter Mensch würde unverantwortliches Verhalten mit Romantik verwechseln.« Sylvie sah, wie sich Hannahs Hand zu einer Faust verkrampfte, die sie sich eng an die Brust drückte. Die ältere Frau machte einen langen, tiefen Atemzug. »Wie lange kennst du ihn schon?«

Sylvie wurde sich plötzlich bewußt, daß sie sich die Fransen ihres Halstuchs so eng um den kleinen Finger gewickelt hatte, daß er kalt und blau geworden war. Peter hatte ihr von diesem Besuch abgeraten – weshalb hatte sie nur nicht auf ihn gehört? fragte sie sich, während sie die Fransen von ihrem Finger löste und die Hand ausschüttelte. »Wir kennen uns seit ein paar Monaten«, sagte Sylvie, »aber wir sind die ganze Zeit zusammen. Es ist auf jeden Fall lange genug.« Sylvie blickte auf ihre Uhr. »Ich muß jetzt weg. Ich hab zu tun.« Sie winkte mit einem Zipfel des Tuchs zu Hannah hin, und während die weichen Chenillefasern aufflatterten und niederfielen, fragte sie: »Willst du ihn kennenlernen?«

»Noch nicht, wenn ich ehrlich bin«, sagte Hannah. »Was ich will, ist, daß du intensiver über eine Abtreibung nachdenkst. Hier geht's nicht um eine unbedeutende Angelegenheit, Sylvie.«

»Tschüs dann«, sagte Sylvie und öffnete die Tür.

Kapitel 6

Eine Zeitlang hörte Hannah überhaupt nichts mehr von Sylvie, doch eine Schweigepause dieser Art war keine allzu große Überraschung. Sylvie war schon immer ein eigenwilliges Geschöpf, und Distanzierung war das übliche Ergebnis jeder Konfrontation – oder, wenn man's genau nahm, sogar einer einfachen Unterredung zwischen ihnen. So wie Hannah die Sache einschätzte, würde Sylvie letzten Endes die Abtreibung machen lassen – sie fand, daß sie deutlich genug klargemacht hatte, wie unerläßlich das war. Ein- oder zweimal kam ihr der Gedanke anzurufen und zu sagen: Du weißt doch, daß du diese Sache im ersten Trimester (oder vielleicht würde sie einfach sagen: *in den ersten drei Monaten*) erledigen lassen mußt, denn wenn du wartest, ist es ein sehr viel komplizierterer Eingriff, obwohl er dann immer noch gemacht werden kann.

Aber Hannah rief nicht an. Nicht sosehr, weil sie ihre Meinung geändert hatte, sondern weil sie es schlicht aus den Augen verlor. Gelegentlich, wenn sie sich gezwungen sah mitanzuhören, wie eine geplagte Mutter ihr Kleinkind mit Drohungen bedachte, fiel ihr die ganze Situation wieder ein, und sie dachte dann: Ich muß sie anrufen und sicherstellen, daß sie die Angelegenheit erledigt hat. Aber da sie zum einen nicht vom Supermarkt aus anrufen konnte (was ausnahmslos der Ort war, wo das Thema in ihr Bewußtsein drang), und da sie zum anderen nicht ständig daran dachte, verging schließlich eine Woche nach der anderen. Als sie sich dann dazu aufraffte, tatsächlich anzurufen, schallte ihr eine automatische Telefonansage entgegen und verkündete, unter dieser Nummer gebe es keinen Anschluß mehr. Das Tonband offerierte keine neue Telefonnummer, und es traf auch keine Mitteilung über eine neue Adresse mit der Post ein. Sogar die Telefonvermittlung hatte keine neuen Angaben. Hannah ging davon aus, daß Sylvie vermutlich mit dem jungen

Mann zusammengezogen war, konnte sich aber weder an seinen Namen erinnern, noch, ob sie ihn überhaupt zu hören bekommen hatte. Hannah versuchte Sylvie bei der Arbeit zu erreichen, erfuhr, daß sie dort nicht mehr angestellt sei; als einzige Telefonnummer hätten sie nur die frühere in ihren Unterlagen verzeichnet. Sylvie hat sich also davongemacht, dachte sie, und die Sache liegt nicht mehr in meiner Hand. Allerdings wußte sie, daß solche Pausen nie lange währten. Sylvie würde sich wieder melden. Bloß hoffentlich allein.

Zu dieser Zeit hatte Hannah keine überschüssige Energie für eine hoffnungslose Jagd nach einer Person, die zweifellos nicht gefunden werden wollte. Sie war völlig davon in Anspruch genommen, sich für eine Beförderungsanhörung an der Universität vorzubereiten. Vier Jahre zuvor war ihr der höhere und mit Unkündbarkeit verbundene Rang als *Associate Professor* von einem Ausschuß verwehrt worden, der ihre Veröffentlichungen über den Hyperrealismus der achtziger Jahre als zu frivol erachtete. »Wir haben nichts übrig für modische Trends, Popkultur und Kitsch«, hatte es einer von ihnen inoffiziell für sie zusammengefaßt. Auf die Ablehnung hin hatte sie sich drei Tage lang in eine Orgie von neuen Filmen, China-Klößchen und Eisbechern mit Brownies gestürzt, bevor sie sich daran machte, ein neues Thema zu finden. Sie entdeckte Deetha Morena, eine relativ unbekannte Amerikanerin, die von 1897 bis 1909 gemalt hatte. Siebenundzwanzig Gemälde und etwa fünfzig Skizzen, zumeist Studien für die Ölbilder, waren vorhanden. Fast alle Gemälde stellten eine Mutter mit Kind dar, und teilweise waren die offensichtlich adeligen Modelle nur recht dürftig bekleidet. Ihren Studenten gegenüber hatte Hannah kürzlich geäußert, Morenas Sicht der Dinge sei eine merkwürdige Mischung aus Mary Cassatt und Edvard Munch. Morena war von jeder Kunsthochschule in den Vereinigten Staaten wie in Europa abgelehnt worden. Ihre Briefe an die großen und weniger großen männlichen Künstler blieben wiederholt unbeantwortet, und 1909 im Alter von dreißig Jahren beging sie Selbstmord. Obwohl Morena äußerst wenige Kunstwerke hinterließ, blieben doch Dutzende von Tagebüchern erhalten, in die sie alle Briefe sauber abgeschrieben hatte, die sie damals versandte. Diese Briefe gingen in die Tausende und quollen über von politischen Beobachtungen über die Welt der Kunst, über die Beziehungen von Männern und Frauen und über die letzten Endes zum Scheitern verurteilte Existenz einer Künstlerin. Stilistisch gesehen tat man Morena gern als Nachahmerin ab. »Neid auf Gauguin«, hatte Hannahs Fakultätsvorsitzender einmal bemerkt.

Alle früheren biographischen Arbeiten über sie verwiesen auf ihre unverheiratete, kinderlose Stellung in der Gesellschaft in Kombination mit ihrer Versessenheit auf das Madonnenthema als klare und ausreichende Ursache für ihr trauriges Ende. Hannah dagegen war der Meinung, daß Morena mit den gelangweilten, unkonzentriert blickenden Augen ihrer Frauen und der unbequemen Haltung der Kinder, die sich häufig dagegen zu wehren schienen, überhaupt gehalten zu werden, einen wichtigen Beitrag zur Rolle der Mutter geleistet hatte. Hannahs einzige Enttäuschung über diese Künstlerin betraf ihre Entscheidung, so früh schon die Segel zu streichen.

Hannah verfolgte Deetha mit dem Eifer eines Piraten, der im Besitz einer hingekritzelten Karte zur Schatzsuche ist. Auch das Interesse anderer wurde schnell geweckt – man fing an, sie zu Vorträgen bei bedeutenden akademischen Verbänden für Kunst und Frauenstudien einzuladen. Man forderte sie auf, für eine Ausstellung mit dem Titel »Hinter der Maske« und dem Untertitel »Durch die Augen der Frauen« einem Ausschuß von Gastkuratoren beizutreten, da auch sechs von Morenas Werken zusammen mit anderen, eher traditionell etablierten Künstlerinnen gezeigt werden sollten.

Als Sylvie sie schließlich anrief, war Hannah so sehr von den Einzelheiten ihrer erfolgreichen Beförderungskampagne in Anspruch genommen, daß sie sich zunächst nicht mehr exakt ins Gedächtnis rufen konnte, wieviel Zeit seit jener hitzigen Konfrontation vergangen war. Es war Hannahs Geburtstag, eine Tatsache, die Hannah weniger zu vergessen, als vielmehr zu ignorieren versucht hatte. Sie war jetzt dreiundvierzig, brauchte ihre Haare bis dato nicht zu färben, und sie hatte noch dasselbe Körpergewicht wie an dem Tag ihrer Heirat mit Eric. Und wäre er nun wie durch ein Wunder wieder aufgetaucht, so dachte sie oft, während sie ihren Körper im Spiegel betrachtete, wäre er nicht enttäuscht gewesen. Sie hielt sich nicht etwa mit dem zwanghaften Joggen, Lagenschwimmen oder Gewichtheben fit, dem ihre Kollegen verfallen waren, sondern dadurch, daß sie so oft wie möglich Tennis spielte, der Treppe den Vorrang vor dem Aufzug gab und soweit möglich zu Fuß ging, anstatt zu fahren. Von allen Fakultätsmitgliedern der Kunstabteilung über Fünfunddreißig war sie die einzige, die keine Gliederschmerzen hatte.

Hannah nahm Sylvies Einladung zum Lunch an, warnte sie jedoch, daß sie es zeitlich ziemlich kurzhalten müßten – Hannah sagte, sie habe noch eine Riesenmenge Dinge aufzuarbeiten, die sie während der Vorbereitungen für ihre Anhörung habe schleifen lassen. Daraufhin sagte Sylvie einfach: »Okay, wir sagen bloß hallo, essen, sagen Wiedersehen, und damit hat sich's.« Sie fragte nicht: Was für eine Anhörung?, was schon allein ausreichte, daß Hannah am liebsten erklärt hätte: Oh, nein, ich hab ganz vergessen, daß ich ja eine Verabredung in der Mittagspause habe und mich unmöglich mit dir treffen kann. Doch Sylvie war bereits dabei, Restaurants vorzuschlagen, und so sagte Hannah lediglich: »Welches auch immer, Sylvie, du entscheidest.«

Sylvie war es schließlich, die dann die Rechnung übernehmen mußte. Sylvie schlug Monti's vor, ein kleines, ruhiges Lokal gegenüber der Uni, wo es nach Hannahs Meinung die beste selbstgemachte Pasta in der ganzen Stadt gab.

Wie immer kam Sylvie zu spät. Ein Teil von Sylvies Problem war die Tatsache, daß sie nie kalkulieren konnte, wie lange sie brauchen würde, um von einem Ort zum nächsten zu gelangen. Selbst wenn sie wußte, daß es eine Zwanzig-Minuten-Fahrt ins Stadtinnere war, dachte sie nicht daran, die Zeit, die zur Parkplatzsuche und für den Fußweg vom Parkplatz bis zum Restaurant nötig war, mit einzurechnen. Es war äußerst ärgerlich, mit einem Menschen wie ihr zu tun zu haben, besonders, wenn man dann allein an einem Tisch saß und zum x-tenmal eine ziemlich kurze Speisekarte las oder ins Leere starrte.

Als Sylvie dann aber erschien, war Hannah schlicht schockiert. Sie war von der Annahme ausgegangen, die Schwangerschaft sei beseitigt worden, keinesfalls aber wäre sie auf die Idee gekommen, sie könne, falls sie weiterbestand, tatsächlich schon so weit fortgeschritten sein. Sylvie sah mehr denn je wie ein Kind aus – sie war ohnehin sehr klein, ihr Gesicht so rund wie das einer Sechsjährigen, und heute hielt ein rosafarbenes Samtband ihre langen weißblonden Haare aus dem Gesicht heraus. Die unübersehbare Schwellung ihres Leibes war absolut unvereinbar damit – sie sah wie ein schwangeres Baby aus.

Hannah sah sie durch die ganze Länge des Restaurants auf sich zukommen und sah ebenfalls, wie Köpfe sich drehten, um Sylvies Erscheinung zu folgen. Hannah war aufgestanden, um sie zu begrüßen, sie besser in Augenschein nehmen zu können, und sie sah nicht etwa den schleppenden Gang einer hochschwangeren Frau, sondern die belebten, leichten Schritte eines Kindes. Ganz so, als bestünde die Schwangerschaft überhaupt nicht.

Sylvie erreichte den Tisch, zog sich ihren Stuhl heraus und setzte sich. »Alles Gute zum Geburtstag«, sagte Sylvie, und sie schob ein kleines Päckchen, das in ein Papier mit Paisleymuster gewickelt war, zu ihrer Mutter hinüber.

»Was viel wichtiger ist«, erwiderte Hannah, »du hast die Abtreibung offensichtlich nicht machen lassen.«

Sylvie lachte und sagte voller Begeisterung: »Ich hätte nie eine Abtreibung machen lassen. Ich bin in dieses Baby verliebt.«

»Und du wohnst jetzt wo? Ich hatte schon den Eindruck, du wärst vom Erdboden verschluckt.«

»Oh«, sagte Sylvie, »wir haben eine wunderbare, riesige Wohnung an der Livingston. Das Baby bekommt ihr eigenes Zimmer, und wir haben schon angefangen, den Raum einzurichten. Peter hat eine wunderbare Korbwiege für sie gekauft. Aber ein Kinderbett kriegen wir auch noch.«

»Bist du mit –« sie zögerte, bevor sie seinen Namen aussprach – »Peter … seid ihr verheiratet?«

»Wir heiraten in zwei Wochen.«

Hannah lehnte sich in ihrem Stuhl zurück. »Das ist wirklich eine ganze Menge, an das ich mich da gewöhnen muß, Sylvie.«

»Aber hör mal, Mutter, du weißt es doch schon seit Monaten und Monaten.«

Hannah schüttelte den Kopf. »Nein«, entgegnete sie. »Das ist etwas völlig anders als damals, als du mir gesagt hast, daß du schwanger bist. Jetzt redest du davon, daß du heiratest, und es gibt eindeutig keinen Spielraum mehr für irgendeine Art von Erörterung oder Überlegung, du mußt ja heiraten. Als wir das letzte Mal miteinander sprachen, dachte ich ehrlich, du würdest dich schon um die Sache kümmern, aber schau mal, wie du jetzt aussiehst, du hast ja den Umfang von einem Haus.« Zur Erläuterung beschrieb Hannah mit den Armen einen riesigen, offenen Kreis.

»Ich hab nicht den Umfang von einem Haus, Mutter. Nicht mal den von einem Zimmer«, sagte Sylvie und wies auf den äußeren Umfang des Speiseraumes. »Oder von einem Tisch. Ich hab bloß den von einer schwangeren Frau.« Mit diesen Worten schob Sylvie ihren Leib noch mehr vor, damit Hannah ihn mustern konnte. »Die Hebamme findet, daß ich nicht genug zunehme – ich habe gerade mal fünfzehn Pfund zugenommen –, also versuchen alle, mich zu mästen. Peter macht ständig Milchshakes für mich.« Ihre Hand strich langsam in einem Kreis über ihren Bauch. »Das Baby bewegt sich gerade total hin und her. Ich spür da so Knoten, ihre Faust vielleicht oder ihre Ferse, die hier überall herumfuhrwerken.«

»*Ihre* Ferse?« wiederholte Hannah, überrascht, daß sich ihre Tochter wie eine Feministin ausdrückte.

»Ja. Wir wissen, daß es ein Mädchen ist.«

»Eine Amniozentese?«

»Nein, wir haben einfach beide das Gefühl, daß es ein Mädchen ist, und es ist ein so starkes Gefühl, daß es wohl auch stimmen muß.«

Hannah ließ sich zu ihrem nasalen Beinahe-Lachen hinreißen. »Na ja, du hast ja eine Chance von fünfzig zu fünfzig, daß du damit recht hast. Arbeitest du noch?«

»Ach, ich hab gekündigt – es war ein entsetzlicher Job. Aber das ist okay, Peter verdient wirklich genug Geld für uns.«

»Womit, wenn ich fragen darf?«

Ein Ober stand mittlerweile neben ihnen bereit. »Sind Sie soweit, meine Damen?« fragte er, Stift und Notizblock in der Hand.

»Noch eine Minute«, bat Sylvie, obwohl Hannah bereits mehr als genug Zeit gehabt hatte, ihre Wahl zu treffen. Der Kellner neigte leicht den Kopf, lächelte und ging in Richtung anderer Gäste. »Wo waren wir stehengeblieben?« fragte Hannah ihre Tochter.

»Du hast wegen Peter gefragt. Er entwirft Sicherheitssysteme für Geschäfte und Firmen. Er arbeitet an einer wirklich revolutionären Version, die mit einer Stimme reagiert. Wenn jemand einbricht, geht nicht bloß ein Alarm los, sondern eine Stimme sagt: ›Einbruch bei Tür sechs‹ oder so was Ähnliches. Also kann die Polizei gleich zur genau richtigen Stelle hingehen, und sie brauchen keine Zeit damit zu vergeuden, daß sie erst in der Zentrale anrufen oder eine Schalttafel mit Lichtern überprüfen müssen, wenn sie dort ankommen.«

»Ist das nicht die Art, wie es bereits gemacht wird? Gehören nicht computersimulierte Stimmen schon seit Jahren zu diesen High-Tech-Systemen?«

Sylvie wurde rot. Warum mußte ihre Mutter ihr immer das Gefühl geben, daß sie der letzte Idiot war? »Ich hab es wahrscheinlich nicht richtig erklärt«, sagte sie. »Ich weiß, daß es irgendwas an sich hat, was umwerfend neu ist.«

»Ich verstehe. Und für welche Firma arbeitet er?«

»Er hat sein eigenes Unternehmen.« Sylvie lächelte sie an. »Er hat erst vor kurzem damit angefangen, als wir uns begegnet sind, also ist alles noch ziemlich neu. Er ertrinkt wirklich in Arbeit, aber er ist gerade dabei, einen Partner mit ins Geschäft zu nehmen, also sollte es bald leichter werden.

Im Moment ist er ständig unterwegs, was ich wirklich hasse. Er ist drei, vier Tage in der Woche weg, aber mit der Zeit beruhigt sich das bestimmt, wenn er erst mal diesen Partner hat, und wenn er dann genügend Kunden hat, und wenn er denen nicht mehr kreuz und quer durchs ganze Land hinterherjagen muß.«

»Das klingt sehr beeindruckend«, sagte Hannah, obwohl sie nicht wirklich beeindruckt war. Aber so äußerte man sich nun mal in einer Unterhaltung. Hannah winkte dem Ober zu, damit er an ihren Tisch zurückkam.

Nachdem sie ihre Bestellung aufgegeben hatten, schlug Sylvie vor, Hannah möge ihr Geschenk aufmachen. Die ältere der beiden Frauen löste vorsichtig das Papier ab, öffnete die weiße Schachtel und holte ein Paar goldfarbener, ringförmiger Ohrringe hervor, von denen rote Steine herabhingen. »Die sind vielleicht zu schwer für mich.«

»Nein, nein, die spürst du nicht einmal. Sie sind der neueste Schrei. Ganz was Hochmodernes«, erklärte Sylvie, und Hannah bemerkte, daß die Hand ihrer Tochter zu ihrem eigenen Ohr gewandert war, und sah dort ein identisch aussehendes Schmuckstück mit dem Unterschied, daß der herabhängende Stein von tiefem Purpurrot war. »Die sind überhaupt nicht schwer.«

»Sie sind sehr hübsch«, sagte Hannah und legte die Ohrringe in die Schachtel zurück, die sie auch wieder in das Geschenkpapier wickelte. »Danke.« Dann kehrte Stille ein, die Hannah absichtlich nicht unterbrach. Sie wollte Sylvie Gelegenheit geben, mit ihrem Anliegen herauszurücken – es gab doch sicher eins, weshalb sonst hätte sie dieses Treffen angeregt? Sylvie hatte angefangen, das Besteck in merkwürdigen Positionen und Kombinationen auf der Tischdecke zu arrangieren. Hannah beugte sich zu ihr hinüber. »Sylvie, würdest du bitte die Gabeln und Messer dort lassen, wo sie hingehören, ja?«

Sylvie ließ die Hände auf ihren Schoß sinken, blickte dann zu ihrer Mutter auf. »Ich bin jetzt sehr glücklich mit meinem Leben«, sagte sie. »Glücklicher, als ich es je zuvor war, ehrlich.« Hannah nickte. »Ich hab das Gefühl, daß ich ausnahmsweise mal was richtig mache. Ich fühl mich wirklich gut.« Als aufmerksamer Zuhörer für ein großmäuliges Abwehrmanöver zu dienen war nicht gerade das, was Hannah sich idealerweise als Geburtstagsfeier vorstellte. »Ich bin wirklich glücklich«, wiederholte Sylvie, als Hannah nicht reagierte.

Hannah holte tief Luft, bevor sie sagte: »Ich bin froh, Sylvie. Und glaube mir, ich bin auch wirklich froh, daß du Peter hast, um dir zu helfen, diese Sache gut durchzustehen, denn es wird nicht einfach sein.«

»Sei auch über das Baby froh«, sagte Sylvie inständig.

»Das, meine Liebe, ist eine entschieden schwierigere Aufgabe.«

Der Ober stellte die Pasta vor die beiden Frauen hin, und Sylvie musterte ihre Mittagsmahlzeit mit offensichtlichem Vergnügen. »Ich bin ständig hungrig. Ich weiß nicht, wieso ich nicht zunehme«, erklärte Sylvie, während sie eine zu große Ladung Spaghetti Bolognese auf ihre Gabel drehte.

»Es fällt bloß alles runter, wenn du zuviel aufládst«, bemerkte Hannah, während sie ein Stück der mit wilden Pilzen gefüllten Ravioli abtrennte. Doch Sylvie kam irgendwie zu Rande und schob sich alles erfolgreich in den Mund.

»Wenn man etwas ganz schrecklich gern will, dann schafft man's auch«, kommentierte Sylvie die Darbietung ihrer Essenslust.

»Scheint wohl so«, pflichtete ihr Hannah bei. »Wenn auch nicht immer auf die feine Art und Weise.«

»Ja. Was soll's«, sagte Sylvie und wischte sich den Mund mit der Serviette ab, »ich erhebe jetzt gerade auch keinen Anspruch auf die feine Art und Weise.« Sie tätschelte ihren runden Leib. »Sag mal«, fuhr sie fort, nachdem ihr Hunger fürs erste ein wenig gestillt war, »als du schwanger warst, kam es dir da so vor, als wärst du Teil von irgendeinem riesigen Plan und als würdest du dadurch deinen Platz im Universum verstehen?«

Hannah lachte laut auf, diesmal mit offenem Mund. »Ich dachte immer, die Leute hätten ihre Identitätskrise in der Pubertät.«

»Nein, das ist es nicht. Ich weiß, wer ich bin, ich wußte bloß vorher nicht, wie wir alle zusammenpassen. Ich komme mir wichtiger vor als früher. So, als ob ich irgendwie in einen großartigen Entwurf gehöre. Weißt du, so, daß ich nötig dazu bin, damit der Entwurf auch zustande kommt.«

Hannah beugte sich zu ihrer Tochter vor. »Ein Baby mehr oder weniger verändert nicht den Verlauf der Milchstraße, Sylvie.«

»Vielleicht nicht«, entgegnete Sylvie, während sie ihre Gabel erneut füllte. »Es liegt wahrscheinlich bloß an all den Hormonen, daß ich mich so fühle. Ich weine mehr, ich lache mehr, und ich komme mir mehr wie ein Teil des Universums vor. Ich würde mich gern immer so fühlen, es tut mir gut.«

»Weißt du, die Durchschnittsfrau ist über eine Schwangerschaft nicht derart begeistert.«

»Ich weiß, meine Hebamme hat das auch gesagt. Sie meint, das käme vielleicht daher, daß ich so jung bin und die körperliche Belastung nicht stark spüre. Wie sie gesagt hat, machen eine Menge Frauen in meinem Alter intensives körperliches Training. Dies hier ist einfach meine Art von Leichtathletik, nehm ich an. Was auch immer es ist, jedenfalls ist die Schwangerschaft richtig für mich. Und für Peter«, fügte sie noch hinzu.

»Weshalb sollte es für Peter nicht richtig sein? Für ihn bringt dein physischer Zustand keine Einschränkungen mit sich.«

»Nein, das nicht, aber es ist halt so, daß er daran teilhaben will. Er versucht wirklich mitzumachen, und das tun schließlich nicht alle Männer, oder?«

»Vermutlich nicht.«

»Er überwacht meine Vitamine und meine Arzttermine.« Sie hielt inne und blickte zu ihrer Mutter auf. »Nicht, daß ich es nicht in Ordnung halten kann – er will eben einfach dran teilnehmen, wie ich schon gesagt hab.« Hannah nickte.

Dann schob Sylvie mit einemmal ihren Stuhl so energisch zu ihrer Mutter hinüber, daß das Geräusch, als er über den Boden kratzte, nahezu das ganze Lokal zum Schweigen brachte und sich lauter Köpfe zu ihnen umdrehten. »Schnell«, sagte Sylvie und packte die Hand ihrer Mutter. »Sie bewegt sich. Fühl mal hier«, und Sylvie legte Hannahs Hand auf ihren Bauch.

Hannah zog beinahe die Hand zurück, so seltsam war das alles, so ausgesprochen intim, so gar nicht von der Art, wie man es mitten im Monti's tun sollte. Aber Sylvie hielt sie entschlossen fest, und dann fühlte Hannah eine Folge winziger, energischer Klopfbewegungen unter ihrer Hand, und sie hob die Augen zu ihrer Tochter hoch. Sylvie nickte ihr lächelnd zu. »Sie ist sehr lebhaft«, sagte sie zu ihrer Mutter, und dann folgte eine viel heftigere Bewegung, als habe sich das Baby entschieden, seine Position völlig zu verlagern und im Leib ihrer Tochter einen Purzelbaum zu schlagen. Hannah glitt mit der Hand über Sylvies Trägerkleid und folgte der Bewegung, wie sie direkt unter der straffen Oberfläche entlangschlitterte. »Sie heißt Cally, eine Abkürzung für Calida.« Hannah führte ihre Hand von einer Stelle zur anderen, um noch mehr an Bewegung zu erspüren. »Jetzt ist sie ruhig«, sagte Sylvie nach einer Weile der Suche, und Hannah nahm ihre Hand weg.

Sylvie rückte ihren Stuhl wieder auf die andere Seite des Tisches zurück. Gleich neben ihr stand der Hilfskellner mit einem Krug Wasser bereit. Hannah fragte sich, wie lange er wohl schon im Hintergrund dagestanden und darauf gewartet hatte, daß die Erforschung von Sylvies Bauch ein Ende finde.

»Calida«, sagte Hannah. »Ist das spanisch? Hat Peter spanische Wurzeln?«

»Nein«, erwiderte Sylvie und lächelte, mußte fast lachen. »Er hat wunderbares honigfarbenes Haar.«

»Es ist ein hübscher Name.«

»Danke. Wir haben ihn einfach aus einem Buch rausgesucht, genau aus dem Grund – weil wir fanden, daß er hübsch ist.« Nach einem Moment ergriff sie wieder das Wort. »Erzählst du mir vielleicht was über damals, als du schwanger warst, über die Geburt?«

»Das ist wirklich schon sehr lange her, Sylvie.« Hannah löffelte sich etwas Parmesan über den Rest ihrer Ravioli. »Weißt du, die Natur weiß auf ihre Art dafür zu sorgen, daß man alles wieder vergißt, besonders die Schmerzen. Die Einzelheiten verschwinden in der Versenkung.«

Sylvie änderte ihre Sitzposition, indem sie sich halb erhob und dann wieder so hinsetzte, daß das Gewicht des Babys sich verlagerte. Sie streckte die Beine halbwegs in den Raum zwischen ihrem und dem Nachbartisch. »Ich meine nicht die Schmerzen – mir ist es, glaub ich, lieber, wenn ich erst gar nichts davon weiß –, sondern solche Sachen wie Komplikationen, ob du schon früh die Wehen gekriegt hast. Julia – meine Hebamme – sagt, daß manche dieser Sachen familienbedingt sind und daß man darauf aufpassen und sich darauf einstellen kann.«

»Da gab es nichts Besonderes«, sagte Hannah und dachte, es sei denn, man rechnet all den Horror und den üblen metallischen Geschmack der Angst mit ein. Hannah mußte ihre Gabel niederlegen, sich zurücklehnen und langsam durchatmen. Was zum Teufel war nur los mit ihr? Sie sah diese massive Fülle von Sylvie ihr gegenüber ausgebreitet und dann ihre eigene Riesengestalt, wie sie hin und her schwankte, da draußen mitten auf dem Parkplatz des Kinos, wie ihre Beine unter ihr nachzugeben drohten und dann diese warme Flüssigkeit ihr einfach an den Beinen herunterströmte und Erics Stimme sagte: »Was ist denn, was ist los mit dir?« Sie saß schweißgebadet da, hier mitten im Restaurant, und ihr fiel wieder ein, wie sie ihren Mann angeschrien hatte: »Hol einen Krankenwagen, verdammt.« Wie sie diese Worte wie das Kommando eines Generals ausgestoßen hatte und wie entsetzt sie dann war, als er tatsächlich verschwand, überzeugt davon, daß sie nun ganz allein dort sterben würde, so entsetzlich schlotternd, daß sie sich kaum, an das Auto gelehnt, aufrecht halten konnte. Wie lange mochte es wohl gedauert haben, zwei Minuten vielleicht? Jedenfalls lang genug, damit er zum Kino zurückrennen und dort Bescheid geben konnte, sie sollten die Notrufnummer anwählen, bevor er ihr dann vorsichtig in den Wagen hineinhalf, bei ihr blieb, sie festhielt und ihr seine Liebe bekundete, bis der Rettungswagen kam. Nichts Besonderes, hieß es dann. Bloß das Fruchtwasser. Warum hatte ihr niemand etwas davon gesagt? Sie waren so damit beschäftigt gewesen, sie von einem Arzt zum nächsten zu schicken, sie durch die Gemeinschaftspraxis von sieben Ärzten rotieren zu lassen, von denen jeder annahm, die anderen hätten sie bestimmt über die wichtigen Dinge aufgeklärt – nur hatte es keiner getan und tat es auch später niemand. »Da gab es nichts Besonderes«, wiederholte sie.

»Und was ist mit meinem Problem?« fragte Sylvie.

»Die Lernschwäche?« Sylvie nickte. »Sie konnten nie feststellen, woher das kam.«

»Der Arzt sagt, daß manchmal Sauerstoffmangel während der Geburt daran schuld ist.«

»Du bist kreischend auf die Welt gekommen«, sagte Hannah.

»War Daddy dabei?« fragte sie ihre Mutter.

»Ja.« Es gab da ein Farbfoto, tief vergraben in irgendeiner Schublade oder irgendeinem Schrank, ein Foto, das eine der Krankenschwestern mit Erics Kamera gemacht hatte. Eric, der fast so vermummt aussah wie der Säugling, von Kopf bis Fuß in diesen pfefferminzgrünen Klinikstoff gehüllt, und der dieses rosafarbene Päckchen, ihr Baby, auf dem Arm wiegte und sich mit ihr unterhielt, Shakespeare und Emily Dickinson zitierte, so daß die Schwester lachend erklärte: »Was ist denn bloß aus den alten Kinderreimen geworden?« Eric war derjenige, der sie in ihren ersten Schlaf auf dieser Welt wiegte. Es war immer Eric, der so erpicht darauf war, sie zu halten und zu versorgen. »Er hat dich sehr, sehr geliebt«, sagte Hannah, und ihre Stimme klang in ihren eigenen Ohren zum Erbarmen trübselig.

»Ich weiß. Ich kann mich noch an das Gefühl seiner Wange an meiner erinnern«, sagte sie und legte eine Hand an ihre Wange.

»Du warst sieben.«

»Beinahe acht«, sagte Sylvie.

»Er war gerade dreiunddreißig geworden, eine Woche vorher.« Sylvie nickte. »So was passiert. Manchmal sterben die Menschen jünger, als sie sollten.«

»War er schon eine Weile krank gewesen?« fragte Sylvie.

Sie bemerkte das komische Vibrato, das durch ihre Worte klang – sie war nicht daran gewöhnt, über ihn zu sprechen.

»Nein«, sagte Hannah. »Es war eines der Dinge, die man nicht wissen konnte. Ein vergrößertes Herz. Er schien gesund zu sein. Der Arzt nannte es eine versteckte Zeitbombe.« Ihre Mutter zuckte die Achseln. »Er ging seinen Dauerlauf machen, genauso, wie er es immer tat, und er brach auf der Straße zusammen. Weißt du noch?« fragte sie Sylvie.

Sylvie schüttelte den Kopf. »Das einzige, was ich noch weiß, ist, daß wir ihn nicht mehr bei uns hatten. Das, und dann die Angst, ob es vielleicht auch mit dir und mit mir so passiert. Du hast mir dann gesagt, daß solche Dinge nicht zweimal passieren.«

»Tun sie auch nicht.«

Der Ober hatte angefangen ihre Teller wegzuräumen, während er gleichzeitig das Angebot an Nachspeisen aufzählte. Sylvie tat kund, sie wolle das Tiramisu, doch Hannah sagte, ein Nachtisch komme für sie nicht in Frage. Sie warf einen Blick auf ihre Uhr. »Ich muß wieder zurück«, erklärte sie, und so mußte Sylvie ihre Bestellung stornieren. Der Ober brachte die Rechnung, und die Frauen diskutierten darüber, wer zahlen dürfe. »Sei doch nicht lächerlich«, sagte Hannah, »du hast mir ein Geschenk gegeben, die Ohrringe, also zahle ich jetzt für das Essen.«

Als sie sich in den grauen, schneeverhangenen Wintertag hinein auf ihren jeweiligen Weg machten, fragte Sylvie noch: »Willst du jetzt Peter kennenlernen?« Und Hannah erklärte sich bereit dazu.

Kapitel 7

Calida Weston war bei ihrer Geburt ein kleines, aber auserlesen geformtes Baby mit blauen Augen und einem von weichen, wuscheligen blassen Haaren gekrönten Kopf. Sie mutete ihrer Mutter nur zwei Stunden heftiger Wehen zu und hatte ihren ersten Auftritt in der realen Welt im Schlafzimmer ihrer Eltern. Die Hebamme scherzte, sie hätte diesmal gar nicht ihre Praxistermine abzusagen brauchen, weil sie die Sache genausogut per Telefon hätte erledigen können.

Eine Menge Leute, vor allem Hannah, hatten versucht, Sylvie von einer Hausgeburt abzubringen, aber Peter und Sylvie hatten beide gemeinsam von Anfang an entschieden, dies sei schließlich ihr Baby und sie würden es auf ihre eigene Weise machen. Ärzte hörten es nicht gern, wenn Leute die Niederkunft zu Hause haben wollten, aber dafür gab es, wie Peter sagte, eine ganz einfache Erklärung – sie wollten einen nicht als zahlenden Patienten verlieren. Die Hebamme erzählte ihnen hingegen, wenn eine Schwangerschaft ohne Probleme verlaufe und das Baby die richtige Lage eingenommen habe, sei eine Hausgeburt am besten – keine unnötigen Prozeduren, keine Gefährdung durch Infekte und keine Bürokratie.

Sylvie hatte vier oder fünf Monate in einer gynäkologischen Praxis gearbeitet. Daher war ihr die Vorstellung einer modernen Gemeinschaftspraxis nicht fremd, wo die Frauen von jedem der vielen – in ihrer Praxis sieben – Ärzte untersucht werden. Bei der Geburt war es dann ein reines Ratespiel, wer von ihnen wohl zur Tür hereinkam. Man hatte eine Chance von eins zu sechs (oder eins zu fünf oder sieben, je nach dem, welche Praxis man ausgesucht hatte), den Arzt zu bekommen, der einem am liebsten war, was, wie Peter betonte, genau derselben Wahrscheinlichkeit entsprach, mit der man den Arzt bekam, den man am wenigsten mochte. Suchte man sich dagegen eine Hebamme aus, so bekam man sie bei jedem der Termine zu sehen und wußte, wer einem im entscheidenden Moment zur Seite stehen würde. Und in Julias Fall – Julia war Sylvies Hebamme – gab es außerdem noch den Vorteil, daß sie selbst bereits zwei Schwangerschaften hinter sich hatte. Mit ihr zu reden war wie das Gespräch mit einer Freundin über eine gemeinsame Erfahrung. Es hatte mit Empfindungen und Gefühlen und Sorgen zu tun, während es in Unterredungen mit den Ärzten, wie sie wußte, um Maße, statistische Daten und warnende Hinweise gehen würde. Julia kümmerte sich in ihrer Praxis ausschließlich um Geburtsvorbereitung und die Geburten selbst – keine Operationen, keine gynäkologischen Probleme. Sie hatte wahrscheinlich schon mehr Neugeborenen auf die Welt geholfen als die meisten Ärzte, und bisher war ihr keine Geburt untergekommen, die sie nicht hätte problemlos zu Ende bringen können. Es mochte ja in den Tagen, bevor es die Ultraschalluntersuchung gab, die Gefahr unbekannter Risiken gegeben haben, aber heutzutage konnte man alles ziemlich gut schon im voraus abklären. Und schließlich wohnten sie ja nicht irgendwo in der entlegenen Provinz. Wäre irgend etwas schiefgelaufen, so hätte innerhalb von Minuten ein Krankenwagen vor der Tür gestanden.

Und nun war Cally also da und atmete aus eigener Kraft, ein perfektes Baby, das schon fünf Minuten nach seiner Geburt an der Brust nuckelte, als wäre es das Selbstverständlichste auf der Welt. Keine Anspannung, keine Befürchtungen für irgendeinen von ihnen, nur dieses ganz unglaubliche Gefühl des Erstaunens darüber, daß es noch vor wenigen Stunden keine Person namens Cally gegeben hatte. Doch da war sie nun, ihr Baby, an Sylvies Brust geschmiegt. Julia sagte, Cally habe nichts von der Reizbarkeit oder Starrheit der Glieder an sich, die die meisten Neugeborenen zeigten. Das komme von dem gedämpften Licht und der angenehmen Musik und weil man in seinem eigenen Bett sei und seine eigenen Sachen um sich habe. Und auch daher, sagte Julia, daß alles so rasch für die Kleine und ihre Mutter passiert sei. Peter saß tatsächlich neben Sylvie auf dem Bett, als Cally geboren wurde! Und Sylvie fühlte sich großartig – sie stand schon nach knapp zwei Stunden auf, fing zwar nicht gerade an, im Kreis herumzuspringen, aber es ging ihr gut. Und das Beste dabei war, sagte sie, daß sie während der Geburt die Socken anlassen durfte und deshalb keine eiskalten Füße bekam.

Es gab bloß ein einziges kleines Muttermal an Callys Körper – ein blaues, nahezu vollendet geformtes Karo auf ihrer rechten Hinterbacke. Peter regte sich darüber auf und fragte die Hebamme und später den Kinderarzt, ob es sich womöglich ausbreiten würde oder ob erwartungsgemäß noch mehr dieser Flecken auftauchen könnten und ob der Fleck mit Callys Heranwachsen stärker hervortreten würde, ob das nicht etwas sei, was sich lieber sofort ein Spezialist für plastische Chirurgie ansehen sollte, bevor man zuließ, daß es sich noch zu einem riesigen häßlichen Klecks ausdehnte. Sylvie sagte, es sehe wie eine elegante Tätowierung im Farbton eines Juwels aus und es sei doch schließlich nicht auf ihrem Gesicht. Ihr mache es schon eher Sorgen, wie klein Cally sei – noch nicht mal fünf Pfund.

Der Kinderarzt – er kam für diese erste Untersuchung ebenfalls ins Haus – bedeutete ihnen, sie bräuchten sich in beiderlei Hinsicht keine Sorgen zu machen. Cally sei klein, ja, aber das sei ihre Mutter ebenso, und sie habe absolut alles, was sie brauche. Außerdem habe sie eine so energische Stimme, daß es keinen Zweifel an ihrer vollkommenen Lebensfähigkeit geben könne, auch wenn sie eher frühzeitig erschienen sei. Und was das Muttermal angehe, gebe es überhaupt nichts zu befürchten. »Das ist etwas, was wir einen Mongolenfleck nennen«, erklärte der Arzt, »und er wird vermutlich über kurz oder lang verblassen, vielleicht sogar völlig verschwinden. Es ist nicht einer dieser weinroten Flecke, wie man sie manchmal zu sehen bekommt, und mit Sicherheit wird er sich nicht ausbreiten, falls es das ist, was Sie befürchten.« Aber wäre es nicht trotzdem besser, fragte Peter, den Fleck einfach sofort zu entfernen, bevor sie alt genug sei, ihn als traumatisch zu empfinden, wenn man an das Körperbewußtsein von Teenagern und all das denke? Der verschwinde schon, war die Antwort, man müsse ihm nur Zeit geben. Eine Operation hinterlasse ihre eigenen Spuren, erklärte er, und diese Sache hier verschwinde vermutlich spurlos und ganz von allein. Sylvie war bezaubert von Peters Verwandlung in einen fürsorglichen Vater.

Vielleicht lag es ja daran, daß alles so glattging – die schnelle, unkomplizierte Geburt, das perfekte Baby –, daß Sylvie schlagartig das Gefühl hatte, zur Mutter geboren zu sein. »Ich kann das«, sagte sie zu Peter bereits Augenblicke nach Callys Erscheinen, als sie ihr neues Baby in den Armen hielt. Und vielleicht lag es teilweise daran, daß Julia ihr immer wieder sagte, wie gut sie alles mache. Was für ein Naturtalent sie doch sei. Julia gab ihr das Gefühl, noch nie hätte irgend jemand sonst ein Baby so gut zur Welt gebracht. Und dann fing Cally sofort an zu trinken, was Julia zufolge normalerweise praktisch nie vorkam. Vielleicht war das der Tatsache zu verdanken, daß die Wehen so kurz dauerten, oder kam auch daher, daß Sylvie einfach so entspannt war, wie Julia sagte. Jedenfalls habe sie wohl noch nie ein Neugeborenes gesehen, das sich so eifrig auf die Brust stürzte. »Ich kann das«, wiederholte Sylvie laut. Und im stillen sagte sie sich: Wie gut, endlich. Etwas, das geklappt hat. Peter hatte sich über sie gebeugt, sie geküßt und ihr gesagt, daß Baby raube ihm schier den Atem.

In Sylvies Augen war Cally praktisch ein fehlendes Teil von ihr. Wenn sie die Kleine hielt, war genau der richtige Platz für sie in ihren Armen vorhanden. Sie brauchte sie einfach nur hochzuheben, und Sylvie fühlte sich völlig anders – weich und schwerelos. Sie mochte es gern, Cally mit sich herumzutragen. Sie konnte es nicht leiden, wenn sie die Kleine wieder hinlegen mußte, was Peter völlig verrückt machte, gleich von Anfang an. »Sie gewöhnt sich noch daran, immer in den Schlaf gewiegt zu werden«, warnte er. Aber Sylvie tat es trotzdem. Wenn er weg war, ließ sie Cally bei sich im Bett schlafen. Sylvie lag dann auf dem Rücken, und Cally schlummerte auf ihrer Brust. Ganz so, als wären sie noch ein einziges Geschöpf und physisch miteinander verbunden. Peter behauptete, Sylvie benehme sich zu sehr wie eine Glucke. Sie verwöhne Cally. Sie erlaube dem Baby nicht, unabhängig zu sein. »Du solltest nicht immer sofort zu ihr hinrennen, sobald sie nur einen Pieps von sich gibt. Weißt du, ich glaube, ich hab sie noch nie richtig schreien hören«, sagte er.

»Wieso soll sie denn schreien? Warum ist das so wichtig?«

»Weil das wenigstens etwas Eigenes wäre, ihre Stimme, die etwas ausdrückt. Du bringst sie immer nur zur Ruhe. Glaubst du nicht, daß sie ein Recht hat, ihre Gefühle auszudrücken, und ist es nicht genau das, was Schreien für ein Baby bedeutet? Babys sollte man aus dem Bett holen, wenn sie versorgt werden müssen, nicht bloß zum Vergnügen der Eltern, aber genau das machst du. Und wenn du ständig so zu ihr hinrennst, dann verstärkst du nur negatives Verhalten.«

Doch dann wurde er friedlicher, so wie es stets früher oder später der Fall war, legte seinen Kopf etwas schief, schaute sie auf diese besondere Weise an, als habe er ein uraltes süßes Geheimnis, an das er sie erinnern müsse, und berührte sie an der Wange. »Wir sollten nicht streiten«, sagte er. Nicht, daß er etwa je seine Worte zurückgenommen hätte, aber irgendwann kam er immer zu einem Punkt, an dem er einfach nicht mehr über das Thema reden wollte, und ihr war das recht so. Sie liebte ihn nach wie vor, und ihr war klar, daß es Probleme damit gab, weiter aneinander zu hängen, wenn ein neues Kind da war. Doch sobald sie erst wieder miteinander schlafen könnten, hatte sie ihm versichert, würde es besser werden. Was sie ihm aber lieber nicht sagte, war, daß sie jetzt, seit es Cally gab, das Gefühl hatte, ihn nicht mehr ganz so zu lieben wie zuvor. Es war, als müßte sie aus der Liebe, die sie vorher gehabt hatten, ein Stück herausnehmen und an das Baby weiterreichen. So, als würde ihr nur dieselbe Gesamtmenge an Liebe im ganzen zugestanden. Nein, niemals würde sie den Mut aufbringen, ihm das zu sagen. Besonders, da sie wußte, daß der größere Anteil an Cally gegangen war. Sie ist ja schließlich noch ein Baby, sagte sich Sylvie dann. Später gleicht es sich bestimmt wieder aus.

Teil II

KAPITEL 8

Hannah faltete die Kleidungsstücke zusammen und legte sie zurück in die Fächer der Wickelkommode: einen orangefarben und gelb gestreiften Spielanzug aus Baumwolle, ein Kleid mit blauen und grünen Tupfen, das so klein war, daß sie es zu einem Ball zusammengedrückt mit ihrer Hand umschließen konnte. Sie dachte an Callys Zehennägel, die so hauchdünn waren, daß man sie kaum sehen konnte, und an die winzigen Zehen, die sie gestern zwischen die Lippen genommen hatte, um sie zu küssen (war es wirklich erst gestern?), sie alle fünf gleichzeitig zu küssen. Als sie nach einem verkrumpelten Strampelhöschen langte, purzelte eine Spinne aus den Falten des Gewands. Hatten die Spinnen dieses Terrain etwa bereits für verlassen erklärt und zum Plündern freigegeben? Hannah drückte mit einem Papiertaschentuch hart nach unten auf die Spinne, schleuderte dann die feuchte Masse in einen Papierkorb. Das hier ist Callys Reich, wies sie im stillen die tote Kreatur und alle ihre Freunde, die womöglich in der Nähe auf der Lauer lagen, zurecht. Hannah wischte sich die Hände ab, bevor sie sich wieder an ihre Aufgabe machte, Hemden und Kleidchen in ordentliche, glatte Rechtecke zu falten, dann eins auf das andere zu legen, zu weichen Stapeln aus Rosa, Weiß, Orange und Blau.

In jener ersten Nacht nach der Entführung des Babys versuchten weder sie noch Sylvie auch nur so zu tun, als würden sie schlafen. Wohl hatte Hannah vorher, direkt nachdem die Beamten weg waren, Sylvie dazu zu bewegen versucht, sich hinzulegen. »Nur ein paar Minuten«, redete sie auf sie ein, aber Sylvie weigerte sich. So versuchte Hannah sie einfach mit irgend etwas zu beschäftigen, aber auch das erwies sich als schwieriges Unterfangen. Immer, wenn Hannah gerade glaubte, sie habe ihre Tochter durch die Übertragung einer ganz speziellen Aufgabe beruhigen können (»Warum probierst du nicht mal alle Programme aus und schaust, ob gerade irgendwelche akzeptablen alten Filme laufen?«), sprang Sylvie urplötzlich auf, ließ dabei alles fallen, was sich zufällig gerade auf ihrem Schoß oder in ihren Händen befand, und stürzte aus dem Zimmer, als sei ihr soeben wieder eingefallen, wo sie Cally gelassen hatte. Diese Abruptheit, das Geräusch, wenn die Fernbedienung oder eine Zeitschrift oder der Teller mit Käse und Crackers in dem ansonsten stillen Raum zu Boden fiel, ließ Hannah jedesmal wieder heftig zusammenzucken. Die Art wie Sylvie durch das Zimmer auf irgendein für Hannah undefinierbares Ziel zustürmte, hatte etwas tief Verzweifeltes an sich. Sylvie schien auch überhaupt nicht wahrzunehmen, was ihr da gerade vor die Füße gefallen war, selbst wenn es sich um ein Durcheinander von Porzellanscherben und Crackerbröseln handelte. Hannah machte die Erfahrung, daß gerade der Versuch, Sylvie irgendwie zu beruhigen, sich ihr zu nähern und sie zu berühren, sie im Endeffekt nur noch weiter dorthin trieb, wohin sie sich zu entfernen begonnen hatte, wo auch immer das war. »Wie spät ist es?« fragte Sylvie häufig. Und: »Wie lange noch, glaubst du, bis er anruft?« Gelegentlich gab Sylvie Töne von sich, die wie eine Mischung aus Summen und Stöhnen klangen, meistens aber breiteten sich lange Phasen des Schweigens aus. Hannah beobachtete sie, wie sie auf der Sofakante saß, eigentlich mehr kauerte, überhaupt nicht richtig saß und sich langsam hin und her wiegte, dann plötzlich stillhielt und den Kopf reckte, als lausche sie einem fernen Signal. »Was?« fragte Hannah sie bei einer Gelegenheit, aber Sylvie fing nur wieder an, ihren Körper in Schaukelbewegung zu versetzen.

Hannah schlug vor, Karten oder Scrabble zu spielen. »Ich könnte dir was vorlesen«, meinte Hannah dann, als sie auf ihre anderen Vorschläge keine Antwort erhielt. Sie wiederholte das Angebot – Sylvie schien es beim erstenmal nicht gehört zu haben, hörte es aber offenbar auch beim zweitenmal nicht. Als es Abend wurde, waren Sylvies Brüste so stark angeschwollen, daß ihr die Milch fast ununterbrochen über die Bluse lief. Sie umschlang ihren Busen mit den Armen, um ihren kleinen Brustkorb etwas von dem schweren Gewicht zu entlasten. Ein- oder zweimal, als Hannah einen Blick auf ihre Tochter warf, war es ihr für eine Sekunde so erschienen, als hielte Sylvie ein warm eingepacktes Baby in den Armen.

»Vielleicht solltest du dir überlegen, die Milch abzupumpen«, schlug Hannah schließlich vor. »Das lindert die Schmerzen.« Sylvie reagierte nicht. »Es verhindert auch, daß die Milch austrocknet, weißt du.« Da drehte sich Sylvie zu ihr um, hatte endlich einen klareren Blick, und Hannah wußte, daß sie ihr zuhörte und nachdachte. »Hast du denn irgendwelche Fläschchen da?« sprach Hannah weiter, darauf bedacht, Sylvie ein konkretes Ziel vor Augen zu halten. »Du könntest sie doch in Flaschen abfüllen und einfrieren, meinst du nicht?«

»Ja«, sagte Sylvie mit einer von Überraschung belebten Stimme. »Ich habe diese Plastikflaschen, die mir deine Freundin gegeben hat, weißt du noch?«

Hannah erinnerte sich. Plastikflaschen, die mit Herzen und Blumen in den für Säuglinge üblichen Pastellfarben bemalt waren. Vermutlich nicht die Art von Flaschen, die man für diesen Zweck benutzen sollte. Man müßte sie sterilisieren und dann bis zu dem Zeitpunkt von Callys Rückkehr in das Gefrierfach legen. Die Zierfarbe würde sich bei solch extremen Temperaturunterschieden bestimmt lösen, doch was für eine Rolle spielte das schon, ging es ihr nicht lediglich darum, Sylvie zu irgendeiner Tätigkeit anzuregen? Hannah machte sich an die Prozedur, die Plastikflaschen und Gummisauger in kochendem Wasser zu erhitzen (sie hatte nicht die geringste Ahnung, wie heiß oder wie lang das Ganze eigentlich kochen mußte). Dann ging Sylvie ins Badezimmer und schloß die Tür, damit sie sich auf das Waschbecken stützen konnte, wie Hannah es ihr vorgeschlagen hatte, und versuchte, die Milchspritzer gezielt in den Flaschenhals zu befördern. Durch die geschlossene Tür hörte Hannah Sylvie schluchzen. »Soll ich dir helfen?« fragte Hannah.

»Laß mich in Ruhe«, war Sylvies negative, wütend klingende Reaktion, und so kehrte Hannah ins vordere Zimmer zurück und schaltete zwischen den Fernsehkanälen umher. Als Sylvie zehn Minuten später wieder erschien, blickte Hannah zu dem erschöpften Gesicht ihrer Tochter, zu ihrer milchdurchtränkten Kleidung auf. »Ich hab das ganze Bad mit Milch vollgespritzt und am Ende doch bloß ein paar Millimeter in die Flasche reingekriegt.«

»Es ist ein Anfang, Sylvie.«

»Es ist kein Anfang, es ist gar nichts. Es ist nutzlos.«

»Ist doch nicht so wichtig«, erwiderte Hannah, während sie sich ihr Hirn nach einer anderen Möglichkeit der Ablenkung zermarterte.

»Es *ist* aber wichtig«, sagte Sylvie und ballte beide Fäuste vor sich.

»Natürlich ist es das.« Hannah lenkte ein. »So hab ich's doch nicht gemeint, Sylvie. Ich wollte damit sagen, daß wir das schon rechtzeitig hinkriegen. Gleich als erstes morgen früh rufen wir bei der Drogerie an und besorgen uns irgend so eine Milchpumpe.«

»Ich will aber, daß es jetzt sofort funktioniert«, sagte Sylvie flehentlich.

»Nein«, erklärte ihr Hannah. »Morgen ist früh genug.«

»Dann hab ich bis dahin keine Milch mehr«, schluchzte Sylvie und ließ die Arme so plötzlich fallen, daß sie ihr an die Seiten klatschten. »Dann ist die Milch völlig alle.«

Hannah nahm Sylvie in die Arme und versuchte den widerstrebenden Körper ihrer Tochter an sich heranzuziehen. »Sie wird nicht alle sein«, sagte Hannah, obwohl sie keine Ahnung hatte, ob das zutraf oder nicht.

Sylvie ließ ihren Kopf locker, so daß er an die Schulter ihrer Mutter sank. »Versprochen?« flüsterte sie.

»Versprochen«, sagte Hannah und strich mit der Hand durch Sylvies heißes Haar.

Danach war Sylvie totenstill, und Hannah sprach in das Schweigen hinein über Hoffnung und Glaube. Aber wenngleich sie die Worte mit der metaphorischen Sprache flatternder Vogelgefieder mischte – oder vielleicht gerade deswegen –, hörten sie sich in ihren eigenen Ohren nicht überzeugend an. Dann bemühte sie sich, all die winzigen Fitzelchen an verheißungsvoller Information, die sie Martinson praktisch aus der Nase gezogen hatte, zusammenzutragen: »Die meisten Kidnappingfälle finden ein glückliches Ende, richtig.« – »Die meisten sind im Grunde Mißverständnisse, ja.« – »Die meisten werden innerhalb von achtundvierzig Stunden aufgeklärt.« Hannah wiederholte die Sätze, türmte sie alle aufeinander, weil sie hoffte, das würde der Vorstellung von Callys Errettung vielleicht Fülle und Gewicht verleihen. Aber in Wirklichkeit schienen solche Äußerungen Sylvie nur noch ruheloser zu machen und Hannah selbst noch tiefer in ihre Verzweiflung zu stürzen. Sie fingen beide an auf die Uhr zu schauen, die Stunden seit zehn Uhr zu zählen, dem Zeitpunkt von Callys Verschwinden. Sie beobachteten, wie die Stunden sich auf die Zahl Achtundvierzig hin addierten, sie sahen Cally allmählich dem Dasein entrücken.

Achtundvierzig Stunden war auch die Frist, nach deren Ablauf Martinson plante, das FBI hinzuzuziehen, wie er Hannah mitgeteilt hatte. Hieß das, daß er selbst dann das Handtuch warf? Entführungsfälle werden normalerweise innerhalb von achtundvierzig Stunden gelöst, wenn aber nicht, was dann? Streckt die Polizei dann einfach die Waffen und gibt sich geschlagen? War das die übliche Methode? Sie schloß die Augen. »Bitte, Gott«, sagte sie im stillen. Keine Details oder genaueren Angaben, nur diese beiden Wörter: *Bitte, Gott*, als würden sie alles beinhalten.

Irgendwann in den ganz frühen Morgenstunden schloß Hannah die Augen nur für einen kurzen Augenblick und begann in einen unangenehmen Schlaf abzutreiben, der einer turbulenten Flugreise glich. Sie wachte mit ausgestreckten Armen auf, im Begriff, an irgend etwas Solidem Halt zu suchen, um ihren Absturz zu bremsen. Sie sah Sylvie vor sich, wie sie Kreise und Rechtecke abschritt. Jetzt versuchte Sylvie zu erklären, weshalb sie es für akzeptabel gehalten hatte, Cally zurückzulassen. Sylvies Stimme klang seltsam heiser, und Hannah schlug ihr vor, sich doch auszuruhen, sich hinzulegen und ihre Stimme zu schonen, aber Sylvie beachtete sie nicht. Sie sagte: »Wir haben sie nicht gern aufgeweckt. So was tun sie nur in Amerika, daß sie die Babys zum Stillen oder Füttern aufwecken und sie an den Rhythmus der Erwachsenen anpassen. In Europa und Südamerika lassen sie die Babys ihren eigenen Rhythmus finden, und deswegen haben sie auch nicht all diese hypernervösen Kinder so wie wir hier in den Staaten. Sie sind viel gelassener. Weißt du, in Europa ist es vollkommen normal, ein Baby im Haus zurückzulassen. Peter hat gesagt, die Leute lassen sie einfach im Hotel, wenn sie zum Abendessen gehen. Weil sie die Kleinen nicht ständig aufwecken wollen. Er erlaubt mir nie, Calida aufzuwecken. Wir sind uns darüber einig geworden, weil es so für das Kind am besten ist. Die Leute in Amerika glauben zwar, daß sie die Kinder ganz in den Mittelpunkt stellen, aber das stimmt gar nicht. Sie versuchen ständig, die Babys an ihre eigene Planung anzupassen, verlangen zum Beispiel, daß sie am Wochenende um neun Uhr aufwachen, was natürlich hirnrissig ist, findest du nicht? Wir lassen Cally immer hier drin und gehn in den Hof raus.«

»Niemand macht dir einen Vorwurf, Sylvie.«

Sylvie wußte, daß sie sich wiederholte oder jedenfalls zu weitschweifig über ein und dasselbe Thema ausließ, aber sie mußte einfach weiterreden, weil sie sonst diese Bilder von Cally in den Kopf bekam – von Leuten, die sie falsch hielten, oder wie sie vor Hunger schrie und unbedingt gestillt werden mußte. Daher sprach sie einfach weiter, sprach davon, wie interessant es doch sei, daß verschiedene Kulturen ganz verschiedene Vorstellungen über die Erziehung von Kindern hätten, und daß sie schon wisse, daß die Leute sie und Peter komisch fänden, weil die sie nämlich manchmal anhielten und sagten: Ist dem Baby nicht kalt? So was, wie die angezogen ist. Aber ehrlich, was gehe die das eigentlich an, diese fremden Leute auf der Straße. In Frankreich, fuhr Sylvie fort, weckten sie die Babys überhaupt nie auf, sie machten sich nicht verrückt damit, ob sie vielleicht Hunger hätten oder ob sie auch eine ausgeglichene Ernährung kriegten, sie überließen es dem Körper des Babys selbst, sich zu regulieren. Du würdest dich wundern, sagte Peter immer, wie ruhig dort die Babys sind, weil sie nicht zu irgendwas gezwungen werden, weil sie selbst ihre eigene Uhrzeit und ihren eigenen Rhythmus entwickeln. Manche Leute fänden das ja vielleicht komisch, aber es wäre einfach ein anderer Brauch, sonst nichts. Hannah fand, daß Sylvie so klang, als halte sie eine Vorlesung über die vergleichende Anthropologie der Säuglingsentwicklung. »Niemand macht dir einen Vorwurf, Sylvie.«

»Ich will sie einfach wiederhaben«, erklärte Sylvie, deren Stimme mittlerweile so rauh war, daß Hannah sie fast bitten mußte, den Satz zu wiederholen. »Was auch immer ich falsch gemacht habe, es tut mir leid. Ich laß sie bestimmt nie mehr allein. Vielleicht weiß ich ja nicht, wie man ein Baby anzieht. Vielleicht weiß ich überhaupt nichts. Woher soll ich's denn auch wissen?« fragte sie irgendwo ins Leere hinein. »Vielleicht wissen andere Leute ja besser Bescheid, vielleicht eben doch.« Sie preßte die Hände knapp unter dem Kinn aneinander. »Ich laß sie bestimmt nie mehr allein, das schwör ich.«

»Schscht«, sagte Hannah und brachte Sylvie dazu, sich neben sie zu setzen, damit sie ihr für eine Weile den Rücken massieren konnte.

Tage später konnte Sylvie sich kaum mehr an Peters Anruf erinnern, was nicht überraschend war – nicht sie war es gewesen, die mit ihm sprach. Sie war von dem Telefonapparat in der Küche, wo Hannah mit ihm redete, so weit wie irgend möglich weggegangen und weiter bis in Schlafzimmer, wo sie sich dann hinlegte und ein Kissen über den Kopf zog, so daß sie es nicht mehr mit anhören mußte und nicht erfuhr, wie Peters Reaktion war. Hannah klärte Peter über die Lage in abgehackten Sätzen auf, die sich wie roh behauene, schlecht zusammenpassende Quader aufeinandertürmten, bis die Worte endlich in etwa das umrissen, was passiert war, und er begriff, daß sein Kind verschwunden war.

Er sei schockiert gewesen, berichtete Hannah, aber keinesfalls habe er gesagt, er werde sie umbringen. Nein, er habe sich vielmehr erkundigt, ob Sylvie in Ordnung sei.

Hannah habe das Gefühl, daß er vielleicht dabei geweint habe, das sei schwer zu sagen. »Der bringt mich um«, sagte Sylvie, und Hannah beschied sie: Nein, es sei doch nun ausgestanden, er komme nach Hause, es sei jetzt okay.

Natürlich brachte Peter Sylvie nicht um. Er erhob nicht einmal die Hand gegen sie. Noch brüllte er sie an oder machte ihr Vorwürfe. Er wirkte niedergeschlagen und schritt auf und ab. Er schritt ein gutes Stück entfernt von ihr auf und ab. Und er schüttelte den Kopf, und er dachte nach. Sylvie zog sich weiter zurück und schaute nur von der Türschwelle aus zu. Er atmete durch den Mund, und sie sah, wie der mühsam unterdrückte Haß, den er für sie empfand, innerhalb der ihn eindämmenden Barriere seiner Zähne brodelte. Und obwohl Peter die ganze Nacht hindurch unterwegs gewesen war, um herzukommen, und überhaupt nicht geschlafen hatte, protestierte er nicht gegen Martinsons Vorschlag, sie möchten sich doch umgehend zusammensetzen. Die beiden sprachen hinter der geschlossenen Tür des kleinen Arbeitszimmers miteinander.

Sylvie konnte das tiefe Murmeln ihrer Stimmen hören, nicht aber die einzelnen Worte, und sie nahm die gegen ihr Herz und ihren Schädel prallenden Schwingungen wie die strafenden Schläge entgegen, als die er sie beabsichtigte.

Als der Polizist gegangen war, ging Peter auf Sylvie zu, legte die Arme um sie und sagte: »Mach schon, wein doch, wir weinen jetzt beide.« Aber die Umarmung wurde bald ungelenk, belastet durch eine Trauer so schwer wie ein über ihrer beider Schultern ausgebreiteter schwarzer Bleiumhang. Sylvie schlüpfte unter dem Druck seiner Arme hervor, damit sie sagen konnte: »Tut mir leid«, und sie wiederholte die Worte dann so unentwegt, daß er sie bat, doch bitte damit aufzuhören. Aber sie konnte nicht aufhören, weil sie es direkt dort in seinen Augen sah. Sie sah den Vorwurf, der heiß und ungebremst auf sie zuschoß.

KAPITEL 9

Die Markierung der Achtundvierzig-Stunden-Frist kam und verstrich. Niemand erwähnte es, doch anschließend waren neben den Polizeibeamten auch FBI-Agenten im Haus. Vierundzwanzig Stunden am Tag waren sie da und warteten darauf, daß das Telefon zu läuten anfing; warteten auf einen Anruf des Kidnappers und auf seine Forderungen. Aber es kamen keine Anrufe und auch keine Schreiben. Sylvie sagte zu Peter: »Natürlich rufen die nicht an, wieso sollten sie denn anrufen mit diesen Agenten überall, wo man auch hinschaut? Es gibt doch diese technischen Fortschritte, die es der Polizei möglich machen, Anrufe in einem Bruchteil der Zeit zurückzuverfolgen, die es früher immer gedauert hat. Wenn ich das schon weiß, dann wissen es die Kidnapper genausogut. Die rufen nicht an.«

Peter sagte: »Wenn sie Lösegeld wollen, dann rufen sie auch an. Die gehen einfach in eine Telefonzelle und rufen an. Die fahren in einen anderen Staat, wenn sie glauben, daß das hilft, aber anrufen werden sie.« Dann streckte er die Arme nach ihr aus, aber sie fühlte sich so verspannt, daß sie sich nicht vorstellen konnte, sich den Kurven seiner Arme und seines Oberkörpers anzupassen, und so blieb sie, wo sie war, einen Schritt von ihm entfernt. Er ließ seine Hände an ihren fast völlig steifen Armen auf und ab gleiten.

»Und wenn sie gar kein Lösegeld wollen?« fragte sie, und sie mußte die Arme hochheben, seine Hände wegstoßen und sich die Ohren zuhalten, um den Klang ihrer eigenen Worte und das schreckliche Echo dessen, was sie alles bedeuten mochten, abzuwehren.

Die Agenten installierten ihre Telefonanlage im Keller unter ihrer Wohnung, in der Nähe des Heizofens und direkt vor dem Abstellraum, wo die Mieter all das lagerten, was sie nicht in ihren Apartments haben wollten – Ventilatoren, Klimaanlagen, Fahrräder, Gymnastikgeräte und Kartons voller

Briefe, Fotos, Bücher, Aschenbecher, Fonduetöpfe und Nippes. Der Bereich blieb weiteren Mietern nun verwehrt, und so konnte man einzelne Gegenstände nur herausholen, nachdem man Erlaubnis eingeholt hatte. Sylvie bekam die Agenten zwar kaum je wirklich zu Gesicht, aber es gab keinen Moment, wo sie sich ihrer nicht bewußt war. Sie konnte die Geräusche des Fernsehapparats hören, den sie da unten angeschlossen hatten, das Gurgeln ihrer Kaffeemaschine, und sie meinte auch ihre Schritte hören zu können, ihr Gelächter, die Pfeile ihres Dart-Spiels, wenn sie sich in die an der Wand hängende Zielscheibe bohrten, das Aneinanderklatschen der Spielkarten, wenn die Männer mischten und austeilten, und manchmal, wenn die Wohnung leer von Besuchern war, glaubte sie sogar, sie könne die Männer atmen hören. Aber schließlich dachte sie ja auch – viel zu häufig –, sie könne ihre Calida atmen hören.

Es war nicht so, daß Sylvie überhaupt nie schlief – sie döste für kurze, unruhige Phasen ein, wachte aber fast immer von dem, was sie für Callys Schreien hielt, auf. Dann entließen ihre Brüste in Bereitschaft für das Baby die Milch, sie strömte ihr warm und naß vorn über das Hemd. Jeder, der ihre riesigen, angeschwollenen Brüste sah, gab ihr den Rat oder dachte zumindest daran, daß ihr jemand diesen Rat geben sollte, sie möge den Arzt doch um ein Medikament bitten, damit die Milch versiegte.

Sylvie dachte gar nicht daran, ein Mittel einzunehmen, um ihre Milch zum Versiegen zu bringen. Sie hatte gelernt, geschickt mit der Milchpumpe umzugehen, und so brachte sie jeden Tag, alle paar Stunden, das Gerät erst an der einen, dann an der anderen Brust an und pumpte die Milch in ordentlich sterilisierte Glasflaschen ab. Dutzende dieser Fläschchen reihten sich, jeweils mit einem datierten Etikett versehen, im Gefrierfach aneinander, dort, wo zuvor Speiseeis und Kuchenböden und Lammkoteletts und gemischtes Gemüse ihren Platz gefunden hatten. Peter hatte angefangen zu protestieren, da er fand, es sei doch sinnlos, all diese Milch aufzuheben. Es würde sie beide nur noch mehr deprimieren, mitansehen zu müssen, wie sich die Milch anhäufe, ohne verbraucht zu werden. »Wenn Cally wieder da ist, kannst du sie sofort stillen. Auf der Stelle. Und dann ist die gelagerte Milch doch ohnehin überflüssig, oder etwa nicht? Vielleicht«, fügte er langsam hinzu, »ist es ja besser, mit der Milch ganz aufzuhören. Ehrlich, Sylvie, das wäre vernünftig. Auf diese Weise würdest du nicht ständig daran erinnert, daß Cally nicht da ist.«

Aber sie konnte die Milch doch nicht einfach verschwinden lassen. Sie war die Verbindung zu ihrem Kind. Es war das, womit sie Cally während ihres ganzen gemeinsamen Lebens genährt hatte. Jetzt damit aufzuhören wäre so, als schnitte sie die Rettungsleine des Babys ab. In einem Punkt gab Sylvie nach – die Milch weiterhin in Flaschen zu lagern war vermutlich Stromvergeudung, trotzdem pumpte sie weiter. Jetzt allerdings ließ sie die süßlich duftende, warme Flüssigkeit in den Ausguß im Waschbecken hinunterströmen.

»Ich will wieder ihre Mutter sein«, sagte Sylvie zu Hannah.

»Bist du doch«, versuchte Hannah sie zu trösten.

»Ich weiß nicht, ob ich's noch bin«, heulte Sylvie auf. Sie konnte sich noch erinnern, wie ihr zumute gewesen war, als sie damals Cally zum erstenmal in den Armen hielt, wenige Sekunden, nachdem sie aus ihrem Körper geschlüpft war – es hatte sie tief ins Herz getroffen, diese Vertrautheit mit ihrem Baby. Ich kenne dich, wollte sie ihr am liebsten ins Ohr flüstern, denn es war, als wären sie wieder miteinander vereint, nicht, als träfen sie sich eben zum erstenmal; so, als hätten sie schon immer zueinander gehört und lediglich eine kurze Trennungszeit erlitten. Gleich von Anfang an hatte Sylvie genossen, wie perfekt Cally in ihre Arme paßte, und es auch geliebt, wie sich dieser weiche kleine Mund mit solch wilder Entschlossenheit um ihre Brustwarze schloß. Die urtümlichen Laute des Babys und das seidige Gefühl ihrer Fußsohlen machten Sylvie ganz benommen vor Glück.

Callys Geburt hatte eine Verwandlung mit sich gebracht, durch die ein völlig anderes Geschöpf aus Sylvie geworden war. Stufe eins hatte sie hinter sich gelassen – stinknormaler

Mensch – und war mit beiden Beinen auf Stufe zwei gesprungen: Mutter.

Und was für ein Leben führte sie jetzt? Stufe drei? Vielleicht war dies ja Stufe zwei mit Variationen: Mutter ohne Kind. Das erinnerte sie an die Abbildungen von Müttern mit Kindern, die überall an den Wänden von Hannahs Büro hingen – die Frauen hatten alle Kinder auf dem Schoß, aber es waren die Augen, die einen am meisten in ihren Bann zogen, dieser Ausdruck von etwas Erschreckendem, irgendeinem entsetzlichen Geheimnis, das in ihnen wühlte. War es, weil sie wußten, daß es nicht von Dauer sein würde, daß sie ihre Kinder nicht für immer auf diese Weise festhalten konnten?

Wenn nun diese Künstlerin ein Porträt von ihr anfertigen würde, dann müßte sie die Arme so malen, als hielte sie ein Baby – sie würden sich nie auf irgendeine andere Weise angenehm abwinkeln lassen, und auch ihre von Milch schweren Brüste müßte sie zeigen. Sylvie war eine Ex-Mutter, eine Früher-mal-Mutter, die Mutter eines vermißten Kindes. Und falls Cally nie mehr zurückkam, falls sie für immer und ewig bei irgend jemand anderem bleiben würde, dann würde Sylvie, das war ihr bewußt, in Callys Erinnerung nicht einmal existieren. Sylvie-als-Mutter würde für Cally vom Erdboden getilgt sein. Wenn kein Kind sie Mutter nannte, war sie dann nicht mehr die Mutter eines Kindes?

Sylvie war in einer Art Schräglage, sie kam leicht vom Kurs ab, und sie veränderte sich in einer Weise, die niemand, nicht einmal sie selbst, verstand. Es gab keine Hormone, die bei diesem Zustand helfen konnten. Es gab zwar Pillen, »um der Sache die Schärfe zu nehmen«, wie Hannah sich ausdrückte, aber nichts darüber hinaus. Vergiß die Pillen, war Sylvies Reaktion, nein, lieber wollte sie die Schärfe behalten. Wie sonst konnte sie Ausschau halten, warten und stets in Bereitschaft bleiben? Sie zählte noch immer die Stunden.

Manchmal glaubte sie schon, es sei reine Einbildung, daß sie hier in diesem Haus saß und mit teilnahmsvollen Besuchern sprach, die sich auf ihrer Wohnzimmercouch breitzumachen und an ihrer Küchentheke zu versammeln begonnen hatten. Ihre Stimme suchte sich mühsam Bahn wie die einer Sopransängerin bei ihrem ersten Soloauftritt, auf der Suche nach der richtigen Tonhöhe, sich intuitiv vortastend, dann fast in Sicherheit, um plötzlich völlig abzukippen. Was? sprach es aus den fragenden Mienen im Publikum. Hat sie den Text vergessen, die Melodie? Singt sie überhaupt noch? Sie konnte sich reden hören, vermochte es jedoch nicht als einen konkreten Vorgang sinnlich wahrzunehmen. Sie dachte: Das kommt daher, weil ich gar nicht hier bin. Ich bin an einem völlig anderen Ort. Ich bin ganz woanders und suche Cally, die ganze Zeit, und nichts sonst. Gelegentlich sprach sie zu den Leuten mit einer zweiten Stimme, die sie vertrat, während ihr eigentliches Ich dahintrieb und suchte. Die Leute sagten zu ihr: Sie sind noch im Schockzustand.

Sie wußte, daß die Leute ihr die Schuld gaben. Niemand darf jemals ein Baby allein lassen. Sie konnte all die lächelnden Mienen und die trostspendenden Stimmen sehr wohl durchschauen. Was sie sah, war die Tatsache, daß ihr keiner eine so fundamentale Entgleisung ihrer Urteilskraft vergeben würde.

Es waren zu viele Blumen da. Am meisten haßte sie die Lilien, diese Art, wie sie sich zu ihr hinreckten, ihre weißen Arme nach ihr ausstreckten und sich weit ausdehnten, um für die Reinheit ihrer eigenen Trauer zu werben. Und sie konnte die Gerüche nicht ausstehen – die frische Erde in den Pflanzentöpfen, die Blütenblätter, die braun und bröckelig geworden waren und die zu entfernen sich niemand die Mühe gemacht hatte, und dann dieser feuchte Duft, den sie hatten, gleich parfümierten ältlichen Tanten, die um Sylvies Aufmerksamkeit kämpften.

Es waren auch zu viele Besucher da. Sie könne nicht richtig nachdenken, beklagte sie sich. »Es ist, als ob die mich erdrücken, wie sie mir ständig hinterherlaufen und die ganze Zeit auf mich einreden.«

»Deswegen sind sie doch hier«, sagte Hannah. »Um dich von dem, was passiert ist, abzulenken.«

Sylvie starrte sie an. »Du weißt doch, das geht gar nicht.«

Briefe, die jetzt durch den Briefschlitz geworfen wurden, waren schwer von Rosenkränzen, Talisman-Anhängern, von Gedichten und Aufsätzen zur Inspiration und sogar von der Broschüre einer Adoptionsagentur, die sich auf die Vermittlung unerwünschter Kinder spezialisierte.

In der Zeitung war ein Artikel im allerkleinsten Format erschienen – »Gerade genug, um sie wissen zu lassen, daß wir an dem Fall arbeiten und diese Tatsache nicht verbergen«, erklärte Martinson. Dort war auch eine Telefonnummer angegeben, an die sich Leute mit irgendwelchen Hinweisen wenden konnten. Und es riefen auch Leute an, wie Martinson verriet. Doch riefen anscheinend genauso viele, vielleicht sogar noch mehr, bei Sylvie zu Hause an und wollten mir ihr sprechen (»Peter steht im Telefonbuch«, sagte Martinson, »da gibt's nichts, was wir dagegen tun können«). Bestenfalls boten sie ihre Anteilnahme oder spirituelle Hilfestellung an, zumeist aber überfielen sie Sylvie einfach mit Fragen: Wo das Baby denn gewesen sei, als es verschwand? Wer habe denn gerade auf sie aufgepaßt? Ob sie schon etwas von den Kidnappern gehört hätten? Ob sie wohl glaube, ihr Baby je wiederzusehen? »Die wollen uns heulen hören«, sagte Peter. »Sie wollen unser Leid spüren und sich darüber freuen, daß es nicht ihres ist. Wir müssen dieser Sache ein Ende machen, Sylvie. Ich lasse jetzt die Nummer ändern.«

»Du kannst die Nummer nicht ändern«, begehrte Sylvie auf. »Dann wissen die Kidnapper nicht, wo sie anrufen sollen, wenn du das machst.«

Als dann wiederum das Telefon läutete und sie an den Apparat stürzte, rief er hinter ihr her: »Geh nicht dran.« Er stellte sich zwischen sie und den Wandapparat in der Küche, und hielt ihren Arm fest.

Sylvie begann die Klingelzeichen zu zählen. »Sieben«, verkündete sie, und seine Finger gruben sich noch tiefer in ihren Muskel. »Ich geh eben dran, aber ich fertige sie dann so schnell ich kann ab.« Sie bettelte, und sie war sich dessen bewußt.

»Ich sag doch, geh nicht mehr dran.«

Sylvies Herz machte einen Sprung, so überzeugt war sie davon, daß es diesmal bestimmt der Entführer war und daß er drauf und dran war, ihnen ihr Kind wiederzugeben. Ihr Puls hämmerte. »Was, wenn's aber *die* sind?«

Peter schüttelte den Kopf. Er lockerte seinen Griff und legte ihr die Hand sanft, nunmehr ohne Druck auszuüben, auf die Schulter. »Das sind Arschlöcher, Sylvie, und wir reden jetzt nicht mehr mit Arschlöchern.« Sylvie hatte zehn Klingelzeichen gezählt.

Da erschreckte sie ein energisches Klopfen an der Hintertür, die sich gleich darauf öffnete und dem FBI-Agenten von unten den Weg freigab. »Einer von Ihnen sollte drangehen«, forderte er mit einer Kopfbewegung zu dem klingelnden Apparat hin.

Sylvie griff so stürmisch nach dem Hörer, daß er ihren Händen entglitt und auf den Boden knallte. Sie angelte danach, und das verdrehte Kabel wand sich wie eine Ranke um ihren Arm. Ihr *Hallo* war atemlos und überfreundlich von lauter Hoffnung.

»Ich rufe nur an, um Ihnen zu sagen, wie leid mir das tut«, ertönte eine Frauenstimme. »Sind Sie Mrs. Weston?«

»Ja«, erwiderte Sylvie, während sie mit ihrer freien Hand nach einem Schreibblock und einem Bleistift langte. »Wer ist am Apparat?«

»Also, Sie kennen mich nicht«, redete die Stimme weiter, »aber es kommt mir so vor, als ob ich Sie kenne, so wie Sie Ihr Baby verloren haben. Ich hatte früher mal eine Freundin – aber das ist schon ewig lang her, und die hat ein Baby verloren, ein wunderschönes winzig kleines Baby, nicht daß es so wie Ihres entführt worden ist, sondern es ist gestorben, an –«

Sylvie unterbrach sie. »Wissen Sie irgendwas über *mein* Baby?«

»Also, bloß das, was in der Zeitung gestanden hat, daß sie sechs Wochen alt ist und in ihrem Kinderbett war.« Sylvie fing so plötzlich und so heftig zu weinen an, daß sie nicht verhindern konnte, daß ihr Schluchzen ins Telefon drang. Doch dann nahm sie rasch den Hörer von ihrem Ohr weg und streckte ihn Peter entgegen. Zunächst schüttelte er den

Kopf und deutete auf sie, doch als sie die Hand, die den Hörer hielt, lose herabhängen ließ, übernahm er ihn.

»Wir müssen diese Leitung freihalten«, ließ er die Anruferin schroff und vorwurfsvoll wissen. Er legte den Hörer auf die Gabel zurück. Sylvie blickte auf den Notizblock hinunter – sie hatte nichts aufgeschrieben. »Die sind alle verrückt«, sagte Peter. »Ich hab dir doch gesagt, wir sollten nicht drangehen.«

»Wir müssen aber«, erwiderte sie mit einer Geste zum Boden hin und dem Keller darunter, wo das FBI seine Herrschaft ausübte. »Außerdem, es könnten doch *die* sein.«

»Na, schön. Dann gehst du von jetzt an dran, aber du solltest lernen, wie man die Anrufe beendet.« Er hob den Hörer hoch. »Du heulst nicht für sie. Du legst den Hörer auf. Nicht so«, sagte er und ahmte sie nach, wie sie kurz zuvor den Hörer von ihrer Hand herunterhängen ließ, »sondern so.« Er knallte den Hörer auf den Apparat zurück. »Das nennt man einhängen.«

»Warum bist du so feindselig?«

»Weil mich das alles wahnsinnig macht. Ich kann nicht hierbleiben, Sylvie, mit all diesen tratschenden Leuten im Vorderzimmer, der Polizei unten und diesem verfluchten Telefon, das ständig klingelt. Ich kann einfach nicht so leben.« Er ging ins Schlafzimmer und kam wieder heraus, während er sich seine robuste Sportjacke überzog. »Ich seh dich dann später«, erklärte er, blieb dann noch an der Tür stehen. »Falls du nicht mitkommen willst, natürlich.«

Sie schüttelte den Kopf. Schon die Vorstellung gab ihr das Gefühl, als werde sie gleich das Bewußtsein verlieren. Sie konnte nicht weggehen. Sie mußte dableiben, nur für den Fall. Er ging zur Hintertür hinaus.

Ganz so, als hätten sie die Formulierung miteinander abgestimmt, sagten fast alle Besucher zu Sylvie: »Sie sind so tapfer.« Und dann, mit etwas lauterer Stimme, als verlangten sie die Zustimmung von allen im Zimmer Anwesenden, verkündeten sie: »Phantastisch, wie sie durchhält; wie stark sie doch ist.«

Für Sylvie dagegen fühlte es sich überhaupt nicht nach innerer Ruhe an: In ihrem Bauch wirbelte es ständig und schien niemals nachzulassen, ihr Herzschlag war so beschleunigt, so unerbittlich, daß ihr von der Anstrengung häufig die Muskeln im Brustkorb weh taten.

Das war keine ätherische Ruhe, was die Leute da sahen, sondern eine monumentale Form von Ablenkung. Sie hatte jetzt ein Notizbuch, ein kleines, kompaktes Ding, das in der Tat fast wie das von Martinson aussah, und sie schrieb jede Frage nieder, die sie für ihn hatte, und jede Einzelheit aus Callys kurzem Leben. Sie entdeckte, wie viele Menschen mit dem Säugling in Kontakt gekommen waren, und es war bemerkenswert, an wie vielen Plätzen sie in diesen wenigen kurzen Wochen schon gemeinsam gewesen waren. Sie hielt ihre Erinnerungen an Callys Stimmungen fest, ihre Saug- und Schlafgewohnheiten, die Fortschritte in ihrer Entwicklung, dazu die Kommentare der Hebamme und des Kinderarztes. Sie beschrieb die verschiedenen Variationen ihres Geschreis und anderer Laute, die sie von sich gab, die Art, wie ihre Hand den ausgestreckten Finger eines Erwachsenen umklammerte, und die heftigen Strampelbewegungen ihrer Arme und Beine, wenn sie auf der Wickelkommode lag. Die Art, wie sie angefangen hatte, den Kopf zu heben und hochzuschauen. Wie ihre Augen einem bunten Gegenstand folgten, den Sylvie vor ihrem faszinierten Gesicht bewegte. Sylvie füllte die Seiten des Notizbuchs und machte sich an ein zweites und dann an ein drittes, sie schrieb Teile neu ab, überarbeitete den Text von neuem und ließ Cally immer lebendiger hervortreten.

Wenn Besuch kam, zwang sich Sylvie, das Notizbuch beiseite zu legen, doch das verstärkte nur den Eindruck von Entrücktheit, denn ihr Bewußtsein raste noch immer hinter Cally her. Ohne Papier und Bleistift fühlte sie sich genötigt, die Worte wieder und wieder in ihrem Kopf zu wiederholen, um sich gegen die Möglichkeit zu schützen, sie zu vergessen, bevor sie wieder nach ihrem Notizbuch greifen konnte.

Manchmal konzentrierte sie sich so voll und ganz auf den

Vormittag der Entführung, daß sie sich wirklich zurückversetzt fühlte, dieselben Geräusche hörte, dieselben Ereignisse wahrnahm. Sie glaubte schließlich gar, sie könne tatsächlich einen Teil davon neu geschehen machen, wie etwa, daß sie schon in der Sekunde, in der sie zur Tür hereinkam, nach der Kleinen schaute, anstatt erst mit der Zubereitung des Lunchs zu beginnen. Als könne sie dadurch den entscheidenden Unterschied herbeiführen, ganz dem entsprechend, wie die Polizei es indirekt hinstellte. Sie sprach laut darüber zu Peter: »Ich muß immer an diese Holzpuzzles denken, die man nicht auseinandernehmen kann, egal, wie doll man an den einzelnen Stücken zerrt und drückt. Wenn man aber das entscheidende Teil kennt und weiß, wie man es herumdrehen muß, dann rutscht es einfach raus und das ganze Ding fällt auseinander. Genauso fühlt es sich an, so als ob ich nur die ganze Sache in genau der richtigen Reihenfolge durchgehen müßte, mit genau dem richtigen Rhythmus, und daß dann irgendwas wieder in die richtige Form zurückschnappt.«

»Und dann hätte es gar keine Entführung gegeben?«

»Na ja, das nicht gerade.«

»Was dann?«

»Weiß ich nicht. Daß ich es kapiere, vielleicht.«

»Sylvie, du kannst nicht die Vergangenheit dadurch ändern, daß du sie dir anders vorstellst.« Er schüttelte den Kopf. »Das ist irrationales Zeug, was du da redest.«

»Das weiß ich, ich meine doch nicht, daß ich es wirklich gedacht hab. Ich würd es mir nur wünschen«, versicherte sie ihm, obwohl ein Teil von ihr dachte oder doch hoffte, er könnte sich täuschen, weil es manchmal doch so nah dran schien – daß in Wirklichkeit nie eine Entführung stattgefunden hatte. So nah dran.

»Du mußt damit aufhören zu sagen: ›Hätte ich doch bloß nicht.‹ Was passiert ist, ist passiert. Wenn du immer weiter fragst: ›Was wäre, wenn?‹ und ›Warum?‹, dann erreichst du einzig und allein, daß du dich noch mehr verrückt machst. Du machst uns beide verrückt.«

»Weiß ich«, sagte sie, und sie wurde rot, so dumm kam sie

sich vor. War sie bereits von allen guten Geistern verlassen, daß sie allen Ernstes glaubte, sie könne das Rad der Zeit zurückdrehen? Daß das Leben einfach war? Daß ihre Tochter noch zu retten war? Daß Worte in einem Notizbuch aus Fleisch und Blut bestanden?

Wann immer sie ihn anblickte, wandte er das Gesicht ab. Wenn sie auf den Gedanken kam, ihre Hand zu ihm auszustrecken, begannen ihre Finger zu schmerzen, wurden taub, als habe sie sie in Eiswasser getaucht. Versuchte sie den Zwischenraum zwischen ihnen beiden zu überbrücken, auf ihn zuzugehen, dann wurden ihre Füße gefühllos unter ihr, und sie tapste und schlurfte idiotisch vor sich hin. Es ging so weit, daß sie sich nur in seine Richtung zu lehnen brauchte, und schon sah sie ihn zurückzucken. Er sprach zwar noch mit ihr, aber sein Tonfall war jetzt knapp und sorgsam artikuliert und diente nur noch der reinen Übermittlung von Informationen. »Martinson hat angerufen und gesagt, daß er um zehn Uhr fünfzehn da ist«, teilte er ihr zum Beispiel mit.

»Danke«, hörte sie sich sagen. Und immer noch und jetzt wieder sagte sie: »Es tut mir leid.«

Einmal, als er am Fenster stand und hinausstarrte, drehte er sich um, und sie hatte fast den Eindruck, daß er sie anschaute, sie endlich wirklich ansah, und da sagte sie: »Ich hätte es nie gemacht, wenn du nicht gesagt hättest, daß man Babys allein lassen *soll*.«

»Schieb's jetzt bloß nicht auf mich, Sylvie. Ich habe nie behauptet, daß es in Ordnung ist, das Baby völlig allein zu lassen, nie und nimmer hab ich das gesagt.«

»Aber du hast über all diese Leute geredet, die's tun, und daß ich zu sehr wie eine Glucke aufpasse«, erwiderte sie.

»Ich hab lediglich versucht, kulturelle Unterschiede klarzumachen, Sylvie. Ich habe niemals gesagt, daß man dieses Baby *hier* in dieser Stadt allein lassen sollte.«

»Du und ich haben diese Spaziergänge durch den Garten draußen und bis auf die Straße gemacht. Ich hab mich dabei nicht wohl gefühlt, aber du hast behauptet, ich stelle mich bloß an. Also hab ich mitgemacht. So, jetzt erklär mir, was soll daran anders sein?«

»Wir sind nicht in Geschäfte gegangen, das ist der Unterschied. Ich hab den Hauseingang nie aus den Augen gelassen.«

»Aber du hast doch ständig gesagt, daß ich übertrieben auf sie aufpasse.«

»Schon, aber damit meinte ich, daß ich es nicht mochte, wie du ständig in der Nähe des Kinderbetts geblieben bist. Aber das ist was völlig anderes als sie allein zu lassen. Ich habe nie gesagt, du solltest Cally allein lassen, und ich halte es für besser, wenn wir das Thema einfach beenden. Du mußt akzeptieren, daß es ein Mißverständnis gab, und die Sache vergessen.«

»Ich kann es nicht vergessen«, sagte Sylvie. »Ich kann nichts davon vergessen. Ich kann das nicht einem kleinen Mißverständnis zuschreiben.« Sie machte eine wegwerfende Handbewegung zu ihm hin. »Ich mach die Augen zu und sehe, wie ich zu dieser Tür rausgehe.« Sie erhob sich aus ihrem Sessel. »So, als wär's jemand anders, und ich will mich packen und zurückreißen.« Sie kniete sich nun hin, neben seinen Sessel. »Aber ich kann nicht, ich kann es nicht verhindern, und das ist das Allergrauenhafteste daran, dieser Schmerz, Peter, nach diesem Augenblick hab ich sie nie wiedergesehen.«

»Sylvie, bitte, das macht es doch nur noch schlimmer.« Er rieb sich mit einer Hand über die Augen.

»Tut mir leid«, sagte sie und konnte nicht weiterreden, da ihr die Brust schon vor Schmerzen brannte. Aber kein Geheule, keine Hysterie – das hier war zu wichtig. »Peter, erklär mir, was du wirklich gemeint hast. Vielleicht hilft es, wenn ich's versteh.«

»Sei doch nicht lächerlich«, ermahnte er sie. »Warum kannst du es nicht lassen, dich selbst zu strafen?«

Sie sah den Schmerz in seinen Augen, die scharfen, ausgeprägten Falten auf seiner Stirn, und doch bedrängte sie ihn: »Sag mir, was du gemeint hast.«

»Also gut«, sagte er und holte tief Luft, bevor er begann.

»Ich habe davon geredet, ein Kind an einem Ort zurückzulassen, wo es allgemein üblich ist, das zu tun, wo du den andern Leuten in deiner Umgebung Bescheid gibst über das, was du vorhast, und wo du in die Nachbarwohnung gehst – wenn du die Leute gut kennst –, und dann passen sie auf, solange du weg bist. Aber ich rede dabei von Gegenden, wo Kindererziehung einen wahren Gemeinschaftsaspekt hat. Wo Kinder von allen beschützt werden, wo sich jeder um seinen Nachbarn kümmert. Kulturen mit engem Zusammenhalt wie die der Uramerikaner, der Mormonen oder der Shaker oder – ich weiß nicht – der Mennoniten. Das hier ist New Haven, Sylvie, hast du vielleicht geglaubt, hier kümmert sich irgendwer genauso? Wir sind hier völlig auf uns allein gestellt, wir kennen nicht mal unsre Nachbarn. In amerikanischen Städten brechen Leute ein, grapschen und stehlen, was sie auftreiben können, ob aus Fleisch und Blut oder nicht.«

Sie hielt sich die Ohren zu. Nein, natürlich half ihr das nicht. Wie konnte sie das nur so erbärmlich mißverstanden haben? Hatte er Mennoniten gesagt? Wer zum Teufel waren die Mennoniten? War es denn so grotesk offensichtlich gewesen? Sie sah, daß er die Augen geschlossen hatte und den Kopf schüttelte. Alles, was sie auch tat, verpfuschte sie, weil sie nicht mehr wußte, wie sie von A nach B gelangen sollte, wie die Sachen hießen oder was sie eigentlich bedeuteten. Ständig verstand sie alles falsch, was die Leute sagten. Sie war einfach eine furchtbar dumme Person. Sie verdiente wahrhaftig nicht, daß ihr vergeben wurde, nein, sie verdiente keine Linderung ihres Leids.

Nachts, wenn sie stöhnte oder weinte und er dort neben ihr im Bett lag, streckte er nicht die Hand nach ihr aus und sie wagte es nicht, ihn aufzuwecken – wenn er schon etwas Frieden im Schlaf fand, sollte er ihn auch haben, fand sie. Sie rollte sich dann noch enger um ihre eigene Mitte zusammen und drückte sich die Bettdecke vor den Mund, um ihre Klagen zu ersticken.

Dann aber begriff sie, daß er nachts meistens hellwach war und nur so tat, als ob er schliefe. Sie konnte dieses leise rhythmische Schaben nicht hören, diese Andeutung eines Schnarchens tief hinten irgendwo in seiner Kehle, an das sie sich gewöhnt hatte, wenn er schlief. Genaugenommen konnte sie seinen Atem so gut wie gar nicht ausmachen. Wenn sie jedoch seinen Namen flüsterte, gab er keine Antwort. Also lag sie wach neben ihm und bemühte sich, ihre eigenen Atemzüge ebenfalls ganz leise werden zu lassen, bis er einschlief, was er letzten Endes immer tat. Dann beruhigte sie wenigstens dieser gleichmäßige Klang jenes rhythmischen Quasi-Schnarchens und vermittelte ihr das Gefühl, daß doch etwas der Veränderung widerstanden hatte.

Eines Nachts träumte ihr, sie hätte Cally mit verrenktem und blutverschmiertem Körper in einer Schuhschachtel gefunden, und sie wachte mit der scharfen Klinge eines Schreis, der seitlich in ihrer Kehle steckte, auf und beugte sich über seinen Körper, packte ihn am Arm, an der Schulter, sogar an den Knöpfen seines Pyjamas, und spürte, wie er aufschrak. »Ich schlafe«, sagte er. Sie wich zurück, weit hinüber auf ihre Seite des Betts, während ihre Hände das Gewicht ihrer Brüste abstützten.

Wann immer sie tatsächlich schlief, waren die Träume scheußlich, und sie erwachte so schnell wie möglich aus ihnen. Bei solchen Gelegenheiten fand sie häufig seine Seite des Bettes leer vor.

Er sagte zu ihr: »Es wäre wohl besser, wenn ich wieder arbeiten gehe.«

Auch Hannah hatte davon zu reden begonnen, sie im Stich zu lassen, von wegen Terminen an der Uni und um alles wieder in Gang zu bringen, wie sie es formulierte. »Ich verlier noch meine Studenten, wenn ich nicht für Besprechungen zur Verfügung stehe«, erklärte sie. »Aber ehrlich, ich glaube, es ist auch besser so.«

»Besser für wen?« fragte Sylvie.

»Es ist für alle besser so«, sagte Peter. »Es hilft uns allen nicht weiter, wenn ich ständig hin und her wandere und Spuren in den Boden trample. Und ganz bestimmt sind wir nicht besser dran, wenn wir kein Geld mehr haben.«

»Du darfst nicht aufgeben«, sagte sie zu ihm.

»Das heißt doch nicht, daß ich aufgebe«, erwiderte er. »Das heißt, daß ich versuche, unser Leben wieder ein wenig ins Lot zu bringen. Ich kann schon nicht mehr vernünftig denken. Ich kann besser über die Situation nachdenken, wenn ich wenigstens einen kleinen Aspekt meines Lebens wieder in normale Bahnen lenke.«

»Du denkst aber nicht an sie, während du arbeitest.« Sylvies Worte hatten den kühlen, glatten Ton einer sachlichen Aussage. Sie stellte sich all ihre gemeinsamen Gedanken als die seelische Nabelschnur vor, die Cally am Leben hielt – wenn die beiden sie mit ihren Gedanken im Stich ließen, würde die Verbindung verdorren, und Cally wäre zum Untergang verurteilt. »Du darfst nicht aufgeben«, beschwor sie Peter.

»Sylvie«, sagte er mit einer sanfteren Stimme als sonst in der letzten Zeit, »wir können nicht zulassen, daß uns das umbringt.«

Kapitel 10

Zwei- oder dreimal am Tag war Martinson mit seinem Notizbuch da und mit seinem Kaffeebecher aus Schaumstoff. Sie horchte auf das Knarzen der Hintertreppe – niemand sonst kam auf diese Weise herein. Sie wartete auf seine Neuigkeiten. Auf seine neuen Ideen. Oder vielleicht sogar auf *Die Antwort*. Er war angenehmer als all die anderen Ermittlungsbeamten – die wollten alles immer nur zu Zahlen reduziert wissen oder doch wenigstens zu einer äußerst geringen Anzahl von Wörtern, die sie in den Kästchen auf ihren Formularen unterbringen konnten. Vergiß die Gefühle, sagten ihre gelangweilten Mienen zu ihr. Sie wollten wissen: Ja oder nein? Da oder weg? Vierzehn Uhr oder vierzehn zehn?

Vielleicht war er ihr ja einfach lieber, weil er Cally beim Namen nannte und nicht einfach *Das Kind*, wie es der FBI-Agent tat, dessen Namen sie sinnigerweise zum fairen Ausgleich vergessen hatte.

Martinson erkundigte sich stets danach, was *sie* denn vielleicht an Neuem parat habe. Er nahm sich sogar die Zeit, die Notizen, die sie niedergeschrieben hatte, durchzugehen, und fragte nach noch mehr Einzelheiten, als sie aufgeführt hatte. »Diese Frau«, sagte er zu ihr, »die mit dem Einkaufswagen und dem Hund, hatten Sie überhaupt irgend etwas mit ihr zu tun?«

»Ja«, sagte Sylvie, »sie bat ständig darum, das Gesicht des Babys zu sehen.« Martinson nickte und biß sich auf die Unterlippe.

»Sie hat solche gräßlichen dicken Plastikblumen, die überall um den Griff des Wagens rumgewickelt sind«, berichtete ihm Sylvie. »Und sie bindet den Hund immer draußen vor den Läden an, so daß er kläfft – so ein hohes, winselndes Bellen. Der Hund hat so eine komische gelbe Farbe«, fügte sie hinzu, bemüht, sich an alles zu erinnern. Wie Martinson sich ihr gegenüber immer äußerte, konnte alles und jedes wichtig sein.

»Wissen Sie noch, wonach sie fragte, wie das Gespräch verlief?«

Sylvie nickte. »Sie hat ständig gefragt: ›Kann ich ihr kleines Gesichtchen sehn?‹ und dann: ›Wie alt ist sie?‹ – ›Wie heißt sie denn?‹ – ›Ist sie ein braves Baby?‹ Solche Sachen halt.«

»War es jedesmal dasselbe?«

Sylvie nickte. »Das war es ja, was mir so unheimlich vorkam. Und daß sie ständig danach gefragt hat, ihr *Gesicht* zu sehen, das ist doch komisch. Es hat mich wirklich gestört, daß sie nicht mal einen Tag lang irgendwas im Gedächtnis behalten konnte. Ich fing dann an, ihr auszuweichen, auf die andre Straßenseite zu gehen und so, weil ich mir das alles nicht noch mal anhören wollte«, sagte Sylvie. Dann mußte sie aufhören zu reden, mußte das Bild abblocken, das sich in ihre Vorstellung zu drängen begann, das Bild von Cally, wie sie in der grünen Mülltüte aus Plastik steckte, die immer an dem Handwagen der alten Frau hing.

»Hat sie Cally je angefaßt?«

»Nein.«

»Den Versuch gemacht?«

»Nein, aber ich bin schon nervös geworden, wenn sie nur in die Nähe des Kinderwagens kam. Jedenfalls nach den ersten paarmal. Sie war nicht ganz dicht im Kopf.« Sie hörte eine Art angestrengtes Flehen aus ihrer eigenen Stimme heraus. »Ich mußte doch wachsam sein.«

»Weswegen?«

»Ich weiß nicht. Vielleicht war es diese Art, wie sie ständig näher kam, wie sie sich heranschlich. Ich mochte nicht, wie sie aus dem Mund roch, ich wollte nicht, daß Cally ihren ganzen Atem abkriegt.«

»Wir überprüfen das. Haben Sie einen Namen oder eine Adresse von ihr?«

»Nein«, sagte sie, obwohl sie kaum in der Lage war, das Wort herauszubringen, und bemerkte dann, wie schnell sie atmete, so, als wäre sie gerannt, hätte diese Frau die ganze

Orange Street entlang verfolgt, hätte sie aus der Ferne in die Linden – oder war es die Lawrence? – abbiegen sehen.

»Wir finden sie schon«, sagte er, wenngleich ihm bewußt war, daß er keine solche Versprechen abgeben sollte. Was ihm zusetzte, war die Art, wie sie zu schlottern begonnen hatte. Er wußte noch, wie das war. Wie er seine Glieder kaum mehr unter Kontrolle hatte, nachdem er seinen Sohn tatsächlich auf der Krankenhausbahre gesehen hatte. Er wußte auch noch, wie ihm sein Hirn danach keine Ruhe mehr ließ; wie es darauf bestand, daß er sich in unablässig wiederkehrenden Rückblenden das Schauspiel jeder einzelnen Sekunde im Leben seines Sohnes vor Augen führte. Damals erblickte er sein Kind plötzlich überall, sah sein Gesicht gleich einer gespenstischen Filmprojektion von den Wänden zu ihm herabstrahlen. Er sah ihn lebensecht in Farbe, wie er lächelte, wie er lachte. Er mußte wieder und wieder den ersten Schritt seines Kindes ertragen, seinen ersten Eisbecher, sein erstes Weihnachtsfest, sein zweites Weihnachten, sein drittes, seine erste Erfahrung mit dem Baseballschläger. Er mußte sich die zauberhafte Art und Weise anhören, wie Evan, als er zwei war, gesagt hatte: »Messer, Gaben und Löffer.« Warum verschwand das nicht alles einfach?

Und er hatte das qualvolle Verlangen nach den Kindern anderer Leute kennengelernt. Wie vielen von ihnen war er durch Geschäfte hindurch gefolgt, Kindern von der Größe und der Erscheinung Evans, die doch nicht Evan sein konnten, keinesfalls Evan sein konnten, und doch mußte er sich erst davon überzeugen. Schon bei der bloßen Erinnerung an jene Zeit der Jagd auf seine Beinahe-Evans spürte er wieder, wie sein Herz im Brustkorb schmerzte.

Mit einem neuen Baby hingegen, nach nur knapp sechs Wochen miteinander, fragte er sich, konnte es da auch so schlimm sein? Sollte es ohne die Jahre gemeinsam erlebter Geschichte nicht einfacher für sie sein, mit ihrem Leben weiterzumachen?

»Ich überprüfe die Läden, wo Sie die Frau gesehen haben«, sagte er jetzt. »Irgend jemand wird sie kennen. Sie wohnt vermutlich schon seit dreißig Jahren im selben Gebäude und kauft seither in denselben Läden ein.«

»Versuchen Sie's im Grove Market, Detective«, sagte Sylvie. Sie bemerkte, daß ihre Hände zitterten. Wenn diese Frau verrückt war, wirklich verrückt, dann hatte sie womöglich etwas Schreckliches getan – Cally nicht gefüttert, den Hund an sie rangelassen, vergessen, daß sie die Kleine überhaupt hatte. Falls sie taub war und das der Grund war, weshalb sie ständig dieselben Fragen stellte, weil sie nämlich nie die Antworten mitgekriegt hatte, dann würde sie Cally gar nicht schreien hören.

Sie sah, daß Martinson zu einer neuen Seite in seinem Notizbuch umblätterte. »Gab es irgendwelche Leute, die Cally angefaßt, vielleicht in den Kinderwagen reingelangt haben, Leute, die keine Freunde waren und sich über die normale Höflichkeitsschranke zwischen Fremden hinweggesetzt haben?«

Es fiel Sylvie schwer, sich wieder zu konzentrieren; die alte Frau hinter sich zu lassen, Callys unbeachtetes Weinen beiseite zu schieben. »Ich weiß nicht.«

»Wenn Ihnen etwas dazu einfällt«, begann er, doch da fiel ihr plötzlich wieder ein, wie sie am liebsten die Hand des Ladengehilfen gepackt und heftig weggestoßen hätte. Sie sah wieder die rasche Bewegung seiner Hand vor sich – mit den blauen Flecken drauf – und wie sie nahe dran gewesen war, den Kinderwagen aus seiner Reichweite zu schieben. Aber irgendeine Hemmung, wohl das Bedürfnis, eine Szene zu vermeiden (weswegen denn nur? wegen der Bewunderung für ein Baby?), hielt sie zurück, und so stand sie da und beobachtete, wie die verfärbten Finger vor Callys Gesicht winkten und herumfuchtelten. Sie erzählte Martinson davon. »Er arbeitet im Supermarkt. Er hilft beim Einpacken an der Kasse, macht sauber, füllt die Regale, solche Sachen halt.«

»Sonst noch jemand?« fragte er, und sie meinte, jetzt im Moment fiele ihr niemand ein, und er sagte: »Rufen Sie mich an, falls Sie doch noch auf was kommen.« Sie war ganz aufgeregt, hatte das Gefühl, dicht davor zu sein, gleich darauf zu stoßen. Gerne hätte sie Martinson am Arm gepackt und ihn gefragt: Wie lang dauert's noch? Zwanzig Minuten? Dreißig? Hat sie denn nicht ganz bestimmt einer von denen? »Was glauben Sie?« war das, was sie tatsächlich zu ihm sagte.

»Ich glaube, wir überprüfen jeden der beiden, einen nach dem andern. Es wird eine Menge Hinweise geben.«

»Aber einer muß es dann sein«, ließ sie nicht locker. Die achtundvierzig Stunden sind vorbei, wollte sie ihm ins Gedächtnis rufen. Längst schon vorbei.

»Einer muß es sein«, sagte er, während er sich erhob, um aufzubrechen. »Aber nicht unbedingt einer von denen, die wir heute durchgegangen sind.« Und dann standen sie schon direkt vor der Tür, und sie mußte sie für ihn öffnen und ihn von dannen ziehen lassen.

Alles dauerte so viel länger, als sie es sich vorgestellt hatte. Martinson verschwand einfach einen halben Tag lang aus ihrem Blickfeld, rief nicht einmal an, um sie wissen zu lassen, was er herausgefunden hatte. Sie erzählte Hannah von der Verrückten, und während sie die Sache wieder durchging, fing sie zu weinen an, weil es nun wirklich, endlich, danach aussah, daß sie etwas an der Hand hatten. Aber Martinson ließ sich noch immer nicht blicken. Hannah schaute vorbei, um sich zu vergewissern, daß Sylvie etwas zu Mittag aß. Sie breitete Aufschnitt, verschiedene Käsesorten und flockige Croissants – garantiert die besten in der ganzen Stadt, wie sie sagte – auf dem Tisch aus. Sylvie machte sich ein Sandwich, lud ein Stück Aufschnitt, dann eine Scheibe Käse auf das Gebäck. Sie trug es, ohne zu probieren, mit sich herum und wanderte unruhig hin und her. Hannah sah, wie die luftigen Lagen zu einem dünnen, platten Gebilde zusammenschrumpften, während ihre Tochter in der Küche herumging und das Sandwich dabei immer krampfhafter in der Hand hielt.

Als Martinson dann tatsächlich seine vier Klopfzeichen an die Tür pochte, war es bereits dunkel geworden. Sie stellte ihre Frage schon, bevor die Tür richtig offen war, sogar bevor sie überhaupt sicher sein konnte, daß er es war, der auf der anderen Seite der Türschwelle stand. »Die alte Frau mit dem Hund und dem Einkaufskarren, Detective«, sagte sie mit solcher Ungeduld, daß sie nicht mehr wußte, wie man eine korrekte Frage formuliert, und nicht einmal abwarten konnte, bis er sich hinsetzte.

»Da ist nichts zu finden«, sagte er, und sie hörte den Klang ihres eigenen stöhnenden Seufzers.

»Sie ist's also nicht?«

Er schüttelte den Kopf. »Sie ist schlicht und einfach eine verwirrte alte Frau. Sie erinnert sich wahrscheinlich an das Baby – oder zumindest an *ein* Baby – oder glaubt, daß sie sich an ein Baby erinnern können sollte, aber sie weiß nicht mehr, wann sie es zum letztenmal gesehen hat und kann weder Cally noch Sie beschreiben und hat ganz bestimmt keine Ahnung, wer Sie sind und wo Sie wohnen. Sie kann sich mal gerade noch erinnern, wie sie den Weg von ihren Zimmern im zweiten Stock nach unten findet und die Straße entlang zum Laden und wieder zurück. Und wenn sie dort ankommt, heißt es, fällt es ihr schwer, sich daran zu erinnern, weshalb sie überhaupt gekommen ist. Und es sind nicht dreißig Jahre, sondern schon eher fünfzig, die sie hier wohnt, meinen die Leute, obwohl keiner, mit dem ich geredet habe, selbst auch nur annähernd so lange hier ist. Ich vermute, der Hund besitzt hier die größere Denkfähigkeit. Er ist es wahrscheinlich, der noch weiß, wo das Haus steht und in welcher Etage sie wohnen.«

»Aber sie könnte doch was damit zu tun haben. Sie könnte doch lügen, was die Beschreibung von uns angeht, oder nicht?«

»Das glaube ich nicht«, erwiderte er mit einem Kopfschütteln und ging dazu über, als nächstes zu erklären, weshalb der Ladenjunge, »so ein junger Kerl, irgendwie zu übereifrig, aber harmlos«, auch nicht länger Gegenstand der Ermittlungen sei.

»Sind Sie sich sicher, daß Sie das so schnell feststellen können?«

»Nichts ist abgeschlossen und ad acta gelegt«, sagte er, »doch ja, vorläufig bin ich mir sicher. Er ist so ein Typ, der in

Rollen schlüpft. An dem Tag damals war er gerade der hingerissene Babybewunderer. Heute spielte er den vorbildlichen Zeugen für mich.«

»Haben Sie ihr Haus durchsucht?«

»Sylvie, sie ist eine Irre.«

»Aber kidnappen Irre nicht? Sind das nicht genau die Leute, die jemand kidnappen, Detective? Ein normaler Mensch stiehlt nicht das Kind von andern Leuten. Jemand, der eine Schraube locker hat aber schon, jemand, der sich nicht an die Regeln erinnert, sich einfach nicht erinnert. Diese Frau kann sich an überhaupt nichts mehr erinnern.«

»Also, ja, das stimmt schon, aber diese spezielle Frau ist schon zu umnachtet, Sylvie. Sie wäre nicht in der Lage herauszufinden, wo Sie wohnen, sich hierherzubewegen, durch die Tür zu kommen und Cally zu finden und dann wieder nach Hause zu gelangen. Sie ist nicht einmal körperlich in der Lage, die vier Blocks bis hierher zu laufen, die dazu nötig wären.«

»Aber was, wenn sie es doch getan hätte?« beharrte Sylvie. »Was, wenn so was ihr ganzer Lebensinhalt wäre, dieses ›brave Baby‹ für sich aufzutreiben.« Sylvie hatte sich halb von ihrem Hocker erhoben und beugte sich jetzt zu ihm hinüber. »Was, wenn sie sich beim Grove erkundigt hat, wo ich wohne – die haben meinen Namen auf der Kreditliste –, und dann einen unglaublichen Adrenalinschub gekriegt hat und losgezogen ist, sie zu schnappen. Das heißt, daß Cally vielleicht da drin ist und verhungert.«

»Sie kann gar nicht so schnell laufen, Sylvie. Sie stützt sich auf diesen Handwagen. Sie könnte die Entfernung gar nicht in der Zeit schaffen, die Sie weg waren.«

»Mit Adrenalin ...«

»Heh«, sagte er und hielt die Hand hoch, um ihr Einhalt zu gebieten. »Cally ist nicht da drin, Sylvie. Die Wohnung ist klein – ein Wohnzimmer, Schlafzimmer, Bad und die Küche. Wir konnten einen Blick in alle Zimmer werfen. Cally ist nicht dort.«

»Haben Sie auch in Schubladen und Schränken nachgeschaut, unter dem Bett?«

»Nein«, antwortete er demonstrativ geduldig. »Dazu brauche ich einen Haussuchungsbefehl. Und um den zu bekommen, brauche ich eine triftige Begründung. In diesem Fall ist es einfach nicht gerechtfertigt, Sylvie. Schaun Sie, sie hat Enkelkinder und sogar einen Urenkel, einen Säugling, die sie alle besuchen kommen. Sie hat Fotos von ihnen in Magnetrahmen an ihrem Kühlschrank hängen. Sie hat auch noch den Hund. Sie paßt einfach nicht in das typische Täterprofil.«

Sylvie fiel es etwas schwer zu atmen – die Luft fühlte sich so stickig an wie an einem glühendheißen Sommertag. Sie sank auf ihren Hocker zurück. »Als ich gestern abend zum erstenmal dran gedacht hab und als wir dann heute vormittag darüber geredet haben, besonders heute vormittag, als Sie mich nach all diesen Einzelheiten gefragt haben, da kam es mir so logisch vor. Ich war davon überzeugt. Ich dachte, sie wären es auch gewesen.«

»Es tut mir leid, wenn Sie das dachten«, sagte er. »Ich interessiere mich für jedes bißchen Information, und deshalb gehe ich auch jedem bißchen Information nach, so gut ich irgend kann. Aber diese Frau kam offensichtlich genausowenig in Frage wie all die Dutzende von Leuten, mit denen wir bisher geredet haben. Sie waren überzeugt davon, weil Sie sich eine Geschichte ausgedacht haben, die dazu paßte, das ist alles. Es gab mögliche Indizien, aber die haben zu nichts geführt. Wir prüfen alles nach, aber wenn da nichts ist, müssen wir in der Lage sein, weiterzumachen und unsre Energien und Leute auf die nächste Idee anzusetzen. Jetzt zum Beispiel«, sagte er dann nach einer Pause, »brauche ich ein paar persönliche Daten von Ihnen.« Er hielt inne und wartete. Ihr war bewußt, daß er auf ein Zeichen von ihr wartete, um weiter vorzustoßen.

»Fragen Sie nur«, ermutigte sie ihn, nun selbst ungeduldig, begierig darauf, eine neue Fährte aufzunehmen, jetzt, da man ihr die alte Frau und den Ladenjungen so gut wie sicher weggenommen hatte.

»Sie und Peter sind nicht verheiratet, richtig?« Sylvie schüttelte den Kopf. Er wußte es bereits, also war das eine

Art Zusammenfassung, eine Form des sanften Einstiegs in das, was er eigentlich wissen wollte. »Okay«, sagte er, »erzählen Sie mir bitte, weshalb Sie nicht verheiratet sind.«

»Bloß, weil wir *noch* nicht verheiratet sind. Wir haben vor zu heiraten«, erklärte sie.

»Dann liegt es also nicht daran, daß Sie etwa einen entschiedenen persönlichen Standpunkt gegen die Institution der Ehe vertreten?«

Sylvie versicherte ihm, das sei nicht der Grund. »Aber wieso sollte das wichtig sein?«

»Ich weiß nicht, ob es das ist. Es ist einfach etwas mehr Wissen über Sie und Peter und Cally. Vielleicht bedeutet es für jemand anders etwas.«

»Was zum Beispiel?«

»Nun, ich weiß nicht genau. Ich forsche noch herum und sammle Daten. Morgen oder übermorgen sehe ich dann den Zusammenhang – falls es einen gibt.«

»Meinen Sie damit, daß vielleicht irgendwer denkt, daß unverheiratete Leute keine Kinder haben sollten?«

»Das haben Sie gesagt, Sylvie, nicht ich.«

»Aber Sie haben's doch gedacht?«

»Nein. Ich sagte doch, ich bin noch in der Phase reiner Recherchen. Können wir einfach weitermachen?« Sie nickte widerwillig. »Okay. Verzeihen Sie bitte, aber haben Sie schon einen festen Termin?«

»Für eine Hochzeit, meinen Sie?« Er nickte. »Nein. Wir hatten da ein paar Schwierigkeiten.«

»Welche?«

»Daß das Baby früher als erwartet kam.«

Martinson nickte. »Wieviel früher?«

»Drei Wochen. Sie hat uns überrumpelt.«

»Aber Sie haben doch die Heirat die ganze Schwangerschaft hindurch aufgeschoben?«

»Es war nicht so, daß wir's aufgeschoben haben.«

»Wie dann?«

»Es gab eine Menge Gründe, weshalb wir warten mußten.« Sie rutschte auf ihrem Hocker hin und her.

»Als da wären?« fragte er und hielt ihr eine Hand offen entgegen, als warte er darauf, die Antwort entgegenzunehmen.

»Er ist ständig unterwegs, und er muß bereit sein, diese Geschäftsreisen auch im letzten Moment anzutreten. Also ist es schwierig, auf lange Sicht zu planen. Außerdem hatte ich ihm versprochen, einen Einführungskurs bei den Mormonen mitzumachen und dann zu konvertieren, weil er mir gesagt hat, daß es wirklich wichtig für ihn ist, daß wir in seiner Kirche heiraten. Alles wird schwieriger, wenn man im achten oder neunten Monat ist oder gerade eine Geburt hinter sich hat oder wenn man versucht, für ein Neugeborenes zu sorgen, verstehen Sie.«

»Ja«, sagte er. »Das weiß ich noch aus der Zeit, als mein Sohn auf die Welt kam.«

»Und es war auch für keinen von uns so wichtig. Wir haben nichts gegen die Ehe, wie Sie das vorhin meinten, aber keinem von uns macht das so schrecklich viel aus. Wir wollten's ja machen.«

»Und Sie kennen ihn jetzt wie lange?«

»Ungefähr anderthalb Jahre«, sagte sie und dehnte die Worte, um diesem wissenden Blick zu entkommen, diesem Blick, der sagte: He, ich weiß, wie man addiert und subtrahiert, Sie kannten den Typen ja noch kaum, stimmt's, als Sie das Baby gemacht haben?

»Können Sie mir das Datum nennen, an dem Sie sich begegnet sind?« fragte Martinson rasch, ohne sich die Zeit zum Zählen der Wochen und Monate zu nehmen, wie ihr bewußt wurde.

»Das weiß ich nicht mehr.«

»Ich weiß, daß das schwierig ist. So ungefähr.«

»Im Winter wahrscheinlich. Es hat geschneit.« Das war ungenau genug, dachte sie sich. Vielleicht ging er ja davon aus, daß es tatsächlich der vorletzte Winter war. Vielleicht kam er gar nicht auf den Gedanken, es könnte erst im letzten Jahr gewesen sein. Aber Peter würde es natürlich noch genau wissen und die Wahrheit enthüllen, hatte es womöglich schon so getreu wie irgend möglich berichtet. »Am zweiundzwanzigsten Februar«, sagte sie. »Vor einem Jahr plus ein paar Wochen.«

»Gut«, stellte er fest. Wieso fühlte sie sich nur so viel besser dadurch, daß er dieses eine Wort gesagt hatte: *gut*?

»Also«, sagte Martinson und dehnte dieses Wort, als sammle er all die kleinen unvollendeten Sätze, die nun um sie herum im Raum hingen, jedoch fürs erste auf einen anderen Tag hin weggepackt werden mußten. »Wir machen vielleicht nur kleine Schritte, aber wir kommen schon ans Ziel.«

»Wirklich, Detective?« fragte sie ihn. Er würde nun gehen, wußte sie, denn mittlerweile waren ihr sein Rhythmus und seine abschließenden Gesten vertraut. Seine flache Hand hatte schon sanft auf die Küchentheke geschlagen, der Barhocker war zurückgeschoben worden, und Martinson hatte seine besänftigenden, aber bedeutungsleeren Beteuerungen von sich gegeben. Sie wünschte, er würde bleiben.

»Wir kommen sehr gut voran. Ich rufe sie später an, falls ich was Neues habe.« Er fand den Weg alleine und so rasch zur Tür hinaus, daß er schon nicht mehr zu sehen war, als sie die Schwelle erreichte.

KAPITEL 11

Wie ein Arzt, der im Behandlungszimmer erscheint, klopfte Martinson zwar, öffnete aber unmittelbar darauf die Tür und überraschte Sylvie beim Weinen. Sie wandte sich ab und ging den Flur hinunter in Richtung Schlafzimmer.

»Was ist denn los?« fragte er und blieb ihr dabei ziemlich dicht auf den Fersen. Es war am Vormittag des zehnten Tages. Cally war jetzt seit mehr als zweihundertfünfundzwanzig Stunden vermißt. Fünfzig, vielleicht sogar sechzig Stillzeiten waren verstrichen. Was, wenn sie ihr nur Zuckerwasser gaben? Oder wenn sie Cally mit fertiger Babynahrung fütterten und sie Allergien dagegen entwickelte?

Sie warf ihm einen Blick über die Schulter zu. »Folgen Sie mir nicht, Detective.« Er blieb auf ihr Kommando hin stehen. »Und klopfen Sie eigentlich nicht, bevor Sie einfach bei jemand in die Wohnung reinplatzen?« Sie stand am Eingang zum Schlafzimmer.

»Hab ich doch.«

»Dann haben Sie nicht laut genug geklopft«, erklärte sie und fingerte vergeblich an dem runden Türgriff zu ihrem Schlafzimmer herum. Er drehte sich nicht einmal unter ihrer Hand. Weshalb brachte sie auch die einfachsten Dinge nicht mehr zuwege?

»Warum hören Sie jetzt nicht einfach mit dem Weinen auf?« schlug er vor und setzte an, den Flur entlang auf sie zuzugehen.

Sie drehte sich zu ihm um. »Sie bleiben, wo Sie sind«, sagte sie und deutete auf das Ende des Gangs. »Und würden Sie bitte das nächste Mal und alle weiteren Male danach abwarten, bis ich Ihnen die Tür öffne oder wenigstens so lange warten, bis ich Bescheid gebe, daß Sie reinkommen können?«

»Tut mir *wirklich* leid.«

»Und warum kann ich nie ungestört für mich sein?« fuhr

sie mit ihrer Standpauke fort. »Warum kann ich nicht mal in mein Schlafzimmer gehn, ohne daß Sie mich beschatten?« Sie hob die Hände hoch, die Handflächen nach außen und die zitternden Finger senkrecht nach oben gespreizt.

»Ich komme später wieder«, sagte er.

Sie ließ die Arme seitlich herabfallen. »Nein«, sagte sie nun, und ihr Seufzer währte länger, als sie es beide für möglich gehalten hätten. »Was ist das schon für ein Unterschied, ob es jetzt oder später ist? Ich heule die ganze Zeit, ich bin ständig total daneben. Später ist es auch nicht besser.«

»In Ordnung. Zeit also, zur Ruhe zu kommen. Es sei denn, es wäre Ihnen lieber, wenn ich erst mit Peter rede.«

Sie kam ihm durch den Flur wieder entgegen. »Er ist schon weg. Er ist für drei Tage nach Chicago.«

»Chicago?«

»Ja. Er hat gesagt, Sie hätten ihm erlaubt, wieder mit seinen Reisen anzufangen.«

»Ja, das haben wir in der Tat. Er hat eine Adresse und Telefonnummer dagelassen, nehm ich doch an?«

Sie ging an ihm vorbei und weiter in die Küche. Eine weiße Porzellangans mit einem Magneten hielt einen Zettel am Kühlschrank fest. Sie zog das Papier heraus und reichte es Martinson. Die winzige blaue Schleife um den Hals der Gans hatte sich gelöst, und sie machte den Versuch, das kurze Stück Seidenband wieder richtig zu binden. »Natürlich hat er mich nicht um Erlaubnis gebeten.« Sie zupfte an dem Bändchen, und es löste sich jetzt ganz von dem kleinen Tropfen Klebstoff, der es an dem Vogel befestigt hatte.

»Diese Dinge können eine Beziehung belasten.«

»Sagen Sie nicht *diese Dinge*«, fuhr ihn Sylvie an und wirbelte herum. »Cally ist kein Ding, wir sind kein Ding.« Sie warf das Band in seine Richtung.

»Ich weiß«, sagte er, »entschuldigen Sie bitte. Es ist bloß eine Ausdrucksweise.« Er bückte sich und hob das Seidenband vom Boden auf. »Die Leute benutzen die Sprache nun mal so. Eine Art Kürzel, könnte man sagen.«

»Ich will nicht in ein Kürzel gesteckt werden«, beschwerte sie sich.

»Das verstehe ich, aber es ist eben schwierig, offen über die persönlichen Belange im Leben anderer Menschen zu reden.« Er hielt ihr das Bändchen hin, aber sie wandte sich von ihm ab.

»Ich dachte, Sie wären so ein Experte darin, das ganze Gesülze wegzuschaufeln und zum Kern der Dinge vorzudringen. Also was ist?«

Er zuckte die Achseln und legte das blaue Seidenband auf die Theke. »Ich bin ein Kripomann, kein Sozialarbeiter.«

»Aber Sie haben diese alte Frau in den ganzen zwei Sekunden, die Sie mit ihr zusammen waren, durchschaut und gleich gewußt, daß sie das Baby nicht genommen hat, hab ich recht?«

»Nicht in zwei Sekunden ...«, protestierte er.

»Na, dann fünf Sekunden.«

Er hob die Augenbrauen und überlegte einen Augenblick. »Ich verbrachte genug Zeit mit ihr, daß ich das Gefühl hatte zu verstehen, ob sie zu diesem Verbrechen fähig war.«

»Warum können Sie dann nicht die richtige Person finden?«

»Ich versuch's ja.«

Weshalb tat sie ihm das eigentlich an? Und verdammt noch mal, wieso war Peter für drei ganze Tage abgehauen? »Hörn Sie, das bringt uns auch nicht weiter, das weiß ich schon. Holen Sie Ihr Notizbuch raus«, erklärte sie. »Fragen Sie mich was. Stellen Sie mir die richtige Frage, die, auf die's ankommt.«

»Ich will's versuchen«, sagte er, zog das Notizbuch aus seiner Brusttasche hervor und blättere in den Seiten.

Sie sah seinen Styroporbecher auf der Theke stehen. »Und Sie sollten Ihren Kaffee trinken«, sagte sie in einem Ton, der möglicherweise eine Idee freundlicher war. »Tut mir leid wegen all dem Getue und der Verzögerung.«

Er zog sich den Barhocker hervor, nahm Platz, entfernte den Plastikdeckel von seinem Kaffee und atmete für eine Weile den aromatischen Duft ein, bevor er an der dunklen Flüssigkeit nippte. »Haben Sie irgendwas Neues?«

»Nein«, erwiderte sie, obwohl sie einen Traum gehabt

hatte, einen Traum, in dem sie Callys Weinen aus einem monströsen Laib Schwarzbrot hatte kommen hören. Sie hatte angefangen die Kruste abzubrechen, kleine Stücke davon, und die Krümel mit den Fingerspitzen wegzuwischen, dann das Brot langsam und vorsichtig auseinanderzunehmen, so wie ein Archäologe bei einer Ausgrabung vorgeht: Sie tastete sich zu dem darunter verborgenen kostbaren Inhalt vor, blieb dabei aber stets auf seinen Schutz bedacht. Und dann hatte sie sich umgeschaut und begriffen, wieviel beiseite geräumtes Brot sich aufhäufte, und so hatte sie begonnen, die Stücke, noch während sie ihr in die Hände fielen, nach und nach aufzuessen, als käme es darauf an, die Beweisstücke loszuwerden. Selbst jetzt noch, während Martinson mit ihr sprach, konnte sie sich an das Gefühl dieser Brocken duftenden frischen Brotes in ihren Fingern erinnern. Sie konnte noch das gedämpfte Weinen hören, und sie spürte dieses kribbelnde Verlangen in ihren Fingern, noch mehr zu packen, schneller zu arbeiten. Sie war aufgewacht, bevor sie genügend von dem dunklen Zeug aus dem Weg geräumt hatte, um Callys blasse Haut bloßzulegen. Sylvie ging zur Theke hinüber und setzte sich. Martinson trank schluckweise seinen Kaffee. »Gar nichts?« fragte er in das Schweigen hinein.

»Nichts Konkretes.«

»Nun, das ist eine gute Überleitung für mich, um Sie zu fragen, was sie von Spiritismus halten.«

»Spiritismus?« wiederholte sie. »Holen Sie etwa ein Medium her, um Cally zu finden?«

»Ich habe an nichts in dieser Richtung gedacht, eher an die Wahrsagerin, die Sie in Toronto aufgesucht haben.« Er hielt das Notizbuch so schräg, daß sie die Bleistiftnotizen sehen konnte. Obwohl seine krakelige Handschrift völlig unlesbar zu sein schien, glaubte sie doch die beiden Großbuchstaben *W* und *S* erkennen zu können, die über das übrige Gekritzel hinausragten. Er bedeckte das Notizbuch mit seiner Hand, so klein war es.

»Woher wissen Sie das von Toronto, Detective?« fragte sie ihn, während sie auf dem anderen Barhocker Platz nahm.

»Ein paar Leute aus der Bank, wo Sie früher mal gearbeitet haben, erwähnten, Sie hätten dort Urlaub gemacht und daß Sie sich direkt, bevor Sie gekündigt haben, bei einer Wahrsagerin Rat geholt hätten.«

Sie zog die Nase in Falten. »Sasha hat's Ihnen gesagt, richtig?«

Martinson blickte auf seine Notizen hinab. »Ja, Sasha hat's erwähnt, richtig. Und Brian auch.«

Sylvie schüttelte den Kopf. »Sie war keine Wahrsagerin. Haben die Ihnen erzählt, sie wär eine Zigeunerin mit einer Kristallkugel?« Der Detective schüttelte den Kopf. Sylvie stieß laut hörbar Luft aus. »Hören Sie, Sasha konnte mich nicht ausstehn, wieso, weiß ich nicht, das heißt, doch. Sie konnte mich nicht ausstehen, weil ich sie ständig drum gebeten habe, mir bei verschiedenem Zeug zu helfen. Zum Beispiel wie man einen Bankscheck ausstellt oder wie die Codeziffern für bestimmte Abwicklungen heißen. Jedesmal, wenn ich gefragt hab, schien sie total genervt zu sein und sagte dann: ›Wie oft muß man dir das noch sagen, bis du das Zeug kapierst?‹ Aber das hat sie Ihnen wahrscheinlich alles schon gesagt, oder?«

»Nicht gerade das, aber es kam mir nicht so vor, als wären Sie beide dick befreundet.«

Sylvie rollte die Augen bei der Vorstellung. »Brian und ich kamen gut miteinander aus, glaub ich, aber der Mann hat 'ne Schraube locker. Ich find das wirklich zum Gruseln, daß Sie ihn dazu benutzen, um Informationen über mich zu kriegen.«

»Schaun Sie«, sagte Martinson, »diese Informationen erhielten wir zufällig, als wir versuchten herauszufinden, wer Ihre Kollegen waren und ob sie uns irgendwelche Informationen über Cally geben könnten. Ich rede mit jedem, der Sie kennt. So machen wir das nun mal.«

»Ich weiß«, sagte sie. »Das haben Sie schon tausendmal gesagt.«

»Richtig. Also verstehen Sie das wohl allmählich, hoffe ich.«

Sie setzte sich gerade hin. »Hören Sie, machen Sie mich nicht so runter, Detective«, warnte sie ihn.

»Das war nicht meine Absicht.«

»Und ich hasse all diese juristisch klingenden Ausdrücke wie *Absicht*. Solche Wörter erlauben einem bloß, sich aus den Dingen rauszuwinden. Sie haben so *geklungen*, als ob Sie mich runtermachen, und zufälligerweise ist es mir egal, was Ihre Absicht war.«

»Entschuldigung.«

»Gut«, sagte sie, selbst verblüfft über den unwirschen Tonfall, mit dem sie das Wort gesagt hatte. »Und was ist mit meinen Kollegen? Haben Sie irgendwas über Cally rausgefunden?«

»Nein. Sie waren alle an diesem einen Tag in der Arbeit. Absolut astreines Alibi.«

»Ein Baby ist sowieso das Letzte, was einer von denen gerne hätte«, sagte Sylvie nachdenklich. »Würde ihnen bloß das Leben verkorksen.«

»Den Eindruck hatte ich auch. Können wir uns über diese Wahrsagerin unterhalten?«

»Warum?« fragte sie ihn, wobei sie selbst nicht wußte, weshalb sie ihm so viele Schwierigkeiten machte.

»Weil Sie letztes Jahr in Kontakt mit ihr waren ...«

»Es ist mehr als ein Jahr her«, unterbrach sie ihn.

»Nicht viel mehr«, sagte er, und sie ließ die Feststellung auf sich beruhen. »Sie müssen mir nichts davon erzählen, aber ich dachte, es könnte möglicherweise etwas bringen.«

»Das war, bevor Cally geboren wurde. Sogar bevor ich Peter kannte.«

»Das stimmt«, räumte er ein. »Seien Sie wieder gnädig mit mir. Es könnte zu einer anderen Spur führen. Wenn sie keine Wahrsagerin ist, was ist sie dann?«

»Sie heißt Mrs. Yun, und sie hat keine Kristallkugel, und da gibt's kein Aus-der-Hand-Lesen oder solche Séancen oder irgendwas von diesem Quatsch. Meine Freundin Tisha hat mich dort mit hingenommen, und die Frau hat mit mir geredet, mir ein paar Fragen gestellt und mich ein bißchen beraten. Sie beschäftigt sich mit Heilkunst, mit Kräutern und Energie und ausgleichenden Kräften und Massagen. Wissen Sie, all dieses Zeug, mit dem man sein Leben in

Harmonie bringen kann.« Sylvie formte mit den Händen einen Kreis, bei dem sich die Fingerspitzen kaum berührten, genauso, wie es Mrs. Yun getan hatte. »Wenn Sie sie sehen würden, wüßten Sie, daß sie nichts mit Cally zu tun hat. Sie ist eine winzig kleine Frau – sie wiegt bestimmt nicht einmal vierzig Kilo. Außerdem ist sie in Toronto, und sie wußte nichts von Cally. Sie sollten sich hier umsehen, hier in der Nachbarschaft. Es muß jemand sein, der sie jeden Tag gesehen hat.«

»Ich sage ja nicht, daß Mrs. Yun irgendwas damit zu tun hatte. Aber Sie haben sich mit dieser Frau getroffen und mit ihr geredet, und zweifellos haben Sie ihr einige Informationen über sich gegeben, die sie, falls sie skrupellos wäre – womit ich nicht behaupte, daß sie das ist – zu einem späteren Zeitpunkt hätte benutzen können. Wir überprüfen alles, was nach einer Möglichkeit aussieht, bis wir sehen, daß es eben nicht möglich ist.«

Sylvies Puls hatte begonnen schneller zu schlagen, sie fühlte ihn tief und stark in ihrem Bauch pochen, und ihre Achselhöhlen waren plötzlich feucht geworden. Wenn nun Tisha Mrs. Yun gegenüber erwähnt hatte, daß sie ein Baby bekommen hatte, und diese Frau in Verbindung mit einem Schwarzmarktring für Babyhandel oder irgend so was stand? Was, wenn sie vielleicht eine Information an ein Bandenmitglied, einen Bruder etwa, weitergegeben hat, ohne überhaupt zu merken, daß sie es tat?

»Warum fangen wir nicht damit an, daß Sie mir erzählen, wie Sie Mrs. Yun getroffen haben?«

»Meine Freundin ist mit mir hin«, sagte Sylvie fast im Flüsterton, offenbar schwer verständlich, was sie daran erkannte, wie sich Martinson zu ihr herüberbeugte.

»Erzählen Sie mir was über Ihre Freundin.« Er hatte seinen gelben Holzbleistift gezückt, das Notizbuch lag noch mit der WS-gleich-Wahrsagerin-Seite obenauf da. Er blätterte diese Seite um, bereit eine neue zu beginnen. Sein Bleistift war schon zu einem ganz kurzen Stummel abgenutzt, der Radiergummi daran reichte fast nur noch bis zur Höhe seiner Metallfassung.

»Nicht mehr viel Radiergummi an dem Bleistift da übrig«, bemerkte sie.

Er drehte das Stiftende zu sich hin und überprüfte es. »Stimmt.«

»Wollen Sie einen Kuli, Detective?« fragte sie und griff mit der Hand nach einem ehemaligen Marmeladenglas in der Nähe, in dem lauter Schreibutensilien, eine Schere und ein Lineal steckten.

»Nein, ist schon gut so. Ich mag das Gefühl mit einem Bleistift lieber«, erklärte er. »Ich brauche den Radierer nicht.«

Sylvie wollte mehr dazu sagen, die Worte in ein Gespräch statt eine Vernehmung verwandeln, aber Martinson wollte wieder zum Thema zurück und mehr über Mrs. Yun herausfinden. Sylvie wollte wissen: Wenn Mrs. Yun Babys stahl, was machte sie dann mit ihnen? Das war *ihre* einzige Frage. Sie starrte Martinson einen Moment lang an und beschloß nicht zu fragen, es vorläufig nicht zu wissen.

»Der Name Ihrer Freundin?«

»Tisha. Patricia Perry«, erläuterte sie und beobachtete, wie sich seine Bleistiftspitze zügig über das Notizpapier bewegte. Dann stellte sich Sylvie eine weitere Frage: Falls Mrs. Yun Babys stahl, hatte Tisha dann eine Ahnung davon? »Ich besuchte sie damals in Toronto«, sagte sie zu Martinson, bemüht, zu seiner Frage zurückzukehren und ihre eigene zu überhören, und wiederum bewegte sich der Bleistift entlang einer Zeile, dann unterhalb oder darüber. Es sah in ihren Augen nicht wie das Wort *Toronto* aus, aber im Grunde sah es überhaupt nicht wie irgendein Wort aus, sondern lediglich wie ein schwungvoller Schnörkel in Grau. »Tisha wollte mich mit einer Fußmassage und einer Beratung verwöhnen. Wir schenken uns immer verrückte Sachen zum Geburtstag.«

»Woher kennen Sie Tisha?«

Worum ging es hier eigentlich? Um Tisha oder Mrs. Yun? »Sie war eine Freundin aus der Highschool.« Es gab nicht das geringste Motiv dafür, daß Tisha in die Sache verwickelt sein könnte.

»Was macht sie in Kanada?«

Hatte Tisha möglicherweise etwas weitergesagt, ohne es zu wissen? Sylvie nahm sich vor, sie anzurufen und auszuhorchen. »Sie lebt da.«

»Ich meine, warum lebt sie dort?«

»Sie ging dort eine Zeitlang aufs College an der Universität von York, und sie ist dageblieben. Aber Tisha ist es nicht.«

»Sie ist Amerikanerin?«

»Ja.«

»Das ist doch ungewöhnlich, finden Sie nicht, eine Amerikanerin, die in Kanada studiert?«

»Vermutlich. Aber Tisha macht solche Sachen. Sie ist gerne absichtlich anders.« Sylvie hätte ihm beinahe davon erzählt, daß Tisha ihr bei ihrem letzten Zusammentreffen gesagt hatte, sie überlege sich, nach Bangladesch zu fahren. Aber diese Information weiterzugeben schien zwecklos zu sein – als Tisha das damals erwähnte, lag sie mit einem fast leergetrunkenen Glas Portwein in der Hand auf dem Sofa, und es klang eher nach einem Scherz als einem Reiseplan.

Martinson fragte nach Tishas Adresse, und Sylvie gab sie ihm. »Fahren Sie da rauf, um mit ihr zu reden?«

»Das bezweifle ich. Das ist nur so für den Fall. Wie Sie schon sagten, scheint es ziemlich weit hergeholt, daß irgend jemand in Toronto etwas mit der Sache zu tun haben könnte. Aber warum erzählen Sie mir nicht ein bißchen über sie?« forderte er sie auf.

»Was denn?«

»Fangen Sie irgendwo an. Wie wär's mit einer Beschreibung, wie sie aussieht?«

»Sie glauben, sie ist es?«

»Nein.«

»Was dann?« fragte sie, und ihre Hand schlug so hart auf der Tischplatte auf, daß Martinsons Kaffeebecher hin und her hüpfte.

»Es ist einfach nur ein Eliminierungsprozeß. Wir sagen, okay, diese Leute haben's nicht getan, also schaun wir uns jemand anders an.«

»Aber es muß doch jemand von hier sein, nicht jemand

aus Kanada. Das ist Energievergeudung, und in der Zwischenzeit ist Cally in Gefahr.«

»Ja«, sagte er und machte eine Pause. »Also sollten wir das so fix wie möglich hinter uns bringen, die Sache erledigen und uns Neuem zuwenden. Haben Sie Angst, daß Sie irgendein Geheimnis verraten würden, wenn Sie mir von Ihrer Freundin erzählen?« Sie schwieg einen Augenblick, schüttelte dann den Kopf. »Eigentlich ist es eine Art Gefallen, um den ich Sie bitte. Ermöglichen Sie mir eine Abkürzung, anstatt mich da raufflіegen zu lassen, um sie fünf Minuten lang idiotisch anzustarren, während sie mir genau dieselbe Information gibt.« Martinson trommelte mit seinem Bleistift rhythmisch gegen sein Notizbuch.

Sie wartete ein paar lange Schläge ab, bevor sie wieder sprach. »Sie ist groß, wahrscheinlich eins fünfundsiebzig, mein Alter, beinahe mager, aber nicht knochendürr. Sie hat lange schwarze Haare. Sehr schöne Haare, die sich seidig anfühlen.« Sylvie hielt inne und ließ ihre Hand an ihrer eigenen, sehr viel kräftigeren Mähne heruntergleiten. »Langt das, Detective?«

Er blickte von seinem Gekritzel auf und lächelte. »Ist immerhin ein Anfang. Wo arbeitet sie?« fuhr er ohne Unterbrechung fort.

Sylvie mußte eine Weile nachdenken. »Sie arbeitet für eine Firma, und sie kauft Kunst für sie ein und sorgt dafür, daß ihre Gärten alle gepflegt sind.«

»Wie heißt die Firma?«

Sylvie zuckte die Achseln. »Ich glaube, es ist eine Computerfirma, bin mir aber nicht sicher. Ich weiß nur, daß sie eine Menge Programmierer angestellt haben.«

»Eine Menge Firmen beschäftigen jede Menge Programmierer. Versicherungsgesellschaften zum Beispiel.« Sie fand, daß sein Kommentar keiner Antwort bedurfte. »Können Sie sich noch an den Namen der Firma erinnern?«

»Nein.« Ihre Brüste wurden wieder voll und drohten ihre Bluse mit Milch zu tränken. Sie war erleichtert – es war das erste Mal seit dem Vorabend, daß sie spürte, wie die Milch einschoß. Der schlimmste Milchdrang mit den schmerzhaften, heißen, geschwollenen Brüsten der ersten paar Tage hatte so dramatisch nachgelassen, daß sie schon befürchtete, die Milch werde vollständig versiegen. Wenn Cally trank, leerte sie Sylvies Brust jedesmal bis zum letzten Tropfen. Eine mechanische Pumpe konnte einfach nicht mit diesem Maß an Effizienz konkurrieren. Der Körper weiß Bescheid, hatte sie zu Hannah gesagt. Er weiß, daß sie weg ist. Er weiß, daß er die Milchproduktion nicht in Gang zu halten braucht. Jetzt aber spürte sie das Prickeln der Milch, wie sie einfloß, und sie verschränkte die Arme vor der Brust, schloß dann eine Weile die Augen und erinnerte sich an Callys Gesicht, ihren begierigen, weit offenen Blick, bevor sie sich auf die Brustwarze stürzte.

»Warum sind Sie heute so ausgesprochen widerspenstig zu mir? Wir haben doch bisher so gut zusammengearbeitet.«

»Ich weiß nicht.« Der Druck ihrer Arme hatte den Milchfluß vorläufig blockiert. »Ich hab Ihnen doch gesagt, daß ich das alles idiotisch finde. Und außerdem ist Tisha eine Freundin. Ich will ihr nicht mißtrauen.«

»Das verlange ich doch nicht von Ihnen. Ich möchte mir nur ein Bild davon machen, wo Sie gewesen sind und mit wem.«

»Aber in diesem Fall ist das Tisha.« Sie war aufgestanden und zum Kühlschrank gegangen, um ihr Pepsi zu holen. Neuerdings trank sie es aus einem Krug. Es fühlte sich so viel angenehmer an, fast, als würde sie darin eintauchen, nicht bloß daran nippen.

»Ist schon gut«, sagte er und klappte das Notizbuch zu. »Manche Dinge stören manche Menschen mehr als andere. Ich werde jemand raufschicken, das nimmt Sie aus der Sache raus und befreit Sie von Ihren Schuldgefühlen.« Er stand auf, und Sylvie wurde nervös – er erweckte den Anschein, als sei er fertig zum Aufbruch.

»Ist das alles? Sonst haben Sie nichts?«

»Nein, aber keine Angst, wir kommen schon voran.«

»Einen Moment mal«, sagte sie und erhob sich ebenfalls.

»Ist Ihnen was eingefallen?«

»Wahrscheinlich kommt's doch aufs gleiche raus, ob ich Ihnen davon erzähle oder ob sie's tut«, kapitulierte sie.

»Ich glaube wirklich, das wäre angenehmer für Ihre Freundin. Die meisten Leute sind nicht erfreut, wenn sie einen Polizeibeamten an ihrer Tür vorfinden.«

»Und wie Sie ja sagen, geht es schließlich nicht um irgendwelche großen Geheimnisse, die ich über sie verrate.«

»Nein.«

Sie bat ihn, wieder Platz zu nehmen.

An den Namen der Firma, für die Tisha arbeitete, konnte sie sich zwar nicht mehr erinnern, aber sie beantwortete seine Fragen darüber, wie häufig sie sich schrieben und miteinander telefonierten, und auch über Tishas jüngsten Besuch bei Sylvie.

»Und diese mystischen Dinge, die Vorhersagen?« fragte Martinson, um die Sache voranzutreiben.

»Wie ich schon sagte, da war all dieses Zeug über ausgleichende Kräfte, und daß ein Teil meines Lebens leer ist, ein anderer voll.«

Er lachte leise. »Mit anderen Worten, kein Inhalt, bloß eine Menge Yin und Yang.«

»Yin und Yang und wie man's ausbalanciert und wie sich Sachen gegenseitig aufheben.«

»Nichts Konkretes, keine spezifischen Warnungen?«

»Eigentlich nicht. Eine Menge Kreise und offene Hände, die sich nah aneinander vorbeibewegen«, sagte sie und kreuzte dabei kreisend ihre Hände, eine Bewegung, die Martinson vom T'ai Chi her kannte.

»Und das«, sagte er mit einer ähnlich kreisenden Bewegung seiner beiden Hände übereinander, »veranlaßte Sie dann, die Arbeit zu wechseln?«

Sie ließ die Hände auf ihren Schoß plumpsen. »Ich hasse das wirklich.«

»Was?«

»Was.« Sie starrte ihn an.

»Was hassen Sie?«

»Daß Sie mein ganzes Leben kennen, aber ganz unschuldig so tun, als hätten Sie keinen Schimmer.«

»Hab ich auch nicht.«

»Ach, hören Sie doch auf. Wenn Sie wissen, daß ich mir einen anderen Job gesucht hab, dann wissen Sie bestimmt auch, warum.«

»Ich weiß, was Brian gesagt hat.«

»Zur Hölle mit Brian.« Sie trommelte mit den Fingern auf den Tisch, bevor sie fragte: »Was hat er denn gesagt?«

»Er sagte«, fing Martinson an und blätterte in seinem Notizbuch zurück, »›diese Wahrsagerin hat ihr weisgemacht, daß ihr Job ihr Leben zerstört und sie lieber schleunigst ihren Arsch retten soll.‹«

Für ein paar Augenblicke schwiegen sie beide, und dann lächelte ihn Sylvie an. »Mrs. Yun würde niemals dieses Wort benutzen«, erklärte sie. »Und Brian gehört zu diesen Kerlen, die ständig versuchen, die weiblichen Kassiererinnen irgendwohin zu kriegen, wo sie nicht ausweichen können.«

»Aber der Wahrheitsgehalt entsprach dem in etwa?«

»Ja und nein. Sehen Sie, es war eigentlich eher so, daß ich sie gefragt hab.«

»Was heißen soll?«

»Was heißen soll, daß ich gefragt hab: ›Liegt's an meinem Job?‹, und sie fing an ganz doll zu nicken und sagte: ›Job hassen, ja? Hassen, in Kästchen zu schreiben, ja?‹ Was mir ein bißchen Angst gemacht hat, denn in einer Bank muß man pausenlos alles überprüfen und in diese Formulare übertragen. Wenn man Bargeld auszahlt, sagen wir siebenundzwanzig Dollar, muß man zweimal nachzählen, dann die Zahlen in eine Rechenmaschine eingeben als zwei Zehndollarnoten plus eine Fünfdollarnote plus zwei Eindollarnoten und jede Ziffer dann noch in der eigenen Tabelle eintragen. Also das finde ich krankhaft. Es ist reine Zeitvergeudung. Und das Ende jedes Tages ist dann ein besonders schlimmer Alptraum mit den Abrechnungsbögen und dem Zählen und Gegenzählen und den Eintragungen in winzige Kästchen. Manchmal war ich noch Stunden nach Arbeitsschluß da, weil ich's einfach nicht richtig hingekriegt hab. Sasha nannte mich dann immer eine dumme Gans und rauschte davon, während ich fast am Heulen war. Einmal hat mir meine Vorgesetzte die Bögen aus der Hand gerissen und mich heimgeschickt, weil sie es leid war rumzuhängen, während ich den Abschluß machte. Das war in der Woche, bevor ich nach Toronto bin. Wir nannten diese ganze Tortur am Tagesende ›Kästchen-Abschluß‹, und deshalb, als Mrs. Yun diese Sache mit dem ›in Kästchen schreiben‹ gesagt hat, fand ich das unheimlich.«

»Als ob sie wirklich in Ihr Leben hineinschauen könnte.«

»Genau. Obwohl Brian zu mir gesagt hat – und zu Ihnen wahrscheinlich auch –, daß sie dasselbe zu fast jedem sagen könnte, und es dann auch was in deren Job gäbe, was so ähnlich ist. Alle haben irgendwas Stinklangweiliges, immer wieder Gleiches in ihrer Arbeit, was sie nicht leiden können.«

»Und dann haben Sie also gleich an dem Tag, als Sie aus Toronto zurück waren, Ihren Job aufgegeben und Ihrem Vermieter gekündigt.«

»Sagen Sie's mir doch, Detective.«

»Brian half Ihnen, eine neue Wohnung zu finden.«

»Das eigentlich nicht. Er hat mich begleitet. Ich hab die Anzeigen durchgesehen und die Anrufe gemacht. Er kam zum Spaß mit und weil ich ihm ein Essen versprochen hab. Aber hören Sie mal, das gefällt mir nicht, es kommt mir so vor, als reden wir über mich und nicht über Mrs. Yun.«

»Ja und nein. Wir sprechen über ihren Einfluß auf Sie, der, wie Sie zugeben müssen, dramatisch war.« Sie zuckte die Achseln. Er zog die Augenbrauen hoch.

»Ich war nicht gerade verliebt in meinen Job, verstehn Sie. Sie hätten mich wahrscheinlich bald gefeuert. Und dann war da noch diese Geschichte mit Tishas Onkel.«

»Was für eine Geschichte?«

»Das hat Brian Ihnen nicht erzählt?«

»Ich denke nicht.«

»Als Tisha an die Reihe kam, sagte ihr Mrs. Yun, in ihrem Leben gäbe es etwas Ungutes, weil da ein Mann sei, der Schmerzen in der Schulter hat und ins Krankenhaus muß.« Sie hielt inne und schaute Martinson an. »Wir haben es nicht sehr ernstgenommen.«

»Warum nicht?«

»Weil es Wahrsagerei war, wie Sie schon gesagt haben. Und weil es damals gerade keine Männer in Tishas Leben gab, jedenfalls nicht so, wie wir es verstanden hatten. Mrs. Yun wirkte irgendwie beunruhigt, aber das schien uns einfach zu dem unterhaltsamen Teil der Vorführung zu gehören.«

»Weshalb haben Sie's dann später ernstgenommen?«

»Wir sind am nächsten Morgen zum Frühstück weggegangen, und als wir wieder zurückkamen, war da eine Nachricht von Tishas Mutter auf dem Anrufbeantworter. Es stellte sich heraus, daß ihr Onkel, der, der ihr wirklich nahestand, als sie noch klein war, in der Nacht zuvor an einem Herzinfarkt gestorben war. Sie fragte ihre Mutter: ›Hatte er vorher Schmerzen?‹, und ihre Mutter sagte. ›Ja, er hatte zwei Tage lang hin und wieder Schmerzen im Oberarm.‹ Er dachte aber, das käme davon, daß er Kisten aus dem Speicher runtergetragen hatte.«

»Also haben Sie entschieden, daß Mrs. Yun wirklich wissen muß, wovon sie redet und Sie lieber so schnell Sie können aus diesen Kästchen rauskommen.«

»Richtig.« Sie schaute ihm offen ins Gesicht. »Sie brauchen mir gar nicht zu sagen, daß Sie das idiotisch finden. Alle fanden, daß das idiotisch klingt, und alle haben's mir auch mitgeteilt. Meine Mutter fand, ich wäre reif für eine Anstalt. Aber schließlich hat es ja nicht mein ganzes Leben vermurkst oder so was. Es waren gute Dinge, die mir passiert sind – ich bekam einen besseren Job, eine bessere Wohnung, ich hab Peter kennengelernt. Es war, als ob mein Leben plötzlich von Grund auf anders verläuft und alles besser wird. Bis Cally entführt wurde, natürlich.«

»Nur noch einen Punkt«, sagte er, und sie spürte eine Veränderung, irgend etwas an der Art, wie er sein Gewicht ganz weit auf eine Kante des Hockers verlagerte.

»Worüber?«

»Über Sie und Peter.« Sie wartete ab. »Wollten Sie beide dieses Kind haben?«

»Ja«, sagte sie mit kaum wahrnehmbarer Stimme; mit einemmal hatte sie einen rauhen, schmerzenden Hals.

»Ist er je abgehauen oder hat er gedroht zu gehen, bevor das Baby verschwand?« Sie schüttelte den Kopf. »Ihre Mutter sagt ja, er sei ganz vernarrt in Cally gewesen.«

»Das hat sie gesagt?«

»Wieso überrascht Sie das?«

»Sie verschweigt ihr Abneigung gegen ihn nicht gerade. Sie behauptet, daß er zu alt ist, zu rechthaberisch, zu eingebildet. Sie fährt wirklich drauf ab, mir seine Schwächen bis ins Detail zu schildern. Und sie gehen sich beide, soweit es möglich ist, aus dem Weg – reden kaum miteinander, wenn sie einmal unbedingt im selben Zimmer sein müssen. Er kann es nicht ausstehen, wenn sie ständig um mich herum ist, sie kann es nicht ausstehen, wenn er in meiner Nähe ist, aber sie nehmen es beide wegen Cally in Kauf.« Ihr taten die Kiefer weh vor Tränen, die sie nicht aufkommen lassen wollte. »Er fängt an, mich zu hassen«, sagte sie und biß sich heftig auf die Unterlippe.

»Es liegt ohne Zweifel Spannung in der Luft, wenn Sie beide hier sind«, konstatierte er.

»Das ist eine freundliche Art, es auszudrücken.« Sie lachte beinahe, fragte ihn dann aber: »Kann man das ›Spannung‹ nennen, wenn zwei Menschen nicht miteinander reden, außer um bedeutende öffentliche Mitteilungen zu machen, wie zum Beispiel: ›Ich fliege für drei Tage nach Chicago?‹«

»Wenn ein Kind mit einem Unfall oder einem Verbrechen zu tun hat – als Opfer –, scheint das prinzipiell die Eltern zu spalten, und das gerade dann, wenn man doch glauben möchte, sie sollten zusammenhalten.«

»Es sind die Vorwürfe.«

»Ja. Jemand hat nicht aufgepaßt. War nicht vorsichtig genug. Es ist völlig irrational. Es können sogar beide Eltern dabei gewesen sein, beide können vollständig von einem Gericht entlastet worden sein, aber irgendwie ist es etwas, was der andre getan hat, was der entscheidende Fehler war.«

»Diesmal bin's aber ich. In diesem Punkt hat er recht.«

»Manch einer könnte doch einwenden, wenn Peter nicht soviel unterwegs gewesen wäre …«

»Nein. Diesmal ist es allen klar, auch mir selber. Das hier ist mein Fehler.« Sie atmete tief ein und kämpfte gegen Tränen an.

»Sie sind es doch, die gesagt hat, daß Sie kein Ding sind, nicht bloß eine Situation oder ein Fall. Und kein Entführungstatort. Sie alle sind doch drei ausgesprochen reale, ausgesprochen verschiedene Menschen, die nicht bloß ein weiteres Beispiel für irgendein Verhaltensmuster sind. Sie sind Sie selbst«, sagte er, aber sie hatte zu schluchzen begonnen, und die Milch hinterließ diese warmen, dunklen Kreise auf ihrer Brust. Sie versuchte nicht, ihre Trauer zu vertuschen. »Heh«, sagte er und legte eine Hand auf ihren Arm, »seien Sie doch nicht so hart mit sich selbst.«

»Ich sollte tot sein«, sagte sie, von ihrem Schluchzen geschüttelt, und er verstärkte seinen Griff.

»Lassen Sie schon die Schuldfrage. Sie sollten sich beide gegenseitig helfen, glauben Sie mir.« Lange Zeit blieb es still im Raum, und dann sprach er erneut: »Mir ist schon mal genau das gleiche passiert.«

»Schon mal was passiert?« fragte ihn Sylvie, als er nicht weitersprach.

»Also«, hob er an, brach dann ab, zuckte die Achseln. »Ich meine diese Sache, daß Sie beide irgendwie ausflippen.« Er wischte sich mit einer Hand über den Mund. »Ich wollte sagen, daß ich ein Kind hatte, das gestorben ist, und dann haben meine Frau und ich von dem Moment an kein vernünftiges Wort mehr miteinander geredet. Sogar im Krankenhaus, direkt nachdem er gestorben war, haben wir zwar geweint, aber jeder in einer anderen Ecke des Zimmers. Wir haben uns nicht einmal in die Arme genommen.« Er zuckte erneut die Achseln und sagte dann: »Genau in dem Moment, als wir hätten füreinander dasein müssen, waren wir's nicht. Wir haben unsere Ehe zerstört, als hätte sie keinen Sinn mehr ohne ihn. Aber sie hatte vorher einen Sinn«, sagte er leise, und sie sah, wie seine Kehle sich von einem mühsamen Schlucken bewegte, sah auch, wie seine Augen zu der hohen Zimmerdecke wanderten. »Hören Sie, ich muß mich entschuldigen, ich sollte wirklich nicht über meinen eigenen Kram reden. Das ist alles schon ewig lang her.«

»Sind Sie also darüber hinweg?«

»Oh, nein.« In seinen Worten schwang eine Spur von Lachen mit. »Das werde ich nie sein. Man lernt damit zu leben, aber es geht nie weg. Er kommt noch immer zu mir, wenn ich träume. Manchmal ist er verletzt und blutet, so wie damals im Krankenhaus, aber manchmal sieht er völlig heil aus, wieder zum Leben erwacht, manchmal älter, dann wieder jünger. Aber er warnt mich jedesmal. ›Daddy, ich muß sterben‹, sagt er dann«, und Martinsons Stimme ließ die Worte zerbröckeln. Er schloß die Augenlider.

»Das tut mir leid.«

Er nickte. »Versuchen Sie, einander zu helfen. Sie können sich gegenseitig retten.«

»Sie meinen, wenn wir schon nicht Cally retten können?«

Er zögerte einen Moment, bevor er sagte: »Ja, vermutlich meine ich das wohl. Verlieren Sie nicht alles auf einmal«, riet er ihr.

Kapitel 12

Sylvie hatte sich große Mühe gegeben, ihre ideale Kidnapperin zu konzipieren. Sie war eine junge Frau – jünger sogar als sie selbst –, ein junges Mädchen im Grunde genommen, aber ein sehr gesundes Mädchen, dessen eigenes Baby völlig unerwartet bei der Geburt gestorben war. Sie war ansonsten ein durch und durch vernünftiges menschliches Wesen, das jedoch aufgrund des Verlusts bedauernswerterweise ein wenig durchgedreht war. Sie hatte so lange auf ihr Kind gewartet, daß es plötzlich so schien, als würde es ein x-beliebiges kleines Kind auch tun. Die arme Cally war einfach nur am falschen Ort zur falschen Zeit gewesen, da sie in Reichweite dieses Mädchens aus der Nachbarschaft gewesen war. Doch nachdem das junge Mädchen dieses Baby, also Cally, bekommen hatte, wurde sie wieder ganz ausgeglichen und kümmerte sich wunderbar um sie und liebte sie und stillte sie sogar. Und wenn man davon ausging, wie hingebungsvoll sie war, dann würde sie nach Sylvies Kalkulation über kurz oder lang auch darüber nachdenken, wie sie Cally ihrer wahren Mutter zurückgeben könnte.

Dieser Gedankengang hatte Sylvie in ein Dilemma versetzt: Wenn dieses Mädchen dem Baby so zugetan war, wie sie es sein mußte, damit die Phantasie etwas Tröstliches hatte, weshalb sollte sie dann Cally wieder aufgeben? Falls sie eine ganze Schwangerschaft durchlaufen hatte, wie sollte da je einer auf den Gedanken kommen, daß dies nicht das Baby war, das sie ausgetragen hatte? Dann jedoch kam Sylvie glücklicherweise in den Sinn, daß das Mädchen, sobald die Geburtshormone abnahmen, doch vielleicht wieder vernünftig werden könnte. Ja, sogar reumütig. Also war es bloß eine Frage der Zeit, bis das junge Mädchen die Polizei anrufen würde.

Eine andere Überlegung, die Sylvie in bessere Stimmung versetzte, war der Gedanke daran, daß Cally zum Zeitpunkt ihrer Entführung sechs Wochen alt war, auf jeden Fall wesentlich robuster als irgendein neugeborenes Baby (auch wenn sie sehr klein war), und die Leute den Unterschied merken mußten. Die Leute in der Umgebung dieses Mädchens würden Verdacht schöpfen und sich bei der Polizei melden, um von der Entführung zu berichten. Selbstverständlich konnte es keinen Ehemann geben, denn der hätte ja wissen müssen, daß das Baby gestorben war. Aber da könnte vielleicht eine Tante vorhanden sein, die einmal in der Woche oder so vorbeikam. Und natürlich würde ihr alles gleich ins Auge springen – da kommt doch das Mädchen ohne Baby aus der Klinik heim und behauptet, daß es gestorben ist, oder erklärt vielleicht, es wäre zu krank gewesen, als daß es schon mit nach Hause hätte kommen können. Und mit einemmal hat sie ein paar Tage später ein wunderschönes, gesundes Baby in den Armen. Die Tante würde da niemals mitmachen. Sie würde sich alles zusammenreimen. Vielleicht hatte sie ja die Notiz in der Zeitung über Callys Verschwinden gesehen. Sie würde sofort zur Polizei gehen, würde es nicht einmal vorher ihrer Nichte gegenüber erwähnen.

Dann aber dachte Sylvie: Nein, niemand ist zur Polizei gegangen, weil das Mädchen alleine lebt. Da gibt es keine Tante, keine Schwester, keine Mutter, Großmutter oder Freundin. Was teilweise auch erklären würde, wieso sie zuerst durchgedreht war. Und wenn es keine verantwortungsvollen nahestehenden Personen gab, wer sollte dann das Wort ergreifen? Wie sollte sie nur ihr Baby zurückbekommen?

Sosehr sie es auch versuchte, gelang es Sylvie einfach nicht, eine Kidnapperfigur zu entwerfen, die auch nur ein bißchen besser als dieses junge Mädchen war. Was für Alternativen gab es denn schon? Irgend so ein kanadisches Schwarzmarktkartell für Babyhandel etwa? Ein Wahnsinniger, der Spaß daran hatte, hilflose Geschöpfe zu töten oder zu mißhandeln? Eine Verrückte, die ein Kind wollte, aber nicht herausbekam, wie sie es versorgen mußte? Jemand, der Lösegeld haben wollte, es aber mit der Angst zu tun bekam, davonrannte und das Baby in einer Telefonzelle oder in einer verlassenen Lagerhalle zurückließ? Wo war da ihr Trost? Wie beim besten Willen war Cally zu retten, wenn das die einzigen Alternativen waren?

Das war der Punkt, an dem Sylvie anfing sich aus dem Haus zu wagen, Mitteilungen mit Callys Beschreibung an Bäume, Telefonmasten und Schwarze Bretter am Eingang von Geschäften zu heften. Sie gewöhnte sich an, Personen mit Babys anzuhalten – sie mußten doch wohl am ehesten Verständnis zeigen, richtig? – und zu fragen, ob sie irgendein Baby im Alter von Cally an einem komischen Ort oder zusammen mit einer komischen Person gesehen hätten. Sie wanderte die Straßen entlang und durch die Geschäfte auf der Suche nach ihr, und sie kam sich dabei selbst gelegentlich ziemlich durchgedreht vor, wenn ihr klar wurde, daß sie fast immer auch nach dem Mädchen Ausschau hielt, einer Person, die nur in ihrer Einbildung existierte. Vielleicht sieht sie mich ja, dachte Sylvie manchmal. Vielleicht würde dieses Mädchen oder, verdammt, wer immer es war, sie ja sehen, würde ihren Kummer spüren und sagen: ›Hier, nimm sie dir wieder, ich liebe sie, aber sie gehört dir.‹ Es war nicht sehr wahrscheinlich, das wußte sie, aber sie mußte doch etwas unternehmen, oder nicht? Wenn sie bloß auf die zuständigen Behörden hoffte, auf diese glatten, hochnäsigen FBI-Agenten und diese brummigen paragraphenabhängigen Kripoleute, wartete sie womöglich bis zum Nimmerleinstag.

Ungeachtet dessen, was Sylvie von der Zweckmäßigkeit des FBI hielt, waren die Agenten gnadenlos gründlich bei ihren Vernehmungen. Nachdem sie wieder einmal eine stundenlange Befragung ertragen hatte, erzählte sie ihrer Mutter: »Mit diesem Agent Dillon oder Dolan oder wie immer der heißt rede ich nicht mehr. Wenn er das nächste Mal anruft, bin ich gerade außer Haus oder schiebe einen Termin vor, irgendwas in dieser Richtung.«

»Vergeude nicht deine Energien damit, ihm auszuweichen«, riet ihr Hannah. »Er wird nicht verschwinden, bloß weil du behauptest, du mußt zum Zahnarzt, weißt du. Zieh die Sache einfach mit ihm durch und bring's hinter dich.«

»Der ist ein Sadist«, beklagte sich Sylvie. »Der interessiert sich im Grunde gar nicht für Cally.«

»Er hat aber bestimmt ein Interesse daran, sie zu finden.«

»Nein, das stimmt nicht. Er hat nur Interesse daran, mich in die Enge zu treiben, sonst nichts.«

»Nun ja, mir gefällt die Art, wie er seine Befragungen durchzieht, auch nicht gerade, das muß ich zugeben. Er spricht in knappen Sätzen, die wie Maschinengewehrfeuer auf einen niederprasseln. Aber du mußt probieren, das zu ignorieren. Er ist ein typischer verklemmter, autoritärer Kerl, der einen mit seiner Tüchtigkeit beeindrucken will.«

»Es liegt nicht bloß an der Art, wie er redet. Er ist ein ganz gemeiner Schuft. Er sagt gräßliche Sachen. Mir tun schon die Kiefer und die Wangenknochen davon weh, die Tränen zurückzuhalten.«

»Dann halte deine Tränen nicht zurück.«

Sylvie schüttelte den Kopf. »Wenn ich heule, behauptet er gleich, das hat was zu bedeuten.«

»Was denn zum Beispiel?«

»Ich weiß nicht. Ich weiß nicht, was er will, aber er macht mir angst. Er ist so völlig anders als Martinson. Er macht diese Pausen, die sich ewig lang hinziehen, während er mich bloß anstarrt, und dann setzt er schließlich dieses hinterhältige Lächeln auf, wobei er seinen Mund ein bißchen aufmacht und eine Ecke seiner Oberlippe hochzieht.« Sie schob ihre eigene Lippe zur Demonstration hoch. »Und er sagt solche Sachen wie ›Ich bin einfach neugierig, was Ihre Meinung sein könnte‹, obwohl ich weiß, daß er das gar nicht ist. Ich hab das Gefühl, bloß wie ich mich bewege, wie ich atme, spielt eine Rolle. Das wird alles registriert und untersucht.«

»Zu welchem Zweck?«

»Ich hab keine Ahnung, ich weiß bloß, daß ich es hasse.«

»Hör auf, an ihm rumzumäkeln. Falls sich herausstellt, daß er alles, was du sagst oder tust, analysiert, dann spielt es nicht die geringste Rolle, ob du weinst oder nicht, weil er so oder so eine Analyse parat hat. Wenn du nicht weinst, wird er sagen, du seist kalt. Bei FBI-Agenten kannst du nicht gewinnen, lediglich überleben.«

»Wenn ich die Wahl habe und falls er sich wirklich was zusammenbastelt, egal, was ich tu, dann heule ich lieber nicht vor ihm, weil ich wirklich glaube, daß er drauf abfährt.«

»Versuch ihn dir als Chiffre vorzustellen.«

»Was ist das denn?«

»Eine Chiffre? Eine Null. Ein Nichts. Ein Ersatzzeichen. Ein Körper, der hier sein muß, weil eine Entführung passiert ist. Oder stell ihn dir als Gefäß vor, das du mit Informationen füllen mußt.«

»Ein sadistisches Gefäß.«

»Ein Gefäß kann nicht sadistisch oder teilnahmsvoll sein, Sylvie, es hat keine Emotionen. Es ist aus Ton oder Metall oder Glas. Ihn sich anders vorzustellen heißt, ihm die Oberhand einzuräumen und letzten Endes zuzulassen, daß er einem auf die Nerven geht.«

»Aber der Mann foltert mich«, begehrte Sylvie laut auf. »Er sagt Sachen wie ›Säuglinge ausfindig zu machen ist viel mühsamer als größere Kinder‹. Was erwartet er eigentlich von mir? Soll ich vielleicht sagen: Ach, tut mir schrecklich leid, das wußte ich ja gar nicht, aber jetzt versteh ich, wie rücksichtslos ich doch war. Ich hätte wahrhaftig ein größeres Kind entführen lassen sollen, und in Zukunft werde ich selbstverständlich dafür sorgen?«

Hannah nahm Sylvies Hand und hielt sie in ihren eigenen fest. »Er versucht dich damit zu beeindrucken, wie hart er arbeitet. Aber du hast recht, er ist ein übler Kerl.«

Sylvie senkte den Kopf und sprach wieder ruhiger. »Ich kann es einfach nicht mehr ertragen, mir anzuhören, wie schwierig das alles ist, wie schlecht die Chancen stehen.« Sie blickte zu ihrer Mutter auf. »Ich will, daß sie mich anlügen. Ich will, daß sie erklären: Kopf hoch, wir kriegen sie in Null Komma nichts wieder.« Sylvie neigte den Kopf nach hinten und ließ die heißen Tränen über ihr schmerzendes Gesicht laufen. »Ich halte es einfach nicht mehr aus.« Hannahs Hände umschlossen die Hand ihrer Tochter fester. »Er hat gesagt, die meisten Babys haben glattes blondes Haar. Die meisten Babys haben blaue Augen. Er hat mir sogar die statistischen Daten dazu gezeigt. Wohl, damit ich kapiere, daß er nicht schuld daran ist, daß er sie nicht von all den übrigen Babys auf der ganzen Welt unterscheiden kann. Sie sieht wie jedermanns Baby aus. Sie hat keine Zahnkartei, keine nachweislichen Sprachfehler, keine Röntgenbilder von irgendwelchen Knochenbrüchen.«

»*Du* könntest sie aber unterscheiden.«

»Ja, aber ich bin nicht da draußen und ermittle.«

»Und da ist noch das Muttermal.«

Sylvie nickte. »Ein Muttermal, das allmählich verblaßt. ›Wie ein Stück Eis am Strand‹, hat er gesagt. Da ist nichts, Mutter, was brauchbar wäre, um ihre Identität festzustellen.«

»Die Blutgruppe?« fragte Hannah, die ihr Hirn verzweifelt nach irgendeiner Möglichkeit absuchte.

Sylvie schüttelte den Kopf. »Es gibt keinen Bluttest, weil sie daheim zur Welt kam. Es gibt wirklich keinen Grund, bloß so zum Spaß einem Baby Blut abzuzapfen. Und bei einer Hausgeburt gibt's auch keine Fußabdrücke. Ich wußte nicht mal, daß sie Fußabdrücke von Babys machen.« Hannah nickte. »Er sagt, daß die Augen und die Haare bei einem Baby im ersten halben bis ganzen Jahr ihre Farbe ändern. Er behauptet, in der Zwischenzeit könnte sie schon schwarze Locken und braune Augen haben. Vielleicht hat er ja recht, vielleicht könnte nicht mal ich sie noch wiedererkennen.«

»Das behauptet er?«

»Ja.«

»Nein«, erwiderte Hannah. »Das glaube ich nicht.« Sie sprach leise. »Martinson hat die Sache nicht so aussichtslos hingestellt.«

»Nein«, gab Sylvie zu.

»Es klingt tatsächlich nach beabsichtigter Grausamkeit. Sprich doch mit Martinson darüber, sieh, wie er reagiert. Vielleicht kann er was dagegen unternehmen.«

Sylvie nickte. »Wir sind ihnen völlig ausgeliefert«, sagte sie. »So dürfte es eigentlich nicht sein.«

Kapitel 13

Hannah war überrascht, daß FBI-Mann Dolan schon so früh vor ihrer Tür stand. Sie war noch in ihrem Morgenrock, ihr Haar war noch genauso, wie es vom Kopfkissen breitgedrückt worden war. Dolan trug wie stets seinen dunklen Anzug, geputzte Schuhe und eine rote Seidenkrawatte.

»Geben Sie mir eben eine Minute, damit ich mich umziehen kann«, sagte sie. Sie hatte die Tür nur einen Spalt geöffnet, gerade weit genug, um zu sehen, wer es war und um diese Mitteilung zu machen.

»Es geht nur um ein paar Fragen, bitte, Mrs. Pierson«, erklärte er mit der flachen Hand an der Tür; er schob sie zwar nicht direkt auf, bildete aber zumindest ein Gegengewicht gegen Hannahs Hand auf der anderen Seite. »Ich habe wirklich wenig Zeit.« Und so hatte sie die Tür weiter aufgemacht, obwohl ihr bewußt war, daß sie sie noch immer nicht weit genug offenhielt. Er mußte sich fast zur Seite drehen, um sich hindurchzuzwängen.

Sie war sich nicht klar, ob sie ihm einen Platz anbieten sollte. Lust dazu hatte sie keineswegs – wenn sie es ihm bequemer machte, so würde das nur den Besuch ausdehnen. Und sie wußte, daß sie selbst sich nicht hinsetzen wollte, weil sie dann gezwungen gewesen wäre, ständig auf ihren Morgenrock zu achten, ihn über ihren blassen Beinen, die wieder einer Rasur bedurften, zusammenziehen und zudem versuchen mußte zu verbergen, daß sie keine Unterwäsche trug. Also soll er stehen bleiben, dachte sie, er ist es schließlich, der es so eilig hat.

»Es ist uns zu Ohren gekommen«, sagte er, als er noch kaum zur Tür herein war, »daß Sie Ihrer Tochter den Rat gegeben haben, ihre Schwangerschaft abzubrechen und daß Sie in aller Öffentlichkeit und nachhaltig ihre Ablehnung dieser Schwangerschaft verkündet haben.«

»So könnten Sie es vermutlich ausdrücken.« Hannah hatte nicht das Bedürfnis, nachzufragen, woher diese Information kam – bei einer Zusammenkunft ihrer Fachabteilung an der Uni hatte sie sich ziemlich vehement über das Thema ausgelassen und unter anderem gesagt: »Ich will dieses Baby nicht«, was zu einem großen Lacherfolg bei ihren Kollegen führte. »Ist dir schon mal aufgefallen, Hannah, daß nicht du diejenige bist, die schwanger ist, daß das nicht dein Baby ist?« hatte eine ganze Reihe von ihnen sie zurechtgewiesen.

»Erklären Sie Ihren Widerstand.«

O Gott, genau das haßte sie so an ihm. Diesen gebieterischen, militaristischen Stil. Er brachte sie dazu, daß sie am liebsten jedesmal, wenn er einen seiner Befehle verfügte, *nein* geschrien hätte. Statt dessen gab sie ihm eine Antwort, verlieh ihren Worten allerdings einen ungewöhnlich scharfen Tonfall, der seinen Kommandoton ihrer Meinung nach angemessen parodierte – »Sie war unverheiratet, sehr jung, und sie hat eine sogenannte Aufmerksamkeitsstörung«. Auch er trug wie Martinson ein Notizbuch bei sich, aber es unterschied sich drastisch von der Ringbuch-Version des Polizeibeamten. Das in Leder gebundene Notizbuch des Agenten war von ebenso deutlich sichtbarer Qualität wie seine Foulard-Krawatte. Hannah machte mit Freude die Beobachtung, daß er es ein wenig unangenehm fand, das Notizbuch in der offenen Hand halten zu müssen und im Stehen zu schreiben.

»Aufmerksamkeitsstörung«, wiederholte er, ohne auch nur von seiner Niederschrift aufzublicken.

»Ja. Es ist eine Lernbehinderung. Es bedeutet, daß sie in der Schule Schwierigkeiten damit hatte, konzentriert und interessiert zu bleiben, was wiederum das Lernen erschwerte.« Sie merkte, daß sie während ihrer Definition und Erklärung an einem der widerspenstigen Haarbüschel herumfummelte, die ihr vom Kopf abstanden, und sie bemerkte ebenso, daß Dolans Augen jeder einzelnen Bewegung ihrer Hand folgten. Sie hielt inne – ohnehin konnte höchstens eine Haarwäsche bewirken, daß ihre Haare wieder in Form kamen.

»Und?« fragte er mit erwartungsvoll hochgezogenen Augenbrauen.

»Und das ist alles. Das sind die Gründe, weshalb ich ein Problem damit hatte.«

Der Agent schüttelte den Kopf. »Hier scheint mir etwas zu entgehen. Was hat denn diese Behinderung mit einem Säugling zu tun? Wollen Sie damit sagen, daß sie nicht die grundlegende Intelligenz hatte, um für ein Kind zu sorgen?«

»Es ist keine Frage der Intelligenz«, erwiderte Hannah. »Es ist eine Frage des Interesses. Der Motivation, ein Projekt durchzuziehen. Sylvie begeistert sich für eine Sache, sagen wir für einen neuen Job, und in kürzester Zeit langweilt sie das Ganze wieder oder sie fühlt sich völlig überfordert. Also kündigt sie, manchmal ohne jede Erklärung, und am nächsten Tag erscheint sie einfach nicht mehr. Zu solchen Zeiten höre ich dann normalerweise von ihr, wenn sie gerade keine Arbeit und sich auch ihre Chancen auf gute Empfehlungen und solche Dinge verdorben hat. Sie kam immer dann an, wenn sie einen Menschen brauchte, der alles wieder besser macht, doch da war es dann natürlich immer schon zu spät.«

»Sechs Jobs in zwei Jahren.«

»Das dürfte ungefähr stimmen.«

»Also dachten Sie, sie würde das Baby einfach bei Ihnen zu Hause deponieren und sich aus dem Staub machen?«

»Das habe ich nicht gesagt«, protestierte Hannah, obwohl sie damals, wenn sie ehrlich war, eben genau das gedacht hatte.

»Ich verstehe. Was für Gefühle haben Sie jetzt dem Baby gegenüber?«

»Ich liebe sie.« Hannah holte tief Luft und kämpfte die Tränen nieder. »Hören Sie, als Sylvie mir zu Anfang sagte, daß sie schwanger ist, kam es mir einfach wie ein weiteres Problem vor, das sie bei mir anzuschleppen beschlossen hatte. Sobald Cally aber geboren war, sobald sie eine Realität war, hat sich das vollkommen geändert.«

»Geändert in welcher Weise?«

»Das habe ich Ihnen bereits gesagt«, erwiderte sie, wütend

über sich selbst, weil sie in seiner Gegenwart die Fassung verlor. »Ich hatte nicht dasselbe Gefühl wie vorher, ich war nicht mehr so verärgert, weil ich anfing Cally als ein Kind zu sehen, nicht als irgendeine Idee und nicht als Streitthema zwischen uns. Es war kein Streit mehr mit meiner Tochter, es war dieses neue, wunderbare, menschliche Wesen. Und ich hatte auch andere Gefühle gegenüber Sylvie. So, als hätten wir eine neue Form von Verbindung miteinander.«

»Erklären Sie das.«

»Was, die Verbindung?«

»Ja, Ma'am.«

Sie seufzte. »Das sind aber wirklich mehr als bloß ein paar Fragen«, begehrte sie auf.

»Wir sind so gut wie fertig. Die Verbindung«, hakte er nach.

»Verbindungen sind spiritueller Natur. Man kann eine Epiphanie nicht umreißen und strukturieren.«

»Eine Epiphanie?«

»Eine Offenbarung«, erklärte sie.

»Ja, mir ist die Definition des Wortes sehr wohl bekannt. Ich möchte nur etwas Genaueres über diese Epiphanie hören. Sie müssen es nicht genau umreißen, wenn Sie das stört.«

»Es war keine Epiphanie«, sagte sie, da sie die Sache leid war und das, was sie in den Augen ihrer Tochter direkt nach der Geburt gesehen hatte, nicht in Worte fassen wollte. Diesen Blick, der sie in seinen Bann schlug, der sagte: Jetzt versteh ich's, der sie fast erschauern ließ, weil auch sie jetzt verstand, daß sie durch dieses Geheimnis miteinander verbunden waren – dem Geheimnis, wie Mütter ihr Innerstes fast nach außen stülpten, um ihre Kinder zu bekommen, dann ihr ganzes Bewußtsein und ihre Seele dreingaben, um die Verbindung in Gang zu halten. »Da gab es keine Trommelwirbel, keine Trompetenstöße. Es war eher wie ein Flüstern. Ein gemeinsames Geheimnis«, sinnierte sie laut, während es ihr selbst erst klar wurde. Sie blickte zu ihm auf, sah diese verbissene Art, in der er seine Lippen zusammengepreßt hielt, und begriff, daß sie töricht war, von mystischen Seelenverwandtschaften zu diesem Mann zu sprechen, der so aalglatte Gesichtszüge hatte, daß sie vermuten ließen, sie seien aus dem Katalog eines Schönheitschirurgen bestellt worden. Haben Sie denn keine Nasen mit weniger ausgeprägten Nasenlöchern? hörte sie ihn in ihrer Vorstellung verlangen. Sie sah jetzt, wie er wieder abwartete, sah, wie sich diese perfekt geformten Lippen eine Idee öffneten, dann wieder schlossen, als gäben sie ihr wortlos zu verstehen, sie solle doch sprechen. Aber sie hatte nichts mehr zu sagen. Sie hatte bereits mehr von sich und Sylvie preisgegeben, als ihr lieb war. Er hatte kein Recht auf ihre Gedanken.

»Aber entscheidend ist doch, daß für Ihre Tochter dieser Mangel an Engagement typisch ist. Also dachten Sie, sie würde vielleicht Schwierigkeiten haben, ihr Interesse daran wachzuhalten, für ein Kind zu sorgen.«

Hannah mochte die Art nicht, wie er diese Wörter *für ein Kind zu sorgen* hervorhob, indem er sie so langsam aussprach, als wären sie in fünfzehn Zentimeter hohen roten Buchstaben auf ihre Wohnzimmerwand gedruckt. »Das hatte ich ursprünglich gedacht«, erklärte sie rasch, obwohl der Klang, ja selbst das Bild dieser Buchstaben kaum verblaßt war. »Ich hörte ohne jeden Zweifel auf, so zu denken, als ich sie mit dem Baby sah.«

»Nun, woher kommt das?«

»Ich sah, daß Sylvie sie liebte. Daß es hier nicht um einen Job ging und nicht um ein Projekt. Daß es eine wahre, wirklich intensive Hingabe war; daß es überhaupt keinen Anlaß gab, weshalb ich mir Sorgen machen mußte.«

»Aber Sie sagten doch, Mrs. Pierson, daß sie eine Menge Sachen mit großer Begeisterung anging und dann wieder fallenließ, oder etwa nicht?«

Sylvie hatte recht – der Mann hatte eine wirklich garstige, boshafte Ader. »Ich sagte doch, dies war nicht dasselbe.«

»Aber woher wollten Sie das wissen?« Sie haßte es, wie er sie anlächelte, während er seine mit Widerhaken versehenen Worte von sich gab.

»Ich wußte es eben. Ich weiß es. Das war ein Kind. Das

war keine Arbeitsstelle in einer Bank. Das war etwas völlig, völlig anderes.« Sie schob ihren Morgenrock oben am Ausschnitt enger zusammen, zog auch das Band um ihre Taille straffer.

»Ach, wirklich?« fragte er, schob dabei die Lippen etwas vor und öffnete weit die Augen, wohl um einen Ausdruck des Erstaunens zu markieren, wie es Hannah erschien.

Sofort, nachdem sie ihn zur Tür hinaus befördert hatte, wählte sie die Telefonnummer ihrer Tochter. »Sylvie«, sagte sie, brach dann ab. Was konnte sie schon sagen? Jeder einzelne von Sylvies Telefonanrufen wurde überwacht.

»Ja?« fragte Sylvie.

Sie konnte doch nicht sagen: Rede nicht mehr mit den FBI-Agenten. Sie konnte auch nicht sagen: Nimm dich in acht, oder: Laß keinen ins Haus rein – oder konnte sie? »Ich komm sofort rüber, sobald ich angezogen bin«, war das, was sie zu ihrer Tochter sagte.

Hannahs Ankunft in Sylvies Wohnung wurde durch Hektik verzögert. Zuerst blieb der Kragen ihres Morgenrocks an einem Messinghaken hängen, als sie sich bückte, um die Zahnpastatube aufzuheben, die ihr aus der Hand gerutscht war. Wäre sie nicht so sehr in Eile gewesen, hätte sie vielleicht daran gedacht, aus dem Morgenmantel zu schlüpfen und auf diese Weise zu entkommen. Statt dessen kämpfte sie gegen den Haken an, zerrte daran, um freizukommen, knurrte: »Laß schon los, verdammter Idiot«, ganz so, als wäre es ein Mensch, der sie an die Wand zwang. Schließlich gab das Frottee nach und zerriß, und sie war frei. Sobald sie dann angezogen war, konnte sie ihre Schlüssel nicht finden und vergeudete Zeit damit, die ganze Wohnung auf den Kopf zu stellen, bis sie auf die Idee kam, den Wäschekorb nach den schwarzen langen Hosen zu durchwühlen, die sie am Tag zuvor getragen hatte, und die Schlüssel dort in der Hosentasche fand. Und dann blieb sie hinter einem Schulbus stecken.

Sie versuchte sich zu sagen, daß es keinen Grund zu der

Annahme gab, Dolan werde nun umgehend wieder in Sylvies Haus aufkreuzen. Er konnte schließlich sonstwohin gefahren sein, nachdem er bei ihr weggegangen war. Sie hatte reichlich Zeit, darüber nachzudenken, während sie hinter dem Bus festsaß und zuschaute, wie Mütter ihre Kleinen zur Bustür brachten, mit dem Fahrer plauderten und dann winkten. Konnten sie denn nicht sehen, daß da eine Schlange von Autos stand, konnten sie nicht gefälligst diesen Unsinn sein lassen? Und dann dachte sie, selbst wenn Dolan doch sofort zu Sylvies Haus hinübergefahren war, so hatte er vermutlich noch nicht besonders viel Zeit mit ihr gehabt. Vielleicht wurde er ja ebenfalls von einem Schulbus aufgehalten. Andererseits hatte er ganz bestimmt gewußt, wo seine Schlüssel waren.

Als sie endlich bei Sylvie ankam, stand Dolans schwarzer Wagen mit seinen Regierungsplaketten bereits direkt vor dem Wohngebäude auf einem Parkplatz, der für Notfahrzeuge reserviert war. Hannah mußte noch drei Straßen weiter fahren, um einen Parkplatz zu finden, und dann dieselbe Entfernung eilig zurücklaufen.

Sie klingelte an der Haustür, aber niemand reagierte. Sie klopfte, genaugenommen hämmerte sie dagegen, aber noch immer erschien niemand. Sie wußte, weshalb. Es lag daran, daß sie sich in dieses winzige Hinterzimmer verkrochen hatten, wo er so gern seine inquisitorischen Verhöre durchführte. Sylvie nannte diesen Raum, der früher vermutlich als Schlafzimmer für Hauspersonal gedient hatte, ihr Arbeitszimmer. Eines Tages wollte sie, wie sie Hannah erzählt hatte, dort einen Schreibtisch hinstellen, um Kinderbücher zu verfassen. Zur Zeit enthielt der Raum lediglich zwei Klappstühle und einen Kartentisch, den sie aus Hannahs Speicher heruntergeschleppt hatte. Jeder einzelne von ihnen, Sylvie, Peter und sie selbst, war schon beliebig oft allein in dieses Zimmer gegangen, um in aller Abgeschiedenheit von Dolan ins Kreuzverhör genommen zu werden. Und obwohl jetzt niemand sonst im Haus war, der hätte mithören oder sich einmischen können, hatte er Sylvie bestimmt dort hineingeführt und die Tür geschlossen, da war sich Hannah sicher. Er hatte diese besondere Art, die Opfer seiner Befragungen unter Druck zu setzen, seine Interviews in engen, beklemmenden Dimensionen von Zeit und Raum durchzuführen. Vielleicht war Dolan ja der Meinung, das Gefühl von Beklemmung werde, gleichgültig, woher es stammte, zu seinem Vorteil wirksam werden. Hannah ließ sich mit ihrem eigenen Schlüssel in die Wohnung hinein.

»Sylvie«, rief sie laut, sobald sie in der Tür stand, und hörte das steinerne Echo, das ihre Stimme in diesem riesigen, nahezu leeren Raum der Wohnung verursachte. Sie versuchte sich davon abzuhalten, zu dem kleinen Zimmer nach hinten zu gehen, damit sie nicht dadurch verriet, wie genau sie wußte, wo ihre Tochter war und daß sie auch ganz genau wußte, was vor sich ging. Doch als dann keine Antwort ertönte, ging sie direkt darauf zu. »Sylvie«, sagte sie scharf vor der geschlossenen Tür.

Dolan machte auf. »Wir sind fast fertig«, beschied er sie. Sylvie, die auf einem Klappstuhl saß, hatte sich zu ihrer Mutter umgedreht und blickte sie an. Hannah war darauf vorbereitet, Tränen und Panik auf dem Gesicht ihrer Tochter zu sehen, doch es gab keine Spur davon. »Nur noch ein paar Minuten«, sagte er. Er hielt eine Kaffeetasse hoch, eine, die sie aus Sylvies Küche her kannte, und trank jetzt einen Schluck daraus, hielt dabei jedoch seine Augen auf Hannah gerichtet, indem er über den Tassenrand hinweg zu ihr hinspähte. Verdammter Blödmann, dachte sie, welches Recht hat er, Kaffee von Sylvie anzunehmen und sie dann für eine seiner Attacken da drin einzusperren? Mit seiner freien Hand schloß Dolan die Tür.

Es dauerte nicht lange, das war schon richtig, bis die beiden aus dem Arbeitszimmer wieder hervorkamen. Hannah war in die Küche gegangen und hatte einen Kessel voll Wasser für sich selbst aufgestellt, und es hatte gerade erst angefangen zu kochen, als sie hörte, wie sich die Tür öffnete. »Auf Wiedersehen, meine Damen«, sagte er, als er durch die Küche kam. Sylvie begleitete ihn nicht zum Vordereingang. Die beiden Frauen standen da und blickten sich schweigend an, bis sie hörten, wie die Wohnungstür geschlossen wurde. Als Sylvie zu sprechen anfing, bedeutete ihr Hannah mit einem Finger vor den Lippen, noch still zu bleiben. Sie ging ins Wohnzimmer hinüber und sah sich um, ging dann zu den Schlafzimmern und überprüfte sie ebenfalls.

»Er ist weg«, informierte sie Sylvie, die ihr auf ihrer Runde gefolgt war.

»Da stimmt irgendwas nicht«, sagte Sylvie.

»Ich weiß. Du kannst jetzt nicht mehr ohne Anwalt mit ihm reden.« Hannah hielt die Luft an, während sie auf Sylvies Antwort wartete.

»Er glaubt, ich hätte etwas angestellt«, sagte Sylvie mit verhaltener Stimme und einem fast perplexen Gesichtsausdruck.

»Hat er dir gesagt, was er glaubt?«

Sylvie schüttelte den Kopf. »Nein, aber er nimmt sich seltsame Dinge zum Thema. Er bastelt sich zum Beispiel so was zusammen, ich hätte irgendeine Art von Anfall gehabt und Cally selbst weggeholt.«

»Aber das ist doch absurd, warum solltest du so was tun?« Sylvie antwortete nicht. »Was hat er dich gefragt?«

»Er hat danach gefragt, ob ich gesagt hätte: ›Der bringt mich um‹, weißt du, direkt danach, noch bevor du da warst.«

»Was hast du darauf geantwortet?«

»Ich hab gesagt, daß es stimmt.«

»Oh, Sylvie«, sagte Hannah mit einem heftigen Kopfschütteln, »du mußt aufhören mit ihm zu reden. Du hast diesen Idioten von Anfang an viel zuviel erzählt.«

Sylvie blickte ihre Mutter an. »Aber ich hab das doch wirklich gesagt, und diese beiden Polizisten haben mich gehört und es notiert. Was zum Teufel soll das denn nützen, wenn ich nun so tue, als hätte ich's nicht gesagt, wenn er doch weiß, daß es so ist?«

»Nun ja, es ist sowieso bedeutungslos.«

»Nicht für ihn. Er wollte wissen, weshalb ich das gesagt hätte, weshalb ich das Gefühl gehabt hätte, ich müßte bestraft werden.«

»Und was hast du dann gesagt?«

»Ich hab gesagt, ich hätte das Gefühl gehabt, versagt zu haben und daß alles meine Schuld war, weil ich das Baby allein gelassen hatte. Daß ich mir Peters Entsetzen vorgestellt hab, was er wohl sagen würde, was er tun würde, wie er heulen und schreien würde und mich hassen, und daß ich am liebsten gestorben wäre. Ich wollte ihm einfach nicht gegenübertreten.« Sylvies Stimme war erstaunlich gefaßt. Hannah war versucht, sie zu schütteln, ihr die Hand auf den Mund zu legen, was auch immer, um den ungefilterten Schwall ihrer Selbstbezichtigungen zu stoppen.

»Dann hast du zuviel gesagt. Viel zuviel. Warum hast du denn nicht bloß erklärt: Ich hatte nicht das Gefühl, daß ich bestraft werden muß?«

Sylvie zuckte die Achseln. »Weil ich bestraft werden wollte.« Sie hielt ihre Hände offen ausgestreckt vor sich hin, wie um die Offensichtlichkeit ihrer Aussage zu unterstreichen. »Ich hatte wirklich die Hoffnung zu sterben, bevor er wiederkommt, damit ich ihm nie ins Gesicht schauen müßte. Oder vielleicht hoffte ich auch darauf, daß er mich aus meinem Elend erlöst, wenn er dann wieder da ist.« Sylvie senkte ihr Gesicht zu ihren Händen hinunter.

Hannah stöhnte. »Das hast du alles zu ihm gesagt?«

Sylvie blickte auf. »Ich weiß nicht. Ich fing an zu weinen, als ich ihm das erzählte. Ich glaube nicht, daß ich den Teil mit dem Wunsch zu sterben, gesagt hab. Ich glaube nicht einmal, daß ich das überhaupt vor diesem Moment schon mal gedacht habe.«

»Sylvie«, sagte Hannah mit flehentlicher Stimme. »Dolan ist kein Therapeut oder Priester oder Rechtsanwalt. Ich weiß, daß er den Anschein erweckt, als sei er nur dazu da, um dir zu helfen, als würde alles wieder bestens werden, wenn du ihm nur deine innersten Gedanken preisgibst, aber das ist einfach nicht wahr. Er macht sich nichts aus dir. Er wird jedes bißchen von alldem gegen dich benutzen. Also, wenn er das nächste Mal vorbeischaut, mußt du ihm unbedingt sagen, daß du nochmals darüber nachgedacht hast, daß du wirklich davon überzeugt bist, daß du diese Sachen nur gesagt hast, weil du aufgeregt warst und daß die Leute immer verrückte Sachen daherreden, wenn sie aufgeregt sind. Und dann mußt du unbedingt vorsichtig sein – sehr vorsichtig –, was du ihm von jetzt an sagst. Keine Selbstanalysen mehr. Wenn er dich nach Daten und Orten und irgendwelcher Kleidung fragt, nun gut, dann sag's ihm. Aber wenn er dich nach dir fragt, was du denkst oder fühlst, dann brauchst du ihm nicht zu antworten. Dann darfst du ihm nicht antworten.« Ihr wurde bewußt, daß sie Sylvies Hand mit beiden Händen ergriffen hatte und sie energisch drückte, um ihren Worten Nachdruck zu verleihen.

»Dann hat er mich gefragt, ob ich sie vielleicht irgendwo stehengelassen und bloß vergessen hätte, ihm davon zu erzählen«, sagte Sylvie.

»Was heißen soll?«

Sylvie wischte sich geistesabwesend über den Mund, bevor sie antwortete. »Ich weiß es nicht. Zuerst dachte ich, er meinte, ob es das erste Mal war, daß ich so etwas überhaupt getan hatte, ohne sie das Haus zu verlassen. Aber als ich ihn dann anschaute und sah, wie er wieder mal seine Augen so übertrieben aufriß, da hab ich gemerkt, daß es nicht das war, was er gemeint hatte. Ich blieb still, und so sagte er, ich sollte versuchen mich zu erinnern. Ob ich jemals von ihr weggegangen bin, vielleicht in einem Geschäft vergessen habe, daß ich sie dabei hatte? Ob ich jemals Lust hatte, einfach abzuhauen? hat er mich gefragt. Er sagte, er wüßte, daß ich Probleme damit hätte, eine Sache durchzuziehen, und daß er wüßte, daß alles nicht so einfach sei. Ich sollte mich nicht schämen, das zuzugeben, und unter Druck wär's ja auch kein Wunder, wenn es mir lieber wäre, wenn jemand anders sich um sie kümmert.« Sie schwieg eine Weile und lächelte. »Es war fast witzig. Daß ich auf die Idee kommen könnte, sie aufgeben zu wollen. Das hab ich ihm auch gesagt, aber du kennst ihn ja, er zuckt nicht mal mit der Wimper.« Sie wandte sich ab und ging zum Fenster hinüber. Hannah folgte ihr. »Irgendwas stimmt nicht«, sagte Sylvie und dann: »Peter hat angerufen, während er da war, und sie treffen sich in der Stadt.«

»Können wir Peter erreichen?« fragte Hannah. »Wir sollten ihn zurückrufen, ihm sagen, was da abläuft, ihn warnen.«

Sylvie schüttelte den Kopf. »Er rief vom Flugplatz aus an, er ist schon unterwegs. Er fährt direkt zu ihrem Treffpunkt.«

»Ich würde diesen Scheißkerl Dolan am liebsten umlegen«, sagte Hannah und drohte mit der geballten Faust.

Kapitel 14

»Die verdächtigen mich«, berichtete sie Peter mit so brüchiger Stimme, daß er sie bitten mußte, zu wiederholen, was sie gesagt hatte.

»Warte mal einen Moment. Gönn mir zwei Sekunden Verschnaufpause, ich bin doch eben erst zur Tür reingekommen.« Er zog seine Sportjacke aus und hängte sie in den Wandschrank vorn am Eingang, griff dann nach seinem Koffer und steuerte aufs Schlafzimmer zu. »Wer verdächtigt dich?« fragte er, während er den Koffer schwungwoll aufs Bett warf.

»Das FBI, die Polizei, die haben mich vernommen und gefragt, ob ich Cally irgendwo stehengelassen hab, ob ich sie stehenlassen wollte.« Sie hockt sich direkt neben ihm auf das Bett, ihre Finger umklammerten die weißen Troddeln der Überdecke und ließen sie dann wieder los. »Ich wollt's dir schon sagen, dich warnen, aber es gab keine Möglichkeit, dich zu erreichen.« Seit er zur Tür hereingekommen war, hatte sie ihn nicht angeschaut, zumindest nicht direkt von vorn. Sie hatte nicht sehen wollen, wie er sie anblicken würde, doch als sie es nun versuchte, war sein Blick auf das Gepäck gerichtet und half seinen Fingern, das Reißverschlußende zu finden. »Hat er dich über mich ausgefragt, ob ich sie irgendwo gelassen hab?« Peter öffnete den Koffer am Reißverschluß und schlug den Deckel auf. Einen Moment lang wollte sie den Koffer beinahe wieder zuschlagen, damit er sie wenigstens anschauen mußte. »Hat er dich über mich ausgefragt?« wiederholte sie mit einer brüchig-kläglichen Stimme.

»Meinst du, Dolan?«

Sie vermochte nicht mehr stillzusitzen, und so tigerte sie durchs Zimmer hin und her, wich fast im Lauftempo den Ecken des Bettes aus. »Ja, Dolan. Hat er dich wegen mir gefragt?«

»Sylvie, mach mal langsam«, sagte er und hielt sie fest, als sie hinter ihm vorbeizukommen versuchte. »Setz dich hin.«

Sie bemühte sich, seinem Rat zu folgen, aber anstatt sich tatsächlich darauf niederzulassen, verharrte sie in einer Art Schwebezustand auf dem Doppelbett. »Hat er wegen mir gefragt?«

»Ja, selbstverständlich hat er das getan.« Peter nahm ein Hemd aus dem Koffer, faltete es auseinander und legte es dann aufs Bett. »Er stellt immer Fragen über dich, und ich bin überzeugt, er fragt dich auch über mich aus, oder?« Sie bejahte, fügte aber hinzu, daß es ihr diesmal vollkommen anders vorkomme als sonst. »Das hat nichts zu bedeuten«, erklärte er. »Steiger dich doch nicht so rein.«

»Peter«, sagte sie jetzt und rutschte zu seiner Bettseite hinüber und zupfte an dem Stoff seines Hemdärmels herum, »ich bilde mir das nicht ein.« Sie hatte ihn endlich so weit, daß er sie anblickte. »Er glaubt, daß ich mit Cally was angestellt hab. Was ist, wenn er mich verhaften will, was sollen wir bloß machen?«

»Dich verhaften?« Sie spürte, wie sich sein Körper straffte und sich ihr entzog.

Sie nickte. »Wir müssen uns einen Anwalt besorgen. Meine Mutter sagt, daß wir nicht mehr ohne einen mit ihm reden können.«

»Sylvie, ein Anwalt ist nicht das, was wir hier brauchen. Ein Anwalt erzählt dir nur, du sollst keine Fragen beantworten. Und als einziges kommt dann dabei heraus, daß Dolan noch versessener auf die Idee ist, daß du was zu verbergen hast. Und du kannst mir glauben, das ist garantiert nicht das, was du jetzt im Moment brauchst, denn er ist ohnehin schon verflucht versessen darauf.«

»Was meinst du damit?« fragte sie, und hatte das Gefühl, als könne sie nicht atmen, so als hätte jemand die gesamte Luft aus dem Zimmer abgesaugt. Sie packte ihn am Arm.

»Ich meine damit, wenn du schon die Wahrheit wissen willst, daß mich die Sitzung, die er mit mir hatte, tatsächlich beunruhigt hat. Etwa nach der Hälfte dachte ich: Worauf zielt er eigentlich ab? Was soll all dieses Zeug über Sylvies

Leben in diesem Zusammenhang? Aber dann dachte ich, vielleicht fang ich ja an zu spinnen – paranoid zu werden, weißt du? Ich dachte mir, das werde ich Sylvie gegenüber nicht einmal erwähnen, aber wenn du genauso darauf reagiert hast, zum Teufel, ich weiß auch nicht, dann muß doch was dran sein.« Er nahm ihre Hand in seine beiden Hände, während sie leise stöhnte. Sie erstickte schier, starb womöglich. Sie redete sich gut zu, langsam zu atmen, schließlich mußte es ja Luft im Zimmer geben, Peter atmete völlig normal, und dann, gerade, als sie glaubte, das Bewußtsein zu verlieren, spürte sie, wie ihre Lunge den Widerstand aufgab und sich öffnete, aber es tat weh, das Atmen tat ihr weh.

Peter setzte sich neben sie. »Wir bringen das schon in Ordnung, bloß keine Panik jetzt, denn du schaffst es nie, das durchzustehen, wenn du in der Gegend rumrennst und hysterisch wirst. Atme«, sagte er jetzt weicher und drückte seine Hand sanft auf ihre Schulter. Sie atmete jetzt wahrhaftig, aber nur langsam, und jeder Atemzug nötigte ihrem Herzen eine ruckartig beschleunigte Reaktion ab. »Wir wollen nichts überstürzen. Wir werden uns das ganz, ganz sorgfältig überlegen. Ich helf dir dabei«, versprach er. »Ich geb dir Rückendeckung.«

»Einen Anwalt«, sagte sie und erstickte fast an der Anstrengung, die Atemluft in Sprechen zu verwandeln.

Er nickte. »Ich weiß, was deine Mutter denkt, aber zufälligerweise bin ich nicht damit einverstanden. Deine Mutter ist eine typische Akademikerin – sobald es ein Problem gibt, hält sie es für die richtige Lösung, einen anderen Akademiker herbeizuzitieren, am besten mit einem höheren Abschluß, als sie ihn selbst hat. Sie benützt nie einfachen, gesunden Menschenverstand. Vor gesundem Menschenverstand hat sie schlicht und einfach Schiß. Vergiß nicht ihre Tiraden, daß Kinder in einer Klinik zur Welt kommen müssen, daß du womöglich nicht überlebst, daß das Baby vielleicht dabei draufgeht, wenn du so dumm wärst, eine Hebamme zu nehmen und zu Hause zu gebären. Würdest du etwa die Geburt, wenn du sie noch mal machen würdest, ohne Julia durchziehen? Hättest du vielleicht lieber einen von diesen Ärzten gehabt, die nicht mal mehr wüßten, wer du bist, und die dich auf so einen rostfreien Stahltisch gepackt und deine Beine in Stützen hochgestellt hätten?« Sylvie schüttelte den Kopf. »Richtig. Deine Mutter glaubt wahrscheinlich immer noch, wir hätten's falsch gemacht. Haben wir aber nicht. Und das hier werden wir ebenfalls richtig machen, weil wir intelligent sind und unser Schicksal selbst bestimmen wollen, richtig?« Sylvie nickte.

»Deine Mutter glaubt nicht, daß du irgend etwas allein bewerkstelligen kannst, und schon dein ganzes Leben lang hat sie dir das weisgemacht. Und Syl«, sagte er, wobei er mit den Fingerspitzen ihr Kinn hob, damit sie ihn anblickte, »sie irrt sich. Das sag ich ihr jederzeit ins Gesicht. Sie irrt sich gewaltig, was dich angeht.« Er kam näher, führte seine Lippen an die ihren heran und küßte sie. »Deine Mutter weiß jede Menge Kram über Porträtkunst im frühen zwanzigsten Jahrhundert, aber von etwas, das nicht in diesem ihrem begrenzten Fachgebiet liegt, hat sie keinen blassen Schimmer. Du mußt sie aus deinem Leben raushalten, weil ihre Instinkte lausig sind, was das betrifft.« Sylvie nickte. »So, und jetzt wollen wir uns mal richtig damit auseinandersetzen, okay?«

»Ja.«

»Also, es geht darum: Dolan ist der Meinung, daß du widersprüchliche Geschichten erzählst – was eine höfliche Umschreibung dafür ist, daß du lügst, daß du Sachen erfindest, während du sie erzählst, oder daß du rauszukriegen versuchst, was sie zu irgendeinem bestimmten Zeitpunkt von dir hören wollen, und es ihnen dann gibst. Er sagt, daß du sechs verschiedene Versionen davon hast, wie lange du in dem Laden warst. Du hast dreimal die Meinung geändert, ob die Verandatür zugesperrt, geschlossen, weit offen oder was immer war.«

»Ich war aufgeregt. Niemand achtet auf solche Sachen, wenn so was passiert.«

»Richtig. Aber für die reimt es sich nicht zusammen. Du bist auf dem Tonband der Notrufzentrale ganz ruhig, aber richtest dann eine Verwüstung in der Wohnung an.«

»Und?«

»Ich sag dir doch bloß, wie er die Sache sieht.«

»Das hat er gesagt, daß das widersprüchlich ist?«

»Ja.«

»Sollen die doch mal selbst eine Notsituation haben, sollen sie mal sehen, wie sie sich dann benehmen.«

Peter schüttelte den Kopf. »Schweif jetzt nicht vom Thema ab, Sylvie«, sagte er mahnend. »Um die geht's doch hier nicht. Es geht um dich und daß du dahinterkommst, wie du mit ihnen reden mußt. Du mußt zuerst nachdenken, du mußt dir bei jedem einzelnen Wort überlegen, was es für Folgen nach sich ziehen könnte.«

»Das tu ich doch«, begehrte sie auf und schleuderte einen Arm weit in die Luft.

»Tust du nicht. Hast du nicht getan. Warum zum Beispiel«, sagte er und beugte sich näher zu ihr, »hast du ihm erzählt, wir hätten Streit miteinander?«

Sylvie spürte, wie sie rot wurde und ihre Wangen vor Hitze brannten. »Ich glaube nicht, daß ich gesagt hab, wir hätten Streit.«

»Nein? Er scheint aber schon der Ansicht zu sein.«

»Ich hab höchstens was davon gesagt, daß es eine angespannte Atmosphäre gibt, so was Ähnliches.«

Peter lachte. »Das ist aber eine diplomatische Umschreibung für ›Wir haben Streit‹. Hast du auch nur den Bruchteil einer Sekunde daran gedacht, was er mit solch einer Art Auskunft wohl anfängt?«

Sie schloß die Augen. »Was?« Ihre Stimme war ein heiseres Flüstern.

»Sylvie, wenn Eltern nicht miteinander auskommen, kriegt das Kind häufig das Schlimmste davon ab.«

»Aber ich meinte doch jetzt, wegen dem Kidnapping, nicht davor. Das kann ich ihm erklären. Ich ruf ihn an und erklär's ihm.« Sie wollte sich vom Bett erheben, aber Peter hielt sie fest und zwang sie zu bleiben.

»Nein. Gib ihm nicht schon wieder eine neue Geschichte. Was ich dir beizubringen versuche, ist, daß du jedes einzelne Wort, das du sagst, genau abwägen mußt. Wenn du sagst, daß wir Krach haben oder nicht miteinander auskommen oder wie auch immer du das ausgedrückt hast, dann fangen bei ihm kleine Alarmglocken an zu läuten wegen Kindesmißhandlung. Wenn du's aber mal gesagt hast, dann ist es passiert. Es steckt bei ihm im Kopf. Jede Klarstellung, die du dann hinterher versuchst, erweckt schlicht den Eindruck, daß du in Abwehrstellung bist oder Schiß hast, aber schlimmer noch – das erinnert ihn bloß an seine ursprüngliche Reaktion: Kindesmißhandlung.«

»Er hat doch gefragt, Peter, also, er sagte: ›Wie gut kommen Sie beide miteinander aus?‹« Ihre Stimme klang so dünn wie die eines Kindes. »Ich konnte doch einen FBI-Mann nicht anlügen, oder?«

»Hat er dir etwa eine Knarre an den Kopf gehalten?«

»Nein, aber es ist doch wie vor Gericht, oder? Muß man da nicht die Wahrheit sagen?«

»Du kannst doch Sachen weglassen, oder?«

»Was soll ich denn sagen, etwa: ›Das geht Sie einen Dreck an‹?«

»Geht es ihn denn was an, was zwischen uns beiden daheim in unsren eigenen vier Wänden vor sich geht?«

»Nein, aber ...«

»Nein, eben nicht. Du sagst schlicht: Wir kommen bestens miteinander zurecht, damit hat's sich. *Bestens* ist ein wunderbares Wort, wenn dich wer verhört. Es bewahrt dich vor Ärger. Alles darüber hinaus hilft kein bißchen dabei weiter, dein Baby zurückzubringen.« Seine Stimme war von geschliffener Entschiedenheit. Er nahm ein Hemd aus dem Koffer, wandte sich dann dem Schrank zu und hängte es auf einen Kleiderbügel. Er verstaute seine schwarzen Schuhe auf ihrem üblichen Platz unten auf dem Schrankboden.

Sie legte sich neben dem Lederkoffer wieder hin; das Atmen schmerzte sie im Brustkorb. Sie haßte Dolan, der ihr ständig diese Fallen stellte, mit seinem Lasso aus Worten nach ihr warf und jetzt vermutlich darüber lachte, wie leicht sie ihm doch in die Schlinge gegangen war.

Kapitel 15

Peter würde mit Dolan sprechen. Er konnte die Widersprüche aufklären, ohne dabei zuviel Wind zu machen. Er würde die losen Enden einfädeln. Die Sache richten. Dann würden die Typen sie in Ruhe lassen und sich dem eigentlichen Problem zuwenden, nämlich Cally wiederzufinden.
Hannah sagte: »Höchstwahrscheinlich glaubt er gar nicht wirklich, daß du sie irgendwo gelassen hast, sondern versucht bloß seinen Boß damit zu beeindrucken, wie gründlich er doch ist. Und auch wie unglaublich unberührt.«
Dolans Haar hatte einen weißen Streifen, der sich direkt über seiner Stirn gegen die dunkle Farbe absetzte; eine ungewöhnliche Musterung, besonders an einem so jungen Mann, wie er es zu sein schien. Hannah interpretierte es als Anzeichen dafür, wie sein Gehirn alles ringsum zum Gefrieren brachte. »Er könnte vermutlich allein schon auf Grund seines langsamen Pulsschlags eine Beförderung kriegen«, konstatierte Hannah.

»Das bezweifle ich«, sagte Sylvie. »Ich glaube, es turnt ihn einfach an, wenn er sieht, wie ich mich winde.«

Sylvie wartete auf Peter und durchmaß das ganze Wohnzimmer und einen Großteil der übrigen Wohnung mit unruhigen Schritten, während er sich in der Innenstadt mit Dolan zum Kaffee traf. Kaum hörte sie seinen Schlüssel im Schloß, war sie schon an der Tür. »Wie ist es gelaufen?« fragte sie ihn, noch bevor er eingetreten war.

»Es war okay. Ich hab dir ein paar Muffins mitgebracht.« Sie griff nicht nach der Schachtel, die er ihr hinhielt, würdigte sie keines Blickes. »Ich hab sie besorgt, als er dabei war und es mitgekriegt hat, weil ich mir dachte, daß das einen guten Eindruck macht. Weißt du, so, als ob ich an dich denke und wir uns verstehen.«

»Gut«, war ihr Kommentar. Er stellte den Karton am Boden ab, zog seine Sportjacke aus und reichte sie ihr dann, vielleicht weil er erwartete, sie werde sie aufhängen, aber sie ließ sie auf dieselbe Stelle fallen, wo der Gebäckkarton gelandet war. »Wie ist es gelaufen?« fragte sie wiederum, während er zum Sofa hinüberging. Sie wußte, daß sie nicht lange genug stillhalten konnte, um sich hinzusetzen, daher stellte sie sich vor ihn hin, trat von einem Fuß auf den anderen und kämpfte dagegen an, wieder durch den Raum zu traben.

»Ich würde sagen, es war so eine Routinesache mit zwei Schritten vor und einem Schritt zurück. Kaum hatte ich eine Sache bereinigt, knallte er mir schon was Neues hin.«

»Wie was etwa?«

»Ich weiß nicht, zum Beispiel wie deine Depression nach der Entbindung war.«

»Was hast du ihm geantwortet?«

»Ich sagte, daß du keine hattest.« Sie nickte. »Doch dann fand er, das sei doch wohl höchst ungewöhnlich, gar kein Zeichen davon. Werde denn die typische Depression nach dem Wochenbett nicht von Hormonen verursacht, und müßtest du deshalb nicht auf jeden Fall eine gehabt haben? Oder vielleicht hättest du ja gar keine Hormone, waren dann seine Worte. Du weißt ja, wie er ist. Da war diese Unterstellung, ich würde versuchen, die Sache in einem zu guten Licht darzustellen.«

»Und?«

»Und gar nichts. Ich dachte gar nicht daran, den Rückzug anzutreten und zu sagen: Na ja, möglicherweise hatte sie eine kleine Depression.«

»Hatte ich schließlich auch nicht.«

»Und dann gab es da so Zeug, worauf er nur angespielt hat, was er aber nicht offen auf den Tisch gelegt hat.«

»Was denn zum Beispiel?«

»Zum Beispiel, daß du die Wohnung absichtlich so zugerichtet hast, damit es nach Plünderung aussieht und den Eindruck erwecken würde, es hätte einen Einbruch gegeben.«

»Was hast du dazu gesagt?«

»Ich hab gesagt, daß das nicht stimmt. Daß du es vor lauter Verwirrung und Kummer gemacht hast.«

»Ich hab ihm doch gesagt, daß ich nach dem Baby gesucht hab.«

»Immerhin, die Vorstellung mit der Verwirrung und so hat er wohl akzeptiert, glaube ich.«

»Gut.« Sie nickte eine ganze Weile: kleine, unaufhörliche Kopfbewegungen.

»Ich sagte eben, *ich glaube*, daß er's akzeptiert hat, Sylvie. Ich kann schließlich nicht seine Gedanken lesen, weißt du.«

»Aber natürlich weiß ich das, aber du glaubst doch, daß er's akzeptiert hat, es sah doch ganz danach aus, stimmt's?« Sie beugte sich jetzt vor, so daß ihr Gesicht auf gleicher Höhe mit seinem war, aber er wandte sich ab.

»Vielleicht war es ja doch keine so fabelhafte Idee, auf diese Weise noch mal alles mit ihm durchzukauen, ich weiß es einfach nicht.«

Sie setzte sich abrupt auf die Couch. »Peter, *du* hast das doch vorgeschlagen. Warum hast du's getan, wenn du nicht daran geglaubt hast, daß es funktioniert?«

»Himmel Herrgott, Sylvie, ich bin kein Wunderheiler, kapiert? Willst du's zur Abwechslung mal versuchen?«

»Du hast behauptet, das gäbe bloß eine Katastrophe. Du warst es, der total dagegen war.«

»Und ich sage auch weiterhin nein. Aber das heißt noch lange nicht, daß ich jede Einzelheit richtig hinkriege, okay?«

»Okay, okay.« Mit offenem Mund holte sie tief Luft, und ein Schauer durchlief sie, bevor sie wieder ausatmete. »Peter«, sagte sie mit einer Stimme, die von dem Entsetzen, das ihr in der Kehle hochstieg, fast abgewürgt wurde, »Cally könnte irgendwo sterben, während die die Zeit damit vergeuden, diesen Stuß über mich ständig von neuem durchzugehen.«

»Das weiß ich, aber hier geht es nicht um eine exakte Wissenschaft. Wir müssen einfach versuchen alles zu tun, was in unsrer Macht steht; aus unsrem Instinkt heraus agieren und dann mit den Ergebnissen zufrieden sein.«

»Was hat er sonst noch gefragt?« Peter machte einen tiefen Atemzug, schwieg sich dann, wie es schien, endlos lang aus. »Was, Peter?« fragte sie ihn.

»Er kommt ständig wieder auf diese Angelegenheit zu sprechen, daß du auf dem Tonband der Notrufzentrale so ruhig warst.«

»Ich mußte die Polizei herkriegen, ich mußte ruhig sein.« Ihre Hand war zu einer harten Faust geballt.

»Ja, das hab ich ihm gesagt.« Er schaute zu ihr hoch. »Sylvie, er glaubt's aber nicht.«

Sie starrte ihn an. »Was denkt er denn dann?«

»Er denkt, daß du so ruhig warst, weil du alles ausgeklügelt hattest, wie ein Drehbuch, in dem der ganze Ablauf Schritt für Schritt ausgearbeitet ist. Daß die Hysterie erst einsetzte, sobald die Polizei da war und es auch mitkriegen konnte.«

Sylvie wiegte sich vor und zurück. »Sie sollten lieber nach ihr suchen, Peter, das ist grauenhaft.«

»Er glaubt, daß die Polizei womöglich schneller eintraf, als du damit gerechnet hattest. Daß irgend etwas fehlte, du zum Grove gerannt bist, um dieses Etwas zu besorgen, und es dann entweder nicht gefunden hast oder aber begriffen hast, daß dir nicht genug Zeit blieb.«

»Es war das Baby, das ich nicht finden konnte, Peter.«

»Sylvie«, appellierte er zögernd und mit unterdrückter Dringlichkeit an sie, »sie glauben, daß du ihnen helfen kannst.«

Sylvie hörte auf sich zu wiegen und starrte ihn an. »Was soll das heißen?«

»Es heißt«, erwiderte er, machte eine Pause, suchte sich zu sammeln, »daß sie glauben, daß du weißt, wo sie ist, und Dolan hat mich gefragt ...« Er hörte auf zu sprechen.

»Hat dich was gefragt?« Sie sah, wie sich seine Brust hob und immer mehr anhob, als wolle er die gesamte Luft im Zimmer einatmen. »Was?« kreischte sie ihn an.

»Er wollte, daß ich dich frage, ob du weißt, wo sie ist.«

Sie stand auf und griff sich gleichzeitig an den Stoff ihres Rollkragens, so eng, so zum Ersticken eng war er. »Ich weiß nicht, wo sie ist, Peter«, brauste sie mit solchem Nachdruck auf, daß der Klang seines Namens den ganzen Raum erfaßte. Er blickte weg. Ihr wurde so schwindlig, daß sie sich wieder hinsetzen und den Kopf auf die Hände stützen mußte.

»Ich mußte einfach fragen«, sagte er, und sie dachte sich im stillen: Ich werde ihm nie mehr ins Gesicht schauen, ich rede nie mehr mit ihm, ich warte einfach hier mit gesenktem Kopf, bis er weggeht. Und sie wartete die stickige Stille hindurch ab, bis sie fühlte, wie er sich vom Sofa erhob, bis sie seine Schritte zum anderen Ende des Zimmers gehen hörte. Er wollte, daß sie etwas sagte, das spürte sie aus den knappen Geräuschen seines mühsamen Atmens heraus, das merkte sie an seinem Räuspern, an den kurzen, schlürfenden Schritten erst in die eine Richtung, dann in die andere, an all diesen Geräuschen, die sich in der Luft ausbreiteten und wieder auflösten. Und noch immer wartete sie. Ihr Rücken begann zu schmerzen, weil sie so gebückt dasaß. Und natürlich ging er einfach nicht weg.

Sie hob den Kopf und richtete sich wieder auf. »Glaubst du etwa, daß ich sie irgendwohin gebracht hab, Peter? Glaubst du, ich hätte meine Tochter weggegeben?« Er wandte ihr den Rücken zu, stützte die Hände oben am Fensterrahmen ab und schaute hinaus. »Wie bringst du es fertig, so etwas zu denken?« fragte sie ihn, ohne eine Antwort zu erwarten.

Er drehte sich um und schaute sie an. »Ich weiß es nicht. Diese Fragen sind schuld, all diese Fragen, er stellt alles so logisch dar, vermute ich. Er knallt es nacheinander hin, peng, peng, peng«, sagte er und schlug mit jeder Wiederholung die Seite der einen Hand gegen die Innenfläche der anderen, »und alles klingt mit einemmal so plausibel.«

»Dann sag mir mal, sag mir gefälligst, was er alles hinknallt«, erwiderte sie und schritt auf ihn zu, wobei sie auf die gleiche Weise die Hände ineinanderschlug, »und laß mich selbst entscheiden, wie plausibel das alles ist.«

»Da gibt's eigentlich nichts«, sagte er mit einer Handbewegung, als wolle er sich etwas aus dem Gesicht wegwischen. »Vergessen wir's lieber.«

»Nein«, sagte sie und packte ihn am Arm. »Erklär mir

jetzt, was du zu all dem zu sagen hast? Denkst du: Ach, warum nicht, das ist es bestimmt?«

Sie hörte jetzt den Verkehr draußen vorbeirauschen und einen Bus, der gerade an einer Haltestelle vorfuhr, sie hörte die Bremsen quietschen, die Gänge knirschen und dann die leise rollenden Räder, als sie sich wieder in der Mitte der Straße einfanden. Sie hörte eine Autohupe. Dann auch eine Sirene, doch die war weit in der Ferne. »Du solltest ihn doch von mir abbringen, Peter.«

»Das weiß ich«, erwiderte er. »Ich sag dir doch bloß, daß er ein wirklich gerissener Kerl ist. Er verdreht alles vollkommen. Mag ja sein, daß du recht hast und keiner von uns mit ihm reden sollte.«

Sylvie spürte plötzlich, wie ihr die Milch in die Brustwarzen stach. Sie zog ihre Arme hoch und gegen die Brust, um den Milchfluß zu stoppen. »Und was ist mit meiner Milch?« sagte sie zu ihm.

»Was soll damit sein?«

»Wieso sollte ich sie in Gang halten? Ich würde doch nicht meine Milch abpumpen, wenn ich davon ausginge, daß Cally nie mehr zurückkommt, oder?« Er hatte sich schweigend wieder dem Fenster zugewandt und gab ihr damit die Gelegenheit, nun auch zwei einander ankläffende Hunde auszumachen, dann einen Müllabfuhrwagen, der sich anschickte, den Abfall zusammenzupressen.

»Das läßt sich erklären. Man kann alles mit verschiedenen Augen betrachten.«

»Dann erklär's mir.«

Er zuckte die Achseln. »Könnte auch eine Methode sein, die Leute *glauben* zu machen, daß du sie zurückerwartest.« Sie schüttelte den Kopf. »Oder auch«, sagte er und deutete mit dem Finger auf sie, »daß du am Anfang einfach so aufgewühlt warst über das, was auch immer du angestellt hast, daß du dir selber eingeredet hast, daß sie wieder zurückkommt. Du hast an die Geschichte wirklich geglaubt, die du selbst erfunden hast.« Sie schüttelte erneut den Kopf. »Vielleicht hast du dir ja gedacht, solange du noch Milch hast, wärst du auch noch ihre Mutter, und das könnte dann irgendwie auslöschen, was du ihr angetan hast.«

»Was sagst du da, was soll das heißen, *was ich ihr angetan hab*?«

»Tut mir leid«, sagte er, als sei das Thema erledigt, und begann sich zu entfernen.

»Was?« schrie sie hinter ihm her. »Was glaubst du, was ich getan haben soll?«

Er war schon um die Ecke in den Flur gegangen. Sie folgte ihm auf den Fersen. »Was soll das sein, was ich getan haben soll? Glaubst du etwa, ich hab sie umgebracht?«

Er blieb stehen, drehte sich zu ihr um. »Ich glaube nicht, daß es deine Absicht war«, sagte er.

»Du glaubst, daß ich so was tun könnte, mein Baby umbringen?«

»Ich sag doch, daß ich nicht glaube, daß es absichtlich war. Irgendwas ist passiert, ich weiß nicht was, vielleicht war es so eine Art Unfall. Bei einem Baby«, sagte er und blickte auf seine hochgehaltene offene Handfläche, als läge Cally direkt dort drin, »die sind ja so winzig, da gehört nicht viel dazu.«

Sylvies Milch lief ihr jetzt heiß wie Tränen über die Brust und den Bauch hinunter. »Ich hab ihr nie was zuleide getan, Peter.«

»Ich glaube ja, daß du nie vorhattest, ihr was zu tun. Ich glaub's ja. Aber ich glaube ebenso, daß du jetzt Hilfe dabei brauchst, dich damit auseinanderzusetzen. Dich genau daran zu erinnern, was du in Wirklichkeit getan hast.«

Sylvies Beine gaben nach – sie konnte sich kaum aufrecht halten. Sie fiel beinahe gegen die Wand, suchte eine Stütze an ihr. »Ich habe keine Schwierigkeiten damit, mich zu erinnern«, protestierte sie scharf.

Er hatte sich nicht gerührt. Es wirkte, als sei er eine riesige Statue, die eine Toreinfahrt bewacht, dachte sie. »Mir sind schon solche Sachen zu Ohren gekommen«, sagte er mit sanfter Stimme, als denke er nostalgisch an die Vergangenheit zurück. »Das Baby schreit, die Mutter schüttelt es oder drückt zu.« Sie sah ihn eine Hand, zur Faust geballt, hochheben, sah die ruckartige Bewegung seines Handgelenks und mußte sich abwenden. »Und schon ist es passiert«, fuhr er fort. »Es ist eins von diesen schlimmen Dingen, die guten Menschen passieren können. Es ist bloß eine Sekunde dazu nötig. Und die Mutter, ihr Gehirn will's einfach nicht akzeptieren. Will's einfach nicht glauben, und sie verfällt in so einen überdrehten Zustand, um es zu verdrängen. Ihr Bewußtsein besteht einfach darauf, daß es auf ganz andere Weise passiert ist. Und dann würdest du überall nach Erklärungen suchen, damit du es anders hinstellen kannst, als daß du's selber getan hast.«

»Sie hat geschlafen«, sagte Sylvie still.

»Und?« fragte Peter.

»Und dann war sie weg.«

»Ja«, erwiderte er. »Ganz genau.« Er machte einen Schritt auf sie zu, aber sie wich ihm an der Wand entlang aus.

»Hast du ihm, Dolan, erzählt, hast du gesagt, du glaubst, ich hätte ihr was angetan?«

Er schüttelte den Kopf. »Ich hab nur seine Fragen beantwortet.« Er starrte sie an. »Ich glaube nicht, daß dir irgendwas zustößt, Sylvie. Nicht, falls sie nicht die Leiche finden.«

»Hör auf«, brüllte sie ihn an.

»Ich sag doch bloß, es ist unwahrscheinlich, daß es zu einem Prozeß kommt.«

Sie hatte sich, noch bevor er mit seinem Satz anfing, die Hände auf die Ohren gelegt. Sie wandte ihren Blick nach oben an die Decke und rief sich dabei das kleine Gesicht ins Gedächtnis zurück, die zarten runden Wangen, das schlohblonde Haar, den winzigen roten Mund. Sie ließ die Hände auf ihre Schultern fallen.

»Vielleicht ist das ja jetzt der Zeitpunkt, wo du dir einen Anwalt besorgen solltest«, sagte er langsam, während seine Augen sich weiteten, ihren Blick suchten, und für einen Augenblick ließ sie es zu, daß er sie visuell festhielt. Sie schwankte hin und her, als taumle sie auf einem Felsen mitten in einem Fluß, umtost von reißendem Wasser und trotzdem bemüht, einen weiteren Halt zu finden.

»Sie war hier«, sagte Sylvie, und ein Schauer lief ihr den

Rücken hinauf. »Sie war hier«, wiederholte sie, während sie nun mit ausgestrecktem Zeigefinger auf das Schlafzimmer zuging, da sie annahm, er werde ihr folgen und sie könne ihm ganz genau zeigen, so wie sie es neulich Martinson gezeigt hatte, wo Cally damals lag – hier, ganz am Ende, der Kopf, die Beine unter ihr eng an den Bauch geschmiegt. Aber er folgte ihr gar nicht, nein, er war einfach ins andere Schlafzimmer gegangen. »Ich bin weggegangen, das stimmt«, erklärte sie, als sie in das Zimmer kam. »Ich weiß, ich hätte es nicht tun sollen, es tut mir leid, aber das habe ich nun mal getan. Ich ging aus dem Haus. Aber irgendwer, bestimmt nicht ich, hat sie weggenommen, Peter, das schwöre ich bei Gott, das schwör ich dir«, sagte sie, ging dorthin, wo er stand, und ließ sich vor ihm auf die Knie nieder. »Ich schwöre, ich hab ihr nichts angetan.«

»Ich glaube«, sagte er, und eine Hand senkte sich und kam auf ihrem Kopf zu liegen, »daß ich für eine Zeitlang weg muß. Ich brauche Abstand. Ich fahre jetzt meinen Bruder für eine Weile besuchen, zwei Wochen vielleicht, weiß noch nicht genau. Ich kann von dort aus genauso gut arbeiten wie von hier aus. Und dann, wenn ich zurückkomme, dann zieh ich aus. Ich hab eine kleine Wohnung für mich aufgetrieben. Ich hoffe, daß ich heut nachmittag den Vertrag unterschreiben kann. Wird besser so sein. Vielleicht klären sich dann ja all die Ungereimtheiten allmählich, vielleicht kannst du dich dann nach und nach wieder an mehr Dinge erinnern, besonders wenn du nicht ständig so eine Show für mich abziehen mußt.« Sie hielt ihre Arme um seine Knie geschlungen, und konnte den Widerstand spüren, diese seine starre wilde Entschlossenheit. Er drückte gegen ihre Umklammerung an, bekam ein Knie frei. Sie hielt ihn noch fester, er drückte noch kräftiger dagegen. »Sylvie, ich will dir nicht weh tun«, sagte er, und seine Stimme klang belegt vor Abscheu. Sie ließ ihn gehen.

»Ich geh jetzt packen«, teilte er ihr mit.

Kapitel 16

Am selben Nachmittag, vielleicht nur ein oder zwei Stunden, nachdem Peter das Haus verlassen hatte, klopfte einer der Agenten, die für die Telefonanlage im Keller zuständig waren, bei Sylvie an die Tür. »Ich wollte Sie bloß wissen lassen, daß wir da unten jetzt ganz fertig sind«, erklärte er.

»Fertig sind mit was?« fragte sie ihn, da sie in einem Augenblick der Verwirrung dachte, das habe etwas mit dem Sandkuchen zu tun, den Hannah den Männern ein paar Tage zuvor hinuntergebracht hatte. War das eine versteckte Bitte um Nachschub an Erfrischungen?

»Hat ihnen Agent Dolan nicht gesagt, daß wir das Feld räumen würden?« Sie schüttelte den Kopf. »Nun, dann bin ich's eben, der Ihnen die erfreuliche Nachricht bringt. Wir bauen das Telefon ab.«

»Erfreuliche Nachricht?« fragte sie. Ihr Herz hämmerte. »Haben sie Cally gefunden?«

»Nein, so erfreulich auch wieder nicht, fürchte ich«, sagte er und hielt die Hand hoch, als wolle er diesen Gedankengang stoppen. »Das soll bloß bedeuten, daß das FBI von dem Fall abgezogen worden ist, also nimmt er natürlich auch die Abhörgeräte wieder mit.«

»Von dem Fall abgezogen? Wieso?«

»Also ehrlich gesagt weiß ich das selbst nicht. Er sagt Ihnen bestimmt Genaueres. Sie haben doch seine Nummer, oder?« Sie bejahte es.

Als er verschwunden war, fühlte sie sich ganz schwindelig, auch freudig erregt, so als hätte sie soeben einen langen, anstrengenden Wettlauf hinter sich gebracht. »*Großartig*«, sagte sie laut und stieß eine Faust in die Luft, »diesen Schuft bin ich endlich los.«

Sie schlief auf dem Sofa, schlief vermutlich zum erstenmal, seit Cally vermißt war, ganz tief, als Martinson vorbeikam.

Als sie langsam wieder in einen wachen Zustand triftete, merkte sie, daß er schon seit langer Zeit an die Tür klopfte – in ihrem Traum hatte sie das als buntgefärbten, rotgelben Specht wahrgenommen, der auf einem Baum draußen im Garten saß. Sie stolperte zur Wohnungstür, noch immer nicht ganz wach, und ließ Martinson herein.

»Es hat sich was geändert«, sagte er. Sie kämmte sich mit den Fingern die Haare nach hinten. Sie nahm an, daß sie schrecklich aussah. »Das FBI zieht sich aus dem Fall zurück.«

»Ich weiß«, sagte sie. »Sie haben die Abhörleitung rausgenommen.« Er nickte.

»Wollen Sie etwas Kaffee?« fragte sie ihn. Ihr war aufgefallen, daß er diesmal seinen eigenen nicht dabei hatte. Tat er das sonst nicht immer?

»Für mich nicht«, erwiderte er. Aber sie hatte Lust auf ihr Elixier, holte die Plastikflasche mit Pepsi aus dem Kühlschrank und goß sich einen hohen Becher ein. »Wie können Sie bloß so viel davon trinken«, fragte Martinson. »Und ich seh Sie nie irgendwas essen. Holen Sie sich Ihre ganze Nahrung aus diesem Mist?«

»Das ist auch nicht schlimmer als Ihr Kaffee, oder? Und ich seh Sie auch nie essen.« Irgend etwas setzte ihm ganz offensichtlich zu. Er griff nach ihrem Wechselgeld, das auf der Theke lag, und ließ die Vierteldollarmünzen wie Kreisel wirbeln. »Wo haben Sie denn heute Ihren Stoff?«

»Ich hatte keine Zeit, welchen zu besorgen. Ich hab da ein paar Dinge, die ich Ihnen unbedingt sagen muß.«

»Was denn?« fragte sie, und ein frostiges Gefühl durchlief sie wie ein strömender Fluß. Sie schloß die Augen – lieber sollten sie Cally überhaupt nie finden, dachte sie, als sie tot zu finden. »Ist es was Schlimmes mit Cally?« stieß sie mühsam hervor, reihte ein Wort langsam ans andere, als müßten sie erst wie die Waggons bei einer Spielzeugeisenbahn Stück für Stück aneinandergekoppelt werden.

»Nein, wir haben nichts Neues. Ich kam her, um Ihnen zu sagen, daß das FBI den Fall aufgibt, weil er von jetzt ab nicht mehr unter seine Zuständigkeit fällt.«

»Gut.«

Er schüttelte den Kopf. Wo blieb sein Lachen? »So gut ist das möglicherweise nicht.«

»Wieso nicht?«

»Sie räumen das Feld, weil sie nicht glauben, daß eine Entführung stattgefunden hat.«

»Was meinen Sie damit?« sagte sie, obwohl sie es schon wußte. Es hatte etwas mit ihr zu tun.

»Sie haben den Fall an uns zurückverwiesen. Jetzt ist es eine hiesige Angelegenheit.«

Sie hatte wieder zu schlottern angefangen. Und kalt war ihr auch. »Sind Sie hier, um mich zu verhaften?« Er schüttelte den Kopf. Sie wandte sich von ihm ab, damit er die Tränen nicht sah. »Ich hab meinem Baby nichts getan.« Die Worte waren weich, so zart wie Gaze.

»Wissen Sie, wo sie ist?«

Sie senkte den Kopf und flüsterte zur Antwort. »Nein. Glauben Sie, ich hätte ihr was getan?«

»Nein. Aber Sie sollten wissen, daß das eindeutig eine Meinung ist, die von den andern nicht geteilt wird. Sie *stehen* unter Verdacht, Sylvie, und ich würde Ihnen ein Unrecht antun, wenn ich Ihnen diese Tatsache vorenthalten würde.« Seine Stimme war ernst und getragen. Wie eine schreckliche, leise Warnung, dachte sie. »Schaun Sie«, fuhr er fort, »es liegt nicht gerade viel vor, was in eine andere Richtung deutet. Es gibt keine Indizien für einen Einbruch, das ist das eine. Und außerdem sind Sie und Peter keine Leute von Prominenz mit einem Haufen Kohle, die ganz offensichtlich eine Zielscheibe für hohe Lösegeldforderungen wären.«

»Aber irgendwer Verrücktes«, ging sie dazwischen. »Eine Verrückte, die einfach ein Baby haben will?«

»Dolan ist nicht überzeugt davon, daß es irgendeinen Hinweis auf das Vorhandensein einer anderen Person gibt. Er baut eine gute Geschichte zusammen, fürchte ich. Mein Chef, Brown, mag Dolan auch. Die Leute vom Revier, sie mögen seine Geschichte auch. Schaun Sie, Dolan hat all diese grafischen Darstellungen und Karten, die er so gerne zeichnet.« Martinsons erhobene Hand bewegte Phantomkreide in Schreibbewegungen über eine imaginäre Tafel. »Er bringt die Einzelheiten dazu, daß sie ein Ganzes ergeben. Er ist verteufelt gründlich. Und sich seiner Sache so verdammt sicher, nie hört man den geringsten Zweifel aus seiner Stimme heraus. Er behauptet, Sylvia Pierson kann kein Projekt zu Ende führen. Sie läßt ihr Leben von Wahrsagerinnen bestimmen. Ihr Freund will sie nicht heiraten. Sie hat jede Menge Jobs aus Frust hingeschmissen. Und natürlich kriegt er einen richtigen Kick, wenn er die Computer mit Daten füttern und dann mit dem Ausdruck herumwedeln kann. Und er redet von ›überwiegendem Vorkommen‹.« Martinson gab dem Wort einen knackigen Unterton, exakt so, wie es Dolan getan hätte. »Zum Beispiel ›ein überwiegendes Vorkommen an Impulsivverhalten‹, so was in der Richtung. Ich dagegen sehe, daß es auch überlegtes, aufmerksames Verhalten gibt, aber das will er nicht auf seine Diagramme setzen, das verpfuscht sie zu sehr. Er will typische Muster, und er will sie sauber und leicht lesbar haben. Ich glaube nicht, daß die Menschen so einfach gestrickt sind. Aber ich bekomm trotzdem ein Gespür für sie.« Er schwieg mit einem Blick auf sie und fügte dann rasch hinzu, ganz so, als hätte er einen Moment zuvor vielleicht zuviel gesagt: »Die Art, wie man hier auf der Welt etwas tut, richtet sich nicht nach Spalten und Zahlen. Das einzige, was die einem bringen, ist das Endergebnis auf der Steuererklärung. Denken Sie mal an Wetterberichte«, sagte er. »Wissen Sie, wie viele Leute schon probiert haben, schlauer als das Wetter selbst zu sein? Sie kennen doch all diese schicken vielfarbigen Karten, die man in der Glotze zu sehen bekommt? Dieses Radarzeug, wo sie die Wolken über dem Nordosten kreisen lassen?« Er bewegte eine offene Hand in langsamen Kreisen vor sich her. »Manchmal stimmt's, manchmal stimmt's nicht. Die Leute, die ihr ganzes Leben der Aufgabe widmen, das herauszufinden, können nicht mit Sicherheit sagen, ob diese Wolken nicht doch in eine andere Richtung abtreiben, bevor sie uns erreichen. Ich hab mal eine Sendung gesehen, eins von diesen ›Was gibt's Neues in der Wissenschaft‹-Programmen, und da hat es geheißen, daß auch die schnellsten und größten Computer der Welt nichts Besseres als die beste Schätzung irgendeines Durchschnittsmenschen zustande bringen, wenn's darum geht, das Wetter vorherzusagen. Ich schätze das Wetter von morgen dadurch ein, daß ich die Luft rieche und auf den Wind horche. Und ich hab genauso oft recht wie die Computer.«

Er redete so schnell und so ununterbrochen, als versuche er vielleicht ihre Aufmerksamkeit irgendwie abzulenken. Sie machte sich nichts aus wissenschaftlichen Sendungen oder dem Wetter. Was stimmte nicht mit ihm, daß er das gar nicht merkte? »Was ist mit den Hunden? Er hat doch Hunde losgeschickt, um die Nachbarschaft abzuschnüffeln. Sie haben nichts gefunden, was ist denn damit?« fragte sie in der Hoffnung, ihn damit zum Thema zurückzubringen.

»Er versucht das nicht zu erklären, von der Feststellung abgesehen, daß Hunde ja nicht immer eine Spur aufnehmen. Er findet, seine Indizien wiegen noch immer stärker als das Versagen der Hunde.«

»Peter glaubt, ich hätte ihr was angetan.« Ihre Stimme war ihr wieder zum Flüstern geraten.

»Sie müssen bedenken, daß Agent Dolan unglaublich überzeugend ist«, bemerkte Martinson. »Es überrascht mich nicht, daß Peter seinen Standpunkt aufgegriffen hat. Die Menschen wollen Antworten, und wenn sie schlecht drauf sind, sind sie bereit fast alles zu glauben. Fast jede Lösung ist willkommen, solange sie nur glatt genug daherkommt.«

»Plausibel, meinen Sie? Das hat Peter nämlich gesagt. Dolan läßt alles so plausibel klingen, das sagte er.«

»Das ist Dolans besondere Fähigkeit, stimmt.«

»O Gott«, stöhnte sie, »warum haßt mich dieser Mann nur so?«

»Ich bin mir sicher, daß er Sie nicht haßt. Man empfindet nicht so was wie Liebe oder Haß gegenüber dem Stück aus einem Puzzle-Spiel, denn genau das sind Sie für ihn. Er ist ein Gesetzeshüter. Und jeder dieser Beamten weiß nur zu gut, daß man nie die kompletten Informationen bekommt. Es bleiben zum Beispiel immer Zeiträume übrig, die sich nicht erklären lassen. Was er macht – was wir alle machen –

ist, daß er die Teilstücke, die er de facto hat, in ihrer richtigen Anordnung zusammensetzt, und dann entwirft er Möglichkeiten für das, was in der Zwischenzeit, in den Lücken, vor sich ging. Nicht willkürlich, verstehen Sie, sondern mit Bedacht, indem er die fehlenden Stücke aus dem, was er hat, ableitet.«

»Aber das sind die falschen Stücke, so bin ich nicht.«

»Ja, aber es sind auch die Stücke, die zu seinem endgültigen Ergebnis passen, zu dem Ergebnis, das er haben will. Er kommt mit seinem Verdacht daher, und dann setzt er die Daten ein, um diese Folgerung zu untermauern, und plötzlich hat er eine Geschichte ohne offensichtliche Lücken.«

»Aber es ist die falsche Geschichte. Es ist eine Geschichte, die mich schließlich ins Gefängnis bringt. Warum macht er das, wenn er weiß, daß es nicht wahr ist?«

»Er weiß nicht, daß es nicht wahr ist. Ich versichere Ihnen, er glaubt daran. Weil die Teilstücke jetzt einen Sinn für ihn ergeben. Sie ergeben auch für andere Beamte und für Peter einen Sinn. Und sie werden für seine Vorgesetzten einleuchtend sein und für ein Schwurgericht – falls es dazu kommt.«

»Er *muß* mich doch hassen.«

»Es ist sein Job, das ist alles.«

»Na schön, aber ich hasse ihn.«

»Klar, ist ja nicht verwunderlich.« Er trat einen Schritt zurück, seine Lippen öffneten sich und ließen Worte, kurz und unausgesprochen, zwischen ihnen in der Schwebe hängen.

»Was?« fragte sie mit klagender Stimme; sie mußte es unbedingt erfahren.

»Ich habe Brown gebeten, unsern Fall hiermit auf sich beruhen zu lassen. Also auch die Ermittlungen der hiesigen Polizei einzustellen.«

Sie fing an den Kopf zu schütteln, als könne sie damit auch wegschütteln, was er da eben gesagt hatte. Er hielt jetzt seinen Blick auf die Tür gerichtet. »Warten Sie mal«, sagte sie. »Was sagen Sie da? Versuchen Sie etwa Ihre Leute dazu zu bringen, die Suche nach Cally aufzugeben?«

»Ja, aber nur deswegen, weil die Kripo, wenn sie an dem Fall dranbleibt, es von nun an auf Sie abgesehen hat, Sylvie, und zwar nur auf Sie. Die werden immer mehr Informationen über Sie auftreiben, die dann die Lücken in Dolans Geschichte füllen. Die werden an jedem Wort, das Sie gesagt haben, an allem, was Sie je getan haben, etwas finden. Die werden überhaupt nicht nach Cally Ausschau halten.«

Sie senkte den Kopf. »Die verhaften mich also«, sagte sie und spürte, wie ihr die Haare auf den Armen zu Berge standen.

»Nicht, wenn ich durchsetze, daß der Fall eingestellt wird, und genau daran arbeite ich zur Zeit, Stück für Stück. Ich lege ihnen nahe, daß die Beweislage nicht ausreicht, und ich rede ihnen allein ein, sich diese Sache als erledigt vorzustellen.« Sie schüttelte den Kopf und sah ihn gar nicht mehr. »Sylvie«, sagte er und wartete, bis sie zu ihm hinüberblickte, damit er sicher sein konnte, daß sie das Folgende auch hören würde. »Ich muß alle dazu bringen, langsamer zu machen. Wenn kein Dampf gemacht wird, den Fall zu lösen, ist es sehr unwahrscheinlich, daß sie hier bei Ihnen auftauchen. Sie werden schließlich ihre Energien auf andere Fälle konzentrieren.«

»Und was passiert dann mit meinem Baby?« fragte sie und griff mit einer Hand krampfhaft nach ihrer Kehle.

»Sie müssen Cally finden.«

»Natürlich muß ich Cally finden«, sagte sie mit brüchiger Stimme, die eigentlich schrill sein wollte, aber in leise, verwaschene Wörter zerfiel. »War das nicht schon die ganze Zeit der Fall? Ist das nicht das, was eigentlich Sie tun müßten, was Dolan und Brown und ihr alle eigentlich tun solltet, sie finden?«

»Ja und nein«, entgegnete Martinson und schaute zum Fenster hinüber.

»Was soll das heißen?« wollte sie wissen.

»Eine Erklärung zu finden«, sagte er langsam, »ist wohl das, worum es Dolan geht. Worum es uns allen geht, nehm ich an. Einer seltsamen, unberechenbaren Welt einen Sinn abzugewinnen.«

»Wozu taugen Sie dann überhaupt, Detective?« Sie wirbelte herum, weg von ihm. »Ich will mein Kind – es schert mich einen Dreck, wie das Universum organisiert ist.«

»Ich will versuchen, Ihnen zu helfen«, sagte er, und seine Hand hob sich unsichtbar hinter ihrem Rücken und fand dann ihren Platz auf Sylvies Schulter. Sie zuckte bei der Berührung seiner Finger auf ihrem Nacken. »Ich möchte wirklich helfen«, erklärte er, und nach ein paar Augenblicken und weil er die einzige Hilfe war, die ihr blieb, nickte sie.

KAPITEL 17

Hannah begriff, daß die Toleranz und das Verständnis der Welt draußen ihre Grenzen hatten. Die Rechnungen mußten nach wie vor bezahlt und Fristen eingehalten werden, Vorlesungen waren abzuhalten. Natürlich drückten die Leute ihre Anteilnahme aus. Gregory zum Beispiel, der Chef ihrer Fachabteilung, äußerte, er wisse ja, unter welch wirklich schlimmem Druck sie stehe, wie schwierig – er sagte: tragisch – das doch alles sei, aber sie müsse unbedingt dafür sorgen, daß ihre Studenten wieder regelmäßigen Unterricht erhielten. »Wenn Sie Hilfe bei der Vorbereitung oder Benotung brauchen«, bot er an, »dann zögern Sie nicht, sich an mich zu wenden. Aber bitte hören Sie nicht einfach auf, überhaupt Aufgaben zu verteilen.«

Sie schätze seine Geduld, bedeutete sie ihm, aber sie habe die Lage unter Kontrolle. Alles werde erledigt werden, keine Sorge. Und er brauche nicht beunruhigt zu sein, sie werde die Vorlesungen, die sie versäumt habe, zu einem neuen Termin nachholen, und mit den Studenten werde alles geregelt. Die Lage hat sich beruhigt, so schilderte sie es ihm, was ja vielleicht stimmte, vielleicht auch nicht, aber spielte es denn eine Rolle, wie sie es im einzelnen Gregory gegenüber formulierte? Was auf jeden Fall stimmte, war die Tatsache, daß sich ihr Leben verändert hatte, und das es definitiv keine vorübergehende Änderung war. So also wird von jetzt an das Leben sein, sagte sie sich. Das ist jetzt meine neue Wirklichkeit, und es ist an der Zeit, daß ich irgendeinen Weg finde, darin zu funktionieren.

Und so kam es dazu, daß sie sich wirklich Mühe gab. Dreimal in der Woche erschien sie um halb zehn zu ihrer Vorlesung, und sie fand auch den Weg zu den beiden Seminaren, die nachmittags stattfanden. Die Konzentration war das, was sie noch nicht im Griff hatte. So setzte sie sich etwa hin, um eine Vorlesung vorzubereiten, und bemerkte dann, daß eine Stunde oder noch mehr vergangen war, ohne daß sie ein einziges Wort auf ihren Block niedergeschrieben hatte, und in fünfzehn oder zwanzig Minuten sollte bereits die Vorlesung beginnen. Sie unterrichtete schon seit Jahren, also lange genug, um in der Lage zu sein, sich weitgehend damit durchzumogeln, daß sie mit kleinen Leckerbissen über den jeweiligen Künstler und Zeitabschnitt aufwartete, während sie am Pult stand. Wurde die Situation einmal wirklich schwierig, dann forderte sie gewöhnlich die Studenten auf, etwas von dem beizusteuern, was sie der ihnen aufgetragenen Lektüre entnommen haben mußten.

»Hier«, erklärte sie, während sie ein Dia auf die Leinwand in der abgedunkelten Morris Hall projizierte, »haben wir Renoirs *Le Bal à Bougival*, eine überaus bezaubernde Darstellung eines tanzenden Paars in einem Café. Was könnte einfacher sein als diese elementare Begegnung? Sie trägt Weiß, er trägt ein so dunkles Blau, daß es genausogut schwarz sein könnte. Aber achten Sie darauf«, sagte sie mit dieser sonoren Vortragsstimme, die sie zu kultivieren gelernt hatte, »wie sie sich aneinanderlehnen und doch voneinander wegstreben, beides zur gleichen Zeit. Was für eine Spannung!« sprudelte es aus ihr heraus, und dann schwieg sie. Sie übertrieb ja wirklich diese Pose der begeisterten Kunstgelehrten, aber für den gegebenen Moment war es leider notwendig. Wenn sie ihre Sprache nicht auf diese Weise aufplusterte, würde sie über Cally oder Sylvie nachdenken und anfangen vor sich hin zu starren. Der blumige Erguß brachte es fertig, sie physisch in Kontakt mit ihren Studenten zu zwingen. »Können Sie nicht die Hitze dieser Energie spüren, wo immer sich ihre Körper berühren? Sein schwarzes Knie überquert ihr weißes Kleid, ihre weiße Hand kreuzt sein schwarzes Jackett, was dazu führt, daß die Augen des Betrachters an ihren Körpern spiralenförmig auf und ab kreisen und die beiden buchstäblich in einen Wirbelwind aus Schwarz und Weiß verwandeln. Auf dem Höhepunkt dieses zyklonischen Wirbels haben wir einen wunderbaren Farbklecks – die orangefarbene Haube der Frau und den gelben Hut des Mannes, und beide berühren sich, gehen ineinander über, ein intensives Aufflammen von Hitze, das uns zu ihren Gesichtern lenkt, zu der Möglichkeit eines Kusses, oder vielleicht noch mehr. Welch wundervolle, spürbare Erwartung liegt hier in der Luft. Wir werden mitten in das sehnsüchtige Verlangen der beiden hineingerissen. Schauen Sie sich auch die Bewegung der Volants auf diesem wunderhübschen weißen Kleid an, wie uns der hochgeraffte Saum den Spitzenunterrock darunter offenbart. Wissen Sie noch«, fragte sie rhetorisch, »wie wir uns über Renoirs brillante Nuancen des Farbauftrags unterhalten haben, diese juwelenähnlichen Farben, die er gegen einen einfachen Hintergrund setzt? Das sind Reminiszenzen an seine Arbeit als jugendlicher Porzellanmaler, daran, wie sein Pinsel damals Hunderttausende von winzigen Farbtupfen gesetzt haben muß, die dazu bestimmt waren, Blütenblätter auf feinem weißen Porzellan zu werden. Sehen Sie diesen feinen Randstreifen aus Orange an ihrem Kleid?« fragte Hannah und bewegte den Zeigestab an der Farbspur entlang, folgte ihrem Verlauf auf das Gesicht der Frau zu. »Erinnert Sie das nicht an die Randverzierung auf einem Tafelteller? Aber natürlich lenkt der Farbstreifen unsre Aufmerksamkeit nicht auf ein Gericht, sondern auf die Lippen der Tänzerin.«

»Nun«, fuhr sie fort, »wir haben ja bereits über Renoirs Liebe zu starken Kontrasten gesprochen. Wir haben wieder und wieder sehen können, wie er Komplementärfarben gegeneinander ausspielt, wie er unterschiedliche Strukturen ebenso wie helle und dunkle Stellen miteinander kontrastiert. Hier nun sehen wir auch, wie er mit Gegensätzen in der Thematik spielt. Schauen Sie sich nur die Offenheit des Gesichts dieser jungen Frau an, wie sie uns mit ihrem Antlitz nahezu voll zugewandt ist, wie sie«, sprach sie und setzte eine dramatische Pause, »uns vollkommen offenbart wird. Er dagegen, diese riesige Präsenz, bleibt uns fast so wirkungsvoll verborgen, als stünde er hinter einer Mauer. Seine Kleidung ist dunkel und sitzt locker, verrät uns also nichts über die Gestalt seines Körpers. Sein Hut verdeckt seine Augen und die Hälfte seines Gesichts, und sein Bart die Hälfte dessen, was übrigbleibt. Er ist nichts, ein Unbekannter. So haben wir also das zart erblühte Weib, den massigen Mann.«

Sie ließ den Zeigestab erst auf die eine Gestalt fallen, dann auf die andere. Sie bevorzugte den altmodischen Zeigestab gegenüber dem kleinen projizierten Pfeil, den all ihre Kollegen benutzten, weil sie das Geräusch mochte, mit dem der Stock auf die Leinwand traf, und weil sie sich dachte, es würde vermutlich helfen, die unter den Studenten wachzuhalten, die im Dunkeln gern eindösten. »Die offenherzige Frau, der unergründliche, abwesende Mann«, und wiederum schlug der Zeigestab nacheinander auf beiden Gestalten auf. »Aber was ist schon Romantik anderes«, fragt sie ihr Publikum, »als eine gewisse subtile Verquickung von Schönheit und Geheimnis wie in diesem Fall hier?«

An diesem Punkt hielt sie wie stets inne, um einen letzten Blick auf das Gemälde zu werfen, vielleicht gemeinsam mit ihren Studenten noch etwas Neues zu entdecken und ihnen auch ein paar Minuten dafür einzuräumen, daß sie Fragen stellen konnten. Als sie sich der riesigen Leinwand zuwandte, fiel ihr plötzlich auf, wie verletzlich die Frau wirkte – vielleicht lag es an dem vollen Gesicht, an der Babyhaftigkeit dieser rundlichen Wangen – ein bißchen ähnlich wie bei Sylvie, dachte sie. Sie richtete sich jedoch auf und konzentrierte ihre Gedanken wieder auf Renoir.

»Bei diesem Meister haben wir Kontrast und Dualität«, führte sie langsam aus. »Schauen Sie noch mal hin: Führt die Bewegung zu diesem potentiellen Liebespartner *hin* oder von ihm *weg?«* fragte sie, und hörte ein Gemurmel gegensätzlicher Meinungen aus dem Auditorium. »Wir können es nicht wissen. Genauso, wie wir – das deutet Renoir an – die wahre Natur der Liebeswerbung und der Liebe nicht erkennen können. Allerdings fragen Sie nun vielleicht, ob nicht unter diesen Umständen ...«, sagte sie, während sie sich erneut dem Gemälde zuwandte und dabei ihren in der Luft hängenden Satz vergaß, denn jetzt sah sie dort etwas anderes, dieses Hervorstechende seines Kiefers. Verzerrte dieses vorspringende Kinn seine Gesichtszüge nicht zu einer Art Zähnefletschen? Sie konnte beinahe die geflüsterten

Drohungen hören. Diese tief verschleierte Herablassung. Was war es noch mal, was er laut Sylvie gesagt hatte?« Ich glaube ja nicht, daß du vorhattest, ihr was zu tun.« Ja, das war es. »Das kommt vor«, hatte Martinson gesagt. »Die Menschen verlieren das Vertrauen ineinander, wenn sie zutiefst verzweifelt sind. Sie wenden sich gegeneinander.«

Sie vernahm ein Wirrwarr unruhigen Geflüsters aus dem Auditorium hinter ihr. »Ja«, sprach sie, wieder hoch aufgerichtet. »Vielleicht gibt es da einige Fragen, die wir bisher noch nicht in Erwägung gezogen haben. Wollen wir zum Beispiel, daß er sie küßt? Will sie diesen Kuß?« Dann starrte sie wieder auf das Gemälde, während sie ihrem Publikum den Rücken zuwandte. Hannah empfand ein zwingendes Bedürfnis, auf die riesige Leinwand zuzugehen und die beiden Gestalten auseinanderzureißen, die Spirale ihrer Körper zu entwirren. »Schauen Sie mal«, sagte sie zu ihren Studenten da draußen irgendwo in der Dunkelheit, »wie sie sich von ihm abwendet. Betrachten Sie all die Fragen, die Renoir vor uns ausbreitet: Wer ist dieser Mann? Weshalb sind seine Augen zur Gänze unter diesem Hut versteckt? In Wirklichkeit ist er doch überhaupt nicht charmant, oder? Ein Grobian vielleicht, ungeschlacht obendrein in dieser dunklen, schlecht sitzenden Gewandung.« Sie verstummte. Der Mann war ein Lümmel – schonungslos schob sich sein Bein gegen seine Partnerin und zerknautschte den zarten weißen Kleiderstoff, und er war zu schwerfällig, zu ungepflegt unter dieser blöden Strohmelone. »Ich sehe höfliche Furcht in das Gesicht dieses armen Mädchens geschrieben«, sagte sie noch, bevor sie nach den Lichtern rief. Sobald sie angeknipst waren, sammelte sie ihre Unterlagen ein. »Danke, wir machen das beim nächstenmal fertig«, erklärte sie und steuerte rasch auf den Ausgang zu.

Sie rannte zu ihrem Büro, nahm zwei Treppenstufen auf einmal, stocherte ungeschickt mit dem Schlüssel im Türschloß herum und griff dann sofort von der ihr zugewandten Seite des Schreibtisches aus nach dem Telefon. Mit ungeschickten Fingern, die kaum ihrer Aufgabe Herr wurden, drückte sie auf die Tasten. »Sylvie«, sagte sie noch ganz außer Atem, »ich hab ein wirklich eigenartiges Gefühl wegen Peter – ich kann's nicht richtig erklären, vielleicht ist es ja nichts, es ist einfach nur so ein komisches Gefühl.«

»Es ist echt«, unterbrach Sylvie Hannahs vage Vermutungen scharf. »Er hat das Bankkonto bis auf den letzten Penny leergeräumt.«

Kapitel 18

»Sie müssen bedenken«, belehrte Martinson sie, »daß es in keiner Weise rechtswidrig ist, wenn jemand Gelder abhebt, die auf seinen Namen laufen. Bei der Auszahlung von einem gemeinsamen Konto ist keine zweite Unterschrift auf dem Beleg erforderlich.«

»Aber es gehört sich nicht, so etwas zu tun, es ist nicht fair«, erwidert Sylvie, und Hannah schien es fast so, als lachte Martinson. Jedenfalls holte er erst einmal auffällig tief Luft, bevor er antwortete und unterdrückte vielleicht das Bedürfnis zu lachen.

»Ich sage doch nur, daß fair nicht dasselbe wie rechtmäßig ist. Wir sprechen hier nicht von einem Verbrechen. Ich kann ihn nicht auf die Fahndungsliste setzen. Ich könnte ihn nicht verhaften, selbst wenn er direkt vor mir stünde. Sogar wenn er noch hier in Connecticut wäre und es tatsächlich um ein Verbrechen *ginge*, würde ich für mein Teil nicht so schnell auf einer Anklageerhebung bestehen, denn das würde einzig und allein dazu führen, daß er sich noch mehr gegen Sie wendet. Es bringt ihn bestimmt nicht dazu, daß er sich fairer Ihnen gegenüber verhält.«

»Ich hab aber kein Geld«, begehrte Sylvie mit einer Angriffslust auf, die sich voll gegen den Kriminalbeamten richtete.

»So wie's aussieht, hören Sie vermutlich in ein oder zwei Tagen von ihm, dann hat er's sich bestimmt noch mal überlegt und sorgt dafür, daß Ihnen das Geld wieder zugeht. Ich würde darauf wetten, daß er dann erklärt, er sei einfach völlig ausgeflippt, und das Ganze sei ein schrecklicher Fehler gewesen.«

»Aber er hat mir auch vorgeworfen, ich hätte unser Kind ermordet. Das hat er nicht zurückgenommen.«

»Ich weiß. Er sucht nach einer einfachen Erklärung, und Sie tun dasselbe. Und ich für mein Teil finde keine der beiden Versionen überzeugend. Was ich sehe, ist das übliche Spiel, dem andern die Schuld in die Schuhe zu schieben. Wir reden jetzt mal lieber von dem, was getan werden muß. Vielleicht können Sie ja bei der Bank etwas erreichen, sagen Sie denen, sie hätten sich vor der Auszahlung erst mit Ihnen in Verbindung setzen sollen. Sie waren zwar nicht dazu verpflichtet, aber möglicherweise geben die Ihnen für die Zwischenzeit irgendeinen Kredit. Falls das nicht hinhaut, könnten Sie versuchen, denen weiszumachen, daß Sie sich mit Ihrem Anwalt beraten, weshalb sie diese Auszahlung zugelassen haben. Vielleicht macht sie das ja ein bißchen nervös und damit auch etwas hilfsbereiter.«

»Aber da gibt's gar nichts, was Sie als Polizeibeamter tun können?«

Er schüttelte den Kopf. »Wenn Sie wollen, kann ich ja mit ihm über den Streß reden, wenn er wieder da ist, – kein offizielles Ermittlungsgespräch – und sehen, wie weit ich damit bei ihm komme. Aber jetzt im Moment gibt es wirklich nichts, was ich tun kann.«

»Wir brauchen doch keinen Therapeuten«, sagte Sylvie.

»Das ist alles, was ich Ihnen anbieten kann, tut mir leid, wenn es nicht genügt.« Er steuerte auf die Tür zu, und Sylvie ging hinter ihm her. »Ich erlebe so was die ganze Zeit«, erzählte er ihr. »Ein Bankkonto leerzuräumen ist so ziemlich die übliche wütende Reaktion. Wenigstens schlägt er Ihnen nicht Ihr Eigentum kurz und klein. Das ist auch schon vorgekommen.«

Nun gut, dachte sie, nachdem Martinson und Hannah gegangen waren, wenn die Polizei also kniff, dann mußte sie Peter eben selbst aufspüren. Sie würde schon herausfinden, was zum Teufel er eigentlich vorhatte. Sie würde seinen Bruder anrufen, auch seine Mutter oder was immer nötig war, um ihn unter Druck zu setzen und ihn wieder zur Räson zu bringen. Und Geld würde sie ebenfalls aus ihm rausholen, wenn sie schon dabei war.

Sie wählte die Auskunft von Salt Lake City an und erkundigte sich nach der Telefonnummer von William

Weston. »Ich habe niemanden unter diesem Namen in meinem Verzeichnis«, antwortete ihr die kühle Stimme der Telefonistin.

»Wie steht's mit Bill oder Will oder einfach nur dem Anfangsbuchstaben *W* oder *B?*« hakte sie nach.

»Darunter gibt's auch nichts.«

»Haben Sie einen Peter?« fragte sie. Vielleicht hatte Bill das Telefon ja nie vom Namen seines Bruders auf seinen umgemeldet.

»Nichts.«

»Vielleicht hab ich den falschen Vornamen. Vielleicht ist das sein zweiter Vorname oder sein Kosename. Könnten Sie mir sagen, welche Namen Sie überhaupt für Weston aufgeführt haben?«

»Ingrid«, teilte ihr die Telefonistin mit.

Sylvie wartete schweigend darauf, daß die Frau mit ihrer Liste fortfuhr. »Ingrid?« sagte Sylvie in der Hoffnung, die Wiederholung werde sie veranlassen, weiterzureden.

»Ja.«

»Und das ist alles, das ist die einzige Weston in Salt Lake City?«

»Ja.« Sylvie bat um die Nummer, wartete, bis ihr die präzise Computerstimme die Ziffern diktierte, und wählte sie dann.

Ingrid Westons Stimme klang dünn, aber erwartungsvoll. Sylvie entschuldigte sich für die Störung. »Ich suche Bill oder Peter Weston«, erklärte sie.

»Jetzt gibt's nur noch mich hier, sind keine andern Westons mehr da«, sagte die Frau. »Mein Mann starb vor achtzehn Jahren, und meine Tochter lebt jetzt in Seattle. Aber natürlich ist sie sowieso keine Weston mehr. Sie hat David Sloane geheiratet, also ist sie jetzt eine Sloane.«

»Und Sie kennen keinen Bill oder Peter Weston in Salt Lake?«

»Nein, kann ich wirklich nicht behaupten, aber es ist eine große Stadt.«

»Sie sind Mormonen«, erklärte Sylvie.

Die Frau lachte. »Das ist hier jeder zweite von uns, meine Liebe.«

»Ihre Eltern leben auch dort«, sagte Sylvie, der mit einemmal wieder dieser Zusammenhang eingefallen war. »Rose, glaub ich, heißt die Mutter. Der Vater heißt vielleicht auch William, bin mir aber nicht sicher.«

»Wohnen sie nicht vielleicht drüben in South Salt Lake oder in Murray?«

»Ach, richtig«, erwiderte Sylvie. »Er sagte Salt Lake, aber es könnte ja eigentlich irgendwo dort drüben sein, nicht?«

»Oder in Midvale oder Sandy City oder Draper.«

»Kennen Sie dort irgendwelche Westons?«

»Nein, meine Liebe, ich kenne eigentlich überhaupt niemand da drüben. Ich meinte bloß, Sie könnten es in diesen Orten versuchen.« Sylvie notierte sich die Namen, die sie erwähnt hatte, und bat dann um weitere Ortsnamen. Als Mrs. Weston keine neuen mehr einfielen, bedankte sich Sylvie bei ihr und entschuldigte sich erneut für die Störung.

»Macht überhaupt nichts«, erklärte Mrs. Weston. »Ich helfe gern, wenn ich kann. Rufen Sie ruhig wieder an.«

Sie machte noch neun weitere Westons ausfindig, aber keinen William oder Peter und keine Rose. Sie rief trotzdem jeden von ihnen an, erkundigte sich bei denen, die ans Telefon kamen, hinterließ bei den andere eine Nachricht auf dem Anrufbeantworter. Sie erweiterte ihre Suche noch und fragte jede Stimme, die sie erreichte, nach den Namen anderer Westons oder einfach nach weiteren Orten. Gelegentlich legte sie eine Pause ein, da sie überzeugt war, er habe gewiß versucht sie anzurufen, während sie ständig die Leitung belegt hielt. Doch dann nahm sie ihre Anrufe wieder auf. Irgend etwas zu unternehmen, sogar etwas, das sich von Minute zu Minute immer deutlicher als vergeblich herausstellte, schien immer noch besser zu sein als einfach abzuwarten.

Gleich nach ein Uhr kam Hannah wieder vorbei. »Ich hab dich seit zwei Stunden zu erreichen versucht«, sagte sie, als sie aus ihrem Mantel schlüpfte. »Mit wem hast du denn geredet?«

»Mit allen in Salt Lake City, die Weston heißen.«
»Und?«
Sie schüttelte den Kopf. »Keiner. Bis jetzt jedenfalls nicht.«
Sylvie ging mit ihr in die Küche und zeigte ihr die Liste der Telefonnummern, die sie angelegt hatte. Hannah holte tief Luft. »Könnte es eine Geheimnummer sein?« fragte sie.
»Könnte wohl schon sein. Aber wenn es so ist, dann weiß er, daß die Nummer nicht rausgegeben wird, und weiß, daß ich ihn nicht erreichen kann. Er hält sich schlicht und einfach versteckt.«
»Vielleicht kannst du ja dort im Einkaufszentrum anrufen, wo er früher gearbeitet hat.«
»Wozu?«
»Sie müssen doch irgendwelche Unterlagen über ihn haben, etwa eine Telefonnummer von einer Firma, wo er zuvor angestellt war. Du rufst da an und besorgst dir die Nummer von dort, wo er früher mal gewohnt hat. Ist das denn nicht die Adresse, wo er jetzt wieder ist, bei seinem Bruder?«
Sylvie hatte sich schon das Telefonbuch geholt. »Jetzt haben wir eine heiße Spur«, sagte sie mit einem Lächeln. Aber Shawn Decker, der Personalchef bei Best Security, informierte sie, er könne diese Auskunft nicht erteilen. »Ich bin seine Frau«, log sie ihn an.
»Sie beide haben also geheiratet?«
»O ja, letzten Monat.« Sie wartete mit angehaltenem Atem darauf, daß er gleich behaupten würde, er hätte soeben mit Peter gesprochen und wie der dabei erwähnt hätte, er sei noch Junggeselle.
»Wie kommt es dann, daß Sie diese Information nicht schon haben?«
»Weil er's mir nie gesagt hat«, erwiderte sie, und spürte, wie sie am ganzen Körper in Schweiß ausbrach. »Über so was reden Eheleute nicht unbedingt, wissen Sie, Telefonnummern von Arbeitsstellen aus einer Zeit, bevor sie sich überhaupt kannten.«
»Aber kann er sie Ihnen nicht jetzt geben?«
»Nein«, sagte sie, und das Blut schoß ihr so heftig durch den Kopf, daß sie sich kaum darauf besinnen konnte, was

sie nur als nächstes sagen sollte. »Er ist geschäftlich dorthin gefahren und hat vergessen, mir seine Nummer dazulassen. Er hat eine Nummer, die nicht im Verzeichnis steht, und die Auskunft weigert sich, sie rauszurücken. Ich dachte, wenn ich seine alte Büro-Telefonnummer erfahren könnte, dann ruf ich dort an, und sie kontaktieren ihn dann für mich. Es ist ein Notfall, es ist was passiert, und ich muß ihn erreichen.« Sie hörte, wie ihr eigener beschleunigter Atem gegen den Hörer schlug.

»Ich möchte Ihnen ja helfen«, versicherte er ihr.

»Wo liegt dann das Problem?« bedrängte sie ihn.

»Woher soll ich den wissen, daß Sie Sie sind? Sie könnten doch irgendwer sein, Sie könnten von einem dieser Revolverblätter sein und was über die Kidnappingsache bringen wollen. Ich kann am Telefon einfach keine Auskunft erteilen. Es ist nicht korrekt.«

»Und wenn ich reinkomme?« fragte sie. Ihre Mutter stand jetzt neben ihr und beugte sich zum Hörer hin, um die Stimme des Mannes mitzubekommen.

»Nun, dann könnte ich sie Ihnen wohl geben.«

»Ich bin gleich da«, kündigte sie an.

Sie hießen sie willkommen, als wäre sie ein kleiner Star aus Hollywood auf Heimatbesuch. Shawn Decker und seine Belegschaft des Sicherheitsdienstes waren alle an ihren Computertischen versammelt und glotzten sie an, als sie zur Tür hereinkam. So ist es also, wenn man berühmt ist, dachte sie, als Decker einen Stuhl zu ihr hinüberrollte und sie fragte, wie sie denn ihren Kaffee gern hätte, und ob sie ihr nicht vielleicht etwas zum Essen anbieten könnten.

Ihr war jedoch klar, daß sie bloß mehr über die Sache hören, sie nach den saftigen Details aushorchen wollten, die ihnen die Zeitungen vorenthalten hatten. Sie versprachen sich von ihr vermutlich mehr Vergnügen als von den Schmonzetten, die Decker angeblich so fürchtete. Sie wollte schon das Angebot für eine Erfrischung ausschlagen, besann sich dann aber eines Besseren – vielleicht konnten sie ja auch einiges erzählen. Über Peter. Vielleicht wußten sie sogar, wo er steckte.

Sie setzte sich zu ihnen: Damien, den sie noch als denjenigen in Erinnerung hatte, der Peter auf die Nerven gegangen war, April, eine Kollegin mit hohen Wangenknochen, die vor Make-up nur so leuchteten, und Cadge, Peters auffallend junger Nachfolger.

Sie zeigten ihr, wie alles funktionierte, was Peter damals – lang war es her – gemacht hatte, als er auf demselben Stuhl saß wie jetzt Cadge. Wie auch er eine Palette von vierundzwanzig Bildschirmen überprüft hatte, die jeweils auf eine Stelle im Einkaufszentrum unten gerichtet waren und die jeweils einzelne Personen oder einen Gesetzesverstoß ganz nah heranholen konnten.

»Du liebe Güte, wie blicken Sie denn da überhaupt noch durch?« fragte sie. »Bei all diesen Geschäften, all diesen Bildschirmen?« Sobald sie zweimal an ihrem Kaffee genippt hatte, beschloß sie so viele Fragen wie möglich zu stellen, damit keine Pausen entstanden, die es ihnen ermöglichen würden, sie mit Fragen über Cally zu behelligen.

»Eigentlich wird es ziemlich langweilig«, berichtete ihr Damien. »Es ist nicht so, daß eine Menge passiert. Man sieht die Leute in die Läden gehen und beobachtet, wie sie ein paar Sachen anfassen oder ein paar Kleidungsstücke an der Stange entlangschieben, und dann gehen sie wieder. Man gibt die Zeit ein, wie lange man das Geschäft beobachtet hat, und dann geht man zum nächsten Monitor über.«

»An manchen Tagen besteht die größte Herausforderung darin, irgendwie wach zu bleiben«, sagte April. Zu diesem Zeitpunkt war Cadge der einzige von ihnen, der die Bildschirme überwachte.

»Aber, wenn es nicht langweilig wäre, dann hätten Sie und Peter sich natürlich nie kennengelernt«, sagte Decker, und die anderen lachten.

»Eins kann ich Ihnen allerdings sagen, er hat Sie nicht lange im Visier gehabt, bevor er runter zur Passage ging«, berichtete Damien.

»Was soll das heißen?« fragte sie, und alle drei verstummten, wobei sich jedoch Damiens Augen groß auf

April richteten und April, wie Sylvie sehen konnte, auf dieselbe Weise reagierte.

»Hat er Ihnen denn nicht erzählt, daß er Sie zuerst auf dem Bildschirm gesehen hat?« fragte sie Sylvie. Sylvie schüttelte den Kopf. April ließ ihren Arbeitsstuhl hin und her wippen, während sie sich mit den Füßen festhielt. Sylvie sah ihre schmalen weißen Knie unter ihrem Lederminirock erst nach links, dann nach rechts tanzen. »Na ja, das ist schon alles, er hat Sie auf dem Bildschirm gesehen. Dann ist er nach unten gegangen.«

»Wieso hat er mich beobachtet?« Sie griff nach dem Rand ihres Drehstuhls.

»Hören Sie«, sagte Damien mit einer wegwerfenden Handbewegung, »es war keine große Sache, vergessen Sie's einfach.«

»Sehn Sie mal«, erklärte April und bremste ihren Stuhl dabei plötzlich ab, so daß ihre Knie direkt auf Sylvie deuteten, »er fing mit dieser Sache, mit diesem Spiel an, bei dem er Leute beobachtet hat, um die Monotonie zu unterbrechen. Wir haben rumgealbert, wissen Sie? Wir haben jemand auf dem Bildschirm entdeckt, irgendwen, und dann sind wir den Leuten überallhin gefolgt und haben versucht, sie nicht aus den Augen zu verlieren, wie wir's auch bei einem echten Tatverdächtigen machen. Es war einfach zur Abwechslung, nichts weiter. Unsere eigentliche Aufgabe hier ist es ja, Leute beim Klauen zu erwischen. Aber wir sind acht Stunden am Tag da, vom Lunch abgesehen, und in diesen acht Stunden kriegen wir höchstens fünf, sechs Typen zusammen, die verdächtig aussehen, richtig?« fragte sie und wandte sich mit erhobenen Augenbrauen der Reihe nach an jeden der Männer.

»Richtig«, bestätigte Damien. »Und die meisten von denen stellen sich letzten Endes bloß als die üblichen komischen Käuze raus, ohne verbrecherische Absichten, wenn Sie wissen, was ich meine.«

»Peter war's dann, der fand, wenn wir die ganze Zeit irgend jemand auf den Fersen bleiben, dann wäre der ganze Job leichter zu ertragen. So fing er also an, den Leuten zu folgen, einfach irgendwem, sie brauchten sich nicht verdächtig zu benehmen. Er ist zum Beispiel einer Mutter und ihren beiden Kindern gefolgt, hat beobachtet, wo sie hingingen, was sie alles machten. Oder er hat ein altes Ehepaar überprüft und versucht zu erraten, wohin sie wohl zum Essen gehen würden. Es hat viel mehr Spaß gemacht als von Kamera A zu B und C und dann D zu schalten, immer in der gleichen alten Reihenfolge, eine Stunde nach der andern, Tag für Tag.«

»Und das war erlaubt?« fragte sie mit einem Blick zu Decker hinüber.

»Ach, solange die Eintragungen richtig gemacht werden, ist schon alles in Ordnung. Es ist nicht eines meiner persönlichen Lebensziele, hier den Mr. Maschinenmonster zu spielen, wissen Sie.«

»Es ist doch aber eine Art Spionieren, oder nicht?«

Shawn Decker lachte. »Sie glauben doch nicht, daß das alles hier nicht sowieso Spionage ist?« fragte er und wies mit einer schwungvollen Geste auf die drei Wände voller Bildschirme. »Jedesmal, wenn Sie da unten sind, schauen wir zu, was Sie treiben. Wir beobachten Sie auch in den Ankleidekabinen, wissen Sie, zumindest in einigen der Geschäfte.« Er ging zu dem Computer hinüber, an dem April saß, und forderte Sylvie auf, einen Bildschirm etwa in der Mitte der Anlage zu betrachten. Zuerst sah sie einen von Pullovern überhäuften Tisch, dann verschwand das Bild, und sie hatte eine Frau in einer Kabine vor Augen, die sich gerade einen Pullover über den Kopf zog. Er drückte auf eine Taste, und da war eine andere Frau, die soeben eine Kabine betrat; eine weitere Taste, und wieder eine Ankleidekabine, die jedoch leer war; noch eine Taste, und eine Frau knöpfte sich gerade die Bluse auf. Sylvie erkannte den Stil der Kabinen – sie hatte sich dort selbst schon umgezogen.

»Aber ich bin die einzige, die die Damenkabinen macht«, erläuterte April. »Und ich stell sie ab, wenn einer von den Männern bei mir steht.« Die Kamera holte mit dem Zoom das Profil eines weiblichen Gesichts heran. Sylvie wandte sich von dem Bildschirm ab.

»Ankleidekabinen sind die Stellen, wo wir am meisten Leute erwischen. Etwa wie sie soeben mal was in ihre Einkaufstüten fallen lassen oder sozusagen vergessen, ein Oberteil wieder auszuziehen. Wenn die Leute nicht stehlen würden, bräuchten wir sie natürlich auch nicht zu überwachen«, erklärte Decker.

Sylvie blickte auf eine andere Gruppe von Bildschirmen und sah Menschen, die auf Bänken saßen und aßen, Leute, die durch Geschäfte liefen, miteinander lachten, Kästen mit CDs durchgingen. »Das ist ja wirklich unheimlich«, sagte sie. »Nachdem er damals runter ging, habt ihr da etwa alle hier gesessen und zugeschaut?« Keiner von ihnen antwortete. »Ich meine, habt ihr zugeschaut, wie er mich angequatscht hat?« Sie dachte an all dieses Zeug, das er erzählt hatte, wie das Schicksal sie zusammengeführt hätte. Ihr Gesicht lief rot an bei der Erinnerung an die von Lachen begleiteten Worte ihrer Mutter: »Schicksal, Sylvie?« Und die ganze verfluchte Angelegenheit hatte er bloß für seine Kollegen in Szene gesetzt. Sie mußte ihnen ja wirklich wie eine dumme Pute vorgekommen sein, wie sie damals praktisch in Ohnmacht fiel, als sie ihn auf sich zukommen sah. Großartig. Er tat es also nur, um die Monotonie zu unterbrechen. »Na ja, vielen Dank auch«, sagte Sylvie, während sie sich von ihrem Stuhl erhob. »Wenn ihr mal wieder ein Opfer braucht, gebt mir einfach Bescheid, in Ordnung?«

»Es war doch bloß ein Spiel, Syl, ohne böse Absicht«, klärte sie Damien auf. Sie konnte es nicht ausstehen, daß er ihren Namen abkürzte und so tat, als sei er ein enger Freund von ihr.

»Ehrlich, es war bloß ein Spiel«, bekräftigte April.

»Klar war's bloß ein Spiel, aber verstehn Sie, Sie haben sich nicht mal die Mühe gemacht, mich zu fragen, ob ich überhaupt mitspielen will.«

»Aber wir haben Ihnen doch nichts getan. Und es war irgendwie romantisch, wie er Sie ausgesucht hat, die Art, wie er Sie offenbar wirklich gern mochte. Und außerdem haben wir schließlich nicht alles beobachtet, was ihr beide gemacht habt, falls es das ist, was Sie aufregt.«

Sylvie gefiel Aprils wissendes Lächeln nicht. Sie hatten also auch mitgekriegt, wie seine Hand über den Tisch hinweg nach ihr griff, wie sich ihrer beider Hände ineinander verflochten hatten. Sie hatten seine Finger gesehen, wie sie ihr das Haar aus der Stirne strichen, und gesehen, daß sie ihm einen Kußmund zuwarf, während sie auf ihr Waffeleis warteten, und daß er sie nicht sofort geküßt, sondern daß sie einander einfach angestarrt hatten, jeder des anderen Lippen, voller Vorfreude. Hatten diese Leute gelacht? Hatten sie gejohlt? Hatten sie zugeschaut, als sie mit einem Finger seinen Mund abtastete? »Gab's bei diesem Spiel auch Punkte oder so was?« fragte sie. »Ich meine, hat er extra Punkte gekriegt, weil ich drauf eingegangen bin?« Niemand sagte etwas. »Hat er Punkte für den Kuß gekriegt?« Sylvie wandte sich an Decker. »Ich brauche jetzt diese Telefonnummer.«

»Richtig«, sagte er.

April folgte ihr zur Tür. »Sie stellen es viel schlimmer hin, als es war. Er mochte Sie wirklich gut leiden, und ist das nicht das, was eigentlich zählt?« Sylvie zuckte die Achseln und blickte weg. »Ich meine, er hat auch andre Leute ausgesucht – das haben wir alle getan, so haben wir nun mal das Spiel gespielt –, aber nach Ihnen hat er niemand mehr angeredet. Es war so, als ob er von Anfang an nach Ihnen Ausschau gehalten hätte.«

»Mm-hmmm«, sagte Sylvie.

»Ich meine, was macht es denn schon für einen Unterschied, wie Sie sich kennengelernt haben, solange sie beisammengeblieben sind?« Sylvie nickte und nahm den Zettel entgegen, den ihr Decker hinhielt.

Damien war herübergekommen. »Ich schwöre bei Gott, daß es so war, als hätte er von Anfang an nach Ihnen gesucht. Er ist ständig hinter Blonden mit langen Haaren hergewesen. Sie waren alle schlank, hübsch und jung. Es war, als ob sie alle verschiedene Versionen von Ihnen gewesen wären, nur war keine von denen genau die Richtige. Es lief immer darauf hinaus, daß sie zu jung waren oder zu kratzbürstig, und damit hatte sich's dann schon. Mit der einen hat er sich nicht mal zu einer Tasse Kaffee hingesetzt. Dann sind Sie erschienen, und alles hat zusammengepaßt. Ich muß da immer an diese alten Märchen denken, wissen Sie? Wo der Prinz die ganze Welt durchstreift, um das perfekte Mädchen zu finden. Nur sind wir hier in der modernen Welt, also durchstreift er sie eben über die Bildschirme.« Damien wies mit einer großzügigen Geste nach hinten zu seiner Monitorwand. »Und dann gibt er die drei Rätsel auf oder so ähnlich – Sie waren die einzige, die sie richtig beantwortet hat, ganz einfach. Aber Sie sollten das nicht so tragisch nehmen, es ist doch schließlich gut ausgegangen, oder?«

Wiederum nickte sie. »Danke für Ihre Hilfe.«

»Wir haben Sie verärgert, oder?« fragte April.

»Ich mag einfach die Vorstellung nicht, daß ich beobachtet worden bin. Angeschaut. Durchleuchtet.«

»Oh«, sagte April, »so war's aber nicht. Ehrlich.«

»Ich weiß nicht«, erwiderte sie. »Ich hab schon das Gefühl, daß es so war.«

Die Nummern aus Peters Unterlagen führten, wie sie schon vermutet hatte, nirgendwohin. Sie stellte fest, daß keine frühere Privatnummer verzeichnet war, lediglich seine Telefonnummer in der Livingston Street. Ihre eigene Nummer. West Security Plus, die Firma, bei der Peter vor Best Security angestellt gewesen war, hatte das übliche Tonband laufen, daß es unter dieser Nummer keinen Anschluß mehr gebe. Es wurde keine neue Telefonnummer für die Firma genannt. Die Telefonauskunft von Salt Lake City hatte überhaupt keinen Eintrag für ein Unternehmen dieses Namens. Sie rief bei der Handelskammer an, bei der Verbraucherzentrale und beim Verband kleiner Unternehmen. Keine solche Firma.

»Vielleicht haben sie ja Pleite gemacht«, überlegte Hannah.

»Vielleicht«, sagte Sylvie und trommelte mit ihrem Bleistift an die Theke. »Aber solange ist das doch nicht her. Irgendwer sollte die noch in den Unterlagen haben.«

»Hat sich denn dieser Mr. Decker nicht wegen einer Empfehlung an sie gewandt?« fragte Hannah.

Sylvie rief Decker erneut an und fragte ihn, ob er Peters

früheren Chef tatsächlich angerufen hätte. Ja, sagte er, er habe mit dem Besitzer der Firma geredet, und der Mann habe Peter eine hervorragende Empfehlung gegeben.

»Okay, wo zum Teufel ist dieser Mann denn jetzt?« fragte Sylvie Hannah, nachdem sie eingehängt hatte.

»Ich weiß nicht, Sylvie, aber wo soll das hinführen? Du versuchst irgendeinen Kerl aufzutreiben, der ein vermutlich völlig unbedeutendes Sicherheitsunternehmen geführt hat, das vermutlich überhaupt nicht mehr existiert.«

»Ich weiß schon, daß ich genau das mache«, fuhr Sylvie sie mit vor Zorn bebender Stimme an. »Ich muß es nun einmal so machen.«

»Zuallererst mußt du dich beruhigen, Sylvie. Ich will doch bloß sagen, du solltest keine Energie an diese Sache verschwenden. Was du tun mußt, ist an den größeren Zusammenhang denken, nicht an diese eine illusorische Telefonnummer.«

»Dann sag du mir mal genau, wie du dir diesen größeren Zusammenhang vorstellst, damit ich's weiß.«

»Wahrscheinlich weiß ich's auch nicht«, erwiderte Hannah, und Sylvie hörte den angehaltenen Atem, die Furcht, die heiß zwischen ihnen stand. »Komm, setzen wir uns hin, bitte, Sylvie«, bettelte sie, und die jüngere Frau willigte ein und ließ sich zum Sofa hinüberziehen.

Sie saßen eine Weile schweigend da, und die einzigen Geräusche waren das Summen des Kühlschrankmotors und das Tropfen des Wassers in das Becken darunter. »Vielleicht muß ich mal über das nachdenken, was ich bisher *weiß*«, sagte Sylvie nach einiger Zeit.

»Ja«, sagte Hannah.

»Wie zum Beispiel«, meinte Sylvie stockend, mit Pausen zwischen den einzelnen Wörtern, »also ich weiß, daß er sich versteckt.«

»Und er hat absolut all seine Spuren verwischt.«

Sylvie nickte. »Er ist jetzt irgendwo, aber nicht dort, wo er seiner Behauptung nach sein sollte.« Sie starrte ihrer Mutter direkt ins Gesicht. »Er hat mich angelogen, als er sagte, wir hätten uns aus reinem Zufall getroffen. Also wissen wir, daß er lügt, soviel wissen wir. Die nächste Frage muß also sein: Bei was hat er sonst noch gelogen? Vermutlich, wo er geboren ist«, sagte sie und begann dabei, die Liste an ihren Fingern abzuzählen, »wie alt er ist, daß er einen Bruder hat, daß er noch nie verheiratet war, daß er mich geliebt hat, daß er ... Ich weiß auch nicht – über alles wahrscheinlich, stimmt's?«

»Ja«, sagte Hannah, und das schlichte Wort hallte wie ein harter Glockenschlag durch den leeren Raum.

Sylvie musterte das ganze Wohnzimmer von ihrem Sitzplatz aus. »Schau dir nur die Wohnung hier an – fast keine Möbel, außer dem, was wir für Cally gebraucht haben. Keine Vorhänge. Weil wir unbedingt warten mußten, bis wir genau wissen, was wir wollen. Keine Bilder an den Wänden. Weil wir unbedingt warten mußten, bis wir genau wissen, was wir wollen. Was haben wir also überhaupt? Ein bißchen weißes Geschirr, ein paar Becher, wertloses Besteck, bei dem ich jedesmal die Zinken gradebiegen muß, wenn ich den Tisch decke. Genügend Töpfe, um ein Essen zu fabrizieren. Ich dachte immer, daß wir auf was hinsparen, aber vielleicht war's ja gar nicht so. Vielleicht hatte er noch nie die Absicht, dazubleiben.« Sie schaute wieder ihre Mutter an. »Vielleicht hatte er auch gar nicht vor, zu heiraten.«

»Das weißt du doch nicht, Sylvie, du spekulierst doch bloß.«

Nein, dachte Sylvie, ich horche auf den Wind, das ist es, was ich mache. »Weißt du noch, was ich dir damals gesagt hab über sein Unternehmen für Alarmanlagen, das deiner Meinung nach gar nicht nach einer tollen Neuerung klang?«

»Nein, das weiß ich, glaub ich, nicht mehr.«

»Ich hab dir doch davon erzählt – er sagte, daß er dieses Zeug mit Computerstimmen macht, wenn es einen Einbruch gibt, und da hast du gesagt: ›Gibt es das denn nicht schon lange?‹«

»Und?« fragte Hannah, als Sylvie nicht weitersprach.

»Ich weiß auch nicht. Vielleicht hat er das ja auch bloß erfunden, daß er überhaupt ein Unternehmen hatte – wie sollte ich denn wissen, ob das wirklich eine revolutionäre Neuerung ist oder nicht, ich bin doch bloß so ein dummes

Mädchen mit 'ner Aufmerksamkeitsstörung, ich könnte mich sowieso nie dran erinnern, oder?«

»Du hast dich aber dran erinnert«, sagte Hannah.

Sylvie nickte. Sie war von der Couch aufgestanden und zu der Flügeltür hinübergegangen. »Vielleicht hat er ja in Wirklichkeit nicht mal Hinterhofgärten gemocht oder Vögel oder diese besonderen Leisten hier oder den ganzen anderen Kram. Wieviel davon, meinst du, war nichts als Lügen?« fragte sie Hannah, die zur Antwort nur den Kopf schüttelte. »Er war wahrscheinlich richtig froh, als Cally gekidnappt wurde, ich meine, woher soll denn ich das wissen? Vielleicht wollte er ja überhaupt nie ein Baby haben. Vielleicht war er erleichtert, vielleicht war das die ideale Gelegenheit für ihn, zu verduften. Er konnte doch ganz einfach durch seine geliebte Verandatür rausgehen und verschwinden.« Sie biß sich hart auf den Daumennagel. »Vielleicht –«, sagte sie, brach dann ab.

»Was?« fragte Hannah.

»Ich muß unbedingt mit Martinson reden«, erklärte sie und machte sich auf den Weg zum Telefon in der Küche. Ihre Finger waren nicht fügsam, waren einfach nicht ruhig genug, um auf die richtigen Tasten zu drücken. »Ich muß Martinson kriegen«, sagte sie, und endlich betätigten ihre Finger in langsamer, regelmäßiger Bewegung die Ziffernfolge, die sie mit dem Kriminalbeamten in Verbindung bringen würde.

Kapitel 19

Martinson erklärte, das einzige, was sie da entdecke, sei der Umstand, daß Peter nicht gefunden werden wolle. »Es liegt noch immer nichts vor, was einen Anklagepunkt ausmachen würde«, informierte er sie.

»Aber sehn Sie sich doch mal all die Dinge an, bei denen er gelogen hat«, sagte Sylvie und deutete auf den Zettel, auf dem sie ihre Liste mit Bleistift notiert hatte.

»Lügen ist keine Straftat«, ließ er sie wissen.

»Aber Sie müssen sich diese Lügen erst mal anschaun«, erwiderte sie, während sie das Blatt in der ausgestreckten Hand hielt. Er nahm es ihr nicht ab.

Er zog einen der hohen Hocker unter der Küchentheke hervor und nahm darauf Platz. »Setzen Sie sich doch«, sagte er, während er den anderen zu ihr hinschob, aber sie konnte einfach nicht stillsitzen. Sie lief in seiner Nähe kleine Kreise ab und hielt dabei ihren großen Becher Pepsi mit beiden Händen fest. Er machte sich daran, den dünnen Plastikdeckel von seinem übergroßen Schaumstoffbecher zu lösen. Sie beobachtete ihn, wie er den Becher hob und dann mit geschlossenen Augen den Duft einatmete. Sie war nicht so zimperlich mit ihrem Erfrischungsgetränk. In der Zeit, die er brauchte, sich zum Trinken anzuschicken, war ihr Becher bereits halb leer. »Wo ist Ihre Mom?« fragte er.

»Sie mußte weg. Sie hatte eine Vorlesung.«

»Aber sie war da? Sie weiß über diese neue Angelegenheit Bescheid?«

»Ja.«

Er nippte an dem dampfenden Getränk. Später dann, wußte sie, wenn der Becher fast leer war, würde er seine Zähne in den Rand drücken. Das gehörte zu seinem Kaffeeritual, seiner Methode, sein Territorium zu markieren, obwohl er dies merkwürdigerweise erst ganz am Schluß tat, bevor er den Becher in den Müll schleuderte. »Ich glaube, daß Sie sich beide gegenseitig zu sehr in die Aufregung reinsteigern.«

Sie hätte am liebsten seinen Kaffee umgeschüttet – selbst hineingebissen. Mit Macht den Becher von beiden Seiten zusammengedrückt, damit er auseinanderbrach. »Oh, wie toll«, sagte sie und kickte statt dessen gegen das Bein des anderen Barhockers, seines Hockers. »Jetzt sind Sie ja schon bei Schlägen unter die Gürtellinie angelangt, Detective.«

»Wenigstens kicke ich nicht gegen die Möbel.« Er stellte seinen Kaffee ab und beugte sich, mit den Unterarmen auf seinen Schoß gestützt, zu ihr hinüber. »Ich weiß einfach nicht, was ich noch für Sie tun kann.«

»Was Sie für mich tun sollen, hat sich seit dem Moment, als Sie zum erstenmal hier reingekommen sind, kein bißchen geändert. Sie sollen Cally finden.«

»Das will ich doch, Sylvie, das wissen Sie. Aber das einzige, was ich zur Zeit habe, sind kalte Spuren, und –«

Sie unterbrach ihn mitten im Satz: »Sie haben doch Peter, Detective.«

»Kommen Sie schon, Sylvie«, erwiderte er und griff nach ihrem Arm, doch sie trat rasch einen Schritt zurück, jenseits seiner Reichweite. Er starrte sie an. »Was wollen Sie damit sagen, etwa, daß Peter Cally weggeholt hat?«

»Ja.«

Er starrte sie noch eine Sekunde lang an, dann verlor sich sein Blick, wanderte weg von ihr, schweifte durch den Raum, als suche er die Winkel und Spalten nach etwas ab, was sie nicht sehen konnte. Sie wartete geduldig ab, bis er sie wieder ansah. »Er war gar nicht da«, sagte er, doch schwang etwas Verschwommenes in seinen Worten mit.

»Das ist eine zu einfache Antwort«, widersprach sie, und ihr war bewußt, daß er das jetzt ebenso sicher fühlte wie sie selbst. »Er hat *behauptet*, daß er nicht hier war.«

»Er war in Florida, Sylvie«, sagte er, und sie hörte wieder die Bestimmtheit heraus. »Wir haben das bei der Luftfahrtgesellschaft und beim Hotel überprüft. Er war wirklich da unten.«

»Er hat mich nie dorthin mitgenommen, wo er gearbeitet

hat; hat mir nie irgendwelche Leute dort vorgestellt.« Sie deutete beim Sprechen mit dem Finger auf ihn, als hoffe sie, dadurch die Worte in den spanbreiten Spalt schieben zu können, der sich vor ihren Augen in seinem Denken geöffnet hatte.

»Viele Menschen machen das so, sie halten Arbeit und Privatleben getrennt.«

»Er hat behauptet, er hätte noch nie vorher ein Mädchen auf der Straße angemacht. Die haben gesagt, daß er eine Menge Mädchen angesprochen hat.«

Martinson holte tief Luft. »Ich kann keinen Mann verhaften, bloß weil er es versteht, eine Frau für sich einzunehmen. Was sollte er denn zu Ihnen sagen – Ich tu das jeden Tag, du bist eine unter fünfundvierzig Frauen, die ich damit rumgekriegt hab?«

»Die haben erzählt, daß die Mädchen alle gleich aussahen. Er hat nach etwas wirklich Speziellem Ausschau gehalten. Das fand ich wirklich zum Gruseln, als sie sagten, wie er ständig hinter Mädchen mit langen blonden Haaren her war, allesamt jung, allesamt schlank. Warum nur?«

»Manche Kerle sind nun mal auf bestimmte Typen fixiert, vermutlich ging's einfach nur darum. Vielleicht hat ja seine Mutter so ausgesehen. Oder seine letzte Freundin, was weiß ich.«

Sie schüttelte den Kopf. »Damien hat auch diese Sache mit dem Märchen gesagt.« Sie schaute Martinson an, und er nickte zur Bestätigung, daß er diesen Teil ihres Berichts noch in Erinnerung hatte. »Er hat gesagt, es wäre so gewesen, als ginge der Prinz herum und würde Fragen stellen – Rätsel hat er's genannt. So als würde er jedes der Mädchen testen, und ich hab den Test bestanden. So als würde er uns für irgendwas ausprobieren. Uns mit einem Interview überprüfen.«

Martinson verschränkte die Hände im Nacken und lehnte den Kopf nach hinten, um ihre Worte noch einmal zu überdenken, bevor er wieder sprach. Dann sagte er: »Wovon Sie hier reden, ist ein Werbungstanz: zwei Menschen, die sich im Hinblick auf eine mögliche Beziehung gegenseitig aushorchen. Er würde die Frauen – Sie – dann fragen: Wie alt sind Sie? Was für eine Arbeit machen Sie? Sind Sie verlobt? Und so weiter.«

»Mit diesen andern Mädchen ging alles sehr schnell, hat Damien gesagt. Ein paar Fragen, und er hat sie fallenlassen. Sie haben nicht mal eine Tasse Kaffee abgekriegt.«

»Er vergeudet nicht gern seine Zeit, nichts weiter. Diese Mädchen kamen nicht in Frage, Sie aber schon.«

»Genau. Überlegen Sie mal, was für Fragen er mir gestellt hat: Ob ich zur Zeit mit jemand ausgehe, mit wem ich denn zusammenwohne, ob ich mich gut mit meinen Eltern vertrage, mit was für Leuten ich gewöhnlich meine Freizeit verbringe?«

»Was sonst sagen die Leute denn, wenn sie sich zum erstenmal begegnen? Er wollte wissen, ob er in Ihrer Wohnung ungestört mit Ihnen zusammensein kann.«

»Nein.« Sie deutete wiederum auf ihn. »Er hatte diese ganze riesige Wohnung ganz für sich allein. Diese Auswahl an verschiedenen Schlafzimmern. Und wie ich wohl mit meinen *Eltern* auskäme? Wer fragt schon solches Zeug? Wieso sollte ihm das wichtig sein?«

Sie sah, wie seine Hand um den weißen Pappbecher fester zupackte, sah, wie die dunkle Flüssigkeit zu zittern und schlingern anfing. »Was ich Ihnen klarmachen will, ist, daß Leute, die sich grade getroffen haben, nicht unbedingt Wert drauf legen, was für Fragen und Antworten es sind. Sie haben nur das Bedürfnis, daß ein Gespräch in Gang kommt. Also hat er's halt ein bißchen überzogen. Vielleicht sagen Sie damit bloß, daß er sich nicht besonders geschickt bei dieser Flirterei angestellt hat.«

»Oh, aber das hat er. Sobald er seine Liste abgehakt hatte, war er sehr romantisch, sehr verführerisch.« Sie spürte ihr Gesicht brennen.

»Die andern waren einfach nicht sein Typ.«

Sie schüttelte den Kopf. »Wir waren alle sein Typ. Wir haben alle gleich ausgesehen. Es lag daran, daß er sofort ans Eingemachte ging und seine Fragen losgeworden ist, eins, zwei, drei. Wenn die Antworten falsch waren, hat er diese Mädchen vergessen.« Sie griff wieder nach ihrem hohen Becher, trank den Rest Pepsi aus und befühlte eine Stelle, an der die Glasur abgesprungen war.

»Ich würde alles drauf wetten, daß sie aus der Nähe besehen häßlich waren, schlechte Haut hatten oder sprödes Haar, Dinge halt, die er auf dem Bildschirm nicht sehen konnte. Also hat er sich's anders überlegt, sobald er nah genug kam, um das zu erkennen.«

Sylvie schüttelte den Kopf. »Sie haben dort einen Zoom. Der zeigt alles, das können Sie mir glauben.«

»Mundgeruch zeigt sich nicht auf dem Bildschirm. Eine schrille Stimme auch nicht.«

»Die haben nicht alle aus dem Mund gerochen oder scheußliche Stimmen gehabt.« Sie zog sich endlich den Hocker hervor und setzte sich neben Martinson. »Könnten Sie bloß mal eine Minute lang so tun, als ob ich damit recht habe, daß er nach jemand ganz, ganz Speziellem gesucht hat?«

Martinson hob die Hände in einer Geste der Unterwerfung. »Okay«, sagte er, »Sie können sogar fünf volle Minuten haben.« Er schaute auf seine Uhr. »Zehn Minuten.«

»Ich glaube, die entscheidende Frage war die über meine Eltern.«

»Weshalb?«

»Ich hab ihm gesagt, daß ich eigentlich gar keine Eltern hätte.« Martinson sah sie mit prüfendem Blick an. »Na ja, damals war's auch so. Ich hab ihm gesagt, daß mein Vater seit zwölf Jahren tot ist und daß meine Mutter und ich praktisch nicht miteinander reden.«

»Sie und Hannah?«

Sie nickte. »Wir haben uns früher ständig in den Haaren gelegen. Wir sind uns soweit wie irgend möglich aus dem Weg gegangen.«

»Das hätte ich nicht vermutet. Sie scheinen sich so nahezustehen.«

»Erst neuerdings. Das ist erst passiert, als ich schwanger wurde; hochschwanger genaugenommen. Babys bewirken das in den Menschen, nehm ich an. Davor hab ich mir wirklich Mühe gegeben, für immer und ewig sauer auf sie zu sein. Aber dann, ich weiß auch nicht, dann wollte ich plötzlich nur noch, daß sie bei mir ist. Wollte all das Zeug wissen, wie's war, als sie eine frischgebackene Mutter war.« Sie zuckte lächelnd mit den Achseln. »Das einzige ist bloß, daß sie jetzt mit Peter recht hat.« Sie schüttelte langsam den Kopf, während ihre Augen dem feinen Muster der Maserung des Holzbodens nachspürten. »Ich hab mein ganzes Leben damit verbracht, gegen sie anzukämpfen, gegen ihre Art, ständig zu behaupten, ich würde alles falsch sehen, und hab ständig zu beweisen versucht, daß ich auch recht haben kann. Ich will wirklich nicht, daß sie mit dieser Sache recht hat. Ganz bestimmt nicht.«

»Was genau ist es denn, womit sie recht hat?«

Sie zuckte die Achseln, griff dann nach der Pepsiflasche und schenkte sich nach. »Ich weiß nicht. Ich vermute mal, sie konnte ihn noch nie leiden. Aber ich dachte mir, daß sie sowieso nie jemand mögen würde, mit dem ich ausging. Hat sie auch nie. Ich glaubte eben, das käme daher, weil sie die Mutter war und ich die Tochter. Aber da ist nun diese Sache«, sagte sie und suchte seinen Blick. »Er war dagegen, daß ich mich wieder mit ihr vertrage. Er hat mich leidenschaftlich gewarnt, daß sie alles, was wir miteinander hatten, bloß ruinieren würde, wenn wir erst anfangen, sie in unser Leben reinzulassen. Er wollte nicht, daß ich ihr auch nur irgendwas erzähle. Er hat behauptet, sie wäre die Ursache von all meinen Schwierigkeiten – wegen der Art, wie sie mich mit Klischees bedacht und ständig behauptet hat, daß ich nichts zustande bringe, nichts im Kopf behalten kann.« Er nickte. »Ich finde, daß Peter in diesem Punkt recht hat, und so hat sich das übrige auch irgendwie eingeordnet und einen Sinn ergeben. Er wollte, daß ich mein Leben – unser Leben – vor ihr geheimhalte, damit sie mich nicht mehr manipulieren konnte. Er wollte nicht einmal, daß ich ihr was von dem Baby erzähle, weil sie ja doch nur Einwände gegen alles vorbringen würde, wie zum Beispiel die Hausgeburt, welchen Namen wir ihr geben, wie wir sie anziehen – alles und jedes seiner Meinung nach. Ich kam zu dem Schluß, daß er recht hat, weil sie es schon immer liebt, alles zu hassen, was ich tat. Also hab ich lange Zeit auf ihn gehört – ihm gehorcht –, bis ich dann irgendwann das Gefühl hatte, ich muß mich trotzdem mit ihr treffen. Ich brauchte das einfach, daß sie mich mit diesem Baby in mir sieht. Und nachdem wir dann die Situation wieder beruhigt hatten – meine Mutter und ich –, da hat er behauptet, sie hätte bloß Hintergedanken dabei und daß es nur eine Frage der Zeit wäre, bis sie wieder auf mir herumhackt.«

»Gut. Aber das ist einfach eine klassische Reaktion auf die Schwiegermutter. Daß er jetzt, wo er der Herr im Haus ist, seine Domäne verteidigt, Loyalität verlangt und all diese Dinge.«

»Mag ja sein. Aber er hat ständig wieder davon angefangen. Er sagte dann etwa: ›Du hast doch behauptet, daß du dich nicht mit ihr verträgst, warum also tust du mir das an?‹ *Mir* hat er gesagt, so, als wäre es völlig egal, ob sich unser Verhältnis geändert hat, als käme es einzig und allein darauf an, daß ich eine Abmachung, die ich mit ihm hatte, gebrochen hätte oder so was.« Sie hielt inne und fummelte an einer Kaufhausquittung herum, die auf der Theke lag. »Wir hatten aber nie eine Abmachung. Ich hab vermutlich gesagt, daß es mir egal ist, ob ich sie je wiederseh. Ich weiß, daß ich nie etwas versprochen hab.«

»Okay. Also wollte er eine Frau haben, die keine Mutter mitbrachte. Wohin führt uns das nun?«

Sie setzte sich gerader hin und zog die Schultern zurück. »Er wollte ein ungebundenes Mädchen, das alleine lebt, sehr wenig Freunde hat und nichts mit ihren Eltern zu tun hat.«

»Weshalb?«

»Weil er einen Plan ausgeheckt hatte, Detective, und er wollte eine Person, die nicht gerade mit viel Hilfe rechnen konnte, wenn es dann soweit war.«

»Soll das heißen, er hat Sie dazu benützt, um ein Baby zu kidnappen, das noch gar nicht geboren war? Das noch nicht einmal gezeugt worden war?«

Sie zögerte einen Moment. »Ja, das glaub ich.«

»Vergessen Sie's.« Er machte Anzeichen aufzustehen.

»Warten Sie«, bettelte sie und packte ihn am Arm. Er ließ sich wieder nieder. »Er wollte ein Kind. Er redete schon darüber, als ich ihn noch kaum kannte. Er hat es so romantisch, so aufregend hingestellt. Ich hab noch nie vorher einen Mann getroffen, der ein Kind wollte. Kennen Sie etwa viele solche Typen?«

Martinson setzte sich wieder richtig hin und sagte, er müsse zugeben, das sei nicht der Fall.

»Peter wollte wirklich ein Kind haben. Und ich erzähl Ihnen noch was andres«, sagte sie, während sie tief einatmete und merkte, daß ihre Wangen wieder glühten. »Wir haben fast gar nicht mehr miteinander geschlafen, nachdem ich ihm gesagt hab, daß ich schwanger bin. Fast überhaupt nie«, sagte sie, wobei sie jede Silbe einzeln und mit Nachdruck betonte.

»Das ist vermutlich nicht ungewöhnlich. Ich hab schon Männer sagen hören, daß sie Angst haben, sie könnten dem Baby was zuleide tun. Oder ihrer Frau.«

»Ja, schon. Genau solche Sachen hat er auch gesagt. Ich hab dann mit der Hebamme geredet, und sie hat mir gesagt, daß es völlig okay ist, und trotzdem wollte er nicht.«

»Das ist eine psychologische Sache. Wenn die Leute sich erst mal in so eine Idee verbeißen, dann kann man nicht vernünftig mit ihnen reden.«

»Und nachdem Cally auf der Welt war?«

»Sie ist noch nicht sehr alt.«

Sylvie schloß die Augen. »Ich will wirklich auf keinen Fall, daß Hannah recht hat«, sagte sie mit einer Stimme, die fast nur ein Flüstern war. Als sie die Augen wieder aufschlug, waren seine unverwandt auf sie gerichtet. »Er hatte nie die Absicht, hierzubleiben – schaun Sie sich doch nur diese leere Wohnung an, Detective, er wollte einfach nichts reinstellen. Weshalb sollte ein Single diese viel zu große, viel zu kostspielige Wohnung brauchen?« Als Martinson keine Erklärung offerierte, fuhr Sylvie fort: »Weil sie eine Verandatür hat, aus der man einfach rausspazieren und sich davonmachen kann, deshalb. Ihm muß auch wirklich der

Grundriß gefallen haben, mit dem Kinderschlafzimmer so weit weg hinten im Haus, aber so nah bei dieser Flügeltür.« Sie ging zu dem Eingang hinüber, der ins Eßzimmer führte. Martinson folgte ihr nach. »Ich hätte nicht einmal weggehen müssen. Er hätte sogar das Baby mitnehmen können, wenn ich gar nicht zum Einkaufen gegangen wär, obwohl er mir ja ständig erzählt hat, ich soll sie in Ruhe lassen. Alles, was er tun mußte, war darauf zu warten, bis ich in der Küche war. Keine Vorhänge an der Verandatür – guter Einblick.« Sie drückte gegen die schwere Schwingtür aus Nußbaumholz, die den Küchenbereich vollständig vom Eßzimmer abtrennte. »So, wie hier alles angelegt ist, hätte ich's nicht mal mitgekriegt, solange er leise genug war. Das heißt, er hätte noch nicht mal so besonders leise sein müssen. Da sind keine Möbel, an die man stoßen könnte, wenn man rasch vorwärts kommen will«, legte sie ihm dar.

»Er war doch in Florida«, rief ihr Martinson ins Gedächtnis. Und wieder führte er aus, wie sie seine Anmeldung im Hotel überprüft hätten und wie sein Telefonat mit ihr am Abend zuvor auf der Hotelrechnung aufgeführt gewesen sei. Und daß sie das zur Sicherheit auch noch bei der Telefongesellschaft überprüft hätten.

»Außer, das war überhaupt nicht *er* am Telefon«, erwog Sylvie.

»Hatten Sie denn irgendeinen Verdacht zu der Zeit? War seine Stimme auf irgendeine Weise anders, sagen wir gedämpft?«

»Nein«, gab sie widerstrebend zu. »Also gut, vielleicht war er ja in Florida, aber dann muß ihm jemand geholfen haben.«

»Wer?«

»Weiß ich nicht. Vielleicht eine von diesen andern Blondinen, die er aufgelesen hat. Eine, die wie ich aussah, damit die Leute denken würden, ich wär's, wenn sie sie sahen. Denken Sie doch mal an all die Leute, die behauptet haben, sie hätten mich mit dem Baby damals an dem Tag an Stellen gesehen, wo ich gar nicht war. Vielleicht haben sie ja in Wirklichkeit *sie* mit dem Baby gesehn, seine Helferin.«

»Die Leute geraten gern durcheinander. Die haben Sie

zwei Straßen weiter vor zwei Tagen gesehen, und das Bild vermischt sich dann mit dem Tag, an dem das Kidnapping passiert ist.«

»Aber kann es denn nicht sein, daß sie jemand anders gesehen haben?«

Martinson starrte sie an. Sie beobachtete seine Augen, wie sie endlich von ihr weg den Raum durchstreiften, ohne ihn zu sehen, sah, wie die Bewegungen der Augen kurz und kantig wurden, als schöben sie unsichtbare Puzzlestücke näher heran, rückten sie enger aneinander. Er schaute sie wieder an, fuhr sich jetzt jedoch mit zwei Fingern flach über die Lippen. Sie hielt einen Fingernagel ganz fest zwischen den zusammengepreßten Zähnen.

Martinson schüttelte den Kopf. »Das bringt uns einfach nicht weiter, Sylvie.«

»Doch, tut es schon. Wir finden dieses Mädchen, sie sagt uns, wie wir ihn finden, und dann finden wir Cally. Das bringt uns überall dorthin, wo wir hin wollen, Detective.« Ihre Hand vollführte eine sanfte Spirale nach oben, während sie sprach. »Oder«, fügte sie hinzu, »er hat sich unter einem andern Namen wieder eine Maschine genommen und ist hergeflogen. Es dauert doch nicht lang, von Florida herzufliegen, stimmt's?«

»Sylvie, glauben Sie mir. Das bringt Ihnen doch nichts.«

»Wovon reden Sie denn? Wir wissen jetzt, was passiert ist, wir wissen, daß er sie weggeholt hat.«

Sie starrte auf seine rote Krawatte, sah, wie sie sich mit jedem langsamen, bewußten Atemzug hob. Sie hörte den Sog des Luftstroms durch seine Nase, der wie mühsam unterdrückter Ärger klang. Es war das einzige Geräusch zwischen ihnen für einen anscheinend viel zu lange währenden Moment. »Es klingt tatsächlich glaubhaft«, räumte er ein, und daraufhin weinte sie so plötzlich los, als wären seine Worte ein Stück Holz gewesen, das ihr jemand direkt ins Gesicht geschlagen hätte.

»Heh, das ist doch jetzt nicht die Zeit, um traurig zu sein, nicht, wo wir endlich Licht am Ende des Tunnels sehen. Wir kriegen das schon raus.« Sie nickte, konnte aber nicht sprechen, weil ein dichter Nebel sie ganz ausfüllte. »Wollen Sie noch etwas Pepsi?« fragte er und griff nach ihrem Becher. Sie schüttelte den Kopf – der Becher war noch fast voll. »Wir kriegen das schon raus«, sagte er und reichte ihr das Getränk.

»Ich weiß«, sagte sie mit großer Sorgfalt, so als suche sie die Worte wie einzelne Perlen zusammen, bei denen man überlegt, welche Farbe als nächstes am besten in eine Halskette paßt, »aber ich will eigentlich nicht, daß es so ist, wie es ist.«

»Ich weiß«, sagte er verhalten. »Ich hab auch wirklich meine Schwierigkeiten damit.«

Sie hatte begonnen aus ihrem Becher zu trinken, hielt jedoch inne. »Wieso stört es Sie?« Er schüttelte den Kopf – winzig kleine Bewegungen –, wandte sich gleichzeitig von ihr ab, und sie konnte sehen, daß er ihre Fragen abschüttelte und hoffte, sie irgendwie hinzuhalten. »Wieso?« wiederholte sie, und das Wort angelte nach ihm, bereit, sich festzuhaken.

»Weil er ihr Vater ist.«

»Und?«

»Und Sie haben kein offizielles Sorgerecht, und Sie haben keine Gerichtsverfügung gegen ihn. Er hat das gleiche Recht, sie zu haben, wie Sie.«

»Nein«, sagte sie, und das Wort war ein einziges klagendes Aufbegehren. Sie packte ihn am Arm, bekam den groben Tweed seines Jacketts mit ihren Fingern zu fassen. »Er hat sie mir mit Gewalt weggenommen, er hat sie weggerissen. Er ist ein Kidnapper. Genau das, ein Kidnapper, schlicht und einfach.«

Martinson legte seine Hand auf ihre und drückte sie, um sie zu besänftigen. Er sprach ruhig auf Sylvie ein, jedoch im farblosen Tonfall einer Person, die etwas aus einer Informationsbroschüre zitiert. »Sie haben ihn öffentlich als Vater Ihres Kindes anerkannt. Gesetzlich gesehen, ist das eine familiäre Auseinandersetzung, nichts weiter. Nach dem Gesetz hat Peter jedes Recht, Cally bei sich zu haben.«

»Ach, Scheiß auf das Gesetz«, erwiderte sie und schüttelte dabei ihren Arm, um sich von seinem zu befreien. Sie stapfte im Raum umher, drehte sich dann zu ihm, »das kann doch nicht wahr sein.« Sie schleuderte ihm die Worte entgegen, gezielt in die Augen.

»Ist es aber. Ein Elternteil kann vom anderen bedroht oder mit Tränengas besprüht werden, mit einer Kanone in Schacht gehalten und verprügelt werden. Alles nur Mögliche passiert jeden Tag, um den andern Elternteil aus dem Weg zu räumen und damit das Kind wegholen zu können. Doch nichts davon würde juristisch gesehen als Kidnapping gelten.«

»Aber wenn da noch wer anders wär, jemand, der ihm dabei hilft?« warf sie ein.

»Nein. Das spielt keine Rolle. Es hat sogar schon Fälle gegeben, wo Eltern mit bewaffneten Gangstern erschienen sind, um sich ihre Kinder zu grapschen. Falls eine Frau im Auftrag von einem Elternteil handeln und diesem dann das Baby übergeben würde, so ist das kein Fall von Kidnapping. Körperverletzung vielleicht, falls sie jemanden dabei verletzen würde, aber danach sieht es nicht aus. Und er hat Sie nicht körperlich bedroht. Wir können ihm nicht mal das anlasten.«

»Na schön, dann verklagen Sie eben sie.«

»Wer ist sie, und was genau hat sie angestellt?«

»Himmel Herrgott, sie hat mein Baby weggenommen!«

»Sein Baby«, erwiderte Martinson, bewies aber immerhin soviel Anstand, die Augen abzuwenden, während er die Worte aussprach.

»Deshalb also wollte er nicht heiraten, richtig? Wenn wir verheiratet wären ...«

»Nein«, unterbrach Martinson sie, »selbst wenn sie verheiratet wären, verhielte sich der Fall ganz genauso. Eine gerichtliche Verfügung über das Sorgerecht ist das einzige, was hier einen Unterschied ausmacht. Falls Sie das Sorgerecht hätten, wäre er dazu verpflichtet, Ihnen das Kind zu überlassen, und die Polizei würde hingehen und das Baby holen. Aber das gilt nur dann, wenn Sie tatsächlich wüßten, wo er ist. Gerichtsverfügung oder nicht, jedenfalls wird ihm keiner hinterherjagen; weder die Polizei noch das FBI.«

»Helfen Sie mir«, appellierte sie an ihn.

»Sie hören mir nicht richtig zu, Sylvie. Es gibt nichts mehr, was ein Polizeibeamter für Sie tun kann.«

»Helfen Sie mir, ihn zu finden«, sagte sie und rang mit ihren Händen, zuerst flehentlich, dann zu Fäusten geballt.

»Ich kann ihn nicht suchen, weil er kein Verbrechen begangen hat.« Er plazierte jedes Wort wie einen groben, schweren Stein. »Vielleicht gibt es die Möglichkeit von arglistiger Täuschung oder sogar Behinderung der Staatsgewalt, was den Fall selbst angeht, aber auf dieser Basis können wir keine bundesweite Fahndung auslösen. Sollte er irgendwo sonst dabei auffallen, wie er mit dem Gesetz in Konflikt kommt, könnten wir ihn vielleicht dingfest machen. Aber selbst das ist nur so lala. Diese Dinge – Behinderung der Staatsgewalt –, die sind nur schwer vor Gericht durchzusetzen. Also würden wir die Sache vielleicht sogar dann auf sich beruhen lassen, wenn wir wüßten, wo er steckt. Wissen Sie, das Polizeirevier hat bestimmt kein großes Bedürfnis danach, besonders laut zu verkünden, daß sie von diesem Kerl grandios an der Nase herumgeführt worden sind und dann obendrein nicht in der Lage sind, ihn erfolgreich festzunageln. Was ich allerdings tun werde«, sagte er, während er seine Füße von der Querleiste des Barhockers nahm und fest auf den Boden stellte, »ist, daß ich alle darüber in Kenntnis setze, was hier meiner Meinung nach vor sich geht.« Er hatte sein Miniaturnotizbuch aus der Brusttasche geholt und suchte nun sein Jackett, sein Hemd und seine Hosen nach einem Bleistift ab. Sie machte keine Anstalten, ihm einen zu holen. »Ich werde auch mit Dolan reden und ihm sagen, wie ich die Sache sehe, und ihn möglichst zu der Einsicht bringen, daß es das ist, was hier passiert sein muß.«

»Wenn Sie ihn davon überzeugen, daß Peter Cally hat, nimmt er sich den Fall dann wieder vor?«

»Nein. Jetzt geht's um einen Lokalfall. Es führt vielleicht nur dazu, daß Dolan in dieser Richtung ein wenig die Augen aufgehen, was immer das bringen mag. Falls er mich überhaupt ernst nimmt. Aber ich werde ihn alle paar Tage anrufen und sehen, ob er irgend 'ne neue Info reingekriegt hat.« Er steckte das Notizbuch wieder ein. Er hatte nichts aufgeschrieben.

»Das genügt nicht«, sagte sie.

»Schaun Sie, Sie wissen doch, daß sie wahrscheinlich in Sicherheit ist, wenn er sie hat. Ist das denn gar nichts wert?«

»Wie soll ich wissen, daß sie in Sicherheit ist?«

»Er ist ihr Vater. Er hat sie angebetet, das haben Sie mir selbst gesagt.«

»Ich weiß nicht, ob's wirklich so war.«

»Hörn Sie mal«, sagte er.

»Nein, erklären Sie mir doch mal, was ich eigentlich über ihn weiß, ein einziges winziges Stückchen Information, auf das ich mich verlassen kann, okay? Ich weiß wahrscheinlich noch nicht mal seinen richtigen Namen, stimmt's?, oder wo er gelebt oder gearbeitet hat, oder was er von mir wollte, oder?« Martinson zuckte die Achseln. »Können Sie mir erklären, warum er das getan hat? Wir hatten nie von Trennung geredet, haben uns nicht über das Sorgerecht gestritten oder irgend so was, bevor Cally verschwunden ist. Die Sache ist nicht so einfach, das sag ich Ihnen. Er wollte aus irgendeinem Grund ein Kind haben und hat sie sich dann geholt, als er die Gelegenheit dazu hatte. Wir wissen nicht, welche Pläne er für sie hat. Oder vielleicht ist das ja sein Geschäft, vielleicht hab ich ja endlich soviel begriffen, vielleicht fabriziert er ja blonde, weiße Babys und verkauft sie zum Broterwerb. Die Leute zahlen wahrscheinlich jeden Preis, den er haben will, für ein blondes, weißes Baby, glauben Sie nicht?« Dann spürte sie eine schreckliche Kälte aufsteigen, so kalt und niederschmetternd, als befände sie sich in einer atlantischen Flutwelle. Martinson sprach mit ihr, aber sie vermochte ihn nicht zu hören, noch zu sehen. Dann bewegte er sich von dem Hocker weg, und sie wollte nein zu ihm sagen, aber da kam es ihr so vor, als höre sie Cally schreien, und sie wollte zu ihr sagen: Ich bin doch hier, schschh, ich bin doch da, doch dann war sie auf dem Boden, und Martinson kniete neben ihr.

»Ich glaub, Sie sind in Ohnmacht gefallen«, teilte er ihr mit. Er hielt mit beiden Händen ihre Hand fest.

»Ich fühl mich grauenhaft«, sagte sie.

»Nicht reden. Einfach entspannen.« Sie schloß für eine Weile die Augen. »Wollen Sie ein bißchen Wasser?« fragte er, als sie ihn wieder anblickte. Sie nickte.

»Ihre Füße sind einfach weggesackt«, sagte er, während seine Hand zur Erläuterung eine lange, sanfte Kurve beschrieb. »Ich hab Sie aber noch erwischt, bevor Sie aufgeschlagen sind.«

»Danke«, sagte sie und richtete sich langsam in eine Sitzposition auf. Sie nippte an dem Glas, das er ihr gereicht hatte. »Erzählen Sie mir denn jetzt nicht, ich soll mich zusammenreißen?« fragte sie ihn.

»Darauf antworte ich lieber nicht. Aber sagen Sie mir noch mal, weshalb hatten Sie die Heirat aufgeschoben?«

Sie seufzte. »Es hatte was mit dem Konvertieren zu tun«, erklärte sie und suchte ihr Gedächtnis ab, als ginge es darum, die Vergangenheit einer Fremden zu rekonstruieren. »Ich sollte zu seiner Kirche übertreten. Er hat behauptet, daß er keine Nicht-Mormonin heiraten kann. Ich müßte erst irgend so ein Einführungsprogramm machen.«

»Haben Sie das gemacht?«

»Nein. Der Zeitplan hat nicht hingehauen für das Programm. Sie hatten hier keins, bei dem ich hätte mitmachen können. Wir haben über die Möglichkeit geredet, vielleicht nach Salt Lake City zu gehen, wo sie die ganze Zeit Programme anbieten.«

»Kam er Ihnen wie ein sehr religiöser Mann vor?«

Sie dachte einen Moment nach. »Die Konversion war ihm sehr wichtig.«

»Ist er häufig in die Kirche gegangen?«

»Manchmal.«

»Und wo ist die Kirche?« Sie zuckte die Achseln. »Sie sind nie mit ihm mitgegangen?« Sie schüttelte den Kopf. »Warum nicht?«

»Ich war doch noch nicht übergetreten.«

»Und Nicht-Mormonen durften nicht in die Kirche rein?«

»Vermutlich nicht.«

»Das kommt mir seltsam vor. Hat er je über seinen Glauben geredet?«

»Nein.«

»Hatten Sie überhaupt irgendwelche Hinweise darauf, daß er tatsächlich ein Mormone war, irgendwelches schriftliches Material im Haus zum Beispiel, irgendeine besondere Feier, etwas, was er über seine missionarische Tätigkeit gesagt hat?«

»Nein, ich glaube nicht, nein – warten Sie mal, er hat doch über Glauben geredet, oder so eine Art Glauben, Bräuche vielleicht eher. Er hat gesagt, daß man in manchen Kulturen – bei den Mormonen, Shakern – ein Kind allein lassen kann, weil es eine so enggeknüpfte Gemeinschaft ist, weil immer jeder von ihnen auf alle Kinder aufpaßt.«

»Er hat von Mormonen und Shakern geredet?«

»Ja.«

»Sind Sie sich sicher?«

Sie überlegte einen Moment. »Ja. Und da gab's noch andere. Fällt mir aber jetzt nicht ein, jedenfalls Mormonen und Shaker, das weiß ich noch ganz genau. Ich hab dabei an murmeln und schäkern gedacht. Das ist eine von diesen Methoden, die sie Kindern mit Lernproblemen beibringen, damit sie sich besser erinnern können: Man läßt es wie etwas anderes klingen, was man besser kennt.«

»Die Shaker haben keine Kinder, Sylvie. Sie leben enthaltsam. Sie sterben aus, weil sie keine Nachkommen haben.«

Sylvie neigte den Kopf zu einer Seite. »Sie sagen damit also ...«

»Damit will ich sagen, daß er sich für Sie als Mormone ausgegeben und sich in etwas verwandelt hat, worüber Sie nicht viel wissen würden, und irgendwer, den Sie vielleicht fragen könnten, auch nicht, damit sie nicht in der Lage sein würden, sich mit ihm deswegen auseinanderzusetzen. Er hat doch gesagt, er könnte aus religiösen Gründen nicht heiraten. Das ist eins der Dinge, die wir in unsrer Gesellschaft nicht in Frage stellen – religiöse Überzeugungen –, wir tendieren dazu, einen größeren Bogen darum zu machen als um fast alles andere, inklusive Sex. Vielleicht hat er Sie ja sogar mit seiner Erwähnung der Shaker nur getestet, um rauszufinden, wieviel Sie über sogenannte exotische Sekten wissen. Er hat Sie also nie zu einem Geistlichen oder Berater mitgenommen, zu irgendwem aus der Kirche?«

»Ich bin so ein Idiot«, sagte sie, »ich bin doch so was von bescheuert.«

»Nein«, entgegnete Martinson und berührte ihre Hand, ließ seine Finger einmal über ihren Handrücken gleiten, folgte der Biegung ihrer Hand, so wie sie um das Wasserglas gewölbt war, nicht mehr als das, und doch bewirkte es, daß sich etwas entspannte: Ihr nächster Atemzug kam leichter hervor.

»Er ist einfach ein Hochstapler, ja? Ich bin auf einen idiotischen Betrüger reingefallen.«

»Ganz so einfach ist es nicht. Das war nicht irgendein Fremder, der Sie am Telefon nach Ihrer Kreditkartennummer gefragt hat. Es war Ihr Geliebter, Ihr Verlobter. Der Mensch, dem Sie am meisten auf der ganzen Welt vertrauen würden. Also hatte er alle Vorteile auf seiner Seite, als er beschloß, mit diesem Vertrauen zu spielen. Und ganz offensichtlich war er sehr gut darin.«

»Aber es war doch alles da, und mir ist absolut nichts dabei komisch vorgekommen.«

»Er ist ein gewitzter Mensch mit einer besonderen Begabung und Vorliebe für Täuschung. Sie sollten sich keine Vorwürfe machen, nur weil sie das nicht gesehen haben. Er hat seine ganze Energie hineingesteckt, um sicherzustellen, daß Sie's nicht merken.«

»Vielleicht ist er's ja gar nicht«, sagte sie, da sie nun am liebsten alles zurückgenommen, Martinson wieder davon abgebracht hätte, daß er daran glaubt. Sie zitterte, ihr ganzer Körper ließ sie im Stich und machte sich selbständig. Sie legte den Kopf in ihre Hände, und ließ kurze, traurige Atemzüge durch die Zwischenräume ihrer Finger schlüpfen. »Ich will nicht, daß er's ist«, schaffte sie zu sagen.

»Ich weiß.«

Sie fuhr mit einem Finger über den Rand des Glases. Sie hörte einen Moment damit auf und blickte ihn an. »Ich will nicht, daß es wahr ist«, sagte sie.

»Natürlich können wir uns nicht hundertprozentig sicher sein.«

Sie nickte; ihre Schultern hoben sich auf dem Wellenkamm eines tiefen, tiefen Atemzugs hoch hinauf. »Ich bin mir sicher«, sagte sie, und nun sah er etwas Neues an ihr, Erregung eher als Furcht, so schien es ihm, ausgerechnet jetzt, als er sich fragte: Was ist eigentlich dieses verrückte Summen, was ich da fühle? Und gleichzeitig wußte er sofort, daß es etwas mit ihr zu tun hatte, mit ihrem hellblonden Haar, wie es ihm in dem Moment über die Hand gefallen war, als sie zu Boden zu sinken begann und er sie packte. Und zum Teufel, schließlich hatte sie all diese Einzelheiten zusammengetragen, war dahinter gekommen. Da war also auch das, dieses Gefühl, das er immer bekam, wenn er die Lösung absehen konnte. Der Sieg über das Chaos, so sah er es mit seinen Augen, diesen Augenblick, wenn die Fakten sich miteinander verbanden und anfingen, sich rückwärts zu erklären. Nur wußte er wohl, daß es das nicht war. Diesmal war er langsam gewesen – sie hatte die Lösung aufgespürt, nicht er, der Sieg gehörte ihr allein. Das hier war noch was anderes, etwas, so fürchtete er, was verflucht noch mal billiger und gemeiner war als der Welt einen Sinn abzugewinnen. Es war nicht der Triumph über die verschiedenen Stücke Info, die vorher nicht zusammenpassen wollten, es jetzt aber taten, sondern über Peter selbst. Es war so, als hätte er jetzt das Recht, bei ihr aufs Ganze zu gehen, was er aber, wie ihm jeder Depp sagen würde, natürlich nicht hatte.

»Helfen Sie mir, ihn zu finden?« fragte sie.

»Natürlich nur streng inoffiziell.«

Ihre Mundwinkel zogen sich weich nach oben. »Natürlich«, sagte sie.

KAPITEL 20

»Wie hoffst du ihn ausfindig zu machen?« fragte Hannah ihre Tochter. »Hast du irgendwelche handfesten Hinweise darauf, wo er steckt?«

»Noch nicht. Wir sind noch dabei, Informationen zu sammeln. Das braucht seine Zeit.« Hannah schüttelte den Kopf. »Das braucht seine Zeit, Mutter. Wir schauen uns alles an, was wir haben, versuchen es enger zu begrenzen, ganz einfach.« Sylvie stocherte mit ihrer Gabel in dem Schalottenomelett auf ihrem Teller herum, um zu sehen, ob es unter Druck nachgeben würde. Es schien ihr nicht wie echtes Essen, sondern eher wie eine Bühnenrequisite auszusehen, so aufgeplustert und glänzend und viel zu gelb, wie es war. »Ich arbeite an einem Haufen Zeug auf einmal. Ich bemühe mich um das Sorgerecht, und ich will versuchen eine Geburtsurkunde aufzutreiben. Peter hat mir gesagt, daß sie einem die Urkunden nach ungefähr drei Monaten automatisch mit der Post zuschicken, aber das war ganz offensichtlich eine totale Lüge. Was ich außerdem noch mache, ist, daß ich überall dort, wo Peter Konten hatte, anrufe und versuche etwas rauszukriegen.«

»Das wenigstens klingt einigermaßen konkret. Hast du schon damit angefangen?«

»Ja.«

»Und?«

»Da gibt's nur sehr wenig Brauchbares. Ich hab zwar die Kontonummern von Rechnungen her, die reingekommen sind seit er weg ist, aber das genügt nicht. Bevor die Kreditgesellschaften irgendwelche Auskünfte geben, wollen sie die Sozialversicherungsnummer haben, und die weiß ich einfach nicht. Den Leuten, für die er im Einkaufszentrum gearbeitet hat, hat er eine falsche Nummer angegeben, also hilft das nicht weiter. Ich versuche denen immer zu sagen, wenn ich anrufe, daß die Sozialversicherungsnummer, die sie haben, falsch ist, aber das akzeptieren sie nicht, solange ich ihnen nicht die richtige Nummer gebe. Mein Anruf wird jedesmal an einen Geschäftsführer weitergeleitet, der mir dann erklärt, daß sie mir keine Auskunft geben können, weil das Konto nicht auf meinen Namen läuft. Die sagen dann zu mir, ich soll doch ihn anrufen lassen.« Sie lachte bei dieser Vorstellung. »Ich glaube, wenn man erst mal an dem Punkt angelangt ist, wo sie einen mit dem Geschäftsführer verbinden, kann man gar nichts mehr erreichen – da muß es eine Art Sperre geben, die sie in die Computerdatei eingeben, sobald sie denken, daß jemand, der nicht dazu berechtigt ist, Informationen rauszukriegen versucht.«

»Warum kann Martinson nicht dort überall anrufen und sagen, daß er von der Polizei ist, und die Auskunft einfach verlangen?«

»Weil kein Straftatbestand vorliegt, das hab ich dir doch gesagt.«

»Es ist eine ganz schön bizarre Welt, Sylvie, wenn Menschen sich gegenseitig groteske Dinge antun können, aber nur, weil sie sich kennen oder miteinander verwandt sind, zählt es nicht als Straftat.«

»Ich glaube, es ist noch etwas komplizierter.«

»Wirklich? Da hab ich meine Zweifel. Ich frage mich, ob es nicht einfach die Macht sexueller Beziehungen ist, die auch hier wieder einmal unser Leben dominiert.«

»Ist das ein akademischer Vortrag, Mutter?«

»Denk doch mal drüber nach, Sylvie. Er kommt ungestraft davon, weil er Sex mit dir gehabt hat, sonst nichts. Auf diese Weise hat er seinen Stempel hinterlassen, seine Unterschrift hingeknallt sozusagen. Ich glaube, wir sollten uns überlegen, ob es irgendwas gibt, was du in diesem Machtkampf für dich requirieren kannst. Du kannst mit deinen sexuellen Rechten zurückschlagen. Sag diesen Leuten, daß du seine Frau bist.«

»Das tu ich doch, und es bringt nichts.«

»Weil du eine Frau bist«, sagte sie und schlug scharf mit der Faust gegen die Küchentheke. »Aber du kannst dir sicher sein, er würde diese Auskunft über dich, über seine Frau, sehr wohl kriegen.«

»Mutter, du hast ja vielleicht recht, aber ich hab ein Baby, das ich finden muß, und das ist das einzige, was mir im Moment wichtig ist. Es kümmert mich eigentlich wirklich nicht besonders, ob die Welt den Bach runter geht oder nicht.«

»Dann kämpf gegen diese Leute mit ihren eigenen männlichen Methoden. Laß Martinson oder irgendeinen andern Mann anrufen und so tun, als ob er Peter wäre.«

»Das bringt sowieso nichts, weil wir die entscheidende Information nicht haben. Peter wußte ganz genau, was er für sich behalten mußte. Man braucht nun einmal diese kostbaren kleinen Sozialversicherungsnummern, um die Schranken dieser Leute zu durchbrechen. Die Stellen, die bereit sind, mit uns zu reden, wenn wir ihnen einen Namen und eine Adresse geben, haben kein bißchen Info, was sie uns geben könnten, außer einer fälligen Zahlung.«

»Ich will, daß Martinson sich mehr anstrengt«, sagte Hannah und langte nach dem Teller mit ihrem nicht verzehrten Lunch, packte auch Sylvies Teller und beförderte beides zum Spülbecken.

»Ich war noch nicht fertig damit«, protestierte Sylvie, als ihre Mutter die Eier in den Abfall schabte.

»O nein«, sagte Hannah, und Sylvie dachte schon einen Moment lang, sie werde gleich Teller und Gabel auf den Boden schleudern. »Entschuldige bitte. Ich mach dir noch eins.«

»Nein«, sagte Sylvie mit einer abwehrenden Handbewegung. »Ich wollte's sowieso nicht mehr aufessen. Ich war bloß überrascht, daß du's einfach weggenommen hast.«

»Du mußt Martinson unbedingt stärker unter Druck setzen; besteh drauf, daß er mehr tut«, sagte Hannah, während sie das andere Omelett neben dem Spülbecken stehenließ. »Die Polizei hat alle möglichen Methoden, Dinge rauszukriegen.«

»Hör mal, es gibt keinen echten Fall, das hab ich dir doch schon gesagt. Keine Straftat außer dieser vagen Sache mit der Behinderung der Staatsgewalt. Er hilft mir, soweit er kann. Wenn er selbst anfängt, Fragen zu stellen, verliert er vielleicht seinen Job.«

»Ach ja? Wir haben unser Baby verloren. Was ist schon ein Job im Vergleich dazu?«

Sylvie schüttelte den Kopf. »Er ist kein ausgesprochen glücklicher Mensch, glaube ich. Außer diesem Job hat er nichts, weißt du.«

»Ach ja?«

Sylvie holte tief Luft. »Er hilft mir schon, so gut er kann, das will ich damit sagen.«

»Das sind Straftaten, falsche Nummern zur persönlichen Identifizierung anzugeben, Sylvie. Das ist Betrug.«

»Warum erzählst du das *mir?* Glaubst du denn nicht, daß ich das alles schon weiß? Warum tust du ständig so, als wär ich ein Vollidiot?«

»Ich weiß, daß du das alles weißt«, sagte Hannah. »Ich versuche bloß diesen Mann zu verstehen und diese gräßliche Situation, in die er uns gebracht hat. Und ich will wissen, warum sie ihn nicht wegen all der Sachen, die er angestellt hat, festnageln können.«

»Sie könnten ihn festnageln, wenn er hier wär. Aber du kannst mir glauben, daß sie nicht Leute aufspüren und sie hierher nach Connecticut zurückschleppen, bloß weil sie auf Bewerbungsunterlagen gelogen haben.«

»Dann zum Teufel mit der Justiz. Ich komme mir so hilflos vor gegenüber seinem Mangel an Skrupeln«, sagte Hannah, wobei ihre Stimme auf eine Weise brüchig wurde, wie Sylvie es nicht kannte. »Ich finde keinen Zugang zu ihm, kann seine Denkweise überhaupt nicht verstehen. Wie sollen wir denn überhaupt etwas Konkretes über ihn rausfinden, wenn er gelogen und betrogen und Straftaten begangen hat, um uns zu entwischen?«

»Ich weiß es nicht. Aber soviel versprech ich dir«, sagte Sylvie, »wenn wir erst wissen, in welcher Stadt er sich aufhält, klapper ich dort jede Haustür ab, wenn's sein muß. Oder auch in zwei oder drei Städten. Ich laß Cally keinesfalls einfach gehen.«

Hannah schloß kurz ihre Augen. »Bist du dir sicher, daß

ich dir kein frisches Omelett machen soll?« fragte sie, als sie wieder ihre Tochter anblickte.

»Ich bin schon okay«, meinte Sylvie.

»Einen Keks vielleicht, oder einen Apfel?«

»Klar«, erwiderte Sylvie. »Das wäre nett. Keks und Apfel, beides.«

Als Martinson später am selben Nachmittag vorbeikam, um ein Brainstorming mit Sylvie zu veranstalten und alle Möglichkeiten zu überlegen, wie sie Peter orten könnten, da bat er sie, sie möge ihn doch bitte nicht mehr »Detective« nennen.

»Wieso?« wollte sie wissen. »Sind Sie das denn nicht, ein Detective?«

»Ja, schon«, sagte er und kam sich töricht vor, zweifelte, warum er das eigentlich tat. »Es hat einfach etwas sehr Feindseliges an sich.«

Sie schaute ihn mit großen Augen an, wiederholte dann: »Feindselig?«

»Das mag nicht gerade das richtige Wort sein. Aber es hat so etwas an sich, was mich nervös macht. Es hat was damit zu tun, wie Sie's sagen, alle Silben so voneinander getrennt, ›De-*tec*-tive‹. Es klingt, als ob Sie über eine Sache und nicht mit einem Menschen reden. So als würden Sie das gesamte New Haven Police Department auf einen Schlag ansprechen. So wie Sie's zum Beispiel grade eben gesagt haben: ›Hören Sie mal, De-*tec*-tive‹. Es klingt jedesmal wie der Anfang einer Moralpredigt.«

Sie nickte, doch sie grinste auch dabei, senkte den Blick und war offenbar bemüht, wie er sah, nicht zu lachen. »Was ist Ihnen also lieber? ›Mr. Martinson‹ vielleicht? ›Detective Martinson‹?«

»Schlicht und einfach ›Martinson‹ wär wirklich am besten. Das andere Zeug klingt wirklich sehr künstlich, finde ich.«

»Ich mag Leute nicht mit ihrem Nachnamen ansprechen. *Das*, finde ich, klingt feindselig.«

»Dann vergessen Sie's. ›Detective‹ ist schon recht«, sagte

er, wobei er die Hand hob, als wische er die anderen Ausdrücke beiseite.

»Wie wär's, wenn ich mich einfach bemühe, daß es nicht feindselig klingt?« schlug sie vor.

»Wunderbar.« Er kam sich allmählich vor wie eine unglaubliche Flasche. Was für einen Unterschied machte es verflucht noch mal, wie sie ihn nannte?

»Oder wie wär's mit ›Marty‹?« fragte sie ihn.

Sie kniff ihre Lippen fest zusammen und unterdrückte, wie es ihm schien, ein helles Gelächter. »Auf keinen Fall«, erwiderte er, und schüttelte den Kopf.

»So nennen die andern Polizisten Sie, oder nicht?«

»Ja«, gab er zu, »aber ich will nicht, daß Sie mich so nennen.«

»Wieso?«

»Schaun Sie, es tut mir leid, daß ich das Ganze überhaupt aufgebracht hab. Sie können mich wirklich anreden, wie immer es Ihnen gefällt, okay?« Er trommelte mit seinem Bleistift auf die Daten, die sie, bevor er zu diesem Thema abgeschweift war, zusammengetragen hatten.

»Haben Sie einen Vornamen?«

»Chad.«

Sie wiederholte den Namen. Er klang flach, wie wenn der Deckel einer alten Truhe zuschlägt.

»Vergessen Sie's«, erklärte er. »›Detective‹ ist schon okay, hab ich doch gesagt.« Er griff nach seinem Kaffeebecher und entdeckte, daß er ihn, wie bereits vermutet, schon geleert hatte. Er hob das Styroporgefäß trotzdem für einen Augenblick an seine Lippen und drückte seine Zähne teilweise in den nachgebenden weißen Rand.

»Und ich nenn Sie wirklich so, ›Detective‹?«

»Wenn Sie mich irgendwie ansprechen, ja, dann ist es das, wie Sie mich anreden.« Sie nickte. »Nun gut«, erklärte er und machte mit seinem Bleistift drei kurze Klopfzeichen auf die Theke, »wenden wir uns wieder unsrer Liste zu. Wir haben die Kreditkartenbelege und die Nebenkostenabrechnungen zusammengetragen. Wie steht's mit einem Mietvertrag? Es wäre gut, den zu haben.«

»Hören Sie, Chad, das hab ich Ihnen doch schon gesagt, er hat soweit ich weiß kein einziges Stück Papier in der Wohnung hier zurückgelassen.«

»Unterlagen von einer Investitionsbank.«

Sie schüttelte den Kopf. »Chad«, sagte sie, und das kurze Wort starrte schier vor Tadel.

»Das klingt auch feindselig. Sie können genausogut bei Ihrem ›Detective‹ bleiben.«

»Detective, wir werden ganz einfach keine Papiere von ihm finden.«

»Sylvie, irgendwo müssen wir anfangen. Und Sie müssen sich darauf einstellen, daß die ganze Sache sehr schwierig sein und sehr langsam vorankommen wird, und wenn Sie nicht jeden einzelnen Hinweis aufgreifen, egal, wie winzig, dann sagen Sie's mir lieber gleich, und ich verzieh mich.«

»Heh«, sagte sie und legte ihren Kopf schief. »Ich würde meinen, jetzt klingen Sie aber ziemlich feindselig. Ich versuche Ihnen doch bloß klarzumachen, daß hier nichts zu finden ist.« Sie wies in Richtung der restlichen Wohnung. »Nichts. Er hat keine kleinen verkrumpelten Zettel zurückgelassen, die ganz zufällig Anhaltspunkte bieten. Hier gibt's einfach nichts, was uns helfen kann, diesen Mistkerl zu finden.«

»Sagen Sie damit etwa, daß Sie aufgeben wollen?«

»Nein.«

»Dann machen wir jetzt eine Liste, und sie wird als absolutes Minimum fünfzig verschiedene Punkte enthalten, die uns irgendwohin führen können. Haben Sie das verstanden?«

»Ich verstehe, daß Sie jetzt feindselig sind, Detective.«

»Verdammt richtig«, erklärte er. »Ich vergeude Ihre Zeit nicht, Sie vergeuden meine nicht, kapiert?«

»Wenn wir diese Liste machen, kriegen wir ihn dann?«

»Ich kann Ihnen nur sagen, daß wir ihn bestimmt nicht kriegen, wenn wir sie *nicht* machen.«

Sie nickte. »Wie steht's mit Reisebüros? Ich könnte sehen, ob er eins benützt hat, um seine Flugtickets zu buchen«, sagte sie nach einer kurzen Pause.

»Gut«, erwiderte er, und sein Bleistift setzte sich wieder in Bewegung.

Es war eine umfassende Liste an Informationen, die sie über Peter zusammengetragen hatten, und sie enthielt wesentlich mehr als die fünfzig Posten, die Martinson ursprünglich als ihr gemeinsames Ziel angesetzt hatte. Sie füllte drei Seiten und sah schon eher nach zweihundertfünfzig, wenn nicht dreihundert Einträgen aus, dachte Sylvie. Dort aufgeführt war der Name jeder einzelnen Zeitschrift, die sie Peter je hatte lesen sehen oder auch nur erwähnen hören. Alle Fernsehsendungen, die er anschaute, standen dort. Seine Lieblingsfilme. Die Sorte und Marke Speiseeis, die er am liebsten hatte. Seine Schuhgröße. Seine Lieblingsfarbe. Sein Stil, sich zu kleiden. Plätze, wo sie hingegangen waren, Kommentare, die er gemacht hatte.

Peter hatte nichts zurückgelassen. Kein einziges Kleidungsstück mit einem Markenzeichen. Natürlich hatte sie Firmenetiketten in seinen Kleidern gesehen, weil sie die Wäsche gemacht hatte – sich aber daran zu erinnern war schwierig. Sie hatte nicht das Gefühl, daß irgendwelche Namen aus dem Einzelhandel darunter gewesen waren, höchstens Modefabrikate – vertraute Namen, die er mit Sicherheit bei Macy's hier am Ort hatte bekommen können. Was ist mit der Reinigung? fragte Martinson. Sie hatte nie etwas von ihm in die Reinigung gebracht. Sie wußte es nicht.

»Was nützt das alles?« fragte sie ihn, als es wirklich überhaupt nichts mehr gab, was ihr noch zu Peter einfiel. »Wer kümmert sich schon drum, was für eine Art Pizza er mag?«

»Wir halten nach etwas Ausschau, das uns in eine bestimmte Region, einen Staat oder in eine Stadt führt. Nehmen wir mal an, er hat immer von Napfpizza geredet und behauptet, wieviel besser sie schmeckt als die hier in New Haven mit ihrer dünnen Kruste. Das heißt dann, daß er vielleicht aus der Gegend von Chicago stammt.«

»Nein, stimmt nicht«, widersprach sie. »Das heißt doch bloß, daß er in irgendeiner großen Stadt zu Besuch war und diese Art von Pizza gegessen hat. Sie machen doch diese Art im tiefen Blech auch an anderen Orten als in Chicago, oder?« Er zuckte mit den Achseln. »Wissen Sie, was es im Grund genommen heißt?«

»Was denn?«

»Es heißt, daß er vermutlich in 'nem Pizza Hut oder so 'nem andren Kettenrestaurant war.«

»Schaun Sie, ich mein das doch bloß als Beispiel.« Er schmiß den Bleistift hin, und keiner von beiden versuchte ihn aufzuhalten, als er mit hohem Tempo auf den Rand der Theke zurollte. Als er auf dem Boden aufprallte, sagte Martinson: »Es ist das einzige, was Cally hat.«

»Okay«, protestierte sie, erhob sich und ging von ihm weg auf das Fenster zu; dort stützte sie sich mit den Handflächen auf dem Sims auf, bevor sie zurückkehrte und weitermachte. Peter hatte ihr erzählt, er spiele Tennis. Und daß er als Kind gerne Softball gespielt habe. Einmal hatte er verkündet, er wolle Cally später das Fangen beibringen, wenn sie älter sei. »Schade, daß er nichts mit Tiefseefischen am Hut hatte«, meinte Martinson.

»Wieso?«

»Dann hätten wir die Suche auf Städte am Meer mit Pizza Huts und diesen Häagen-Dazs-Eisbuden, die er mag, einschränken können.«

Er hatte ein entschieden unbelastetes Leben, folgerten sie. Keine Zeitschriftenabonnements, keine Bücher, keine Hobbys, die er aktiv betrieb, keine Liebhaberobjekte. Keinen Schnickschnack. Keine Fotos. Wegwerfrasierklingen. Nicht einmal Nennenswertes, was Kleidung anging. »Genügend zum Anziehen, aber mal grade genug«, stellte sie fest.

»Und wahrscheinlich alles neu«, erwiderte Martinson.

Sie dachte darüber nach. »Ja, klar«, sagte sie, »ich glaube, das stimmt. Das Allerneueste. Keine klassischen, etwas abgetragene Sachen. Keine durchgescheuerten Ellenbogen. Was sagt Ihnen das?«

»Daß er alles extra für hier angeschafft hat. Für sein Abenteuer. Seine andren Anziehsachen bei sich zu Hause sind vielleicht völlig anders. All sein persönliches Zeug – die Bücher, die Kleider, die sind woanders.«

»Als er abgehauen ist«, sagte Sylvie, »hat er alles in einen Koffer und einen Rucksack reingekriegt. Und es gibt überhaupt nichts, was er hiergelassen hat.«

»Wie steht's mit einem Mantel oder einer Überziehjacke? Hat er so was gehabt?«

»Ja.«

»Auch neu?«

»Ja. Neu und schick, aber leger, wie seine ganzen Sachen. Sie haben's doch gesehen, es ist eine von diesen gefütterten Sportjacken.«

»Ach, ich weiß«, sagte er. »Ich denke mir, wenn er dort, wo er gelebt hat, was Warmes hatte, dann hätte er doch nicht noch was Neues dazu besorgen brauchen, oder?«

»Wahrscheinlich nicht. Er würde einfach die alte Jacke hier wie da tragen, nehm ich an.«

»Was für ein Futter hatte die Jacke?«

»Eins aus diesem Wollflanell. Ein großes Schottenkaromuster. Aber dezent. Beige und braun, glaub ich. Spritzig, aber klassisch.«

»So eine Art Jacke tragen die Leute doch eher im Herbst? Die kann doch nicht besonders warm gewesen sein, oder?«

»Nein«, sagte sie, »eigentlich nicht. Es waren bloß diese beiden dünnen Lagen. Sie war nicht annähernd so warm wie meine Jacke, was ich auch zu ihm gesagt hab. Er meinte aber, er hätte ja eine gute Heizung in seinem Wagen, und er hätte sowieso nicht vor, mitten im Winter draußen rumzuhängen, also wär's egal.«

»Richtig. Er hatte nicht vor, herumzuhängen.«

»Gott, bin ich blöd.«

»War das die einzige Jacke zum Überziehen, die er hatte?« fuhr Martinson fort. Sie nickte. »Die Leute hier in der Gegend haben normalerweise drei oder vier verschiedene Mäntel oder Jacken, denken Sie nicht? Eine für September-Oktober-Wetter, eine für November und Dezember und dann was wirklich Massives für Januar und Februar.«

»Ja, wahrscheinlich«, sagte sie. »Wahrscheinlich zieh ich meine Daunenjacke erst an, wenn's absolut sein muß – an Neujahr oder so. Davor trage ich dieses schwarze Ding, das ich habe, aber allmählich wird's wirklich alt. Und dann hab ich noch einen Haufen leichterer Sachen – eine Jeansjacke, einen dicken Blazer, und so.«

»Richtig, genau wie alle andern Leute, die hier leben, haben Sie verschiedene Jacken für die verschiedenen Wetterschwankungen je nach Jahreszeit. Ich kann mir denken, daß er vielleicht keinen Wintermantel hatte, weil er dort, wo er herkam, keinen brauchte – und weil er ja, wie er wußte, dorthin wieder zurückkehren würde. Möglicherweise hat er sich auch schlicht dabei verrechnet, was er sich am besten anschaffen soll – diese Sportjacke schien ihm wohl auf der Basis von dem, woran *er* im Winter gewöhnt war, auszureichen –, oder vielleicht wollte er sich einfach absichern und sich für etwas entscheiden, was dann auch bei ihm zu Hause wieder verwendbar war. Was meinen Sie?«

»Sie meinen also, daß er aus irgendeiner warmen Gegend kam, ja?«

»Genau. Aus einer Gegend mit sehr gleichbleibender Temperatur, so daß er dann, als er, sagen wir mal, im Oktober hierherkam – und ich stelle bloß eine Vermutung an, wann er hier ankam –, etwas gekauft hat, was für diese Jahreszeit angemessen war. In seiner Vorstellung konnte es wohl kaum noch kälter werden, als es bereits war.«

»Also schön«, sagte sie mit einem Lächeln, »das ist fast so gut, als wenn er am Tiefseefischen interessiert wär, stimmt's?«

»Jawohl, Ma'am«, antwortete er und grinste sie vergnügt an, ja, lachte fast laut auf.

Kapitel 21

»Nein«, erklärte ihr die Sachbearbeiterin im Rathaus, »Sie bekommen nun mal keine Geburtsurkunde einfach so. Sie müssen die entsprechende Bescheinigung dazu vorlegen.«

»Was für eine Bescheinigung?« fragte Sylvie.

»Jedesmal, wenn ein Kind zur Welt kommt«, leierte die Frau zur Erläuterung langsam herunter, so, als müsse sie dies zehn- oder zwanzigmal am Tag sagen und sei von diesem Vortrag mittlerweile gelangweilt, »stellt die für die Statistik zuständige Bearbeiterin im Krankenhaus auf offiziellem Briefpapier der Klinik eine Bescheinigung über Zeitpunkt und Datum der Geburt und die Namen des Neugeborenen und der Eltern aus. Danach richten wir uns. Manchmal, wenn die Mütter nur relativ kurz in der Klinik bleiben, sind die Papiere noch nicht fertig, wenn sie entlassen werden. Vielleicht ist das ja auch in Ihrem Fall passiert. Wie lange waren Sie auf Station?«

»Sie wurde nicht im Krankenhaus geboren, sie kam zu Hause auf die Welt.«

»Ach, dann ist also das das Problem. Hatten Sie einen Arzt oder eine Hebamme?«

»Eine Hebamme.«

»Nun gut. Dann hätte die Ihnen etwas ausstellen müssen.«

»Ich glaube nicht, daß sie das getan hat. Ich habe nichts in der Art bekommen.«

»Na ja, vielleicht hat sie's einfach vergessen, überprüfen Sie das mit ihr. Ich kann nichts für Sie tun, solange Sie das Papier nicht haben.«

»Könnte ich sie vielleicht von hier aus anrufen?« fragte Sylvie.

»Hier doch nicht«, erwiderte die Frau brüsk, beugte sich vor, an Sylvie vorbei zum nächsten in der Warteschlange. »Ja?« bellte sie ihn an.

»Unten«, wandte sich die Frau nochmals an Sylvie. »Da ist eine Telefonzelle in der Empfangshalle.«

Das Warten aufs Telefon zog sich lächerlich lang hin. Die Leute, die dort anstanden, schauten auf ihre Uhren, seufzten und beschwerten sich. »Der ist schon mindestens zehn Minuten da drin, also ehrlich«, bemerkte eine schwergewichtige Frau in einem Mantel mit Satinrevers über den Mann, der gegenwärtig die Telefonzelle besetzt hielt. Sylvie konnte sehen, daß er einen Stapel Unterlagen auf dem Telefonbuch liegen hatte, die er durchging und zu Rate zog, während er in den Hörer sprach. Als der erste in der Reihe, ein stämmiger Kerl mit dunklen, feuchten Haaren, an das Glas klopfte, versuchte der Mann am Telefon ihm den Rücken zuzudrehen. Die Frau, die hinter Sylvie stand, schnalzte mit der Zunge und stampfte mit einem Fuß auf den glänzenden Fußboden. »Was ist, wenn wir hier Notfälle haben?« schrie sie zu der Telefonzelle hinüber. Die übrigen Leute in der Schlange traten hölzern von einem Fuß auf den anderen und sahen wie eine aus dem Takt geratene Darstellerreihe aus, die bei der Probe eines Musicals am späten Abend zum x-tenmal ihre Routineschritte machen. Der Kerl mit dem feuchten Haarschopf klopfte aufs neue an das Glas, wobei er diesmal um die Zelle herumging, dem Anrufer bei seinen Körperdrehungen folgte und immer energischer auf jedes der aufeinanderfolgenden Glasrechtecke hämmerte. Da entschied Sylvie, es gebe sicher einen besseren Weg, und stapfte über den dunklen Marmor der Eingangshalle davon und hinaus auf die Orange Street.

Sie fuhr direkt zur Praxis der Hebamme und nannte der Sprechstundenhilfe ihren Namen. »Ich brauche eins von diesen Formularen, wo drauf steht, wann mein Baby auf die Welt kam«, erklärte sie der Frau mit einer Stimme, die kaum hörbarer war als ein Flüstern. Der Anblick von einem Raum voller schwangerer Frauen – gleich rechts von ihr – machte sie völlig benommen.

»Sie haben keins bekommen?« Sylvie schüttelte den Kopf. Selbst diese kleine Bewegung verursachte schon ein Schwindelgefühl. »Julia stellt die immer gleich bei der Geburt aus.«

»Hat sie diesmal aber nicht.« Die Sprechstundenhilfe erklärte, sie werde das mit Julia überprüfen, die sei jedoch gerade bei einer Patientin, also müsse Sylvie eben Platz nehmen und warten.

Sie versuchte ruhig zu sitzen. Ihre Augen und Gedanken in eine Zeitschrift zu versenken (nicht in dieses Blatt *American Baby)*, umzublättern, nicht eigentlich zu lesen, die Abbildungen auf Glanzpapier kaum wahrzunehmen, aber vor allem nicht *die da* sehen zu müssen, wie sie mit ihren runden Bäuchen dasaßen und die Wochen oder Tage oder Stunden bis zu ihren Babys zählten. Und dann kam eine Frau herein, um stolz ihren Säugling herzuzeigen, und alle im Zimmer, so schwerfällig an Gestalt sie auch waren, sprangen von den Sitzen hoch, um den Kleinen zu bewundern. Sylvie spürte, wie es in ihren Brustwarzen zog, wie sie anschwollen, und sie rappelte sich von ihrem Stuhl hoch und stolperte nach hinten hinaus auf die Toilette zu. Eine Krankenschwester entdeckte sie, wie sie am Türrahmen lehnte und versuchte, ihr Gleichgewicht wiederzugewinnen. »Sind Sie okay?« fragte sie Sylvie.

»Ich kann da drüben nicht sitzen«, erklärte sie. Die Schwester führte sie zurück zu einem kleinen Zimmer, in dem ein Hocker stand. Sylvie weinte. »Mein Baby fehlt mir so schrecklich«, sagte sie. Die Schwester nahm ihre Hand und drückte sie.

»Sie sind doch die, der man das Baby entführt hat, nicht?« Sylvie nickte. »Mein Gott, ich fühle wirklich mit Ihnen, das können Sie mir glauben. Was für ein entsetzlicher Alptraum das alles für Sie sein muß.« Die Schwester hielt ihre Hand weiter fest, während Sylvie sich mühte, ihre Atmung wieder auf die Reihe zu bekommen. »Wenn Sie meinen, daß Sie eine Minute lang allein zurechtkommen, dann zieh ich eben los und schau mal, ob ich Julia dazu bringe, herzukommen und mit Ihnen zu reden.«

Sylvie war in einer Art Vorratskammer. Musterpackungen von Arzneimitteln und verschiedene medizinische Instrumente füllten die Regalfächer, außerdem Becher für Urinproben sowie Stapel von Karteikarten und Broschüren über Schwangerschaft, Osteoporose und Methoden der Sterilisierung. Als sie hinausging, hatte die Schwester die schwere Tür geschlossen, und Sylvie kam der Gedanke, sie werde sie womöglich hier einsperren, und dann würde man sie bestimmt hier drin vergessen. Sie konnte noch immer die bewundernden Zwitscherlaute der Frauen im Wartezimmer hören, konnte sie sich auch vorstellen, wie sie noch immer ihren engen Kreis um den Säugling herum bildeten und sie dadurch ausschlossen, daß sie sie in dem Lagerraum verwahrten, wo sie nun kaltgestellt war; isoliert von aller Kontinuität und Normalität des Lebens. Ihr Atem ging wieder so hektisch und unregelmäßig, daß sie ihn nicht in den Griff bekam, ja nicht einmal feststellen konnte, wo ein Atemzug endete und der nächste begann. Es war so wie damals, als sie noch klein war und vor der Drehtür im Kaufhaus Macy's stand und einfach nicht herauskriegen konnte, wie sie mit einem Schritt in die sich vorbeibewegenden Öffnungen gelangen sollte, um ein Teil des geschmeidigen Kreislaufs werden zu können. Doch nun war mit einemmal Julia da: Ihre große, starke Hand strich Sylvie über den Rücken, und sie sprach genauso mit ihr, wie sie es bei der Geburt getan hatte. Sie gab ihr Atemanweisungen, sagte ihr, sie solle zählen, den Atem langsam entweichen lassen, und so tat sie es nun. Sie atmete wieder und ließ sich von dem Wellenkamm ihrer Trauer tragen, genauso, wie sie während der Wehen auf den Wogen des Schmerzes entlanggeritten war.

Julia hatte sie sofort an dem Abend, nachdem die Nachricht über das Kidnapping in der Zeitung erschienen war, angerufen. Peter war an den Apparat gegangen. »Vielen tausend Dank«, hatte sie ihn sagen hören. Und dann »Ja« in diesem kurz angebundenen Tonfall, den er bei all den Anrufen verwendet hatte. Er erledigte sie alle auf die gleiche Weise, wie er mit Werbeanrufen während des Abendessens umging: Er teilte sein »Danke, aber wir sind nicht an Ihrem Angebot interessiert, also schwirren Sie schon ab, na wird's bald?« vor allem mittels seines Tonfalls mit, nicht durch Sprache im eigentlichen Sinn.

Er hatte zu Sylvie gesagt: »Was zum Teufel wissen die denn

alle davon?«, und sie hatte ihm recht gegeben – wie konnte irgend jemand verstehen, was sie empfand? Wer konnte einem auch nur im entferntesten Trost bieten?

Aber Julia? Julia hätte vielleicht helfen können. Julias Kraft hätte sie vielleicht gestärkt – obwohl selbst das die unumstößliche Tatsache nicht geändert hätte, daß Cally verschwunden war. »Julia, Sie müssen mir bitte diesen Brief schreiben, in dem steht, wann Cally geboren wurde«, sagte Sylvie jetzt.

»Das hab ich schon gemacht«, erwiderte sie. »Ich hab ihn Peter damals noch am selben Tag in der Wohnung gegeben.«

»Ich hab den Schrieb nie gesehen. Ich glaube nicht, daß er irgendwo zu Hause steckt. Sind Sie sich absolut sicher, daß Sie ihn Peter gegeben haben? Vielleicht haben Sie's dieses eine Mal vergessen.«

»Nein«, erklärte sie mit einem Kopfschütteln. »Ich weiß es ganz genau. Ich kann mich noch daran erinnern, weil mich seine Reaktion so berührt hat. Er hat das Papier überflogen und dann mit der Hand gestreichelt«, sagte sie und ließ zur Demonstration eine Hand über die Innenfläche der anderen gleiten. »Und dann hat er's geküßt.«

Sylvie holte tief Luft. »Er ist ein guter Schauspieler.«

»Was meinen Sie damit?«

Und so mußte sie nun erklären, wie der Vater des Babys sie reingelegt hatte, wie gutgläubig sie ihm auf den Leim gegangen war und wie ihr Baby ihr nicht etwa von einem maskierten Dieb, sondern von ihrem Geliebten entwendet worden war.

»Das glaub ich einfach nicht«, wandte Julia ein. »Ich kann einfach nicht glauben, daß ein Mensch so etwas fertigbringt. Wissen Sie das genau? Sind Sie sich absolut sicher?«

»Er ist verschwunden, Julia. Er hat sich vor einer Woche davongemacht und behauptet, er würde einen Bruder besuchen, der überhaupt nicht existiert. Wo sonst, glauben Sie wohl, soll er denn sein, wenn er sich nicht mit Cally irgendwo versteckt hält?« Sylvies Stimme war schrill geworden, und die einzelnen Wörter hatten wie Hammerschläge auf Julia eingeschlagen, als sei sie der eigentliche Feind. »Es kann doch kein Zufall sein, daß er gerade jetzt abgehauen ist. Und er hat auch ganz bestimmt diese Bescheinigung, da bin ich mir sicher – ich weiß, daß sie nirgends in der Wohnung ist. Julia, es ist so, als ob es ihn und Cally nie gegeben hätte – er hat jede Spur, die zu ihm hinführen könnte, ausgelöscht und es so arrangiert, als hätte ich ihn mir bloß eingebildet. Vielleicht war's ja so. Vielleicht hab ich mir auch Cally bloß eingebildet.«

»Das stimmt nicht. Ich habe sie im Arm gehabt.« Sie nahm Sylvies Hand zwischen ihre Hände. »Sie müssen fest daran glauben, Sylvie.«

»Tu ich auch«, sagte Sylvie. »Und ich werde auch nicht aufhören, an sie zu glauben.«

Und dann bat Sylvie Julia, eine Kopie der Geburtsbescheinigung auszustellen, was auch immer ihr das nützen mochte. Es war ein einfacher Brief mit Julias Briefkopf oben auf dem Papier, und er belegte die fundamentalen Tatsachen von Callys Abstammung. Sylvie las ihn durch und sagte dann zu der Hebamme: »Es könnte sich doch eigentlich jeder so ein Briefpapier drucken lassen, oder nicht? Und dann könnte man's mit irgendwelchen Angaben ausfüllen, wie man's braucht, richtig?«

Julia betrachtete das Dokument eine Weile lang, bevor sie erwiderte: Ja, sie fürchte, jeder, der unverfroren genug und außerdem bereit sei, einen Drucker anzulügen, könne das tun.

»Das Lügen wäre kein Problem«, versicherte ihr Sylvie in dem Bewußtsein, daß ihr Kind mit an Sicherheit grenzender Wahrscheinlichkeit bereits irgendwo anders, in einer Gegend mit einem milden Klima eine Geburtsurkunde und einen neuen Namen hatte.

Kapitel 22

Sylvie nahm auf einem Stuhl Platz, der dem Schreibtisch der leitenden Bankangestellten am nächsten stand. Sie fing wie gewöhnlich damit an, daß sie sich erkundigte, ob Peter ihre gemeinsame neue Adresse schon angegeben habe.

»Eine neue Adresse«, wiederholte die junge Frau. »Nein«, sagte sie, während sie mit dem Fingernagel auf der glatten Oberfläche des Computerbildschirms nach unten fuhr. »Ich sehe keine.« Sie lächelte Sylvie an und bot ihr diese unechte, gut gedrillte »Stets freundlich zum Kunden sein«-Miene dar.

»Mein Mann und ich ziehen nach Florida um, sehn Sie«, erklärte Sylvie und tischte damit die Lüge auf, die sie zusammen mit Martinson ausgeknobelt hatte, »und ich möchte bloß sichergehen, daß er Ihnen unsre neue Adresse dort gegeben hat. Er ist schon dort unten, sehn Sie, und er sagt, daß er den Auszug noch nicht bekommen hat. Er wohnt nämlich jetzt schon da unten«, sagte sie und hörte die Wiederholung, diese dummen, leeren Worte. Falls sie nicht völlig bescheuert, eine Trinkerin oder geistig behindert war, dann mußte auch die Kundenberaterin der Bank auf jeden Fall herausgehört haben, wie unecht das geklungen hatte. Diese auffallend schlanke Frau, die sicherlich kaum einen Deut älter als Sylvie sein konnte, trug ein geblümtes Kleid mit kecken Spitzenärmeln, die von ihren Schultern direkt in die Luft standen. Sylvie, die in ihre Jeans, ein Baumwolloberteil und ihre Daunenjacke vermummt war – obwohl es auch nicht annähernd kalt genug dazu war – wurde sich bewußt, daß sie schrecklich unförmig und schlampig aussehen mußte. Nichtswürdig, so seh ich für sie aus, dachte Sylvie. Auf keinen Fall wird sie mich ernst nehmen. Sie fuhr sich mit den Fingern über die Lippen und verbarg für eine Weile ihren Mund, damit es nicht so auffiel, daß sie keinen Lippenstift aufgetragen hatte. Es war das erste Mal, daß

Sylvie ihre Lügen jemandem direkt ins Gesicht vortragen mußte – bisher hatte sie sich noch hinter ihrer Telefonstimme verstecken können. Allmählich wurde es ihr viel zu warm. Sie öffnete den Reißverschluß ihrer Jacke und schob sie hinter sich auf den Sessel.

Die Frau betätigte eine Taste auf ihrer Tastatur, drückte ein paar weitere Knöpfe, ohne die Augen vom Bildschirm zu lassen, und wartete dann ab, während sie die grünen Buchstaben vor sich prüfte. Sylvie kehrte zu ihrer Geschichte zurück. »Wir müssen die Auszüge nachgeschickt bekommen, damit wir die abgestempelten Schecks kriegen. Sonst schaffen wir's nie, das Konto richtig auszugleichen. Wir sind ein hoffnungsloser Fall, wenn's darum geht, das Konto in Ordnung zu halten«, sagte Sylvie und ließ ein Lachen folgen, daß sich beinahe selbständig machte und drohte, nach oben in eine hysterische dunkle Wolke rings um ihren Kopf zu wirbeln.

Der Finger der Frau betätigte eine weitere Taste. »Okay«, sagte sie. »Ihr Mann hat dieses Konto am vierzehnten geschlossen. Also hätte keiner von Ihnen beiden danach noch irgendwelche Schecks ausstellen dürfen, weil das wirklich zu einem Durcheinander führen würde. Überzogene Beträge bringen alles unglaublich durcheinander. Hat einer von Ihnen nach dem vierzehnten noch irgendwelche Schecks ausgestellt?« Tracy – weiße Buchstaben auf schwarzem Plastik bezeichneten den Namen der Frau – wandte sich Sylvie mit abschätzig hochgezogenen Augenbrauen zu.

»Also, diesen einen Scheck hab ich noch geschrieben, weil ich nicht wußte, daß das Konto schon gelöscht war. Die Leute von der Drogerie haben mir gesagt, daß er nicht gedeckt ist, und da hab ich meinen Irrtum gleich bemerkt. Und danach hab ich natürlich keine mehr ausgestellt, aber ich mach mir bloß Sorgen, daß es vielleicht noch einen alten Scheck gibt, der noch nicht eingereicht worden ist.«

»Nun, bei einem Girokonto hätte er uns gleich informieren müssen, ob noch irgendwelche Schecks ausstehen, also dürfte es keine Schwierigkeiten damit geben.«

»Ich weiß, daß keine Schecks mehr fehlen sollten, aber

Leute machen manchmal Fehler, nicht daß wir's getan haben, aber ich mach mir halt Gedanken. Ich möchte wirklich keine Spur von Missetaten hier in Connecticut hinterlassen.«

»Okay«, sagte sie, nachdem der Bildschirm sich mit neuem Text gefüllt hatte, »der Kontostand steht bei Null, und ich sehe keine Schecks, die noch eingereicht worden sind. Keine Hinweise auf ein überzogenes Konto. Ihr Drogist hat offenbar nicht versucht, den Scheck erneut einzureichen. Haben Sie's privat mit ihm geregelt?«

»Ich hab ihm Bargeld gegeben.« Der Teil stimmte. Hannah hatte ihr genug Geld überreicht, damit sie die Schuld tilgen konnte.

Tracy nickte und schob den Computerbildschirm links zur Seite. Erledigt, sah Sylvie.

»Keine neue Adresse?« fragte sie wiederum und wußte, daß ihre Stimme atemlos und panisch klang.

»Nein, nix«, entgegnete Tracy offensichtlich gelangweilt. Sie hatte sich nicht einmal die Mühe gemacht, den Bildschirm wieder nach vorne zu drehen. »Sie wohnen doch in der Livingston Street, nicht?« Sylvie bestätigte es. »Na ja, das ist alles, was in der Datei zu finden ist. Livingston Street. Aber wissen Sie, wenn Sie ein Konto löschen, dann kriegen Sie sowieso bloß noch einen Auszug, und der hätte ohnehin schon an Sie rausgehen müssen. Der müßte an Ihre Adresse in der Livingston Street gegangen sein.« Der ovale, rosafarbene Fingernagel der Frau tippte mehrfach auf eine Stelle des Schreibtischs. »Den haben Sie noch nicht bekommen?«

Der Auszug war sehr wohl bei Sylvie zu Hause eingetroffen. Der Umschlag enthielt zwei eingelöste Schecks, die sie beide selbst ausgestellt hatte.

»Nein«, sagte Sylvie und schüttelte den Kopf; die Hitze der Lügen brachte ihre Wangen zum Glühen. »Es ist nichts zu Hause angekommen. Deshalb frage ich mich ja, ob er vielleicht doch an die Adresse in Florida gegangen ist?«

»Also, ich kann mir nicht vorstellen, wie das möglich wäre, aber ich kann es gern nachprüfen, wenn Sie wollen.« Sylvie nickte mit einem Eifer, der ihr selbst leicht rasend vorkam. Tun Sie doch was, tun Sie irgendwas, wollte sie sagen, geben Sie mir bloß nicht wieder lauter Nullen. Tracy griff nach dem Telefon, und ihre langen Finger gingen auf das Ziffernfeld nieder und hoben sich wieder. Sie lächelte Sylvie an, während sie auf die Verbindung wartete. »Ach, hallo Diane, Tracy hier in der Zentrale. Könntest du bitte mal nachschaun, ob ein Auszug an meine Kundin rausgegangen ist? Phantastisch.« Sie las den Namen und die Ziffern des Kontos vor. Das Lächeln war wieder auf ihre Kundin gerichtet. »Ach, also doch?« sagte Tracy ins Telefon hinein. »Gut. Hast du die Adresse, an die er rausgegangen ist?« Noch ein freundliches Grinsen für ihre Kundin. »Genau das hab ich mir gedacht.« Sie nickte Sylvie zu. »Hast du da auch eine Adresse in Florida stehen? Nein?« Jetzt schüttelte sie den Kopf zu Sylvie hin. »Ja. Ich tu's zu den Akten. Dank dir, Diane, noch 'n guten Tag.« Tracy legte den Hörer auf die Gabel zurück und drehte ihren Bürostuhl so, daß sie Sylvie genau gegenüber saß. »Es ist die Adresse in der Livingston Street, wie ich's gesagt hab. Sie erhalten den Auszug in ein oder zwei Tagen. Ich würde mir aber wirklich keine Gedanken deswegen machen, weil auf dem Bildschirm alle Aktivitäten in Ordnung sind, und weil Ihr Mann sowieso, wie ich Ihnen schon sagte, alle Schecks abgerechnet haben müßte.«

»Okay«, sagte Sylvie, doch sie schaffte es kaum, das Wort einigermaßen beherrscht herauszubringen. Was blieb ihr jetzt übrig? Sie konnte diese Lügensache nicht durchziehen – nicht, wenn sie zu Ergebnissen kommen wollte. Das hier war alles so hoffnungslos! Wie sollte sie nur je irgendeine Auskunft von irgendwem über ihn bekommen?

Tracy öffnete ein Aktenschränkchen und holte ein paar blaue Karteikarten heraus. »Was ich noch machen kann – ich füge die neue Adresse trotzdem hinzu, damit, falls später doch noch was reinkommt, es dann dorthin geht, okay?« Sie hatte angefangen Sylvies und Peters Namen einzutragen, die sie vom Bildschirm abschrieb. »Also, wie heißt die neue Adresse?«

»Ich weiß es nicht«, antwortete Sylvie, obwohl das mitnichten dem entsprach, was sie mit Martinson zusammen durchgegangen war. Sie hätte nun eigentlich in ihrer Handtasche nachschauen sollen, vorgeben, sie suche nach einem Zettel mit der Adresse, dann erklären, das sei ja nicht zu fassen, aber sie habe den Zettel zu Hause liegenlassen. Die fällt mir bestimmt nicht mehr ein, müßte sie nun sagen, ich ruf Sie dann an, wenn ich wieder daheim bin, geht das?

»Sie wissen Ihre neue Adresse nicht?« fragte Tracy.

»Nein«, erklärte sie. »Ich habe keine neue Adresse.« Tracys Bürostuhl rollte nach hinten, einige Zentimeter weit weg. Sylvie versuchte die Augen zu schließen, versuchte sich in den Griff zu bekommen, aber die Tränen zollten ihrer zur Schau gestellten Autorität keinen Respekt und schossen ihr zügellos über die Wangen. Tracy lächelte nicht mehr. Sie starrte Sylvie an, schien sich dann umzublicken, so als wolle sie Hilfe herbeirufen. »Hören Sie«, sagte Sylvie und bewegte sich dabei auf die Schachtel mit Papiertaschentüchern zu, die mitten auf dem ausladenden Schreibtisch von Tracy stand. »Ich weiß die Adresse nicht, weil ich eigentlich überhaupt nicht weiß, wo er ist.« Tracy schob ihr den Karton mit den Taschentüchern zu. »Ich versuche ihn zu finden, und das hier war das einzige, worauf ich gekommen bin. Er hat mir mein Baby weggenommen.« Sylvie bebte am ganzen Körper, und sie wußte, daß sie das eigentlich alles nicht sagen sollte, aber sie tat es eben, verdammt noch mal, sie tat es einfach, und jetzt würde sie auch nicht damit aufhören. »Er hat mir mein Baby weggenommen, und er hat mir all mein Geld geklaut, als er das Konto gelöscht hat, und ich kann ihn nicht finden, und ich kann mein Baby nicht finden«, und dann konnte sie nicht mehr weitersprechen, sie bekam einfach keine Luft mehr, sie war total aufgelöst, und das einzige, was sie noch fertigbrachte, war, sich ein Papiertaschentuch vors Gesicht zu halten und zu heulen.

»Der Ex-Mann meiner Schwester hat ihr die Kinder weggenommen«, flüsterte Tracy Sylvie zu. »Zwei kleine Knirpse«, sagte sie, »drei und vier. Hat sie vom Kindergarten abgeholt und ist verschwunden.« Tracy zog ein Bündel Papiertaschentücher aus dem Karton und drückte sie Sylvie in die Hand. »Sie ist fast verrückt geworden bei dem

Gedanken, sie wären für immer verloren. Ich hab jede Nacht ihre Gesichter im Traum gesehen – diese großen braunen, wunderschönen Augen. Und sie haben immer geweint in meinen Träumen. Er nahm sie zu seiner Mutter nach Kalifornien mit, aber wir haben sie beide wiedergekriegt. Sie finden Ihr Baby auch wieder, ganz bestimmt.«

Sylvie schüttelte den Kopf. »Wie denn?« fragte sie. »Er war so vorsichtig. Er hat überhaupt nichts zurückgelassen, keinen einzigen Anhaltspunkt.« Sie zerzupfte ein Taschentuch in lauter kleine faserige Stücke.

»Machen Sie's doch wie wir, gehen Sie zu allen seinen Verwandten.« Tracy rückte näher zu ihr heran und sprach gedämpft. »Sie können sie nicht einfach anrufen, weil die lügen. Sie müssen hingehen, dort auf der Matte stehen und sie zu einer komischen Zeit überrumpeln, beim Abendessen etwa oder um halb sechs in der Früh.«

»Ich weiß nicht, wer seine Verwandten sind. Ich hab sie nie kennengelernt. Ich hab bisher überhaupt keine Idee, wie ich ihn aufspüren soll.«

»Kreditkartenrechnungen, Telefonanrufe?«

»Da gibt's nichts.«

»Wenigstens wissen Sie schon mal, daß er in Florida ist, das ist ein Anfang.«

Sylvie schüttelte den Kopf. »Das hab ich erfunden«, beichtete sie. »Ich glaube, daß er irgendwo ist, wo es das ganze Jahr über warm ist. Aber das ist keine tolle Hilfe, was nützt das schon, wenn man bedenkt, wie groß das Land ist?«

»Wie steht's mit seinen eingelösten Schecks?«

»Er hat sie mitgenommen oder vernichtet. Ich kann Ihnen sagen, er hätte sowieso nichts zurückgelassen, er war schrecklich vorsichtig.«

»Wie lang waren Sie beide zusammen?«

»Ein Jahr. Mal gerade«, gab Sylvie zu und rollte dabei das zerfetzte Papiertaschentuch zu einer klobigen Masse auf dem Schreibtisch. Ja, Tracy. Natürlich war sie ein dummes Stück, ein Vollidiot. Sie brauchte nicht daran erinnert zu werden, daß sie voreilig gehandelt hatte.

»Nun«, sagte Tracy. »Das ist gut. Ein Jahr ist praktisch überhaupt keine Zeit. Fast noch aktuell, so sehe ich das. Und vermutlich war er damals nicht so vorsichtig, bevor er Sie kennengelernt hat, also finden wir vielleicht doch etwas. Ich werde eine Kopie seiner Schecks kommen lassen. Vielleicht gab's da ja was vor achtzehn Monaten, kann man nie wissen.«

»Das Dumme ist nur«, sagte Sylvie, »ich glaube nicht, daß er schon lange hier gewohnt hat, bevor wir uns begegnet sind.«

Tracy wandte sich wieder ihrem Computer zu. Sylvie sah, wie der Bildschirm zunächst verblaßte und sich dann wieder mit Buchstaben und Zahlen füllte. »Sieh mal einer an«, krähte Tracy und unterstrich eine Zeile auf dem Bildschirm mit ihrem rosa Fingernagel. »Da ist noch ein anderes Konto, daß er vor etwa einem Jahr gelöscht hat. Es hat davor nur ein paar Wochen lang bestanden.« Wieder verblich das Bild und machte einem neuen Platz. Tracy betrachtete mit konzentriert zusammengekniffenen Augen den Bildschirm. »Sehen Sie mal hier«, sagte sie nach einer Weile und drehte den Bildschirm so, daß Sylvie ihn ganz vor Augen hatte. »Sehen Sie dort diese zwei Kontonummern, wie verschieden die beide sind?« Sylvie nickte. Die eine war eine endlos lange Reihe von Ziffern, durchsetzt von Gedankenstrichen und Buchstaben, die andere dagegen eine kurze klare Folge von Zahlen. »Das hier«, sagte sie und schnippte mit ihren Fingernägeln gegen den Bildschirm, »ist nicht unser Nummernsystem. Das ist das System von der Freedom Bank. Aber wissen Sie, vor vier oder fünf Monaten haben wir sie übernommen, deswegen haben wir ihre Daten. Wenn das Konto bei der Bankübernahme noch aktiv geblieben wäre, hätte es eine neue Nummer zugewiesen bekommen, und es wäre nicht so deutlich erkennbar, daß es hier um zwei verschiedene Banken geht. Aber weil er dieses Konto schon aufgelöst hatte, zeigt es sich auf diese Weise.« Sie lachte über etwas anderes, was sie auf dem Bildschirm entdeckte. »Schauen Sie mal«, sagte sie. »Er hat das Konto bei der Freedom Bank am selben Tag geschlossen, an dem er das hiesige eröffnet hat. Das hatte nichts damit zu tun, daß er es zum Gemeinschaftskonto gemacht hat, denn Ihren Namen gab er dann erst zwei Monate später mit an. Als er das andere Konto schloß, hob er alles ab, fuhr quer durch die Stadt und kam hierher. Anscheinend war er wohl nicht allzu scharf darauf, daß eines Tages irgend jemand dort hingeht und dieses andere Konto entdeckt.«

»Vielleicht dachte er einfach, daß die Freedom Bank demnächst in Konkurs geht«, gab Sylvie zu bedenken.

»Nein, das glaub ich nicht, denn so war's nicht. Freedom hatte keine Liquiditätsprobleme. Es war bloß eine Fusion. Klar und sauber. Unsre Bank wurde schlicht und einfach größer. Ich habe den Eindruck, dieser Kerl wollte seine Spuren verwischen. Davon bin ich absolut überzeugt, wenn ich so etwas sehe.«

»Bessere Zinsbedingungen?« meinte Sylvie.

Tracy schaute ihr direkt ins Gesicht. »Wollen Sie jetzt etwa einen Grund finden, um ihn nicht zu kriegen?«

»Nein«, erwiderte Sylvie mit einem Kopfschütteln. »Ich will mir bloß keine falschen Hoffnungen machen, wissen Sie.«

»Also, um bessere Zinsen ging es nicht, denn das sind beides Girokonten, und bei beiden gibt es keine Habenzinsen. Ich wette mein Geld drauf, daß er etwas zu verheimlichen hatte.« Mit einem Lächeln wandte sie sich Sylvie zu, doch diesmal sah Sylvie das Aufmüpfige darin, die gemeinsame Mission. »Den kriegen wir schon«, erklärte Tracy, aber so leise, daß Sylvie es gerade noch mitbekam.

Den kriegen wir schon, wiederholte Sylvie im stillen zur Bestätigung. Sie drückte dabei so kräftig ihre Daumen, daß es sie schmerzte.

»Oh, warten Sie mal einen Moment«, sagte Tracy. »Sie können dieses Konto gar nicht einsehen, weil es nur auf seinen Namen läuft, nicht auf Ihren. Verdammt«, sagte sie, und ihre Faust schlug auf den Schreibtisch. »Und genau da wäre vielleicht etwas zu finden.« Die Finanzexpertin rückte in ihrem Stuhl nach hinten und setzte sich dabei gerade hin. »Ich kann keinem außer dem ursprünglichen Eigentümer dieses Kontos Zugang zu den Daten gewähren. Nur Unterschriftsberechtigte können Zugriff auf ein Konto autorisieren«, stellte sie fest. Sylvie starrte sie an. Was war jetzt nur los? Plötzlich reagierte sie wie eine Marionette und schmiß mit Regeln um sich, als trage sie etwas aus einem Examensvorbereitungstext für eine Managementhochschule vor. »Sie verstehen doch, wie die Bestimmungen sind, nicht wahr?« fragte Tracy sie.

»Ja.«

»Sie verstehen, daß ich diese Daten nicht herausgeben darf?«

»Ja.«

»Okay. Also beschaffen wir uns Ihr gemeinsames Konto, und damit hat sich's dann, weiter nichts.« Sylvies Gedanken waren in wildem Aufruhr. Vielleicht konnte sie Martinson doch dazu bewegen, daß er herkam und sich als Peter ausgab. Es mußte doch irgendeinen Weg geben, das zu bewerkstelligen, oder nicht?

Tracy zog wieder ihre Aktenschublade auf und holte ein langes Formular hervor. »Was wir jetzt machen«, erklärte sie mit einer klirrenden Stimme, die fast in Sprechgesang ausartete, »ist folgendes: Wir fordern alle Schecks von Ihrem Konto an. Diese Art von Antrag benötigt natürlich Ihre Unterschrift, und es kostet Sie vermutlich ein Vermögen, ein ganzes Jahr lang Unterlagen abzurufen. Die berechnen das nämlich pro Scheck, wissen Sie.« Tracy füllte die Zeilen auf dem Formular aus. Ihr Stift bewegte sich mit festen, kühnen Zügen voran.

»Ist schon gut«, murmelte Sylvie verärgert. Es war überhaupt nicht gut so, sie wollte das andere Konto haben.

Nach ein paar Augenblicken drehte die Bankangestellte das Papier um und schob es Sylvie zu. »Hier ist der Stift, und hier an dieser Stelle brauche ich Ihre Unterschrift«, erklärte sie, wobei sie auf eine Zeile deutete, die sie bereits mit einem *X* markiert hatte. »Und hier ist Ihre Kontonummer«, sagte Tracy und wies weiter oben auf das Formular, wo sie, wie Sylvie entdeckte, in Wirklichkeit zwei Nummern eingetragen hatte: die gedrängte kurze und die auseinandergezogene lange. Sylvie blickte zu Tracy hoch, doch ihre Miene war ernst und nichtssagend. »Wenn man ständig lange Zahlen abschreibt, kann man sich manchmal ein wenig vertun. Das passiert allen, Kassierern, Filialleitern, man kann einfach nicht jederzeit hundertprozentig dagegen gefeit sein.« Sylvie nickte. »Und das Schreckliche daran ist, daß die Irrtümer eigentlich durch all die Nachprüfungen, die wir ständig machen, erkannt werden sollten. Wie das hier zum Beispiel, das geht jetzt gleich nach Hartford, und falls da ein Fehler drauf wäre, dann würde die Person, die den Antrag bearbeitet, ihn wahrscheinlich Gott sei Dank aufdecken. Aber selbst dort können Schnitzer vorkommen. Manchmal haben diese Leute dort in der Nachtschicht schon so viele Formulare angeschaut, daß sie nicht mehr sehen, was sie eigentlich sehen sollten. Irgendwer da droben muß jetzt Monate und Monate von Schecks herrichten und von beiden Seiten kopieren. Natürlich kann man dabei in eine Art Routine verfallen und völlig abstumpfen, während man einfach den nächsten Satz durch den Kopierer laufen läßt. Vielleicht passiert es ja so, daß die Wachsamkeit ein wenig nachläßt. Ich hab da oben gearbeitet, dort hab ich nämlich angefangen, als ich achtzehn war. Und ich weiß, daß es der langweiligste Job ist, den man sich vorstellen kann. Und meistens war ich auch übermüdet und hab nur ausgeharrt, bis ich eine Chance auf einen Job am Tag hatte. Für eine Menge Leute, mit denen ich gearbeitet habe, war das ihr zweiter Job, nachdem sie schon acht Stunden in einem anderen gearbeitet hatten. Ich hab schon Leute erlebt, die den Kopf auf den Tisch gelegt haben und da oben zu schnarchen anfingen.« Sie schwieg eine Weile, während sie Sylvie offen anschaute. »Ich möchte nur eindeutig sicherstellen, daß ich Ihnen das alles erklärt habe, daß Sie meine Position verstehen und daß ich gegen keine Bestimmungen verstoße, richtig?«

»O ja«, sagte Sylvie und bemühte sich, nicht zu lächeln.

»Gut. Jetzt faxe ich das also rüber, und dann wollen wir mal sehen, was passiert. Ihre Chancen stehen gut. Sie können mich morgen anrufen. Dann hab ich zwar noch keine

Kopien, aber vielleicht weiß ich schon, ob jemand Alarm geschlagen hat – nur für den Fall, daß mir beim Ausfüllen dieses Formulars womöglich Fehler unterlaufen sein sollten.«

»Danke Ihnen«, flüsterte Sylvie.

»Den verfluchten Schuft kriegen wir«, sagte Tracy und streckte die Hand aus. Sylvie ergriff sie und hielt sie ganz fest.

KAPITEL 23

»Es bedeutet vielleicht gar nichts«, sagte Martinson zu ihr. Sie hatten den ganzen Satz an Kontobewegungen, den ihnen Tracy zugänglich gemacht hatte, auf der Küchentheke ausgebreitet vor sich liegen. Sylvie hatte einen Scheck gefunden – von dem alten Konto auf Peters Namen –, der in Arizona eingelöst worden war.

»Es bedeutet, daß er vielleicht dort drüben lebt«, entgegnete sie ihm.

»Nein, stimmt nicht. Es bedeutet, daß er vor weit über einem Jahr einen Barscheck ausgestellt hat und jemand anders ihn sich zufällig da drüben hat auszahlen lassen.«

»Alle übrigen Schecks hier in dem Packen wurden in Connecticut eingelöst«, machte sie geltend. Martinson zuckte mit den Achseln und hob die Hände offen nach oben. »Und gehört Arizona nicht zu diesen warmen Gegenden, wo die Leute für ihren Ruhestand hingehen?« Sie griff wieder nach der Kopie des Schecks. »Tucson«, las sie laut vor. »Gehn die Leute nicht dorthin und spielen das ganze Jahr über Golf?«

»Ja, wahrscheinlich.«

»Bestimmt sogar. Es ist einer von diesen größeren Orten, wohin Leute im Rentenalter ziehen, mit einer Menge Sonne. Vor ein paar Wochen stand eine große Sache darüber in der Zeitung, daß es dort nicht mehr schrecklich viel Wasser gibt, weil es inzwischen viel zu dicht besiedelt ist.« Er zog an dem Papier in ihrer Hand, und sie ließ es los. »Er lebt in Tucson«, erklärte sie.

»Das ist zu verflucht simpel. So einen Fehler würde er nicht machen. Er ist zu vorsichtig. Vergessen Sie das.«

»Es ist der letzte Scheck, den er auf dieses alte Konto ausgestellt hat. Es ist doch ganz klar, warum er das Konto geschlossen hat.«

»Nein, er hat es geschlossen, weil er eins mit Ihnen zusammen eröffnet hat.«

Sie beugte sich zu ihm vor, hätte ihm zum Nachdruck sogar gern mit dem Finger auf die Brust gedeutet, ja gedrückt, aber sie hielt sich zurück und sagte nur: »Er hat mich erst zwei Monate später mit angegeben. Er hat die Bank gewechselt, weil er dies hier vertuschen wollte. Er bekam Bedenken, als ihm klar wurde, daß auf der Rückseite von diesem Scheck der Name von irgendwem auftauchen würde. Er wollte seine Spuren verwischen.«

»Nein«, erwiderte Martinson und schubste den Scheck beiseite.

»Ach, kommen Sie schon, Detective, endlich hab ich was aufgetrieben, und da wollen Sie's zurückweisen. Wieso? Was genau haben Sie dagegen einzuwenden? Wir waren doch auf der Suche nach irgendeiner Art von Schnitzer, und kaum finde ich ihn, behaupten Sie, daß er keine Schnitzer macht? Wo ist da die Logik?«

»Ich weise es nicht zurück, ich überlege mir nur alle Möglichkeiten. Ich will nicht, daß Sie glauben, alles sei ausgestanden, weil es nämlich eher danach aussieht, daß uns das auf den Holzweg führt. Oder bestenfalls auf eine uralte, ausgetretene Spur. Dieser Scheck ist vor über einem Jahr ausgestellt worden.«

»Richtig, bloß ein paar Tage, bevor er mich getroffen hat, *bevor* er die Rolle von Mr. Vorsicht übernommen hat.«

»Mag ja sein, aber das ist nur eine absolut minimale Möglichkeit, daß etwas Handfestes dabei herauskommt. Und jetzt sind Sie himmelhoch jauchzend – ich hab Sie noch nie so gesehen, mit ganz roten Backen vor lauter Freude und wie Sie da hin und her gehüpft sind, als Sie darauf gestoßen waren.«

»Haben Sie mir etwa nicht gesagt, daß wir uns absolut alles anschauen müssen?«

»Ja, schon, und das gilt auch jetzt noch. Ich versuche hier bloß der Realist zu sein, nichts weiter. Ich kann mir nicht vorstellen, daß er einen so fundamentalen Fehler begeht.«

»Na schön, vielleicht ist er nicht ganz so perfekt, wie ich dachte, vielleicht wohnt er gar nicht in Tucson, und vielleicht ist auch Cally nicht dort. Aber vielleicht ist da doch jemand, der ihn kennt, der in Kontakt mit ihm war und der uns sagen kann, wo wir als nächstes hin sollen.«

Er hob das Blatt Papier hoch und musterte es erneut. »Wissen Sie, selbst wenn er Sie nur soweit angespitzt hätte, wäre das schon ein ziemlich erheblicher Fehler auf seiner Seite gewesen«, sagte der Detective. »Er hat einen Barscheck ausgeschrieben, den jemand in Tucson kassiert hat. Das ist das einzige, was wir wissen.«

Sylvie nahm ihm das Blatt wieder aus der Hand. Der Scheck war von einem Keith Blessing gegengezeichnet worden. Unter dieser Unterschrift stand eine weitere, die von Joanna Blessing. Der Scheck war bei der Sparkasse Western Savings, Tucson, Arizona, eingelöst worden.

»Hier sind keine andern Schecks dabei, die auf Barzahlung ausgestellt sind und von anderen Leuten unterschrieben wurden. Es könnte doch sein«, sagte Sylvie betont langsam, so als würde eine bedachtsame Eröffnung stärker überzeugen, »es könnte doch sein, daß dies die Leute sind, die Cally haben.«

»Das bezweifel ich«, antwortete er. »Weshalb sollte er ihnen einen Scheck ausstellen? Falls sie Cally hätten, dann wären sie es doch, die ihm einen geben würden, finden Sie nicht?«

Sie wünschte, sie hätte das nicht gesagt. Sie schloß die Augen und versuchte das Bild, das vor ihr aufstieg, auszublenden: Leute, die sich Geld aushändigten, während ihr Kind von Hand zu Hand weitergereicht wurde, ganz so wie an einem Fließband. »Es könnte doch ein Freund sein, eine Schwester, jemand aus der Richtung«, flehte sie ihn fast an, und sie war erleichtert, ihn zustimmend nicken zu sehen.

»Oder jemand, von dem er etwas per Post bestellt hat«, sagte der Polizist.

»Nein«, widersprach sie, »so läuft das doch nicht. Wenn er etwas bestellt hätte, dann wäre der Scheck zur Verrechnung an die Firma und nicht für Bargeld ausgestellt worden. Ich glaube, daß dieser Mensch, dieser Keith wie-auch-immer, weiß, wo Peter steckt.«

»Sylvie«, protestierte er. »Nehmen wir mal bloß für eine

Sekunde an, daß Sie recht haben. Was bringt Sie auf die Idee, Sie würden von dieser Person irgend etwas kriegen? Warum sollte er Ihnen sagen, wo Sie Peter finden?«

»Vielleicht ist er auch reingelegt worden.«

»Vor einem Jahr? Das ist doch noch länger her als Ihre Geschichte. Sie würden doch *ihm* einen Gefallen tun, wenn Sie ihm sagen, daß Peter zuletzt in New Haven gesichtet worden ist.«

»Peter hat gern mexikanisch gegessen.«

»Sie haben behauptet, daß er Steak mag. Das sind wir doch schon alles durchgegangen. Ändern Sie jetzt nicht die Geschichte, nur um sie an diesen Scheck anzupassen, bitte, Sylvie.«

»Nein, hörn Sie doch, sein Lieblingsessen, zu Hause zum Beispiel oder wenn wir ausgegangen sind, *war* Steak. Aber er hat ständig darüber geredet, daß es hier bei uns drüben kein gescheites mexikanisches Essen gibt. Daß sie ständig Tomatensoße benützen, wenn sie eigentlich Chilischoten hätten verwenden sollen. Und was ist damit, daß er ständig gesagt hat *hier drüben?* Wo liegt eigentlich Arizona?« fragte sie ihn.

»Im Westen«, sagte er. »Neben Südkalifornien.«

»Okay, also könnte man das doch *da drüben* nennen, oder etwa nicht? Und man könnte sagen, daß wir *hier drüben* sind, richtig? Wenn es um Florida ginge, würde er dann nicht sagen *hier oben?*«

Martinson zuckte mit den Achseln. »Mag ja sein, aber da gibt's immer noch Texas, New Mexico und Südkalifornien, und die sind genausogut ›da drüben‹.«

Sylvie hatte das Gefühl, als sei dies eine körperliche Anstrengung, so als packe sie Martinson unter den Armen und schleife ihn dahin, daß er ihr glaubte. »Die essen aber doch mexikanisch in Tucson, oder?«

»Ja.« Er sammelte die übrigen Fotokopien auf, klopfte sie gegen die Theke, um die Ecken zu glätten und legte sie dann seitlich ab. »Und Steak«, sagte er.

Sie lächelte ihn an und spürte jetzt, daß es tatsächlich so schien, als reiche ihr Lächeln von einem Ohr zum anderen. Sie war ganz sie selbst. »Steak ist 'ne große Sache dort?«

Er nickte. »Sie grillen es über Holzfeuer. Holz vom Mesquitstrauch benützen sie, glaub ich.«

»Da haben wir's«, sagte sie voller Begeisterung, öffnete den Kühlschrank und holte eine große Flasche aus dem Fach in der Tür. »Schaun Sie sich das mal an«, sagte sie, während sie die Flasche energisch auf die Theke stellte. »Originales Mesquit-Aroma«, las sie vom Etikett ab. »Es ist grausliches Zeug, schmeckt ekelerregend. Ich mußte das Steak immer halbieren, bevor ich's gerichtet hab, damit ich das Zeug nicht auf meine Portion abbekam.« Er nahm die Flasche, betrachtete sie einen Moment lang, stellte sie dann wieder hin. »Das *ist* doch was, oder nicht?« Sie flüsterte die Worte und vollführte dann an Ort und Stelle eine schnelle Folge federnder Steptanzschritte.

»Das hab ich nicht gesagt. Wir haben nur sehr wenig, Sylvie. Ein paar Vermutungen und Ahnungen, aber das ist nicht genug, um daran zu glauben.« Er legte ihr die Hand auf die Schulter, und sie versuchte für eine Weile stillzuhalten. »Ich hasse es, bei all dem immer als Miesmacher dazustehen, weil ich zugeben muß, daß ich Sie gern so frohgestimmt, so glücklich sehe.«

»Was machen wir jetzt?« fragte sie ihn, während sie sich von seiner Hand löste und sich im Halbkreis von ihm wegdrehte.

»Wir sollten versuchen, mit diesen Leuten in Kontakt zu treten.« Er deutete auf die Unterschrift der Blessings auf dem Scheck.

»Diese Frau in der Bank, Tracy, hat gesagt, wir sollten lieber nicht anrufen.«

»Ich weiß, aber wir haben im Augenblick nicht gerade die große Wahl. Wenn wir uns die richtigen Fragen zurechtlegen, dann kriegen Sie das am Telefon ganz bestimmt hin. Ich könnte versuchen, seine Fingerabdrücke – die, die wir für alle Fälle abgenommen haben – durch die Unterlagen in Tucson laufen zu lassen.«

»Sie können sie ja durchlaufen lassen«, sagte sie, »aber ich fahr trotzdem da rüber.«

»O nein, das tun Sie nicht. Sie haben doch schon gesagt,

daß Sie in Verlegenheit geraten, wenn Sie anderen direkt gegenübertreten müssen. Sie vermasseln am Schluß nur noch alles.«

»Ich weiß jetzt, wie ich das mache.«

»Was soll das heißen?«

»Bis ich an Tracy richtig rangekommen bin, hab ich diese echt coole Show abgezogen, diese Kripo-Methode benützt, so, wie Sie's mir gesagt hatten, hab also einfach nur nach Auskunft gefragt. Aber das bedeutet, daß man lügt, und das heißt, daß man Angst hat, bei diesen Lügen bloßgestellt zu werden. Die richtige Art vorzugehen ist die Wahrheit zu sagen, Detective. Die Leute erkennen den Unterschied. Auf was Echtes, das einem passiert, reagieren sie auch. Sie fühlen mit einem. Sie fallen aus der üblichen Rolle, sie sagen okay, Sie brauchen Hilfe, hier ist sie. Ich werde also da rüberfahren und erklären: Wissen Sie, wo dieses Arschloch ist, er hat mir nämlich mein Baby weggenommen?«

»Weil es so mit Tracy geklappt hat?« Sie nickte. »Tolle Chance, Sylvie. Sie hatten dabei einfach bloß Glück. Sie sind auf die eine Frau gestoßen, die zufälligerweise eine Schwester hat, der man die Kinder geklaut hatte. Machen Sie sich doch nicht vor, daß Sie mit rosigen Vorstellungen von Ehrlichkeit à la Pfadfindertugend irgendwas erreichen.«

Sie wandte sich von ihm ab, da ihr plötzlich klar war, wie sehr er recht hatte; wie unmöglich das war, wie unmöglich schon von dem Moment an, als sie hereingekommen war und das leere Gitterbett gesehen hatte.

»Und formal gesehen«, fuhr er fort, »dürfen Sie nicht einmal den Staat verlassen, wissen Sie. Sie sind in diesem Fall eine Tatverdächtige, vergessen Sie das nicht. Vorläufig, glaube ich, sollten wir uns bedeckt halten. Ich arbeite an dieser Sache weiter und bemühe mich, daß der Verdacht gegen Sie fallengelassen wird. Das ist das, was jetzt wirklich wichtig ist. Sie müssen sich ruhig verhalten, allenfalls können Sie ein paar Anrufe machen. Sie können diese Leute nicht unter Druck setzen, oder die entziehen sich Ihnen auf Dauer.«

»Scheiß drauf. Ich geb jetzt nicht nach«, erwiderte sie. »Sie können ja weiterhin Ihre kleinen Karteikarten überwachen, was Recht und was Unrecht ist, Detective, falls es das ist, was Ihnen Spaß macht. Aber ich bin entschlossen, nach Keith Blessing zu suchen.« Sie griff nach seinem Jackett am Ende der Theke, wo er es abgelegt hatte und schleuderte es ihm über die kurze Entfernung zwischen ihnen zu. »Nun gehn Sie schon, okay?«

»Bestens, kein Problem«, antwortete er und war bereits aufgestanden. Als er bei der Tür ankam, drehte er sich nach ihr um. »Rufen Sie mich an, wenn Sie dort sind?«

Sie aber holte nur ganz tief Luft und sagte kein einziges Wort. Daraufhin nickte er, öffnete die Tür und war verschwunden.

Kapitel 24

Hannah machte sich Sorgen; der ganze Plan komme ihr hirnrissig vor, erklärte sie. »Halten sie dich dann nicht zurück?«

»Wer?«

»Ich weiß nicht, die Sicherheitsleute am Flughafen. Haben die denn nicht Listen von den Leuten, die den Staat nicht verlassen dürfen, prüfen die solche Sachen nicht nach? Du hast das nicht richtig durchdacht, Sylvie – was ist, wenn du im Knast landest?«

Hannahs Stimme wurde lauter als gewöhnlich und nahm diese schrille Schärfe an, die sich an Sylvie klammerte, sie festzuhalten und in ihre Gedanken einzudringen versuchte. Aber Sylvie wußte, daß ihre Mutter recht hatte – die Möglichkeit, man könnte sie zurückhalten, hatte sie gar nicht erwogen. Diese Vorstellung brachte sie so durcheinander, daß ihr übel wurde – vielleicht sollte sie lieber Martinson anrufen und ihn fragen, was voraussichtlich geschehen werde. Doch was brachte das wirklich? Wenn er ja sagte, das stimme schon, daß sie vielleicht festgehalten werde, ließ sie sich doch trotzdem nicht davon abhalten zu fahren, oder? Sie würde sich eben dann damit auseinandersetzen, wenn es soweit kam, ganz einfach. »Das hab ich mit Martinson besprochen«, erklärte sie und hoffte damit ihre Mutter hinzuhalten, was dieses Thema anging. »Er sagt, da gibt's keine Schwierigkeiten. Sie können nicht jeden einzelnen in jeder Stadt auf ihrer Liste haben, weißt du.«

»Vermutlich nicht«, erwiderte Hannah. Sylvie holte jetzt Unterwäsche aus dem obersten Fach und legte sie in den blauen Leinenkoffer, der offen auf dem Bett lag. »Und falls du Cally tatsächlich findest, was machst du dann?«

Sylvie starrte ihre Mutter an; wie verdutzt sie angesichts dieser Frage war, konnte man ihren gerunzelten Augenbrauen entnehmen. »Ich bring sie natürlich mit zurück.«

»Ich meinte doch: Wie? Du kannst doch nicht einfach reingehen und sagen: Bitte ...«

»Ich mach das schon«, schnitt Sylvie ihr das Wort ab. Sie packte rasch, ohne sich Gedanken darüber zu machen, wie viele Sachen oder von welcher Farbe oder ob ihr damit warm genug sein würde. Etwas Unterwäsche, ein paar richtige Anziehsachen, einmal extra Schuhe. Was brauchte sie sonst noch? Eine Zahnbürste, einen Kamm. Der Koffer füllte sich sogar noch schneller, als bei der berüchtigten Reise nach Puerto Blanco. Sie ließ ihre Hände eine Weile auf dem Kleiderstapel ruhen und ermahnte sich selber: Immer mit der Ruhe, das ist wirklich nicht der Zeitpunkt, um irgend etwas Wichtiges zu vergessen. Und dann überlegte sie, ob es nicht besser wäre, abzuwarten, bis sie eine korrekte Geburtsurkunde hatte und bis man ihr offiziell das Sorgerecht gewährt haben würde. Aber nein, es war besser, jetzt einfach dort hinzukommen, oder nicht? Sie wollte denen nicht so viel Zeit lassen, daß sie ... Daß sie was? fragte sie sich, konnte sich aber nicht vorstellen, was wohl als nächstes geschehen mochte. Aber war nicht dieses Gefühl völliger Ungewißheit über Callys Schicksal Grund genug, so schnell wie möglich dort hinzugelangen? Wer *konnte* schon wissen, was als nächstes passieren mochte? Ich muß es einfach herausfinden, sagte sie sich. Die Sache klären. Sie steckte den Brief, den die Hebamme verfaßt hatte, in den Koffer. Das Flugticket verwahrte sie in ihrer Handtasche, nachdem sie wieder einmal die Abflugzeit überprüft hatte – Gott, war dieser Ort weit weg, zwei Maschinen und fast einen ganzen Tag würde es brauchen, bis sie dort ankam. Was sie sich wünschte, was sie am liebsten gehabt hätte, war eine Pistole oder irgend etwas Bedrohliches, Endgültiges und Starkes, das sie in der Hand halten konnte, wenn sie dann sagte: Bitte ... Und dann würde er – würden sie –, wen immer sie damit meinte, sich geschlagen geben müssen, dann müßten sie ihr das Baby in die Arme legen, denn »Bitte« allein war gar nichts; ein Winseln, das keinen Deut wert sein würde. Nun gut, sie würde es schon machen, wie sie vorhin gesagt hatte. Sie kam schon noch dahinter, wie.

»Willst du die Milchpumpe mitnehmen?« fragte Hannah

und hielt dabei das häßliche Ding hoch, das wie eine Mischung aus einer Fahrradklingel und einer Säuglingsflasche aussah.

»Meine Milch ist fast ganz weg«, sagte Sylvie, während sie die Pumpe aus Hannahs Hand nahm und in der Innentasche des Koffers verstaute. »Ich kann sie fast gar nicht mehr spüren.« Nein, dachte Sylvie, sie *ist* weg. Die Pumperei, die sie jetzt noch durchzog, war nur mehr ein schmerzvolles Ritual. Die Kammer der Pumpe war in den letzten Tagen fast völlig trocken geblieben.

»Sie kann auch die Flasche kriegen, das weißt du ja.«

»Natürlich weiß ich das«, sagte Sylvie, und Tränen, die nicht vergossen werden sollten, mischten sich in ihre Worte. »Es fühlt sich bloß so an, als ob damit Cally auch allmählich versickert.« Sie drehte sich zu ihrer Mutter um. »Mein Körper fällt nicht auf diesen Trick mit der Pumpe rein. Er weiß, wie es eigentlich sein müßte, und daß dies hier nicht das richtige ist. Mein Körper weiß, daß sie weg ist. Er weiß auch noch mehr. Er weiß, daß da etwas nicht stimmt. Daß sie nicht wiederkommt und deshalb die Milch aufhören kann. Es ist so, als hätte ich kein Recht mehr darauf.« Die Tränen brannten in ihren Augen.

»Sylvie, das Ganze hat nichts Mystisches an sich – du stillst nicht, also besteht keine Nachfrage nach der Milch, und deshalb trocknet sie aus. Es ist ein rein körperlicher Vorgang von Ursache und Wirkung, ein natürliches Phänomen von Angebot und Nachfrage, das den Milchfluß reguliert. Es ist nicht so, daß dein Körper wissen könnte, wo Cally ist oder was mit ihr los ist.«

»Weißt du was«, entgegnete Sylvie und wandte sich ihrer Mutter ganz zu, »ich mach mir im Augenblick wirklich nichts aus wissenschaftlichen Erklärungen. Du kannst es sein lassen, mir akademische Vorträge zu halten, okay?« Sylvie sah, wie Hannahs Mund schmal wurde, wie sich die Lippen kaum merklich nach innen zogen. »Weißt du, was Martinson sagt?« fragte sie ihre Mutter.

»Ach, Martinson hat jetzt wohl das letzte Wort, wenn es ums Stillen geht?«

»Es geht nicht ums Stillen, es geht um alles.«

»Aha, dann nur zu, ich würde zu gern die Weltanschauung dieses großen Philosophen kennenlernen.«

»Er sagt, daß man das Wetter genausogut vorhersagen kann, wenn man auf den Wind horcht, als wenn man die ausgeklügelsten Computerausdrucke auswertet.« Hannah schüttelte den Kopf. Sylvie nahm die Haarbürste vom Bett und schob sie zwischen die Lagen von Kleidungsstücken in ihrem Gepäck. »Handelst du denn niemals, ohne daß du erst rauszukriegen versuchst, warum und wie und wofür und was dann?« fragte sie ihre Mutter.

»Ich bin nicht zu dem Schluß gekommen, daß impulsives Verhalten je zu vernünftigen Lösungen führt.«

»Ich habe nicht von impulsiv geredet. Ich spreche von Gefühlen.«

»Und wohin hat dich das gebracht?«

»Es hat mir Cally gebracht«, sagte Sylvie aufsässig, mit vorgestrecktem Kinn. »Sag mir, daß sie es nicht wert ist.«

»Ich würde mir nicht anmaßen, so etwas zu dir zu sagen, das weißt du.«

»Vielleicht hab ich ja ein paar blöde Sachen gemacht, Dinge falsch beurteilt, aber ich lebe mein Leben und tu das, was ich tun muß.« Sylvie ging zum Einbauschrank hinüber und zog ein blaues Strickoberteil von seinem Kleiderbügel herunter. Vielleicht fand sie Cally ja tatsächlich, dachte sie. Sie würde sie in Sicherheit vorfinden, und sie würde sie bald finden. Ja, vielleicht sollte sie sogar ein paar Babysachen mitnehmen. Oder doch wenigstens einen kleinen Anzug und eine Windel, vielleicht zwei oder drei Windeln. Das wäre dann so, als hätte sie einen Glücksbringer dabei. Es würde helfen, die Hoffnung aufrechtzuerhalten. Ihr wurde klar, daß sie nicht einmal wußte, welche Größe sie wählen sollte – um wieviel größer würde Cally nach diesen drei Wochen aller Wahrscheinlichkeit nach sein?

»Hast du in Erwägung gezogen, daß vielleicht alles auf ein sinnloses Unternehmen hinausläuft?« fragte Hannah plötzlich.

»Ja«, sagte Sylvie und entschied, die Babysachen nicht

mitzunehmen. Falls sie Cally nicht fand, falls dies nur ein törichter, teurer, anstrengender Lückenbüßer, ein sinnloser Zeitvertreib war, dann würde es nach ihrer Rückkehr unerträglich für sie sein, die Sachen wieder auszupacken. »Und ich tu's trotzdem.«

»Und *ich* finde – *ich* weiß –, *du* solltest abwarten«, erwiderte Hannah. »Was willst du erreichen, wenn du sie dir illegal holst?«

»Ich erreiche damit, daß ich sie wieder anfassen kann, sie wieder fühlen kann.« Sie hielt sich eine Hand über die Brust. Die Vorstellung, wie sich ihr Kind an sie schmiegen würde, raubte ihr alle Atemluft.

»Sie werden dich verhaften, Sylvie.«

»Gut, und wenn schon.«

»Cally nehmen sie dir dann weg.«

»Und wenn schon. Dann hol ich sie mir eben wieder.« Sylvie änderte ihre Meinung und legte Callys orangefarbenes Strampelhöschen oben auf ihre eigenen Sachen.

»Was ist, wenn – was weiß ich, wenn die Leute, die sie haben, irgendwas Gewalttätiges versuchen? Du weißt nicht, wozu die fähig sind.«

Sylvie bekam kaum genug Luft, um die Worte zu formen, aber sie näherte sich ihnen langsam, untersuchte sie, spürte ihre Wahrheit: »Mir hat man schon mehr weh getan, als es weh tun kann.«

»Das glaub ich nicht«, sagte Hannah. »Wer immer Cally hat, kann noch mehr tun. Kannst du nicht warten? Kannst du's nicht den Gerichten überlassen?«

Es fühlte sich an wie ein Gelächter, dieses drückende Gefühl in ihrem Brustkorb, das da loslegen wollte. Aber es fühlte sich auch scharf an, furchterregend wie ein Hustenanfall, ein zermalmender Schlag. »Mama«, erklärte Sylvie, »wenn du an meiner Stelle wärst, damals vor zwanzig Jahren, wenn's um mich ginge, nicht um Cally, was hättest du dann gemacht? Hättest du abgewartet, bis alles ganz legal wäre und idiotensicher und risikolos? Hättest du vielleicht Wochen oder Tage oder Stunden verstreichen lassen und einfach gewartet?«

»Ich will's nicht noch schlimmer machen, dich im Gefängnis, mit dem Gesetz in Konflikt …«, sagte sie, und ihre Stimme verlor sich.

»Ich will einfach wissen, ob du, Hannah Pierson, dein Baby suchen gegangen wärst.«

»Das ist keine einfache Ja-Nein-Angelegenheit, über die wir hier reden«, blieb Hannah hartnäckig.

»Okay, dann versuch es mir mal zu erklären, ausführlich, im Aufsatzstil, wenn du willst.« Sylvie setzte sich aufs Bett und wartete darauf, daß ihre Mutter antwortete. Hannah nahm die kleine Maus in die Hand, das Plüschtier, das früher immer auf dem Fensterbrett von Cally gesessen hatte. Sylvie hatte sie zusammen mit ihren Kleidern in die Tasche getan.

»Es gibt immer Konsequenzen, die man mit einbeziehen muß«, sagte Hannah, während sie das blaue Fell glättete. Sylvie nickte. »Wenn du verschwunden wärst, wenn es so wie jetzt gewesen wäre …«, ihre Stimme war heiser und leise geworden, »dann hätte ich nicht abgewartet.«

Hannah wandte sich einen Moment lang mit geschlossenen Augen ab. Dann richtete sich ihr Blick wieder auf ihre Tochter, und Sylvie hielt ihr die Hand hin, Hannah kam auf sie zu, streckte verlangend beide Arme aus und zog ihr Kind eng an sich.

Bevor sie sich auf den Weg zum Flugplatz machte, öffnete Sylvie ihre Geldbörse und holte ein verkrumpeltes Stück Papier heraus. Sie hatte die Nummer, die mit einem roten Filzstift darauf geschrieben stand, so leicht erhalten, daß sie noch immer nicht glauben konnte, dies könne wahrhaftig die richtige sein. Sie hatte nichts anderes tun müssen als die Auskunft anzurufen und nach einem Keith Blessing an der Elm Street zu fragen. »Ich habe nichts an der Elm Street, aber ich habe da einen K. und J. Blessing an der Larch Street«, hatte die Telefonistin geantwortet.

»Ach, stimmt ja, das muß es sein, Nummer zwei-sieben-vier-null, nicht?«

»Nein, drei-sechs-acht.«

»Na gut, die ist es bestimmt«, hatte Sylvie gesagt, ohne

sich im geringsten Gedanken darüber zu machen, wie lachhaft offensichtlich es sein mußte, daß sie der Frau vom Amt die Adresse aus der Nase gezogen hatte. Was spielte es schon für eine Rolle, wenn sie letzten Endes die Information bekam, die sie brauchte? Und Martinson hatte recht – man konnte eben doch nicht einfach die Auskunft anrufen und erklären, das Kind sei einem entführt worden, und ein bißchen flennen und darauf hoffen, die Telefonistin werde einem schon aus reiner Herzensgüte alle Adressen nennen, die man je hatte wissen wollen.

In dem Moment jedoch, direkt nachdem sie den Hörer aufgelegt hatte, fühlte sich alles viel zu einfach an, so, wie Martinson sie schon gewarnt hatte. Konnten diese Leute denn irgend etwas über Peter wissen, wenn man sie so leicht ausfindig machen konnte? Doch dann beschloß sie ebenso schnell wieder, nicht mehr daran zu denken. Sie wählte erneut die Auskunft an und fragte nach einer Telefonnummer von Peter. Nichts. Nicht, daß sie damit gerechnet hätte, aber es erschütterte sie doch, erschütterte sie zutiefst – ganz so, als wäre sie von hoch oben auf ein Betonfundament hinuntergesprungen. Es hatte so ausgesehen, als müsse er einfach dort drüben sein, und daß er im Telefonbuch stehen müßte. Machte sie sich mit dieser ganzen Tucson-Sache womöglich etwas vor? Sie versuchte es noch ein paar weitere Male, fragte nach einer neuen Nummer, versuchte dann die üblichen Variationen für seinen Namen, und trotzdem führte das Ganze zu absolut nichts. Wieder ein Augenblick des Konflikts: Zweifel über den Sinn einer Jagd quer durchs Land, um einen Hauch von einem Hinweis auf eine winzige Möglichkeit zu verfolgen. Vielleicht sollte sie lieber nicht aufbrechen, dachte sie, rief sich dann jedoch ins Gedächtnis zurück, daß es immerhin möglich war, bloß möglich (selbst Martinson gab zu, daß eine gewisse, wenn auch kaum meßbare Chance bestand), daß diese Leute tatsächlich ihr Baby hatten. Sie mußte einfach hin, und sie mußte so schnell wie möglich hin: Sie mußte es wissen.

Der Zettel, den sie in der Hand hielt, war im Grunde genommen völlig überflüssig: Sie hatte die Ziffern schon auswendig gelernt, als sie ihr die Computerstimme der Telefonauskunft heruntergeleiert hatte. Sie drückte die entsprechenden Tasten auf dem Telefonapparat, hörte es einmal, zweimal, dann dreimal klingeln, vernahm das Klicken, als jemand den Hörer abnahm, dann in zwitscherndem Tonfall – eine Frau, jung und mit klarer Stimme, die Hallo sagte. »Ist dort Mrs. Blessing?« fragte Sylvie.

»Ja, richtig.«

»Hier spricht Janet von Babyland; ich rufe wegen unserem Sonderangebot für frischgebackene Eltern an.«

»Ja?« Die Stimme war nun argwöhnisch geworden und vorsichtig, aber Sylvie war hoch erfreut – die Frau hatte keinen Einspruch gegen die Annahme erhoben, daß sie erst seit kurzem Mutter war.

»Ich würde Ihnen gern unsre besondere Einführungskarte zuschicken, die Ihnen einen Rabatt von fünfundzwanzig Prozent einräumt für alles, was Sie kaufen, bevor Ihr Kind sechs Monate alt wird.«

»Wo ist der Haken?«

»Nirgends. Wir wollen Sie einfach nur in unser Geschäft locken, damit Sie sehen, daß es etwas Besonderes ist.«

»Nun, das ist wohl okay.«

»Gut. Wir schicken Ihnen die Karte also sehr bald zu.«

»Wofür ist die denn gut?«

»Sie meinen, was Sie damit kaufen können?«

»Ja«, sagte die Frau und lachte. »Ich wollte nicht, daß es so negativ klingt.«

»Oh, das macht nichts«, sagte Sylvie. »Sie können sie für alles bei uns im Laden verwenden – Kleidung, Möbel, Spielzeug, sogar für Windeln –, die sind doch heutzutage so teuer, finden Sie nicht?«

»Ja, das stimmt wirklich. Das hat mich tatsächlich ziemlich schockiert.«

»Gut, dann schick ich sie Ihnen raus.«

»Danke«, sagte sie, und Sylvie legte den Hörer wieder auf.

»Sehr eindrucksvoll«, kommentierte Hannah, die in der Tür gestanden hatte. »Vielleicht hast du ja eine neue Karriere als Schauspielerin vor dir.«

Sylvie lächelte. »Es müßte sich schon aufs Schauspielern am Telefon beschränken, fürchte ich. Ich falle total aus der Rolle, wenn ich richtige Leute vor mir habe. Dann werde ich rot und stammle und weine.«

»Konntest du etwas aus dieser Frau herausholen?«

»Nur, daß sie seit kurzem Mutter ist und daß ihr Baby jünger als ein halbes Jahr alt sein muß.« Sylvie fiel jetzt ein, daß sie sich ja nach dem Namen des Babys hätte erkundigen können, behaupten, sie wolle ihn mit auf die Karte setzen, irgend so etwas.

»Hat sie gesagt, ob es ein Mädchen oder ein Junge ist?«

»Nein.«

Hannah seufzte. »Es ist nicht viel, was du hast.«

»Nein. Sie haben ein Baby, und sie haben irgendeine Verbindung zu Peter.«

»Vielleicht haben sie eine Verbindung.«

»Ja, Mutter.«

»Und das muß nicht unbedingt was mit Cally zu tun haben«, hob Hannah hervor.

»Richtig. Aber vielleicht eben doch, oder vielleicht kauft und verkauft Peter überall in der Gegend Babys. Vielleicht ist dieses Blessing-Baby eins von ihm, ist aber nicht Cally. Aber vielleicht könnte ich ihn ja trotzdem durch die Blessings finden. Oder aber das sind einfach nur Leute, die einen Scheck von Peter eingelöst haben und zufälligerweise selber ein ganz normales Baby haben. Legal, auf natürliche Weise, und so weiter.«

»Ja«, sagte Hannah. »Es gibt so viele Möglichkeiten. Es kann alles nur Denkbare sein.«

»Vielleicht ist es gar nichts, Mama«, erwiderte Sylvie. Sie zog die beiden Reißverschlüsse am Koffer zu und führte sie an derselben Ecke unten zusammen. »Vielleicht ist alles umsonst, wie du gesagt hast.«

»Alles ist möglich«, sagte Hannah mit einer, wie es Sylvie schien, träumerischen und möglicherweise sogar etwas hoffnungsvollen Stimme.

»Deshalb fahr ich auch«, erklärte Sylvie und hob mit einem Schwung den Koffer vom Bett.

TEIL III

Kapitel 25

Es war warm in Tucson. Sie brauchte keinen Mantel, nicht einmal die leichte Jeansjacke, die sie nun auszog und auf ihren Koffer fallen ließ. Wenigstens war es nicht wie in Puerto Blanco, dachte sie und erinnerte sich daran, wie schwül sich die Luft angefühlt hatte, als sie damals den Flugplatz verließen; so feucht, so unerträglich heiß, daß sie es nicht für möglich hielt, daß sie genug Luft in ihre Lungen bekommen werde, geschweige denn ihren Aufenthalt dort tatsächlich genießen könne. Doch innerhalb weniger Stunden hatte sie sich daran gewöhnt, genauso, wie sie sich schon an alle nur möglichen anderen Dinge in diesem Leben gewöhnt hatte. Irgendwie lernte man es, sich dem Wetter entsprechend zu kleiden, wo auch immer man war. Diese Sonne von Tucson jedoch, dachte sie, war einigermaßen perfekt – trocken und warm, sanft auf der bloßen Haut ihrer Arme, dort, wo sie die Ärmel bis über die Ellenbogen hochgeschoben hatte.

Sylvie winkte ein gemächlich fahrendes Taxi heran. Irgendeine uniformierte Person trat auf den Bordstein zu, hielt ihr schon den Wagenschlag auf, bevor das Auto überhaupt richtig stand, ergriff ihre beiden Gepäckstücke, bevor sie selbst danach langen konnte, und warf sie auf den Rücksitz. Sie schlüpfte in das Taxi, streckte die Hand nach der Tür aus, doch auch diese Aufgabe nahm man ihr ab und schlug sie ihrer Meinung nach eher etwas zu energisch zu. Sylvie hatte ihm kein Trinkgeld gegeben und hätte sich das wohl normalerweise für eine Weile zu Herzen genommen. Aber so wie die Dinge standen, konnte sie es sich im Moment schlicht nicht leisten, Dollarscheine für unerbetene Dienstleistungen zu verteilen. Das ganze Geld für diese Reise stammte von ihrer Mutter, und sie würde sehr lange dazu brauchen, es wieder zurückzuzahlen. Es war großzügig und lieb von Hannah gewesen, ihr die Summe zur Verfügung zu stellen, aber man konnte ihre Geldmittel, auch wenn sie wesentlich besser als Sylvies bemessen waren, kaum als unbegrenzt bezeichnen.

»Wann wird es denn dunkel?« fragte sie den Taxifahrer, nachdem sie ihm den Namen des Hotels genannt hatte.

»Sie haben ungefähr noch 'ne Stunde Tageslicht«, gab er ihr zur Antwort.

Nicht genug Zeit, wußte sie. Das einzige, was sie noch am selben Tag tun konnte, war sich an der Rezeption anzumelden, ein paar gute Stadtpläne zu besorgen und über den nächsten Tag nachzudenken. Und auch ein billiges Lokal fürs Abendessen aufzutreiben.

»Sind Sie geschäftlich oder zum Vergnügen hier?« fragte der Fahrer sie.

»Geschäftlich«, erklärte sie.

»Wie schade«, sagte er und lachte so voll und herzhaft vor sich hin, daß sie darüber lächeln mußte.

Er empfahl ihr ein Restaurant in der Nähe des Hotels und sagte ihr sogar, was sie bestellen solle. »Nehmen Sie das *carne seca*«, riet er ihr. »Die machen das beste in der ganzen Stadt.« Er empfahl ihr auch die Tamales aus blauem Mais, gab dabei allerdings zu bedenken, daß sie vielleicht zur Zeit nicht im Angebot waren. Falls nicht, sagte er, seien die Enchiladas nach Sonora-Art einfach phantastisch. »Und, ach ja«, fuhr er fort und ließ dabei den Kopf in Erinnerung vergangener Ekstase kreisen (sie hoffte nur, er behielt die Augen offen), »Sie müssen unbedingt die Mango-*chimichanga* essen. Das müssen Sie wirklich. Ich geh mit meiner ganzen Familie dahin, wir essen für zwanzig Dollar wie die Könige, alle miteinander. Wenn Sie schon geschäftlich hier sein müssen, dann haben Sie wenigstens diese Genüsse.«

Sie war nicht in der Lage, allen Empfehlungen ihres Taxifahrers nachzugehen. Seit Callys Verschwinden aß sie so wenig, daß ihr Magen geschrumpft oder einfach intolerant geworden war – was genau, wußte sie nicht –, und daher schaffte sie es bei den meisten Gelegenheiten höchstens, ein paar Gabeln voll Essen herunterzubringen. Es reichte jedoch zu der Erkenntnis, daß die Küche hier nahezu keine Ähnlichkeit mit dem bei ihr zu Hause an der Ostküste typischen mexikanischen Kochstil hatte. Das machte sie so froh, daß ihr fast schwindelig davon wurde. Tucson muß es sein, dachte sie.

Und morgen, hielt sie sich vor Augen, geht es dann also los. Den Namen des Hotels, bei dem sie jetzt angemeldet war, hatte ihr ein Reisebüro genannt. Die Leute dort hatten ihr erläutert, es sei »ein ordentlicher, aber akzeptabler Fußmarsch« von dort bis zur Nummer 368 an der Larch Street. »Es gibt auch ein hübsches Schwimmbecken dort«, hatte die Frau am Telefon zu ihr gesagt. Und es war auch gar nicht so schrecklich teuer, hatte sie festgestellt, als sie ihr Zimmer buchte. Von nun an brauchte sie also keine Taxis mehr, bis es wieder zum Flughafen ging.

Sie packte erst gar nicht aus. Die Kleidung aus dem Koffer zu nehmen und in den Schubladen der Kommode zu verstauen erschien ihr unangebracht. Wenn es an der Zeit war, die Stadt wieder zu verlassen, wollte sie sich auf der Stelle davonmachen können.

Sie hatte es sich kaum im Zimmer bequem gemacht – die Schuhe abgestreift, sich auf dem Bett ausgestreckt und die Straßenkarte zu studieren begonnen, die sie am Flugplatz erstanden hatte – als das Telefon läutete und sie furchtbar erschreckte. Es war natürlich Hannah; niemand sonst wußte, wo sie war. Ihr Gespräch war kurz und von mahnenden Ratschlägen der älteren Frau erfüllt – und das nicht allein im Hinblick auf die Suche nach Peter, sondern auch hinsichtlich einsamer nächtlicher Wanderungen durch die Stadt sowie der Möglichkeit, sie könne sich verlaufen. Alberne Sachen, dachte Sylvie, als sie sich auf dem Bett zurücklegte und dabei den Hörer am Ohr mit dem Kissen abstützte. »Du klingst komisch«, sagte Hannah. Sylvie schützte Erschöpfung als Grund vor, und die Unterhaltung nahm ihr Ende.

Sie konnte nicht schlafen. Die Nummer 368 ging ihr einfach nicht aus dem Sinn, genausowenig wollte das Bild der

Straßen weichen, bisher nur gerade, schwarze Linien auf einem Stadtplan. Sie hatte die Richtungswechsel dorthin auswendig gelernt, denn sie konnte wohl kaum mit einer Straßenkarte vor sich ausgebreitet durch die Gegend laufen. Wende dich vom Hoteleingang aus nach links, geh drei Blocks geradeaus, bieg nach rechts ab, geh dann zehn Straßen gradeaus, fang an, dich umzusehen. Sie wußte, wo der nächstgelegene Park war, und morgen würde sie herausfinden, wo das Lebensmittelgeschäft war, die Drogerie, die Reinigung; all die Plätze, wo sie möglicherweise auf Leute mit Babys in Kinderwägen stoßen würde.

Als sie bemerkte, daß sie begonnen hatte die Adresse wie eine Art Singsang vor sich her zu murmeln, knipste sie das Licht an und wählte Martinsons Privatnummer.

»Hab ich Sie aufgeweckt?« flüsterte sie ihre Frage ins Telefon.

»Nur ein bißchen«, sagte er, »aber machen Sie sich nichts draus. Ich hab versucht für Ihren Anruf wach zu bleiben.« Er flüsterte nicht.

»Entschuldigung. Ich wußte nicht mehr ganz genau, wie wir eigentlich verblieben waren. Hatte ich gesagt, daß ich Sie anrufe?«

»Ach, lassen Sie nur. Sagen Sie mir lieber, wie's da drüben läuft.«

»Bis jetzt gibt es nichts, was dem widersprechen würde, daß das hier *da* drüben ist«, sagte sie, »obwohl das vermutlich nicht viel zu sagen hat.«

»Ganz sicher nicht vor Gericht.«

»Nein, das nicht, aber nun bin ich hier, und morgen mach ich mich auf, diese Leute zu finden. Persönlich, keine Telefonanrufe, wie ich's gesagt hab.«

»Ich würde mich wohler fühlen, wenn Sie erst versuchen würden, etwas am Telefon rauszukriegen. Sie wissen nicht, auf was Sie sich dort einlassen.«

»Wenn ich vorhätte, die Leute anzurufen, hätte ich nicht erst den ganzen Weg hierherfliegen müssen. Mir passiert schon nichts«, sagte sie nachdenklich.

»Und wenn Sie denen einen Schreck einjagen?«

»Tu ich nicht«, sagte sie voller Überzeugung. »Ich krieg das schon hin, Detective.«

»Hören Sie mir zu, Sie stellen bloß die Identität fest und verduften dann wieder. Unternehmen Sie ja nichts, verraten Sie sich nicht. Rufen Sie mich dann morgen wieder an, gleich danach. Und ich habe den Namen von einem beim Revier von Tucson für Sie.«

»Vom Polizeirevier?«

»Ja. Ein Detective Ortiz. Ein Freund von mir kennt jemand bei der Polizei drüben, und der sagt, dieser Typ ist wirklich gut. Ich hab ihn angerufen, hab ihm aber nicht viel erzählt, sondern nur soviel gesagt, daß es um einen Familiendisput geht. Die drehen nämlich sonst durch, wenn sie erfahren, daß Sie vorhaben, Leute ohne Grund zu belästigen. Ich hab ihm aber auch gesagt, daß Sie vielleicht anrufen, falls Sie ein Problem kriegen. Ich faxe ihm morgen früh die Unterlagen rüber. Er hat versprochen, sich darum und um Sie zu kümmern.«

»Detective, es ist nicht *ohne Grund*«, beschwerte sie sich.

»Ich rede hier im juristischen Sinn.«

»Klar.«

»Heh, denken Sie daran. Ich tu in dieser Sache alles, was in meinen Kräften steht.« Sie antwortete nicht. »Sagen Sie mir, daß Sie ihn anrufen werden, wenn Sie Schwierigkeiten bekommen.«

»Gut, ich ruf ihn an«, sagte sie in einem Ton, als beende sie damit das Gespräch. Sie starrte auf den schwarzen Hörer, blickte in das Schweigen hinein.

»Daniel Ortiz heißt er«, sagte er schließlich. »Schreiben Sie sich's auf.«

»Ich kann mir einen Namen merken.«

»Okay. Sie sind vorsichtig, okay?«

»Bin ich.«

Und dann schlief sie ein.

Kapitel 26

In Tucson, stellte Sylvie fest, gibt es keine großen Bäume, hinter denen sich jemand, der spionieren will, verbergen kann. Da gibt es nicht einmal irgendwelche kleineren Bäume, an die sich ein Mensch lehnen könnte, um den Eindruck zu erwecken, er warte nur gemächlich auf jemanden. Gelegentlich kam sie auf ihrer Wanderung zur Larch Street hinunter an einem Kandelaberkaktus mit seinen großen Armen vorbei, doch der Anblick seiner Dornen ließ ihr diese Alternative nicht ratsam erscheinen.

Sylvie war sich nicht sicher, wie sie vorgehen sollte. Sie begann damit, daß sie zunächst an dem Haus vorbeilief, jedoch auf der gegenüberliegenden Straßenseite. Während sie energisch voranschritt, als strebe sie einem bestimmten Ziel zu, begegnete sie einem Mann, der gerade aus seinem blaßfarbenen, ebenerdigen Haus heraustrat. Er trug einen Geschäftskoffer, stieg in seinen Wagen ein und machte sich, wie sie annahm, auf den Weg zur Arbeit. Er beachtete sie nicht weiter, worüber sie froh war, bis ihr klar wurde, daß sie sich in ihrem Laufschritt so auf ihn konzentriert hatte, daß sie nicht einmal zur Nummer 368 hinübergeschaut hatte, um sich zu vergewissern, daß nicht auch dort jemand aus dem Haus kam. Sie mußte unbedingt ihr Tempo mäßigen und sich einen Gesamteindruck verschaffen, sagte sie sich, als sie umkehrte und zurückging.

Vielleicht hatte Martinson doch recht, und sie sollte lieber nach einem Telefon suchen, anrufen und fragen: »Können Sie mir sagen, wo ich Peter Weston erreichen kann?« und die Sache hinter sich bringen. Woher wollte sie wissen, ob dort jetzt überhaupt jemand da war oder vor sechs Uhr abends nach Hause kam? Oder acht Uhr. Oder vielleicht waren sie gleich, nachdem sie den Anruf von Janet vom Babyland entgegengenommen hatten, für einen Monat in Urlaub gegangen.

Nach zwei weiteren Wanderungen, die eine Straßenseite hoch und die andere wieder zurück, begann Sylvie sich zu fragen, wie oft sie das machen konnte, ohne daß jemand herauskam und sie fragte: »Kann ich Ihnen weiterhelfen?« oder, schlimmer noch, die Polizei holte. Sie hatte in all die Fenster gestarrt und dabei gedacht, sie werde womöglich einen kurzen Blick auf Callys rundes kleines Gesicht erhaschen. Doch das einzige lebende Wesen, das sie tatsächlich durch eine Scheibe zu Gesicht bekommen hatte, war eine weiße Katze, die sich an einem großen Aussichtsfenster sonnte. Okay, sagte sie sich und gab sich einen Ruck, während sie auf die Straße trat, um zu der anderen Seite mit den geraden Hausnummern zu gelangen: Es ist soweit. Sie würde einfach dorthingehen und an der Haustür läuten. Und es hinter sich bringen. Dann weiß ich Bescheid, dachte sie. Dann kann ich wieder heimfahren. Sackgasse. Eiskalte Spur Nummer zweihundertsiebenundneunzig oder wo immer sie inzwischen angelangt waren.

Sie blieb stehen, als sie die Straße noch nicht einmal zur Hälfte überquert hatte, und kehrte wieder um. Vielleicht würde es doch besser sein, sie geschickt zu überrumpeln, wenn sie nicht darauf gefaßt waren, überlegte sie sich, als sie wieder die Sicherheit des Gehsteigs erreicht hatte. Sie nicht gleich mit der Erwähnung seines Namens zu erschrecken, falls sie ihn in Schutz nehmen wollten. War es nicht vielleicht ratsamer, sie zunächst in ein Gespräch über etwas anderes zu verwickeln? Einmal hatte ein junges Paar an die Tür des Apartments an der Livingston Street geklopft und sie gefragt, ob sie von irgendeiner Wohnung wisse, die zu vermieten sei. Was soll's, sagte sie sich, ich kann mich doch auf diese Weise bis zur Nummer 368 vorarbeiten und es so aussehen lassen, als hätte ich einen guten Grund, hier auf der Straße zu sein.

Sie steuerte auf das Haus direkt gegenüber von ihr zu und klingelte an der Tür. Ein Hund bellte, eine Frau machte auf.

»Hallo«, sagte Sylvie. »Entschuldigen Sie bitte die Störung, aber ich wollte fragen, ob Sie etwas über Häuser hier in der Nachbarschaft wissen, die zum Verkauf stehen. Mein Mann und ich ziehen hierher, und wir haben uns in diese Straße verliebt. Es gibt nichts auf dem Markt, aber manchmal wissen die Leute über solche Dinge schon Bescheid, bevor sie offiziell bekanntwerden.«

»Also nein, davon weiß ich nichts«, sagte die Frau, während sie einen kleinen kläffenden Pudel mit dem Fuß von der Tür zurückschob.

»Mommy«, rief ein Kind aus einem anderen Zimmer.

»Ich komme gleich«, schrie die Frau über die Schulter nach hinten. »Sie ist heute daheim, weil sie krank ist«, erklärte die Frau. »Ich kann Ihnen nicht weiterhelfen, aber ich wünsche Ihnen viel Glück.« Sie lächelte Sylvie an.

»Vielen Dank«, sagte Sylvie und hüpfte beinah den Pfad zurück. Heh, sagte sie sich, das war doch *so* einfach. Halte die Lügen auf ein Minimum beschränkt, schärfte sie sich ein. Es mußte doch klappen.

Als sie den Bürgersteig erreichte, zählte sie die Häuser ab, die sie noch von der 368 trennten. Vier. Beim nächsten Haus meldete sich niemand. Ein leichter Sieg hier, dachte sie. Bei dem danach kam ein Mann im Bademantel an die Tür. Nein, erklärte er, über Häuser, die zu haben seien, wisse er nichts. Er habe auch nicht vor, sein eigenes auf den Markt zu bringen, falls es das war, was sie fragen wolle. »Wissen Sie, daran habe ich eigentlich gar nicht gedacht«, sagte sie und lachte. »Wollen Sie's denn verkaufen?«

»Wer sind Sie eigentlich? Eine Immobilienmaklerin?« fragte er rebellisch.

»Nein, ich sagte Ihnen doch, ich komme von der Ostküste. Ich wohne hier noch nicht mal.«

»Entschuldigen Sie, aber ich bin halt der typische argwöhnische Durchschnittsmensch«, sagte er nun in etwas milderem Tonfall. »Ich vertraue den Menschen und ihren Motiven nicht mehr. Aber hören Sie, lassen Sie mich doch Ihren Namen aufschreiben, dann schicke ich Ihnen eine Postkarte, falls ich was erfahre.«

»Danke«, sagte sie, und als er ihr Bleistift und Papier reichte, notierte sie einen fiktiven Namen, dazu eine Adresse an einem Ort im Norden des Staates New York, wo sie und ihre Mutter früher einmal die Ferien verbracht hatten.

Er las die Notiz. »Sie wohnen also an den Seen oben?« fragte er. Sie nickte und hoffte, daß er keine allzu guten Kenntnisse darüber hatte – sie hatte die Postleitzahl hingemogelt. »Ich war ein Jahr an der Cornell University, deshalb kenn ich diesen Teil der Welt ein bißchen.« Falls er die Postleitzahl in Frage stellte, würde sie einfach sagen, sie sei nicht sehr gut mit längeren Zahlen, weil sie dieses Problem habe, eine sogenannte Aufmerksamkeitsstörung. »Ich konnte diesen ganzen Schnee nicht ausstehen. Bin zur Universität von Virginia übergewechselt. Haben Sie denn nicht den Schnee und die Kälte dick?«

»Doch«, sagte sie. Er hatte sich den Zettel in die Tasche seines Bademantels gesteckt.

»Hier schneit's nicht«, informierte er sie.

»Ich weiß. Deswegen ziehen wir ja hierher. Besonders das Eis können wir nicht leiden.«

Er nickte. »Ich bin jetzt seit sieben Jahren hier. Ich würde nie mehr zurückgehen.«

Beim nächsten Haus hielt eine Frau die Tür nur gerade so weit offen, daß Sylvie eines ihrer Augen, ihre Nase und einen Teil ihres Mundes sehen konnte. Die Kette, mit der die Tür festgehalten wurde, war glänzend und dick. Sylvie begann mit ihrem Vortrag, aber die Frau schnitt ihr das Wort ab. »Ich weiß von nichts«, sagte sie und schloß die Tür wieder. Sylvie hörte, wie der Riegel vorgeschoben wurde. Bei dem letzten Haus vor dem, zu dem sie hin wollte, kam niemand an die Tür. Und so schritt sie also den Fußpfad zum Eingang der Nummer 368 hinauf. Bereit und voller Verlangen danach, daß jemand aufmachen würde.

Es war eine Frau, die an der Tür erschien, eine hübsche blonde Frau mit einer Dauerwelle frisch vom Friseur, und sie sah nur wenig älter aus als sie selbst. Sie hatte weiße Joggingschuhe an und ein T-Shirt mit einem bunten Fesselballon auf der Vorderseite. Kleine Brüste, ohne Zweifel keine stillende Mutter, bemerkte Sylvie. Außerdem schlank und mit einem straffen Bauch: Falls sie also ein Kind geboren hatte, dann machte sie entweder den ganzen Tag Gymnastik oder ihr Baby mußte inzwischen schon ein gutes Stück älter sein. »Ja?« fragte die Frau, und trotz all der Testläufe, die sie an der Straße entlang absolviert hatte, konnte sich Sylvie beim Anblick der blauen Augen dieser Frau nicht mehr daran erinnern, wie sie anfangen sollte, was sie hier eigentlich vorzubringen hatte. »Kann ich Ihnen helfen?« fragte die Frau.

»Ich bin von der Ostküste«, fing sie langsam an, so als suche sie ihr Gedächtnis nach den Zeilen eines fast vergessenen Drehbuchs ab. »Und mein Mann und ich sind dabei, hierher umzuziehen.« Das lief ja überhaupt nicht gut – sie bekam mit, wie sich die Augen der Frau verengten. »Worum es geht«, sagte sie jetzt etwas zügiger, »wir lieben einfach diese Straße, und es gibt keine Verkaufsschilder hier. Aber manchmal wissen die Leute, die an der Straße wohnen, schon etwas von Nachbarn, die wegziehen, bevor es offiziell bekanntwird, und ich dachte mir, vielleicht wissen Sie ja was.« Sie zwang ihre Lippen zu einem Lächeln.

»Oh«, sagte die Frau, verlagerte dabei ihre Schultern und entspannte sich ein wenig, jedenfalls dachte Sylvie oder hoffte doch, daß es das war, was sie sah. »Mir fällt so aus dem Stand niemand ein.« Sie legte die Hand an die Lippen, beugte sich in der Tür nach vorn und musterte tatsächlich die Straße von einem Ende zum anderen. Sylvie sah an der gegenüberliegenden Wand einen Sportkinderwagen stehen. Der hintere Teil des Wagens war zum Schlafen oder für ein sehr kleines Baby heruntergeklappt. An die Vorderstange war eine Rassel oder eine Art Knabberspielzeug zur Linderung beim Zahnen angebracht. »Ich könnte Ihnen ja den Namen unsrer Maklerin geben. Sie ist wirklich großartig, wenn Sie meinen, daß Ihnen das eventuell hilft.«

»Das wäre wunderbar«, sagte Sylvie überschwenglich.

»Warum kommen Sie nicht rein«, erklärte die Frau und winkte Sylvie in den mit Fliesen ausgelegten Eingangsraum herein, »und ich schau eben die Telefonnummer für Sie nach.« Sie ging zu einem Schreibtisch im für den Südwesten typischen spanischen Kolonialstil hinüber und holte ein schwarzes Adreßbuch aus einer der Schubladen. »Falls irgend jemand was weiß, dann bestimmt Martha.«

»Ganz herzlichen Dank«, sagte Sylvie, als die Frau die Information niederschrieb.

»Sagen Sie ihr, daß Sie ihren Namen von Joanna Blessing bekommen haben. Das bin natürlich ich«, erklärte sie und bewegte wiederum ihre Schultern auf diese Weise, fast so, als verneige sie sich ein wenig, dachte Sylvie. »Ich habe unten auch meinen Namen hingeschrieben. Martha ist die beste Maklerin, die mir je begegnet ist. Sie weiß immer über Häuser Bescheid, bevor sie auf den Markt kommen, und sie kennt normalerweise wenigstens eine Person, die sich mit Gedanken an einen Verkauf trägt und nur noch einen kleinen Schubs braucht. Sie kennt auch bestimmt noch andere gute Straßen.« Joanna überreichte ihr den Zettel. Sylvie schob ihn in ihre Jeanstasche, ohne ihn überhaupt anzuschauen. Sie versuchte gerade irgendeinen Weg zu finden, wie sie das Gespräch auf das Thema »Babys« hinsteuern konnte, als Joanna sie fragte, woher sie denn komme.

»Connecticut.«

»Dort ist auch mein Baby zur Welt gekommen«, sagte Joanna angeregt.

Tief im Inneren von Sylvie wirbelte etwas auf, wirbelte immer schneller. »Ach so«, sagte sie und hielt sich an dem Wort fest, während es ihr durchs Gehirn geisterte, »dann sind Sie auch gerade erst hierhergezogen?« Sie tat sich wirklich schwer damit, ihre Lippen für die Worte zu formen.

»Nein. Wir sind jetzt seit drei Jahren hier. Wir sagen immer gern, daß Lily unser kleines Ostkind ist. Sie wurde dort drüben geboren, und dann haben wir sie adoptiert.«

Lily, sagte sich Sylvie. Ihr Baby ist also ein Mädchen, und sie bemerkte, während sie wortlos mit dem Kopf nickte, daß ihr Herzschlag mit einemmal zu rasen angefangen hatte. Jetzt würde sie gleich verabschiedet werden, das übliche »Freut mich, daß ich Ihnen helfen konnte« stand kurz bevor. »Sie sagten eben, daß sie adoptiert ist?« schaffte Sylvie herauszubringen, obwohl ihr Mund so trocken war, daß die einzelnen Wörter aneinanderstießen und stolperten. Joanna nickte. »Ich frage bloß deshalb«, fuhr Sylvie fort, »weil wir uns auch überlegen, ein Kind zu adoptieren.« In diesem Augenblick war sie tatsächlich froh, daß ihre Brüste endlich wieder geschrumpft waren – eine stillende Mutter war so schrecklich leicht zu erkennen. »Sie haben eine Vermittlungsstelle in Connecticut benutzt, obwohl Sie hier drüben leben?«

»Also, das ist eine sehr lange Geschichte. Zuerst haben wir zwei Jahre lang versucht, was gegen die Unfruchtbarkeit zu unternehmen. Und dann ... Hören Sie, ich weiß nicht mal, wie Sie heißen ...«

»Marie«, schob Sylvie schnell ein. »Emerson.« Soweit war sie also damit gekommen, möglichst wahrheitsgetreu zu bleiben. Gott helfe mir im Gedächtnis zu behalten, wer ich bin, sagte sie sich, kniff die Finger zusammen und drückte sich selbst den Daumen, ließ dann wieder los, während sie im stillen ihren neuen Namen einübte. Sie konnte spüren, wie diese Frau dabei war, sich ihr zu entziehen, die Tür zwischen ihnen zu schließen und dann für immer zu versiegeln. »Ich fühl mich zur Zeit einfach, ich weiß auch nicht, so hoffnungslos«, sagte Sylvie, während ihre Hände beinahe ebenso wie die Worte um Joannas Aufmerksamkeit buhlten. »Ich meine wegen einer Adoption. Sind Sie sich nicht auch von der ganzen übrigen Welt isoliert vorgekommen?«

»Ja, das stimmt. Ging uns beiden so«, sagte Joanna, und die Schärfe ihres abwehrenden Tonfalls schien jetzt etwas abgemildert zu sein.

»Ich komme mir so unnatürlich vor – wissen Sie, was ich meine? Fast wie eine Mißgeburt. Und so einsam«, sagte Sylvie noch, obwohl ihr bewußt war, daß sie jetzt vielleicht etwas zu weit ging.

»Hören Sie, wie wär's, wenn Sie vielleicht reinkommen und etwas Kaffee trinken, und dann können wir über diese Dinge reden?«

»Wirklich gerne«, antwortete Sylvie, »wenn ich Sie nicht von irgendwas abhalte.«

Joanna hielt inne und überlegte es sich noch einmal, wie Sylvie sehen konnte, nun, da sie ihr eine überaus günstige Ausflucht geboten hatte. *Ja, Kaffee möchte ich gern,* hätte sie sagen sollen. Wäre das denn eine so unverschämte Reaktion auf die Frage gewesen? Ich möchte in Ihr Haus kommen. Auf der Stelle. Warum nur war sie hingegangen und hatte ihre Chance wegen einer leeren, ach so schrecklich höflichen Phrase vertan?

»Ich hab gleich auf einmal mit zwei Kuchen und einer Torte angefangen, ob Sie's glauben oder nicht«, hob Joanna zu erklären an, »aber solche Sachen muß man einfach machen, wenn man ein Baby hat, selbst eins wie Lily, die praktisch ewig schläft. Aber wenn Babys erst mal wach sind, bleibt einem keine Zeit mehr für irgendwas sonst. Ich muß alles in den Ofen kriegen, aber ich hätte wirklich gern einen richtigen Erwachsenen, mit dem ich reden kann, solange ich das mache. Also kommen Sie doch rein«, sagte Joanna, und forderte Sylvie mit einer Geste auf, ihr zu folgen.

Es war, als würde sie wie beim Blindekuhspiel ständig um sich selbst gedreht, dachte Sylvie, der es so schwindlig war, daß sie ihren Blick nicht auf Joanna geheftet halten konnte und es nicht fertigbrachte, in gerader Linie hinter ihr herzugehen. Sobald sie in der Küche angelangt waren, klammerte sie sich an einen Stuhl, zog ihn hervor und setzte sich hin, bevor sie eigentlich dazu eingeladen worden war. Joanna schien das nichts auszumachen. »Ich hab gerade eine Kanne koffeinfreien Kaffee aufgesetzt, aber ich hab auch normalen und Tee da, wenn Ihnen das lieber ist«, sagte sie zu ihrem Gast.

»Der ohne Koffein wär genau richtig.«

Joanna schenkte ein, versorgte Sylvie mit Zucker und einem Löffel und begann dann, sich in eines von mehreren Kochbüchern zu vertiefen, die aufgeschlagen vor ihr auf der Küchentheke lagen. »Später, wenn Lily für ihr Nachmittagsnickerchen fertig ist, mach ich noch eine Mousse au Chocolat.«

»Ich bin beeindruckt«, sagte Sylvie. »Ich kann nicht mal ein einziges Blech voll Plätzchen richtig hinkriegen. Erwarten Sie heute abend eine ganze Heerschar von Gästen zum Abendessen?«

Joanna lachte. »Nein. Bloß Keith – das ist mein Mann – und ich. Wir haben einen bestimmten Anlaß zum Feiern, bei dem es vier Nachtischsorten geben muß.« Sie beförderte einen hoch getürmten Eßlöffel Kakao in eine Schüssel.

»Im Zusammenhang mit dem Baby?« fragte Sylvie, die das zwar für unwahrscheinlich hielt, aber doch hoffte, Joanna damit wieder zum Reden über die Kleine zu bewegen.

»Nein. Damit feiern wir den Abend, an dem wir uns kennengelernt haben. Wir nennen das unsern ›Abend der endlosen Desserts‹. Keine Vorspeise, keine Suppen oder Salate, keinen Hauptgang, nichts als Nachtisch. Oh, und noch Sekt. Wir müssen was haben, um alles runterzuspülen.«

»Klingt ja toll. Ich gehör auch zu diesen Menschen, die, wenn sie in ein Restaurant gehen, immer am liebsten das Hauptmenü überspringen und gleich mit dem Dessert anfangen.« Sylvie wand sich fast vor Verlegenheit, so künstlich hörte sich ihre Begeisterung an.

»Oh, ich auch«, sagte Joanna. Sie fügte gerade die trockenen und feuchten Zutaten für ihren Kuchen abwechselnd in eine Schüssel aus rostfreiem Stahl.

Joanna drehte die Schüssel unten in das Mixgerät hinein, stellte den Motor auf die niedrigste Geschwindigkeit und beschleunigte dann allmählich, bis die Rühreinsätze ineinander verschwommen. »Wissen Sie, wir haben uns nämlich bei einer Verabredung zu viert getroffen, also zwei Paare, in einem eleganten Restaurant, nur gehörten wir beide nicht zusammen. Ich war mit dem anderen Typ und Keith war mit dem anderen Mädchen zusammen.« Sie lachte. »Gleich nachdem wir den Nachtisch bestellt hatten, ging ich raus auf die Damentoilette, und als ich wieder rauskam, stand da Keith vor der Tür, und er erklärte einfach: ›Ich bin verrückt nach dir.‹« Sie blickte Sylvie an und schüttelte den Kopf bei der Erinnerung daran. »Es hat mich fast vom Sockel gehauen. Ich meine, keine Floskeln für den Anfang, einfach nur das: ›Ich bin verrückt nach dir‹.« Joanna benützte einen Gummischaber, um ihren Kuchenteig aus der Schüssel in die Kuchenform zu befördern. »Und dann, und wahrscheinlich ist das der total üble Teil« – sie hielt inne und lehnte sich an die Küchentheke zurück – »sind wir abgehauen.«

»Aus dem Restaurant?« Sylvie umfaßte ihren Kaffeebecher mit beiden Händen. Sie mochte Kaffee eigentlich nicht, aber jetzt nahm sie ein paar Schluck.

Joanna nickte. Sie lachte leise, ein Geräusch, das fast wie Schnurren klang, und sie machte wieder diese komische Schulterbewegung. »Wir haben uns nicht erst die Mühe gemacht, zurückzulaufen und den andern beiden Bescheid zu sagen. Keith fand, die würden das schon rechtzeitig ganz von alleine rauskriegen, was natürlich stimmt, aber trotzdem absolut übel ist. Danach mußten wir über sie lachen, wie sie da wohl mit den vier verschiedenen Desserts dasaßen und sich gewundert haben, wo wir eigentlich solange bleiben.« Sie machte die obere Ofentür auf und schob den Kuchen ins Rohr. »Einer erledigt, jetzt noch zwei«, stellte sie fest, während sie ein Kochbuch zuklappte und sich ein anderes näher heranzog. Für eine Weile schwieg sie, während sie mit dem Finger durch den Text des Rezepts nach unten wanderte. »Der hier ist schon fast fertig, ich muß nur noch das Eiweiß dazutun.« Sie wusch ihren Schaber ab und benützte ihn dann, um das Eiweiß mit sanften, runden Bewegungen unterzuziehen. »Also, wie auch immer«, sagte sie und goß dabei diesen Teig in eine zweite Kuchenform, »um diesen Anlaß zu feiern, haben wir immer viererlei Nachtisch.«

»Herrliche Geschichte«, sagte Sylvie. Sie wollte mehr über das Baby, nicht über Rituale des Herzens erfahren, aber sie wußte, daß es möglicherweise besser war, den Dingen weiterhin ihren Lauf zu lassen, ganz nach Joannas Naturell. Sylvie nippte an ihrem nun fast kalten Kaffee. Der Summton als Zeichen, daß der zweite Backofen vorgeheizt war, ging los, und Joanna schob den nächsten Kuchen hinein.

»Keith ist eben so, er klemmt sich einfach hinter das, was er haben will. Einmal fragte er an einem Wochenende: ›Weißt du, was wirklich tollkühn wäre?‹ Weil wir nämlich eigentlich gerade darüber geredet hatten, mal Fallschirmspringen zu gehen. Und da hab ich gesagt: ›Was?‹, und er hat geantwortet: ›Wenn wir heiraten‹, und da haben wir's gemacht. Das war erst sechs Wochen nach unserer ersten Begegnung, und eins kann ich Ihnen sagen, das war wirklich ein Adrenalinstoß, er hatte recht. Keith sagt, wenn man weiß, was man will, *sollte* man sich auch dahinterklemmen, sonst verbringt man am Ende sein ganzes Leben nur damit, daß man plant und wartet und nie wirklich was angeht.« Joanna hatte einen Holzlöffel genommen und benützte ihn jetzt zum Umrühren in einer Schüssel, die nach Sylvies Eindruck mit zerdrückten Himbeeren gefüllt war. »Meine Mutter ist ständig hinter mir her, weil er die Sachen nicht so macht, wie's mein Vater früher getan hat. ›Wie kannst du das bloß aushalten?‹ sagt sie die ganze Zeit, ›daß er ständig unterwegs ist, daß er von einem Job zum andern wechselt, und du nie weißt, wie lange du dort bleibst, wo du gerade wohnst.‹«

»Meine Mutter geht mir auch wegen meinem Mann auf die Nerven«, sagte Sylvie. »Genau dieselben Sachen stören sie. Sie gehört zu diesen Leuten, die einen Riesenwert drauf legen, daß alles schön sauber und berechenbar ist.«

Joanna nickte voller Überzeugung. »Was ich dadurch, daß ich mit Keith zusammen bin, rausgefunden hab, ist, daß ich es wirklich mag so zu leben, wie wir's tun, nie zu wissen, was als nächstes passiert. Keith hat mir so viel beigebracht, daß ich's Ihnen gar nicht beschreiben kann.« Joanna knetete den Teig für die Torte zurecht, und Sylvie sah ihn mit jedem weiteren Druck des Nudelholzes nach außen zu einem größeren, dünneren Kreis werden. »Einmal, gleich nach unsrer Hochzeit, hat er mir einen Gutschein für zehn Ballettstunden geschenkt, weil ich ihm erzählt hatte, daß ich mir als kleines Kind immer gewünscht hatte, Tänzerin zu werden. Also bin ich zur ersten Unterrichtsstunde gegangen und fand es fürchterlich – ich hab tatsächlich geheult, als es vorbei war, weil ich mir so tolpatschig vorkam und alle außer mir zu wissen schienen, was sie tun. Ich hatte das Gefühl, daß sie alle über mich lachen. Aber da hat er mir etwas gesagt, das ich bestimmt nie wieder vergesse – er hat gesagt: ›Bei allem, was du im Leben machst, spielst du eine Rolle, und wie gut es funktioniert, hängt davon ab, wie gut du dich in die Rolle reindenkst.‹ Also fand er: ›Wenn du eine Tänzerin sein willst, kommt es darauf an, daß du dich als Tänzerin vorstellst. Als erstes denkst du daran‹, hat er zu mir gesagt, ›wie Tänzer aussehen.‹ Also hab ich's so gemacht und sie mir vorgestellt, wie sie ihr Kinn so ein bißchen hochrecken, wissen Sie?« Joanna demonstrierte es. »Also, das hab ich gemacht, vor einem Spiegel. Ich hab mir die Haare zurückgesteckt und zu einem Knoten gebunden, mit einem Samtband drum herum. Ich hab mir auf die Wangenknochen Rouge aufgelegt, genauso wie die's immer machen«, erzählte sie und fuhr mit dem Finger über beide Wangenknochen. »Dann hab ich mir vorgestellt, wie sie sich bewegen, wie sie dahingleiten. Er hat erklärt, ich soll mir einbilden, daß mich *tatsächlich* jeder anschaut, aber daß sie mir deshalb alle zuschaun, weil sie wissen, was für eine einzigartige Tänzerin ich bin.« Sie legte die runde Teigfläche über das Nudelholz und beförderte sie dann vorsichtig in eine Kuchenform. »Er hat gesagt, wenn ich was falsch mache, dann soll ich so tun, als wäre ich die einzige im Raum, die es richtig macht. Er sagt immer: ›Was du in deinem Kopf machst, wie du dich selbst zurechtformst, das ist das einzige, was wirklich wichtig ist.‹« Sylvie schaute zu, wie Joanna die dicke, rote Beerenmischung auf den Tortenboden löffelte und dann etwas von dem Rest, der am Holzlöffel hängengeblieben war, ableckte.

»Hat das mit dem Tanzen funktioniert?«

»Wie ein Traum. Nein, es war schon eher wie Zauberei, denn es war so, als hätte ich mich wirklich in eine Tänzerin verwandelt.« Sie hatte den Teig in lange Streifen geschnitten, die sie nun, schräg überkreuz auf die Füllung legte. »Ich hatte das Gefühl, daß ich so gut wie, ja, eigentlich noch besser als all die andern war. Hier innen drin nämlich«, sagte sie und tippte sich auf die Brust, »*war* ich eine Tänzerin. Alle haben mir Komplimente gemacht. Dann fing ich an dasselbe in meinem übrigen Leben zu tun, zum Beispiel in meinem Job, genauso wie er. Er hat schon so viele verschiedene Dinge im Leben gemacht – er war Lehrer, Architekt, er hat für Konzerne gearbeitet, alles mögliche. Er sagte die Leute haben solche Angst, was Neues auszuprobieren, sie gehen nie neue Wege, sehen nie was wirklich Ungewohntes. Aber er liebt neue Sachen, er blüht richtig auf, wenn er einen neuen Arbeitsplatz kennenlernt. Er sagt, man muß nur die Ohren offenhalten, sich anziehen, wie's erwartet wird, ganz genauso wie bei mir als Tänzerin, und dann hat man's schon halb geschafft. Er sagt, wenn Leute mit Problemen zu einem kommen, egal auf welchem Gebiet, dann braucht man nur zu ihnen zu sagen: ›Kein Problem, ich setze meinen besten Mann dran.‹ Die Leute merken überhaupt nicht, wenn man gar nichts sagt, was wirklich einen Inhalt hat, solange man sich nur seiner Sache sicher zu sein scheint. Ärzte, Anwälte, Dekorateure, Straßenkehrer, was auch immer, es kommt alles aufs selbe raus, sagt er, es kommt immer nur darauf an, daß man sich selbst glaubt. Ich weiß, es ist irgendwie eine altmodische Vorstellung, aber einer der Hauptgründe, glaub ich, warum ich ihn liebe, hat damit zu tun, wie er mich verändert hat, wie er's mir möglich gemacht hat, soviel mehr zu sein, als ich früher war.«

»Und jetzt tun Sie alles, um eine Mom zu sein, nehme ich an«, sagte Sylvie und dachte dabei: Es ist Zeit, zum eigentlichen Thema überzugehen.

»Nun ja«, sagte Joanna lächelnd, »das könnte man wohl so sagen, aber es fühlt sich nicht so an, als ob ich mich dafür tatsächlich anstrengen muß.«

»Wär's Ihnen recht, wenn ich mal nach ihr sehe?« fragte Sylvie, und ihre Stimme segelte über die Worte wie ein Vogel, der sich schräg in den Wind legt und mit den Schwingen fast die Baumwipfel streift, so wie sie jetzt o so nah daran streifte, die Wahrheit zu erfahren. »Ich meine, Sie stecken doch gerade bis zu den Ellenbogen im Mehl.«

»O nein, Lily ist doch gar nicht da, Marie.«

»Nicht da?« Sie segelte nicht mehr, tauchte vielmehr zum Sturzflug ab.

»Nein, meine Nachbarin Gail, Gott segne sie, als ich ihr erzählt hab, daß ich all diese Backerei mache, hat sie angeboten, sie zu übernehmen, solange sie schläft. Sie will sie dann füttern, um mir auf diese Weise ein bißchen extra Zeit zu verschaffen.«

Sylvie fröstelte am ganzen Körper. Versteckte sie die Kleine etwa absichtlich? Wovor? Doch sicher nicht vor ihr, denn Joanna konnte gar nicht gewußt haben, daß sie kommen würde, oder jedenfalls hielt Sylvie das nicht für möglich. Hatte Joanna vielleicht im Laufe ihrer Unterhaltung Verdacht geschöpft und log jetzt über den Aufenthaltsort des Babys? Hatte sie den Joanna irgendeinen Grund zur Panik gegeben? »Sie ist also irgendwo hier in der Straße?« fragte Sylvie, um die Pause zu überbrücken.

»Ja, nur ein paar Häuser weiter.« Sie blickte zu Sylvie auf. »Heh, wir haben ja überhaupt nicht übers Adoptieren geredet, oder?«

»Nein, aber das möchte ich gern«, erwiderte Sylvie, und hörte aus ihrer eigenen Stimme diese mitleiderregende Sehnsucht heraus.

»Und wenn man bedenkt, daß ich Sie ja ursprünglich überhaupt nur deswegen hereingebeten hab, wär's wohl nett, wenn ich endlich damit anfange.« Da läutete das Telefon, und Sylvie erschrak.

»O nein, hoffentlich ist das nicht schon Gail«, sagte Joanna mit einem Blick zu der Uhr über dem Herd. Sie wischte sich die Hände an einem Spültuch ab und erreichte den Hörer beim dritten Klingelzeichen. Es war Gail. Sie berichtete, das Baby sei wach und hungrig. »Ich komme mir wirklich bescheuert vor«, sagte Joanna zu Sylvie, nachdem sie den Hörer aufgelegt hatte. »Nach all dem Gerede, wie leicht mir doch die Mutterrolle fällt, hab ich tatsächlich vergessen, bei Gail ein Fläschchen für die Kleine zu hinterlassen. Ich dachte, ich hätte alles mitgenommen, frische Anziehsachen, Windeln, eine Decke. Es gibt einfach noch zu viel, woran man denken muß.« Joanna holte die Babyflasche aus der Geschirrspülmaschine und begann Säuglingsnahrung hineinzufüllen. »Gail hätte ihr auch eine Flasche mit normaler Milch gegeben, weil ihr Baby schon daran gewöhnt ist, aber ich will lieber kein Risiko eingehen. Der Arzt will, daß sie Babymilch kriegt, also kriegt sie Babymilch. Tut mir leid, daß ich hier so schnell Schluß machen muß«, sagte sie, während sie das Fläschchen verschloß, »aber ich weiß, daß Gail durchdreht, wenn sie noch lange ein hungriges, schreiendes Babys beruhigen muß.«

»Aber klar.«

»Vielleicht können wir uns wieder treffen, wenn Sie hierherziehen?«

»Nein«, sagte Sylvie, »vorher schon.« Sie durfte sich das hier nicht einfach aus Höflichkeit entwischen lassen, sie würde kein Opfer dieser Floskel *Ja, wann immer es Ihnen gelegen kommt* werden.

»Ach, wie schnell man doch vergißt«, sagte Joanna. »Jeder Tag zählt, wenn man darauf wartet, ein Kind zu kriegen, stimmt's? Man schiebt die Sachen schließlich nicht wochenlang auf, wenn sich irgendwo die Möglichkeit einer Hilfe am Horizont abzeichnet. Sind Sie morgen noch hier in der Stadt?« Sylvie bejahte die Frage. »Morgen früh dann?« Sylvie nickte, und sie gingen gemeinsam durch die Haustür und die Vorderstufen hinunter. »Kommen Sie zeitig«, schlug Joanna vor. »Ich leg sie normalerweise um dreiviertel neun hin. Das gibt uns dann garantiert eine ganze Stunde, und ich verspreche auch beim Thema zu bleiben.«

Während sie die Straße hinunterging, legte Joanna ein eiliges Tempo vor, offensichtlich darauf bedacht, so rasch wie möglich zu dem Säugling zu gelangen. »Vielleicht kann ich Ihnen morgen ein paar Tips geben, was Sie am besten als nächstes tun, was Sie zunächst lieber lassen«, erklärte sie und bewegte dabei die Säuglingsflasche im Rhythmus der Worte hin und her. »Vielleicht können Ihnen meine Erfahrungen helfen.« Joanna bog in den Fußpfad zum dritten Haus ein und ließ Sylvie auf dem Bürgersteig zurück. Es war ein Haus, bei dem Sylvie im Verlauf ihres Pseudo-Feldzuges um verfügbare Immobilien nicht gewesen war. »Alles Gute dann«, sagte Joanna noch über die Schulter, während sie die Stufen erklomm und den Türklopfer ergriff. Die Tür wurde schon aufgerissen, bevor das Klopfgeräusch noch recht verklungen war, und Sylvie sah eine andere Frau mit einem Baby auf dem Arm. Ihrem Baby vielleicht. Doch bevor sie auch nur einen einzigen Schritt näher treten konnte, waren die drei, Joanna, Gail und der Säugling, hinter der wieder geschlossenen Tür verschwunden.

Martinson konnte es nicht begreifen. »Sie haben also nicht die Identität festgestellt«, sagte er.

»Das konnte ich doch nicht. Sie hat mich praktisch rausgeschmissen.«

»Warum sind Sie nicht zusammen mit ihr zum Haus gegangen und haben einen Blick auf das Gesicht des Babys geworfen?«

Sie schwieg. Gott, hätte sie es nur getan. »Ich dachte, das würde zu sehr auffallen, wäre zu penetrant. Ich hatte sie schon soweit gebracht, daß sie mich wieder eingeladen hat. Ich dachte, das wär' erst mal genug.«

»Nun gut. Ich war's ja, der Ihnen gesagt hat, Sie sollen sich Zeit lassen. Wir müssen uns wohl fürs erste damit zufriedengeben. Haben Sie irgendwelche Adoptionspapiere zu Gesicht bekommen?« Sie verneinte. »Vielleicht sollten Sie morgen danach fragen.«

»Wie soll ich das denn machen? Die Leute zeigen Adoptionspapiere nicht einfach wie Fotos her.«

»Es ist doch so, Sylvie, wenn die tatsächlich Papiere haben, dann ist das nicht Cally.«

»Wieso, halten Sie Peter etwa nicht für fähig, Urkunden zu fälschen?«

»Nein, ich weiß, daß er dazu fähig ist. Aber bringen Sie die Frau dazu, Ihnen die Papier zu zeigen. Sagen Sie so was wie, Sie hätten sich schon immer gefragt, wie Adoptionspapiere aussehen. Vielleicht stellt sich ja heraus, daß es gar keine Papiere gibt, und wir kriegen auf diese Weise einen Fuß in die Tür. Hörn Sie, Sie haben doch dieser Blessing nichts in die Hand gegeben, oder?«

»Was meinen Sie damit?«

»Ich meine, wenn ihr Mann heute abend nach Hause kommt, und sie fängt an, ihm von Ihnen zu erzählen, reimen die es sich dann zusammen und vermuten, daß da ein falsches Spiel getrieben wird?«

»Ich hab versucht, nichts zu verraten. Wir haben über verschiedene Desserts geredet. Wir sind überhaupt nicht bis zum Thema Babys vorgedrungen. Das kommt morgen früh. Aber ich war die ganze Zeit total mit den Nerven fertig. Vielleicht ist ihr das ja aufgefallen. Oder vielleicht wird er schon argwöhnisch, wenn sie bloß erzählt, daß irgend so eine Fremde da war. Ich meine, wenn er sowieso schon nervös ist.« Und sie hatte von ihrem Wunsch, ein Kind zu adoptieren, gesprochen. Dadurch würde sie dahinterkommen, oder nicht? Sie würden zu dem Schluß kommen, daß sie versuchte, sie über ihr Baby auszuhorchen.

»Ich wünschte, Sie wären nicht weggegangen, ohne das Baby zu identifizieren, denn wenn die Sie durchschaut haben, werden sie nicht mehr lange bei dieser Adresse bleiben, und wir haben noch nichts Hieb- und Stichfestes.«

»Also, ich wünschte auch, ich wär nicht weggegangen.«

»Lassen Sie mich noch mal Ortiz anrufen und sehen, ob er irgendwas über einen von denen rausgekriegt hat. Vielleicht haben wir ja Glück, und er wird steckbrieflich gesucht oder es gibt sonst was gegen ihn.«

»Rufen Sie mich an«, bettelte sie.

»Ich rufe Sie an, falls ich was Neues habe.«

»Rufen Sie mich einfach an«, sagte sie, »ob Sie nun was erfahren oder nicht.«

Kapitel 27

Mit einem Ruck wachte Sylvie auf, die Hand krampfhaft um Callys orangefarbenen Strampelanzug geklammert. Sie hatte auf einen Rückruf von Martinson gewartet und war währenddessen durch das kleine Zimmer hin und her gelaufen, bis sie endlich um fünf vor halb fünf zu schlafen versucht hatte. Sie wußte, daß er nun nicht mehr anrief, weil er glaubte, sie sonst aufzuwecken, und sie konnte ihn auch nicht mehr anrufen, aus Sorge, sie könne ihn sonst wecken. Sie hatte das Strampelhöschen aus dem Koffer geholt, sich dann aufs Bett gelegt und das kleine Kleidungsstück auf ihrer Brust ausgebreitet. In der stillen Dunkelheit, die nur von dem roten Schein der Ziffern auf dem Wecker erleuchtet wurde, malte sie sich Cally wieder in dem Anzug aus, sah vor sich, wie ihr rundlicher Körper ihn ausfüllte und wie sich die große aufgestickte Karotte als bezaubernder, wenn auch ein wenig alberner Streifen darüber zog.

Als sie aufwachte, war das Zimmer von Licht erfüllt und die roten Zahlen warnten, daß es bereits nach acht Uhr war. Sie stand schleunigst auf, nahm sich nicht einmal die Zeit, um Martinson anzurufen, duschte und zog sich frisch an.

Diesmal, dachte Sylvie, während sie auf Joannas Haus zuging, stelle ich fest, ob sie's ist. Ich nehme sie auf den Arm. Und ich hole sie mir zurück. Ihre Hand zitterte, als sie den Finger auf die Klingel an der Haustür setzte. Ich hätte länger schlafen sollen, dachte sie. Ich hätte was frühstücken sollen. Aber dann hätte ich vermutlich alles mögliche in meinem Leben anders machen sollen.

»Großartiges Timing, Marie«, sagte Joanna, als sie die Tür öffnete.

»Ist sie schon eingeschlafen?«

»Ja, vor nicht mal fünf Minuten.«

»Hier?«

»Ja, ich hab mir gedacht, Sie wollen sie vielleicht sehen, wenn sie wieder wach ist.«

»Oh, schrecklich gern«, sagte Sylvie und mußte den Impuls unterdrücken, Joanna zu umarmen.

»Hatten Sie schon was zum Frühstück?« fragte Joanna, als sie in die Küche kamen. Sylvie verneinte. »Wunderbar. Keith ist heute schon früh losgezogen und hat die hier mitgebracht.« Sie stellte einen Teller mit fünf Muffins auf den mit mexikanischen Kacheln ausgelegten Tisch. »Natürlich war das eigentlich ein halbes Dutzend, aber er hat sich schon bedient.«

Sylvie glaubte nicht, daß sie tatsächlich fähig war, etwas von dem Gebäck zu essen, so trocken fühlte sich ihr Mund an. Aber sie war entschlossen, es trotzdem zu versuchen und den Eindruck einer gefaßten, normalen und lediglich wißbegierigen Person zu vermitteln. »Wie ist es denn gestern abend mit Ihrer Nachtischparty gelaufen?«

»Oh, es war wundervoll, einfach wundervoll«, sagte Joanna, während sie jedem von ihnen einen Teller hinstellte. »Keith hat drei verschiedene ausgefallene Sorten Eis mit nach Hause gebracht. Wir haben sagenhaft riesige, köstliche Mengen gegessen.« Sie lächelte. »Jetzt, wo ich darüber rede, wird mir klar, daß es mir bestimmt sehr viel besser täte, wenn ich heute morgen trockenen Toast esse.«

»Muffins sind doch nicht so schlimm«, tröstete Sylvie sie.

Joanna lachte. »Relativ gesehen haben Sie wahrscheinlich recht. Den Toast esse ich dann halt morgen. Ich nehme an, Sie wollen wieder Kaffee ohne Koffein«, fragte sie und begann auf Sylvies Nicken hin einzuschenken. »Also, haben Sie schon diese ganzen Unfruchtbarkeitstests gemacht?«

Sylvie hatte ihre Hände fest ineinander verschränkt und wahrte dadurch ihre Selbstbeherrschung und Konzentration. »O ja«, sagte sie. »Das muß man doch machen, wenn man ein Kind adoptieren will, nicht?« Während Sylvies kurzer Jobstipvisite in der gynäkologischen Praxis hatte sie mitbekommen, daß einige Frauen sich Fertilitätstests unterzogen. Sie wußte, daß die Behandlungstermine häufig lange dauerten und daß die Frauen dabei manchmal Schmerzen hatten und fast immer deprimiert erschienen. Und sie konnte sich auch noch daran erinnern, wie sämtliche Praxisschwestern sich um die Aufgabe zu drücken versuchten, den Ehemännern Anweisungen für die Spermienprobe zu geben. »Sie haben also auch all diese Tests gemacht, ja?«

»O ja. Das und *in vitro*, also künstliche Befruchtung. Und das empfehle ich auf gar keinen Fall.«

»Das haben Sie probiert?«

»Ja, hab ich. Und es hat mich fast um den Verstand gebracht. Sie nehmen doch Zucker, richtig?« fragte Joanna und schob Sylvie die weiße Porzellandose zu.

»Vielleicht könnten Sie mir sagen, wie die Vermittlungsstelle heißt, die Sie benutzt haben«, sagte Sylvie fast im Flüsterton. Ihre Hand zitterte so stark, daß der Löffel einen verrückten Takt an das Porzellangefäß schlug, als sie versuchte, einen Teelöffel voll Zucker herauszuholen.

»Es war keine Vermittlungsstelle«, erwiderte Joanna, »es war ein privates Arrangement.«

Eine Welle der Übelkeit durchfuhr Sylvie. Privates Arrangement, so also nannte er das? Der Schuft. »Und Ihre Kleine«, fragte Sylvie, »wie alt ist sie denn?«

»Zwei Monate.«

Sylvie mußte sich auf die Lippen beißen, damit sie nicht so zitterten. »Und ist das ganz legal?« fragte sie. Ihre Atmung war vollkommen durcheinandergeraten.

»Ist was legal?«

»Ein privates Arrangement.« Sylvie wußte, daß ihre Worte einen angeladen, schrammenden Unterton angenommen hatten. Sie mühte sich, einen tiefen Atemzug zu machen, die Frau zu sein, die sie vorgab zu sein, eine »Marie«, die etwas über die Adoption eines Kindes erfahren wollte. »Ich weiß schon, das hat furchtbar geklungen, und ich will überhaupt nicht anzweifeln, wie Sie an die Sache rangegangen sind, aber das alles jagt mir einfach Angst ein. Ich kapier nicht, wie man das machen muß.«

»Ich weiß ganz genau, was Sie durchmachen, glauben Sie mir. Aber es ist ganz legal. Und bitte, Sie können alles, was Sie wollen, zu mir sagen.«

»Schon allein darüber zu reden, wie man ein Kind adoptiert, macht mich ganz nervös«, sagte Sylvie und legte sich eine Hand auf die Brust, so als bedürfe ihr Herzschlag der Beruhigung, was ja auch der Fall war. »Es ist so schwierig, irgendwas darüber rauszukriegen, und wir fühlen uns allmählich ganz verzweifelt, wenn Sie verstehen, was ich meine.«

Joanna lehnte sich in ihrem Stuhl zurück, während sie mit beiden Händen ihre Kaffeetasse umfaßte. »Nichts kann einen so verrückt machen wie der Wunsch nach einem Kind, nicht?« fragte sie gedämpft, fast klagend.

»Nichts«, bestätigte Sylvie genauso leise, wie Joanna gesprochen hatte.

»Es kann einem das ganze Leben durcheinanderbringen.« Sylvie nickte.

»Man sollte allerdings unbedingt daran denken, daß es jede Menge Wege für eine Adoption gibt. Sie brauchen nicht zu diesen schrecklichen Vermittlungsstellen zu gehen. Unsre Adoption war ganz legal, aber nicht gerade das, was man üblich oder durchschnittlich nennen würde.« Wohl kaum üblich, dachte Sylvie. »Also, ich weiß ja nicht, wieviel Sie eigentlich hören wollen. Ich meine, ich könnte Ihnen den ganzen Hergang bei uns erzählen, aber das ist für jemand anders wahrscheinlich eher langweilig. Ich könnte einfach mit der Adoption selbst anfangen.«

»Nein, erzählen Sie mir den ganzen Hergang«, entgegnete Sylvie wahrscheinlich viel zu eifrig, wie ihr wohl bewußt war. Joanna hatte inzwischen ein Preißelbeermuffin auseinandergebrochen und zu essen begonnen. Sylvie machte dasselbe mit ihrem, das mit Blaubeeren gefüllt war, brach dann ein winziges Stück ab und schob es sich in den Mund. Die Blaubeeren machten den Krümel feucht genug, daß sie ihn hinunterschlucken konnte.

»Das wirklich Komische an der ganzen Sache ist nämlich, daß ich nie daran gedacht hatte, mal Kinder zu haben, wissen Sie, was ich meine? Ich gehör nicht zu den Menschen, die immer schon ein Kind wollten oder so was. Es war einfach bloß eins von diesen verrückten Spielen, die wir immer gespielt haben.« Sie nippte an ihrem Kaffee, und Sylvie tat es ihr nach. »Baby-Roulette haben wir's genannt.«

»Baby-Roulette?«

»Also, wir haben zwei- oder dreimal in der Nacht miteinander geschlafen, aber vorher haben wir Münzen geworfen oder Karten gespielt, um festzulegen, wann wir keine Verhütungsmittel benützen.«

»Irre.«

»Wohl wahr.« Joanna lächelte. »Hat Spaß gemacht. Wissen Sie, damals wollten wir noch gar kein Kind, wir mögen es nur beide, die Sache mit Risiko zu würzen. Uns gefiel sogar die Beunruhigung jeden Monat. Jedenfalls ist nichts passiert, keine Schwangerschaft«, sagte sie und schüttelte das Abenteuer mit einer Handbewegung ab. »Nach einer Weile haben wir dann ganz mit Verhütungsmitteln aufgehört, weil wir einfach nicht glauben konnten, daß es bisher nicht geklappt hat. Wir wollten allmählich, daß es klappt. Ich kann Ihnen nicht einmal sagen, wann sich das geändert hat, aber irgendwann war es soweit. Nach ungefähr sechs Monaten haben wir bloß noch davon geredet, daß irgendwas mit uns nicht in Ordnung war. Ich fing an mich so zu fühlen wie in der Schule, wenn ich eine Note verpfuscht hatte, und alle anderen haben eine Eins oder Zwei gekriegt. So als wäre ich von einem geheimen Wissen ausgeschlossen oder so was. Als hätten es alle kapiert, bloß ich nicht. Wir haben uns Bücher über Fruchtbarkeit besorgt und haben angefangen, dieses ganze komische Zeug auszuprobieren. Kalte Bäder zum Beispiel und heiße Bäder und verschiedene Stellungen und herumzuprobieren, wie tief die Penetration ging – haben Sie das auch alles probiert?« Sylvie nickte. Sie hatte einige der Ärzte in der Praxis, wo sie gearbeitet hatte, Frauen zu seltsamer Akrobatik im Namen der Zeugung raten hören. »Ich halte das ehrlich gesagt alles für Quatsch. Ich kam mir dadurch nur noch mehr wie eine Außenseiterin vor, wenn Sie die Wahrheit wissen wollen. Aber ich hatte das Gefühl, wir mußten es einfach tun, mußten diesen Mißerfolg auf irgendeine Weise durchbrechen. Ich hab mir eins von diesen Ovulationssets gekauft und hab auch diese Methode probiert, bei der man die Temperatur mißt und auf einer Karte einträgt. Als das auch nicht funktioniert hat, sind wir zu so einer Spezialklinik für Fertilität gegangen, und die haben mir dann gesagt, daß ich vollkommen verkorkste – verkümmerte, haben die gesagt – Eileiter hab.«

»Bei mir ist das ganz genauso«, warf Sylvie ein, in der Hoffnung, das sei kein zu weit hergeholtes Zusammentreffen. »Verkümmerte Eileiter.«

»Das ist ja 'n Ding«, rief Joanna aus. »Wie erstaunlich, daß wir dieselbe Diagnose haben. Das ist eine Fügung des Schicksals, daß sie gestern bei mir geklingelt haben. Wissen Sie das erst seit kurzem?« Sylvie nickte und wünschte sich dabei, sie hätte Joanna nicht mit dieser »erstaunlichen« Information versorgt, von der sie vermutlich so schnell wie möglich ihrem Mann erzählen würde. »Also haben Sie sich überlegt, es mit künstlicher Befruchtung zu versuchen?« Sylvie nickte wiederum. »Wissen Sie, da fing es nämlich an, wirklich schlimm für uns zu werden, es hat uns völlig fertiggemacht. Ich meine«, sagt sie mit einem Blick zu Sylvie hinüber, »man glaubt, es ist die Lösung, daß die Wissenschaft alles in Ordnung bringt. Sie zeigen einem all diese fabelhaft aussehenden statistischen Tafeln über ihre Erfolgsrate, aber wenn man zu diesen zweiundzwanzig Prozent oder was immer gehört, bei denen es nicht hinhaut, dann ist es die reinste Hölle. Wir haben denen bloß wieder und wieder Tausende von Dollar in den Rachen geworfen, bei jedem neuen Reagenzglasversuch, bis wir bis über die Ohren in Schulden gesteckt haben. Und dann dieses Hormon, mit dem sie einen vollspritzen, Pergonal! Das macht einen total verrückt. Ich schwör Ihnen, nach zwei Monaten war ich vollkommen ausgeflippt. Ich hab die ganze Zeit geheult, manchmal hab ich mich so grauenhaft gefühlt, daß ich in der Früh dachte, ich komm nicht mehr aus dem Bett. Bin ich dann auch nicht, hab mir einfach zwei, drei Tage lang hintereinander die Decke über den Kopf gezogen. Ich bin nicht mehr zur Arbeit gegangen. Ich hab sowieso nichts gemacht, wenn ich dort war, und ich wußte, daß sie mich jede Minute rausschmeißen, also bin ich einfach abgehauen. Die Leute von der Klinik haben mir auch geraten zu kündigen, weil ich mich dann besser entspannen würde. Aber wissen Sie, daheim zu sitzen, von diesen Stimmungsschwankungen durchs Pergonal gebeutelt zu werden und dann nichts weiter zu tun zu haben, als darüber nachzudenken, ob ich nun schwanger war, das war fürchterlich. Aber ich hab alles gemacht, was die mir von der Klinik gesagt haben. Ich war ihre kleine Sklavin. Ich hab mich brav hingelegt und getan, was irgendeiner gesagt hat. Machen Sie nur zu, stecken Sie mir Katheter und Spritzen und was sonst noch für einen Dreck rein, ist mir alles egal«, sagte sie und schleuderte eine Hand in einer resignierten Geste weit in die Luft.

»Wenn ich jetzt zurückdenke, sehe ich, wie völlig verrückt das war, aber ich konnte nicht davon loskommen; ich konnte mich nicht aus dem Kreislauf befreien. Ich hab ständig gedacht, nächsten Monat klappt's dann bestimmt. Keith fand, daß es wie beim Glücksspiel ist: Man glaubt, man muß seine Verluste wieder wettmachen, aber in Wirklichkeit verliert man nur immer weiter, verliert und verliert, ohne daß Hoffnung in Sicht wäre. Alles, was ich Ihnen zur In-Vitro-Befruchtung sagen kann, ist: Lassen Sie die Finger davon. Jedenfalls, wenn Sie auch diese verkümmerten Eileiter haben, denn die Statistik dazu ist entsetzlich. Natürlich haben wir dieses kleine Detail gar nicht gewußt, bis wir schon ein halbes Jahr Behandlung hinter uns hatten. Keith wollte schon lange vor mir aufgeben. Das ist bei den Männern meistens so. Sie nehmen ja nicht das Hormon, also bleiben sie vermutlich vernünftiger dabei. Aber ich war nicht bereit aufzugeben. Ich hab immer wieder zu ihm gesagt: Noch einmal, nur noch einmal. Ich hab regelrecht gebettelt, so wie man es bei Drogensüchtigen sieht, die Leute um Geld anbetteln.« Sie schüttelte den Kopf. »Ich bekam schließlich irgendwie mit, daß ich ihn allmählich verlor. Ich meine, davor waren wir dran gewöhnt, ständig miteinander zu schlafen, und dann haben wir fast ganz damit aufgehört. Er gab mir nur jeden Abend meine Pergonal-Spritze in die Hüfte, und dann sind wir eingeschlafen. Es war so, als würden wir nun das *statt* Sex machen.«

»Einmal«, fuhr Joanna fort, »– wir waren gerade zum Essen aus – hat er mir dann gesagt, daß das Geld alle ist, daß uns niemand mehr Kredit einräumt, daß wir es noch auf einen Versuch ankommen lassen könnten, und das wär's dann, und da hab ich mitten im Restaurant vollkommen die Nerven verloren. Er dachte wohl, glaub ich, wenn er's mir irgendwo in der Öffentlichkeit sagt, wäre ich gezwungen, es gefaßter aufzunehmen, aber zu dieser Zeit war ich schon zu weit weggetreten. Ich hatte das Gefühl, er hätte mich verraten. Er hätte unser Baby verraten, so hab ich's zu ihm gesagt. Ich hab ihm vorgeworfen, daß er aufgibt und nicht zuläßt, daß unser Kind zur Welt kommt. Auf ihn eingebrüllt hab ich. Die müssen dort alle gedacht haben, daß ich völlig durchgedreht bin. Ich hab sogar davon geredet, daß ich mich umbringe. Ich weiß, das klingt verrückt, aber ich hatte das Gefühl, daß ich alles verliere, wenn ich die Versuche aufgebe. Keith blieb ganz gefaßt, hat einfach abgewartet, bis mir die Puste ausging. Und dann hat er ganz ruhig erklärt, daß er zwar ein Kind, am allermeisten aber mich will und daß er's wieder so haben möchte, wie es früher immer war, als wir noch miteinander Spaß im Bett hatten und gelacht und verrückte Sachen angestellt hatten. Und so hab ich also versprochen, daß ich das Pergonal sein lasse und aufhöre, denn tief drinnen hab ich gespürt, wie recht er hatte und daß ich eigentlich dasselbe wollte.«

Sie lehnte sich zurück, um eine Pause einzulegen, und ließ einen Finger über die Wölbung eines Teelöffels gleiten, der auf dem Tisch lag. »Und da hab ich's dann also sein lassen. Ich hab nicht einmal mehr diesen letzten Versuch gemacht. Ich wußte, daß ich ganz tief im Loch gesessen hatte und es an der Zeit war, wieder rauszukommen. Wir haben noch in derselben Woche angefangen, uns über Adoption beraten zu lassen. Gleich hier in Tucson.« Sie griff nach der anderen Hälfte ihres Gebäcks und begann es in immer kleinere Stücke zu brechen.

»Aber, wenn ich Sie richtig verstehe, hat es damit dann auch nicht funktioniert. Letzten Endes sind Sie doch nicht bei der Vermittlungsstelle geblieben, haben Sie gesagt?« Sylvie pflückte ein weiteres, etwas größeres Stück Muffin ab, in dem eine Reihe von Blaubeeren saßen, und steckte es sich in den Mund.

»Nein«, gab sie zu. »Sehen Sie, da gibt es eine Art Machtspiel bei diesen Adoptions-Beamten. Die wollen entscheiden, wer ein Kind kriegt. Und das ist völlig lächerlich. Ich meine, wenn Sie ganz normal ein Kind kriegen können, dann dürfen Sie ein Mörder oder Vergewaltiger oder einer von 'ner Satanssekte sein, und niemand schert sich drum. Aber wenn Sie bloß einen winzigen Fleck in Ihrem Lebenslauf haben, dann können Sie's vergessen, wenn Sie ein Kind adoptieren wollen. Die kommen zu Ihnen nach Hause, schaun nach, wie Sie wohnen, überprüfen Ihre Kreditwürdigkeit, Ihre Arbeitsstelle, es ist das reinste Spießrutenlaufen, das können Sie mir glauben.« Sie schwieg. »Ich rege Sie auf«, sagte sie dann, »weil ich alles so schlimm hinstelle.«

Sylvie zuckte mit den Achseln. »Vielleicht ein bißchen.«

»Aber wahrscheinlich treiben die bei Ihnen gar nichts auf. Bei uns war's bloß so, daß Keith früher wirklich wild war, also haben sie uralten Mist ausgegraben, Sachen, die man über ihn gesagt hat, als er noch gar nicht erwachsen war. Es war wirklich zum Aus-der-Haut-Fahren. Sie dagegen kommen wahrscheinlich glatt durch. Falls aber nicht, dann, finde ich, sollten Sie wissen, daß es auch noch all diese anderen Möglichkeiten gibt. Daß Sie nicht aufgeben sollten, falls so etwas passiert. Wenn Sie nur wissen, wo Sie suchen müssen, finden Sie Leute, die Sie mit Kindern in Verbindung bringen.«

»Ganz legal?« frage Sylvie erneut. »Mit Papieren und allem Drum und Dran?«

»Absolut. Wir haben Unterlagen vom Gericht. Es war vollkommen legal.« Sylvie wollte schon sagen: Los, holen Sie die Papiere, zeigen Sie sie mir, aber sie hielt sich zurück. Sie wußte, es war besser, wenn Joanna auf die Idee kommen würde, die Unterlagen zu holen. »Und der Punkt dabei ist«, fuhr Joanna fort, »daß wir jetzt letzten Endes viel besser dastehen, weil wir das Kind von einer Leihmutter gekriegt haben, also eigentlich kein Adoptivkind. Bei einer Adoption kann man heutzutage beim besten Willen kein blondes Baby mehr kriegen. Ich weiß nicht, ob das eine Rolle für Sie spielt, aber man sollte sich's schon überlegen. Sie bekommen auf diese Weise vielleicht nicht mal einen Säugling. Ich meine, die haben uns gesagt, wir müßten womöglich ein vierjähriges Kind nehmen, und das war nicht das, worum's mir ging. Noch etwas Kaffee?« fragte Joanna, obwohl Sylvie ihren noch kaum zur Hälfte getrunken hatte.

»Nein, danke.«

»Wir haben die Mutter nach ihrem körperlichen Aussehen ausgesucht, also wird Lily uns später mal höchstwahrscheinlich ähneln – blaue Augen, blondes Haar, und so.« Sylvie konnte nicht verhindern, daß eine Hand zu ihrem eigenen strohblonden Haar hinauffuhr und sie sich die langen Strähnen nach hinten über die Schulter schob. »Es gibt einfach nicht allzu viele solche Babys auf der Welt, die zur Verfügung stehen«, sprach Joanna weiter. »Wir haben eine künstliche Befruchtung mit dem Sperma von Keith organisiert.« Und das hatte dann was zu bedeuten? fragte sich Sylvie – daß der Säugling, der im anderen Zimmer schlief, nun doch nicht Cally, sondern wirklich und wahrhaftig das Ergebnis einer privaten Abmachung war? Und was war dann Peters Rolle dabei? Vielleicht hatte er ja die Leihmutter für Lily herangeschafft, vielleicht war das sein eigentliches Geschäft, und ganz vielleicht reicherte er seinen Profit noch dadurch an, daß er nebenbei das eine oder andere eigene Baby in die Welt setzte und dann für andere »Privatkunden« kidnappte? Joanna fuhr inzwischen mit ihrer Erklärung fort: »Ich weiß auch nicht, ich hab ein richtig gutes Gefühl dabei, daß Keith ihr echter Vater ist. Es kommt mir so vor, als ob wir dann besser verstehen, wer sie wirklich ist, und ich glaube auch, daß sie dadurch ein stärkeres Zugehörigkeitsgefühl zu uns kriegt. Ich wünschte, sie wäre biologisch gesehen auch *mein Kind*, aber zumindest ist das hier besser als eine reguläre Adoption. Außerdem kennt man auf diese Weise die Mutter und erhält medizinische Daten, und dadurch hat man, solange das Kind heranwächst, nicht so eine große Ungewißheit, was sich womöglich noch für medizinische Zeitbomben zeigen.«

»Wieso haben Sie die Sache drüben gemacht?« fragte Sylvie.

»Da war die Mutter eben, die wir gefunden haben. Es gibt nicht gerade Hunderte von Frauen, die gerne Leihmutter sein wollen, also muß man nehmen, was man kriegen kann, muß mit dem Flugzeug dorthin, wo die Leute sind, und außerdem hat sie uns körperlich auch wirklich gut entsprochen. Und dann gibt es da drüben einfach generell, statistisch gesehen, mehr Frauen, die zu einer Schwangerschaft als Leihmutter bereit sind – Sie wissen ja, die liberale Mentalität im Nordosten. Das macht die Sache natürlich noch teurer, all diese Flüge, die man unternehmen muß, zusätzlich zu den Gerichtsgebühren und dem Honorar für die Mutter. Keith hat seinen ganzen bezahlten und unbezahlten Urlaub dafür verbraucht. Es kommt einem endlos lang und kompliziert vor, solange die Sache im Gang ist.« Sie lächelte. »Aber wenn es dann klappt, ist es das alles wert. Die ganze Quälerei verblaßt völlig. Haben Sie schon an eine Leihmutter gedacht?«

»Wir haben wohl darüber geredet, sind uns aber nicht sicher. Mit wem haben Sie denn drüben Kontakt aufgenommen? Vielleicht kann ich ja mit denen reden.«

»Bei einer Leihmutter sind Sie mehr oder weniger auf sich allein angewiesen. Keith hat sich an Anzeigen in der Zeitung gehalten.«

»Aber Sie hatten doch eine Kontaktperson.« Sie wollte seinen Namen sagen, es herausspucken und hinter sich bringen.

»Wir haben mit einem Rechtsanwalt und mit der Mutter zusammengearbeitet, das ist alles. Es gibt zwar Agenturen, die Leihmütter vermitteln, aber das kostet drei- oder viermal soviel, als wenn man es selber angeht, und dann haben sie dieses gleiche idiotische Vetorecht wie die Adoptionsstellen. Sie können sich für den Anfang an die Nationalstiftung für Leihmütter wenden, wir haben das zunächst ausprobiert, aber ich persönlich finde, man bezahlt denen bloß ihre Laserdrucker und vornehmen Büros. Die machen es auch nicht besser, als man das alleine schaffen kann. So wie wir's gemacht haben, hatten wir das Gefühl, alles viel besser unter Kontrolle zu haben, und nach dem Fiasko mit der Reagenzglasgeschichte war es einfach nötig, daß es so läuft.« Sie langte nach einem weiteren Muffin.

»Ich habe sogar den Namen von jemand, der Leihmütter vermittelt«, erklärte Sylvie. »Ich weiß überhaupt nichts über ihn, und das beunruhigt mich.« Joanna nickte verständnisvoll. »Vielleicht haben Sie was von ihm gehört – Peter Weston.« Joanna schüttelte den Kopf. Keine erschreckte Reaktion, keine Verärgerung, bloß eine normale Verneinung.

»Der Name kommt mir vage bekannt vor, aber ich reagiere fast immer so, wenn mich jemand fragt, ob ich irgendwen kenne. Daniel Meyers war der Anwalt – er ist der einzige, mit dem wir, abgesehen von der Mutter, da drüben etwas zu tun hatten. Ihren Namen haben wir nie erfahren, und sie hat unsern nie erfahren. Das Gericht hält die Namen in einem Safe verwahrt, aber es hat geheißen, es wäre so gut wie unmöglich, Zugang dazu zu erhalten. Ich glaube, man braucht dazu einen Beschluß vom Obersten Bundesgerichtshof oder vom Oberlandesgericht, weiß nicht genau, welches, jedenfalls so ähnlich. Aber wie auch immer, Sie sollten diesen Menschen, den, von dem Sie den Namen wissen, mal anrufen und ihm auf den Zahn fühlen, wenn Sie das nicht schon getan haben, denn auf diesem Gebiet müssen Sie jeden Hinweis aufgreifen. Er ist ja vielleicht die Antwort auf Ihre Gebete.« Sie schenkte sich eine frische Tasse Kaffee ein. »Soll ich Ihnen auch noch ein bißchen heißen dazutun?« fragte sie und hielt die Glaskanne über der Tasse ihres Gastes in der Hand.

»Nein, danke«, sagte Sylvie.

»Wissen Sie, diese ganze Leihmuttermethode wird auf jeden Fall einfacher, sobald es mehr Leute machen. Vielleicht ist dieser Typ ja jemand, der auf eine gute Methode gekommen ist, wie man die Leute geschickt zusammenbringt. Und nur darauf kommt es an, wissen Sie. Man braucht einen Agenten, der sich um alle Stolpersteine kümmert, die von Zeit zu Zeit auftauchen. Unser Anwalt war ganz passabel in dieser Hinsicht, aber trotzdem wäre jemand, der sich wirklich darauf spezialisiert hat und mit den kritischen Punkten vertraut ist, eine echte Entdeckung. Wir haben Lily fast wieder verloren, weil die Mutter ihre Meinung geändert hat. In dieser Situation waren wir unheimlich froh, einen guten Anwalt zu haben, das kann ich Ihnen versichern. Wenn Sie wollen, können Sie doch Kontakt mit diesem Meyers aufnehmen, er scheint sehr gut zu sein.«

»Die Mutter wollte aus der Abmachung wieder raus?« Joanna nickte. »Nachdem das Baby auf der Welt war?«

»Richtig. Und auch nicht nur einmal. Wir haben eine unglaubliche emotionale Achterbahnfahrt durchgemacht – ich dachte schon, ich muß noch in eine Nervenheilanstalt. Ich wußte nie, was von einer Minute zur anderen passiert. Ich hatte schon die ganze Babykleidung, die Möbel, diese ganzen Sachen. Keith ist ständig rübergeflogen, und sie wollte das Baby nicht aufgeben. Sie hat behauptet, der Handel wäre geplatzt. Wir haben ihr mehr Geld angeboten, und dann hat sie sich bereit erklärt, das Baby eine Woche später zu übergeben. Aber dann hat sie vermutlich gedacht, wenn diese Taktik einmal funktioniert hat, warum nicht auch zweimal, also hat sie sich wieder stur gestellt und noch mehr Geld verlangt. Sie hat uns ungefähr sechs Wochen lang hingehalten. Wir mußten extra rüber und vor einem Richter erscheinen, und jedesmal mußten wir uns neue Papiere ausstellen lassen. Ich habe jeden Tag geweint, weil es mir so gefehlt hat, sie heranwachsen zu sehen.«

»Das muß schlimm gewesen sein«, sagte Sylvie, wobei sie sich bemühte, ihren Worten den Klang von Mitleid abzunötigen. »Aber es muß auch für die Mutter schlimm gewesen sein, wenn sie das Baby auf dem Arm hatte, die Kleine riechen und fühlen konnte.«

»Ich weiß, aber schließlich hat sie sich einverstanden erklärt. Sie hat alle Papiere unterschrieben. Und im übrigen glaube ich wirklich, daß es nur um Manipulation und Geld ging, gar nicht um das Baby.«

»War es komisch, als Sie sie kennengelernt haben, mit ihr zu reden und sie schwanger mit einem Kind zu sehen, das ja Ihrs war?«

»Ich bin ihr nie persönlich begegnet, nur mein Mann hat sie kennengelernt.«

Sylvies Herz machte einen Ruck und stolperte durch die nächste Runde seiner Schläge. »Aber nach der Geburt – Sie haben doch gesagt, daß Sie zum Gericht mußten ...«

»Ich bin nicht hin, bloß Keith war dort. Im Grunde war es eigentlich nur für ihn erforderlich zu erscheinen, weil er der leibliche Vater ist. Mir ging es zu der Zeit schon so schlecht, daß ich wirklich nicht verreisen konnte. Ich wog bloß noch sechsundvierzig Kilo. Die meisten Frauen nehmen zu, wenn sie darauf warten, Kinder zu erhalten, ich weiß, aber ich hab seit einem Jahr ständig abgenommen. Ich habe mein altes Gewicht noch immer nicht erreicht, aber in dem Moment, als er sie mir in den Arm gelegt hat, fing ich tatsächlich an wieder zuzunehmen. Die Kopfwehattacken gingen weg, das Magenweh, all diese körperlichen Symptome. Und nach gestern abend hab ich wahrscheinlich über zwei Kilo zurückgewonnen.« Sie lachte. »Ich schlafe natürlich immer noch nicht richtig, weil sie es noch nicht durch die ganze Nacht schafft, aber diese Art von Schlaflosigkeit macht mir nichts aus. Von diesem Privileg hab ich jahrelang geträumt.«

»Ich hab auch davon geträumt«, sagte Sylvie.

»Sie kommen mir aber wirklich jung vor, finde ich, wenn Sie's mir nicht übelnehmen, daß ich das erwähne. Ich meine, Sie sehen aus, als hätten Sie gerade erst mit dem College angefangen.«

»Ich bin sechsundzwanzig«, log Sylvie. »Wir sind seit fünf Jahren verheiratet.«

Sylvie hörte einen winzigen Schrei, der so zart war, daß er in ihrem eigenen Körper zu erklingen schien und nicht von irgendeinem anderen Zimmer in dem Haus. »Das Baby«, sagte sie, während sie schon aufgestanden war.

Joanna lachte und blickte auf ihre Uhr. »Oh, Lily«, meinte sie mit gespielt klagender Miene, »wann wirst du mir je eine lange Ruhepause gönnen?« Und zu Sylvie sagte sie: »Wollen Sie sie sehen?« Wieder der Schrei, diesmal eindeutig von der anderen Seite des Hauses, und trotzdem vernahm Sylvie ihn in ihrem eigenen Inneren, spürte, wie er an den Nerven ihrer Arme, an ihrem Rücken entlangwanderte, fühlte, wie er die blonden Haare auf ihren Armen strammstehen ließ.

»Nein«, sagte Sylvie und trat einen Schritt zurück, plötzlich entsetzt bei der Vorstellung, sie zu finden oder aber nicht zu finden. »Es macht mich zu traurig.«

»Ich weiß, was Sie meinen. Ich mußte früher immer weinen, wenn ich schwangere Frauen zu Gesicht bekam.« Das Schreien des Säuglings war jetzt kraftvoller und schien die Luft rings um Sylvie in Bewegung zu versetzen. Sie spürte, wie ihre Brustwarzen steif wurden, und obwohl sie mit angehaltenem Atem darauf wartete, daß die Milch nun einschießen und sie als Betrügerin entlarven würde, fing nichts zu fließen an. Ihr Oberteil blieb trocken. Die Milch war nur mehr eine weit zurückliegende Erinnerung.

Sylvie war auf die Haustür zugegangen.

»Sie können mich anrufen, wenn Sie noch mehr darüber reden wollen«, sagte Joanna, während sie ihr folgte.

»Das tu ich wahrscheinlich auch«, antwortete Sylvie und drückte den Türgriff nach unten. Sie dachte fortwährend, wenn sie doch nur Luft hereinlassen könnte, dann würde das diesen Klang, den Ruf ihres Babys, besänftigen.

»Ich hab Ihnen doch gesagt, wie der Anwalt heißt, stimmt's? Meyers? Ich könnte auch meinen Mann fragen, ob ihm noch etwas dazu einfällt, und dann kann ich Sie anrufen. Wo übernachten Sie denn?«

»Im Arizona Inn«, log sie und nannte damit den Namen eines der teureren Hotels, die sie ausgeschlagen hatte.

»Oh, das Hotel mag ich riesig gern«, erklärte sie. »Diese schönen Gartenanlagen und dann all diese rosafarbenen Lehmziegel. Ich hab Keith schon gesagt, daß wir dort auf jeden Fall Lilys Hochzeit feiern.«

»Bitte, belästigen Sie Ihren Mann doch nicht mit meinen Problemen.«

»Aber nein, das ist doch keine Belästigung. Er empfindet genauso wie ich. Er will Leuten helfen, die einfach davon ausgeschlossen sind, Kinder zu kriegen.«

Bitte, wollte sie sagen, erwähnen sie mich bloß nicht. Erzählen sie ihm nichts von merkwürdigen Zufällen und von Leuten, die sich nach Einzelheiten aus dem Leben seines Kindes erkundigen.

»Also rufen Sie nur an, wenn Sie Fragen haben, und melden Sie sich unbedingt, wirklich auf jeden Fall, wenn Sie dann tatsächlich hierher umziehen.«

Das Schreien war jetzt schrill und hartnäckig. Sylvie hatte das Bedürfnis, zu ihr hinzugehen, das Zimmer zu betreten, sie hochzuheben und davonzurennen, bevor es zu spät war. Du bist es doch, oder? wollte sie am liebsten laut herausschreien, aber sie ging in die entgegengesetzte Richtung, die Treppe hinunter, keine Worte des Abschieds, und rannte blindlings drauflos, ohne etwas zu fühlen, in Kreisen, in Linien und rannte, soweit sie nur konnte von ihren Rufen weg.

Keine Nachricht von Martinson. Und auch keine Antwort bei seiner Privatnummer. Auf seinem Revier teilten sie ihr mit, er sei dagewesen, aber wieder weggegangen. Sie hatte die Zeitverschiebung vergessen. Wie spät zum Teufel war es jetzt da drüben? Wo steckte er? Sie versuchte sich aufs Bett zu legen – ihr war klar, daß sie nicht auf Dauer mit so wenig Schlaf auskommen konnte, aber es gelang ihr einfach nicht stillzuliegen. Sie rief bei der Rezeption an und gab Bescheid, sie gehe jetzt ins Restaurant runter und sie möchten sie doch dort informieren, falls irgendwelche Nachrichten für sie einträfen. Im Restaurant wies ihr die Empfangsdame einen Platz an und reichte ihr die Speisekarte, ein Hilfskellner schenkte ihr Wasser ein. Sylvie stützte die Speisekarte vor sich auf und versuchte sie zu lesen, aber die schwarzen Buchstaben tanzten hektisch über die Seite und weigerten sich, zu Worten geformt zu werden. Sie fand das Gelächter an einem Tisch in der Nähe aufdringlich, das permanente Gelaber der Leute am Tisch direkt neben ihr unerträglich, und sie brachte es überhaupt nicht fertig, zu dem Tisch gleich ihr gegenüber zu schauen, so intakt wirkte die Tischrunde mit Mutter, Vater und drei Kindern, die so nah bei ihren Eltern aufwuchsen. Sie verließ das Lokal, bevor der Ober dazu kam, ihre Bestellung aufzunehmen.

Als nächstes begann sie rings um das Schwimmbecken

herumzuwandern, ließ sich dann, wenn auch nur kurz, auf einem Liegestuhl nieder, um zwei Frauen dabei zu beobachten, wie sie versuchten sich langsam ins Wasser zu begeben. Sie begann in Gedanken ihr Treffen mit Joanna durchzugehen, als sei es ein Theatermanuskript, und sie rekapitulierte und analysierte jedes Wort, das sie beide miteinander gesprochen hatten. Sie ging unruhig um den Pool herum und sah gelegentlich, wenn sie um eine Ecke kam und aufmerksam genug war, wie die Leute sie anstarrten. Und was Wunder – sie hatte nicht einmal einen Badeanzug an, vermutlich redete sie auch mit sich selbst, stampfte mit dem Fuß auf, sprang auf und ab und benahm sich ganz allgemein wie eine Verrückte. Und weshalb hatte sie überhaupt Peters Namen erwähnt? Das war exakt das, was Martinson gemeint hatte, als er fragte, ob sie irgend etwas verraten hätte. Joanna hatte zwar auf den Namen nicht besonders reagiert, aber es war ja ihr Mann, der direkt in die Sache verwickelt war, er war es, der drüben an der Ostküste gewesen war. Und er war es auch, der mit Peter in Kontakt gewesen sein mußte, falls er wirklich derjenige war, der die ganze Unternehmung in der Hand hatte. Und jetzt würde sie ihm also erzählen, da sei jemand aus dem Osten dahergekommen und habe Fragen übers Adoptieren gestellt. Über die Legalität ihres »Arrangements«. Was, wenn er Verdacht schöpfte – oder wußte –, daß an dem Arrangement etwas nicht ganz lupenrein war? Wie lange brauchte man wohl dazu, das notwendige Hab und Gut zusammenzupacken und sich aus dem Staub zu machen? Konnten sie nicht innerhalb weniger Stunden fliehen?

Sie wartete nicht erst auf den Aufzug, lief die Treppe hoch, zwei Stufen auf einmal und rannte den Korridor entlang. Martinson sei noch immer nicht an seinem Schreibtisch, beschied man sie. »Wo zum Teufel sind Sie bloß?« brüllte sie gegen die ach so regelmäßigen Klingelzeichen bei ihm zu Hause an.

Kapitel 28

Hannah hatte das Gefühl, den Verstand zu verlieren, während sie auf ein Lebenszeichen von Sylvie wartete. Sie wußte, daß ihre Tochter wieder versuchen wollte ihr Baby zu sehen, deshalb saß sie nun schon den ganzen Vormittag in ihrem Morgenrock am Küchentisch, starrte aufs Telefon und zerriß Papierservietten in weiche, zerfledderte Spiralen. Als sie anfing, nach dem Hörer zu greifen (nur um sicherzugehen, daß der Apparat noch in Ordnung war), wußte sie, daß es an der Zeit war, sich anzuziehen und das Haus zu verlassen.

Sie würde einfach so dahinfahren, ein bestimmtes Ziel war nicht notwendig, dachte sie sich. Sie würde das Radio anstellen und aufs offene Land hinausfahren, gleichgültig, wohin, solange sie bloß nicht länger dahockte und gebannt auf das Telefon starrte.

Doch selbst als sie in ihrem Wagen unterwegs war, stahlen sich Hannahs Gedanken zu Sylvie und Cally davon und zu einer potentiellen heftigen Auseinandersetzung, in die sie sich mit FBI-Agent Dolan einlassen könnte. Hannah verlor die Übersicht über die Ausfahrten, an denen sie vorbeikam, ertappte sich dabei, daß sie die erlaubte Geschwindigkeit weit überschritt, und mußte sich wiederholt einschärfen, besser auf die Straße zu achten. Als sie der überraschende Ton anhaltenden Hupens warnend darauf hinwies, daß sie, ohne es zu merken, zwischen den Spuren hin und her schlingerte, erschrak sie darüber, wie vollkommen sie ihre Umwelt vergessen und welche Entfernung sie offenbar schon zurückgelegt hatte.

Hannah bog in die nächste Ausfahrt ein, folgte dann der Straße bis dorthin, die sie zum Einkaufszentrum führte. Kein idealer Platz, um wieder zu sich zu kommen, aber ihr war bewußt, daß sie für eine Weile von der Straße runter und sich beruhigen mußte. Für diesen Zweck war ein Parkplatz so gut wie jeder andere.

Hannah war nur einmal zuvor im Einkaufszentrum gewesen, und zwar am Ende einer Verabredung mit einem Kollegen aus der Soziologie-Abteilung. Sie waren damals gerade auf dem Rückweg vom Abendessen in einem Landgasthaus, als sie eine Bemerkung über die Anzahl der Autos auf dem Parkplatz machte und es für schier unfaßbar hielt, wie die Menschen nur ihre Abende am Wochenende mit Einkaufen verbringen konnten. Ihr Begleiter hatte gesagt: »Einkaufszentren bieten wunderbare Unterhaltung, Hannah. Sie sind die Hauptstraße des neuen, modernen amerikanischen Dorfes.« Hannah hatte über seine absurden Worte gelacht, doch dann war er direkt auf den Parkplatz gefahren, erklärte ihr, so etwas sei ein absolutes Muß, und sie waren hineingegangen.

Er komme oft hierher, erzählte er ihr, und diese beiläufige Erwähnung sowie sein begieriges Interesse an der endlosen Parade von Leuten, die alle etwas haben wollten, und noch mehr wollten und sich fast alle etwas zum Essen in den Mund stopften, führte dazu, daß sie sich sehr unbehaglich mit dem Mann fühlte, obwohl sie bis zu diesem Zeitpunkt eine absolut angenehme Zeit miteinander verbracht hatten. Nun war sie also wieder hier, auf diesem wiederum vollgestopften Parkplatz und beobachtete die Menschen, wie sie auf die Geschäfte zuhasteten, als fände dort irgendein wichtiges, zeitlich begrenztes Ereignis statt, zu dem sie auf gar keinen Fall unpünktlich sein durften. Hannahs Magen protestierte mit einem lauten Knurren, und sie merkte, daß es schon ewig her war, seit sie irgend etwas gegessen hatte. Sie sagte sich, daß sie, wenn sie wieder Herrin ihrer selbst in Leib und Seele sein wollte, damit beginnen sollte, etwas zu sich zu nehmen, selbst wenn das bedeutete, in irgendeiner Kaschemme zu essen. Hannah schloß ihren Wagen ab und gesellte sich zu dem allgemeinen Strom in Richtung eines bogenförmigen Eingangs, der auf merkwürdige Weise wie ein wabenartiger Bienenstock aus grünem Metall aussah.

Wenn sie hier nur keine Musik laufen hätten, dachte sie, während sie ihre mit Quark gefüllte Backkartoffel zu einem

Tisch im Innenhof mitnahm, dann wäre es nicht ganz so abscheulich. Im Gegensatz zur zuckersüßen, aber harmlosen Liftmusik schien es Kaufhausmusik militant darauf anzulegen, ihre, Hannahs, Stimmung zu dirigieren. Ich weigere mich, guter Dinge zu sein, bloß weil du das von mir verlangst, wandte sich Hannah im stillen an die Musik. Es war nicht nur die Musik, die darauf aus war zu manipulieren, dachte sie, es war praktisch so gut wie alles hier im Einkaufszentrum. Sie war bereits an mindestens zehn, zwölf Schildern vorbeigekommen mit Aufrufen wie »Nur heute: Zwei Stück für den Preis von einem«, und sie hörte mindestens ebenso viele Verkäufer, die an Geschäftseingängen Position bezogen hatten und die Kunden begrüßen, als seien sie aus irgendeiner früheren Beziehung her engstens mit ihnen vertraut. Diese ganze Anlage hier, dachte sie, ist eine Falle für Menschen mit wabbeligem Ego. Und eine perfekte Szenerie für Peter, den König der manipulativen Künste, um sein Geschick unter Beweis zu stellen, fand sie. Unter seiner Regie würden die Leute nicht nur ihren Geldbeutel, sondern auch ihren Körper und ihr Leben hingeben. Sie begann sich jetzt umzuschauen, ließ ihren Blick über die oberen Bereiche des Einkaufszentrums schweifen und fragte sich, wo wohl das Büro sein mochte, in dem er für den Sicherheitsdienst gearbeitet hatte, wo genau Peters geheime Wirklichkeit so effektiv von seinem Phantasieland getrennt verborgen war. Jetzt in diesem Moment waren seine früheren Kollegen noch dort und beobachteten die Szenerie, hatten vielleicht auch sie gerade im Visier. Zur Hölle mit ihm und mit ihnen allen dort oben, die mit der Verletzung der Privatsphäre anderer ihren Lebensunterhalt verdienten und sich einen Sport daraus machten. Sie stand vom Tisch auf, ohne sich die Mühe zu machen, ihr Tablett und den Papierteller wegzuräumen.

Sie wollte die Kameras sehen, verstehen, wo sie saßen und was sie sahen, und so ging sie in verschiedene Geschäfte und suchte nach den Überwachungsgeräten. Es erheiterte sie, als sie das erste entdeckte, wie es da innen über dem Türrahmen einer kleinen Boutique hing. Sie wandte sich jedoch rasch ab in dem Bewußtsein, daß ihr vielleicht soeben jemand direkt ins Gesicht blickte. Zuerst schien es ihr, als hätten viele der Läden keine Kameras, doch dann kam sie zu dem Schluß, daß manche sie einfach nur besser hinter und im Inneren von Rohren und Kisten, von Luftschächten, Türrahmen und Deckenfliesen versteckt hatten. Und keiner hier, dachte sie, während sie einen Blick auf die Leute warf, wie sie sich verschiedene Waren auf die Arme luden, so wie frühere Generationen vielleicht Weizengarben aufgesammelt hätten, und keiner hier ist sich bewußt, daß man ihm nachspioniert. Was gibt euch eigentlich das Recht dazu? fragte sie sich, blickte dann direkt in eine der Kameras und sagte laut und deutlich: »Arschlöcher.« Zwei junge Verkäuferinnen kamen auf sie zu und fragten, ob sie ihr vielleicht helfen könnten, und sie wußte, daß man als nächsten Schritt gleich jemanden herbeirufen würde, um sie zu überwältigen. Sie entschuldigte sich und ging weiter.

Was genau hat mir dieser Gefühlsausbruch eigentlich gebracht? fragte sie sich, nachdem sie auf einer der Bänke Platz genommen hatte, wo ihr Verehrer aus vergangenen Zeiten immer so gerne saß, um »sich das Aufgebot anzuschauen«. Sie mußte darüber lachen, wie sie wohl auf dem Videobildschirm ausgesehen hatte, eine wild erregte Frau, die auf die Kamera einfluchte. Sie fuhr sich mit der Hand durch die Haare, um den Sitz ihrer Frisur zu überprüfen, was sie dann noch mehr zum Lachen brachte – sollte es ihr tatsächlich etwas ausmachen, ob sie gut aussah, während sie jemanden zur Sau machte? Sie blickte dann nach oben, um zu sehen, ob irgend jemand von der Überwachungsmannschaft in der Nähe lauerte und sie observierte, aber da war niemand – oder jedenfalls keiner, bei dem sie hätte schwören können, daß er sie tatsächlich beobachtete. Falls die sie aber doch im Visier hatten, dann nur per Kamera; zu dritt oder viert würden sie wohl da oben beieinanderstehen und debattieren, ob sie nach Verstärkung rufen sollten, um sie zu schnappen. Sie spürte, wie sich ihr Puls beschleunigte und dachte: Mein Gott, ich dreh ja allmählich wirklich durch. Noch zehn Minuten weiter so, und man kann mich für pathologisch paranoid halten. Ich muß von hier wegkommen, dachte sie und steuerte auf einen hochgewölbten Bogen zu, der zumindest annähernd wie der Bienenstock aussah, bei dem sie hereingekommen war. Sie blieb einen Augenblick stehen und starrte nach oben zu dem ausgeklügelten Gefüge aus Glas und Metall, aus dem das Dach konstruiert war. Und wiederum fiel ihr etwas auf, was möglicherweise eine Kamera war – ein schwarzer, rechteckiger Kasten, der sich – sie war sich sicher – bewegte, sehr langsam, fast unmerklich, aber eben doch bewegte und seine visuelle Runde über den Eingangsbereich machte. Was siehst du denn? hätte sie das Ding am liebsten gefragt. Wie fühlt sich das so an hinter dem Objektiv? Ist das so, als ob man ein Bühnenstück, einen Film anschaut? Wenn wir hier unten der Film sind, was ist dann die Realität? Sie konnte sich jetzt vorstellen, wie Peter als Drehbuchautor und Regisseur seines eigenen Films vor die Kamera gesprungen war, um Sylvie aufzugabeln, und wie er dann ins Sicherheitsbüro zurückgeeilt war, um die Meinung der anderen über seine Darbietung einzuholen. War sein ganzes Leben solch ein Schauspiel? Auf jeden Fall waren es die Teile, in denen Sylvie vorkam. Wo ist der schalldichte Raum, von dem aus du jetzt zuschaust, wie das Schauspiel seinen Lauf nimmt? »Das ist *meine* Realität, die du mir einfach verpfuscht hast«, sagte sie laut, drehte sich dann um und verließ das Einkaufszentrum.

Auf dem Anrufbeantworter waren keine Mitteilungen von Sylvie, als Hannah wieder nach Hause kam. Vielleicht wußte Martinson ja etwas Neues, dachte sie.

»Haben Sie irgendwas von ihr gehört?« fragte er, als sie ihn auf dem Polizeirevier erreichte.

Sie informierte ihn, daß dem nicht so war. »Sie haben also auch nichts von ihr gehört?«

»Nein. Aber ich habe heute daran gearbeitet. Ich hab mir etwas Zeit von einem Raubüberfall abgezapft, um diesen Menschen zu überprüfen, zu dem sie hingefahren ist.«

»Und?«

»Und ich habe nichts Konkretes, überhaupt nichts, was Hand und Fuß hat.« Seine Stimme tastete sich von Wort zu

Wort, als erforsche er die Bedeutung noch im einzelnen, während er den Satz aussprach.

»Aber Sie haben doch was?« Sie merkte, wie flehentlich ihre eigene Stimme klang.

»Hmmmm – möglicherweise.«

»Was?« fragte sie. Sie fing an, ihren Mantel auszuziehen, schob ihn über die Schulter, während sie den Telefonhörer weiterhin unter das Kinn geklemmt hielt. Sie hatte sich bei ihrer Ankunft zu Hause nicht damit aufhalten wollen, ihn abzulegen, doch jetzt wurde es ihr in dem überheizten Arbeitszimmer viel zu warm.

»Ich weiß noch nicht so recht. Ich muß noch ein Gefühl für die Sache kriegen.«

»Was genau soll das bedeuten?« Warum war er nur die ganze Zeit so verflucht sibyllinisch? fragte sie sich. Es erinnerte sie an Ärzte, die unerklärlich vage wurden, wenn man sie nach den Nebenwirkungen verschreibungspflichtiger Medikamente fragte.

»Es bedeutet, daß es da einige interessante Dinge gibt, die man sich genauer anschaun muß.«

»Also wirklich, Martinson, gibt es irgendeinen Grund, weshalb Sie mir nicht sagen wollen oder können, was diese sogenannten interessanten Dinge sind? Ist es, weil der Fall zu den Akten gelegt worden ist und Sie eigentlich nicht daran arbeiten dürfen?«

»Nein, das eigentlich nicht. Ich meine, ich soll zwar nicht daran weiterarbeiten, aber ich glaube nicht, daß die Telefonleitung abgehört wird, falls es das ist, was Sie meinen. Es bedeutet nur, daß mir die Dinge in gewisser Weise interessant erscheinen und daß sie möglicherweise später auch jemand anders interessieren, wenn sie Gestalt angenommen haben.«

»Ich bin aber *jetzt* interessiert daran«, ließ sie nicht locker. »Ich habe ein starkes persönliches Interesse an allem und jedem.«

»Selbstverständlich, deshalb hab ich's ja überhaupt erst erwähnt.« Nach einer Pause dann, so als müsse er erst entscheiden, ob er tatsächlich zu der Auskunft berechtigt sei, erklärte er: »Das erste ist, und das ist hier die große Enttäuschung, es gibt nichts, was gegen ihn ansteht. Keine Vollstreckungsbefehle, meine ich.«

»Keine Anklagepunkte, die noch anstehen?«

»Genau.«

»Was ist mit früheren Verstößen?«

»Nichts, was die Abnahme von Fingerabdrücken erforderlich gemacht hätte. Eine Reihe Verkehrsdelikte. Und hier ist etwas, was ich auffallend fand – er ist deswegen immer vor Gericht gegangen. Hat Einspruch erhoben, anstatt sie einfach zu zahlen.«

»Weshalb ist das so faszinierend?«

»Ich weiß nicht. Sehn Sie, das ist das, was ich meine. Ich entwickle einen Riecher für einige dieser Dinge, die aus der Reihe tanzen, aber die meisten anderen Menschen reagieren nicht genauso.«

»Aber Sie müssen doch einen Grund haben, daß Sie bei dieser besonderen Info einhaken.« Sie hatte die Schachtel mit Büroklammern, die auf ihrem Schreibtisch stand, aufgemacht und, den Telefonhörer noch immer zwischen Kinn und Schulter eingeklemmt, begonnen, die Klammern miteinander zu verbinden.

»Nun ja, wegen Verkehrsdelikten vor Gericht zu gehen ist nicht das, was die meisten Leute tun. Die meisten Leute wollen die Sache einfach nur erledigt wissen und wieder vergessen. Sie stecken das Geld in einen Umschlag und schicken es ab. Die haben keine Lust, sich von der Arbeit freizunehmen, den ganzen Tag in einem Gerichtssaal zu warten, bis sie aufgerufen werden, und dann am Ende vielleicht nicht besser dazustehen, was die Strafgebühr angeht, als wenn sie einfach nur das Geld hingeschickt hätten. Manchmal können sie dabei sogar noch schlechter wegkommen.«

»Manchmal aber eben besser.«

»Richtig.«

»Also geht er gern ein Risiko ein?«

»Entweder das, oder er ist ein Anwalt oder auch ein frustrierter Anwalt. Oder vielleicht glaubt er einfach, er kann die Bürokratie überlisten, glaubt, daß er darübersteht. Mag auch einfach ein Machtspiel im allgemeinen sein, da hineinzugehen und zu versuchen den Richter zu übertrumpfen.« Er verstummte, und sie meinte ihn etwas trinken zu hören, vermutlich seinen Kaffee. Sie überlegte, ob er wohl an seinem Schreibtisch auch diese großen Styroporbecher mit ihren Beißspuren benützte, oder ob er dort vielmehr eine echte Kaffeetasse bereithielt. »Aber ich weiß eben noch nicht, wohin uns das führt. Das ist bloß vages Zeug über persönliche Eigenheiten. Sehn Sie, wenn er wirklich was zu verbergen hat, wieso betritt er dann überhaupt ein Gericht? Das wäre doch riskant, meine ich.«

»Außer er hat Risiken gern, kann es sich nicht verkneifen.«

»Möglich.«

»Also ist Sylvie da drüben und versucht einen Wahnsinnigen zu stellen, der einen Adrenalinschub kriegt, wenn er ein Risiko eingeht. Das ist auf keinen Fall eine gute Nachricht.«

»Nein«, pflichtete er ihr bei. »Falls wir damit richtig liegen. Ich hab noch ein bißchen mehr«, berichtete er ihr, und sie konnte ihn Papiere hin und her bewegen hören. »Mein Mann da drüben, der eine, der ihn überprüft hat, rief mich heute morgen an und erzählte, daß er mit ein paar Typen beim Kaffee zusammensaß und dabei den Fall erwähnte und den Namen und das alles, und einer von denen kannte den Namen, weil er schließlich auch ungewöhnlich ist – Blessing. Das ist einer, der einem länger als die meisten Namen im Gedächtnis bleibt.«

»Und?«

»Und es stellt sich also heraus, daß dieser eine Cop, mit dem er da zusammen Kaffee trinkt, vor ein paar Jahren ein Kind adoptiert hat und daß er eines Tages von der Frau bei der Vermittlungsstelle, die alles für ihn und seine Frau abgewickelt hat, einen Anruf erhalten hat.«

»Halt, warten Sie«, unterbrach ihn Hannah, die jetzt die Kette aus Büroklammern losließ und den Telefonhörer fest in die Hand nahm. »Da gibt es was mit einer Vermittlungsstelle für Adoptionen im Leben von diesem Kerl?«

»Ja, Ma'am.«

»Und Sie sind sich nicht sicher, ob das interessant ist? Warum haben Sie mir diesen Teil nicht zuerst erzählt?«

»Wollen Sie's nun hören oder nicht?«

»Natürlich will ich's hören.«

»Also, diese Frau von der Vermittlungsstelle ist völlig mit den Nerven fertig, weil ein Kerl, der ein Kind adoptieren wollte, sie bedroht hat. Also ruft sie diesen anderen Typ an, für den sie eine Adoption durchgeführt hat, weil sie weiß, daß er ein Cop ist. Sie fragt ihn – aber eher informell –, was sie denn tun soll.«

»Sie wie bedroht hat?«

»Offensichtlich ist die Vermittlungsstelle bei ihrer Standardüberprüfung seiner Lebensumstände auf etwas gestoßen – er hat einmal einen früheren Arbeitgeber mit einer Pistole bedroht. Es wurde keine offizielle Anklage gegen ihn erhoben, aber die Vermittler waren überzeugt, daß der Vorfall tatsächlich stattfand. Also haben sie die Adoption abgelehnt. Als diese Frau unserem Blessing das verklickert hat, ist er durchgedreht: Ist um ihren Schreibtisch rumgegangen, hat auf die Armlehnen von ihrem Stuhl gedrückt – es war eins von diesen verstellbaren Dingern, wahrscheinlich von der billigen Sorte –, und der Bürostuhl ist durch den Druck irgendwie auf den Boden geknallt und hat sie zu Tode erschreckt. Er beugte dann sein Gesicht ganz nah zu ihr runter und sagte so was wie: ›Mörder kriegen Kinder, wenn sie Lust dazu haben, oder nicht?‹ Und dann hat er ihr erklärt, sie soll gefälligst vergessen, daß sie je etwas von dieser Sache mit der Pistole gehört hat, soll mal darüber nachdenken und ihn wieder anrufen. Und da hat sie den Cop angerufen und um Rat gefragt, was sie als nächstes tun soll. Er war der Meinung, sie könnte ihn verklagen, wenn sie das wirklich will, aber er sagte ihr auch, daß es schwierig sein würde, damit durchzukommen. Der Kerl würde höchstwahrscheinlich behaupten, er sei außer sich gewesen und sie hätte ihn mißverstanden, und ein Richter würde dann Verständnis für ihn zeigen, weil er doch sein Kind nicht kriegt und so weiter. Ohne schon vorbestraft zu sein, käme er vermutlich davon.«

»Er hat versucht ein Kind zu adoptieren und es nicht hingekriegt.«

»Also hält er möglicherweise irgendwo Ausschau, um eins zu kaufen, nehme ich an.«

»Und er hat eine Pistole.«

»Oder hatte eine Pistole.«

»Er wird gewalttätig.«

»Gewalttätig ist zu stark. Aggressiv. Wenn er aufgeregt ist.«

»Großartig. Sylvie ist dort und erkundigt sich zum Beispiel danach, wo er sein Kind her hat – ist das vielleicht nicht dazu angetan, ihn aufzuregen?«

»Das können wir nicht wissen.«

»Kommen Sie schon, Martinson, sie ist da drüben völlig schutzlos.«

»Da ist noch etwas, was Sie vielleicht erfahren wollen.«

»Treibt mich das etwa noch mehr zum Wahnsinn?« Sie wartete seine Antwort nicht ab. »Was denn?«

»Ich hab seinen Führerschein überprüft, das ist reine Routinesache. Das hab ich zum Beispiel auch bei allen hier gemacht.«

»Meinen Sie, auch bei mir?«

»Das mußte ich tun.«

»Bei Peter?«

»Ja. Der von Peter war in Ordnung, soweit wir damit gekommen sind. Er hat ihn mit einer Geburtsurkunde und einer Sozialversicherungskarte bekommen. Aber das ist im Augenblick alles nebensächlich. Ich hab den von Blessing nachgecheckt. Der hat ihn mit einer Sozialversicherungskarte und einem Zeugnis von der Universität von Montana gekriegt, und oberflächlich gesehen, schien das ebenfalls bestens und ganz legal. Nur hab ich mir dann bei diesem Unidokument so meine Gedanken gemacht. Ich stellte mir die Frage: Weshalb nicht eine Geburtsurkunde? Anscheinend macht er alles ein bißchen anders als die meisten Menschen. Also rief ich bei der Universität von Montana an, und es stellt sich heraus, daß sie

Keith Blessing mit einer Adresse in Missoula, Montana, aufgeführt haben. Ich hab in der Tat noch etwa zehn Minuten, bevor Sie angerufen haben, mit Keith Blessing aus Missoula geredet.«

»Ist das ein anderer Blessing?«

»Das behauptet er. Er sagt, daß er noch nie in Arizona war. Hat den Staat Montana in seinem ganzen kleinen Leben noch nie verlassen.«

»Das versteh ich nicht, wollen Sie damit sagen, daß der in Arizona ein gefälschtes Unizeugnis hat?«

»Sieht ganz danach aus. Ein gefälschtes Zeugnis und falsche Personalunterlagen und einen falschen Namen. Aber es ist ein wirklich hübsches Unidokument, das kann ich Ihnen sagen. Er hat einen fast perfekten Notendurchschnitt. Die meisten Leute, die sich eine neue Identität zulegen wollen, würden nicht nach einem Namen wie Blessing greifen – der ist zu ungewöhnlich, zu einfach im Gedächtnis zu behalten, wie ihn ja auch dieser Cop noch wußte. Aber wie es ausschaut, wurde dieser Kerl ein bißchen zu gierig, hat sich wohl an diesen tollen Noten aufgegeilt, hatte vermutlich irgendeinen Spezialjob im Hinterkopf, den er haben wollte, oder vielleicht paßte es einfach zu seinem Image von sich selbst – also beschloß er, das Risiko einzugehen. Wir sagten ja schon, daß er gern was riskiert.«

»Wohl wahr«, kommentierte Hannah. »Aber wie ist er denn überhaupt erst an das Zeugnis rangekommen?«

»Wahrscheinlich ging er ein Verzeichnis ehemaliger Studenten durch und fand einen im richtigen Alter, der das richtige Hauptfach hatte. Dann rief er vielleicht bei diesem Menschen zu Hause an und tat so, als würde er den aktuellen Informationsstand für den Verband ehemaliger Studenten überprüfen. Auf diese Weise könnte er ein Geburtsdatum oder eine Sozialversicherungsnummer rauskriegen, was vermutlich genügen würde, um eine Zeugniskopie zugeschickt zu bekommen. Sollten die bei der Univerwaltung pedantisch sein und mehr Auskunft verlangen als das, was er sich beschaffen konnte, wandert er eben zur nächsten Universität weiter. Das ist nicht schwierig, wenn man sich mit Lügen und Betrug leichttut. Aber jetzt muß ich Ihnen erzählen, was wirklich interessant ist, den Teil, der, man könnte sagen, das wahre Wunder dabei ist. Beide sind nämlich am selben Tag im selben Jahr geboren und haben denselben Namen. Aber dieser eine in Montana, der erklärt mir, daß er eins achtundachtzig ist, fünfundneunzig Kilo wiegt, blaue Augen und braunes Haar hat. Aber ich hab hier eine Beschreibung, die von einem Führerschein stammt, und – einen Moment – eins siebenundsiebzig lautet, siebzig Kilo, blaue Augen, blondes Haar.«

»Für den in Arizona?«

»Ja. Und da denke ich mir dann«, sagte er nun wieder langsam und dachte dabei nach, dachte gründlich nach, sie konnte sein Nachdenken direkt hören, so langsam und laut war es.

»Peter?« fragte sie ihn.

»Na ja, es ist bloß so ein Gefühl natürlich.«

»Sie ist ganz allein da drüben.«

»Nun, das weiß ich. Aber sie hat den Namen von Ortiz, und ich hab ihr gesagt, wie sie vorgehen soll, und sie hat die Telefonnummer hier und meine Privatnummer.«

»Und sie ist – wieviel – über dreitausend Kilometer von hier entfernt?«

»Das ist es ja. Dreitausend, schon eher an die viertausend oder noch mehr, da kann man nicht einfach rüberhüpfen. Aber ich denke mir, jetzt im Moment nütze ich hier sowieso keinem was, also geh ich einfach zum Flugplatz und nehme das nächste Ding, das nach Westen fliegt.«

»Sie fliegen rüber?«

»Sobald ich den Hörer auflege.«

»Was machen Sie denn da drüben?« fragte sie ihn.

»Alles, was ich kann«, erwiderte er, »das können Sie mir glauben.«

KAPITEL 29

Es war niemand zu Hause. Sylvie läutete, wartete, läutete dann erneut. Und noch einmal und noch einmal. Hielt die Klingel nach unten gedrückt, betätigte sie dann in endloser Wiederholung, wobei sie nur innehielt, um auf Schritte hinter der Haustür zu lauschen. Sie hämmerte energisch mit dem Türklopfer und wurde noch energischer. Sie lief um das Haus herum, klopfte heftig an die Fenster, bis ihr die Knöchel weh taten. Es war niemand zu Hause.

Die Jalousien waren zugezogen. Das waren sie doch vorhin nicht gewesen. Oder jedenfalls hatte sie es nicht so in Erinnerung. »Sie sind weg«, sagte sie, murmelte es manchmal, dann wieder brüllte sie die Worte fast heraus, während sich ihre Hände zu Fäusten ballten. Sie haben sie mitgenommen, dachte sie, während sie das Haus umkreiste. Wie konnte ich nur Cally einfach so zurücklassen? Joanna war vermutlich schon mit den allernotwendigsten Habseligkeiten getürmt, bevor Sylvie auch nur wieder im Hotel angekommen war. Wie hatte sie das nur geschehen lassen können, so nah ans Ziel zu gelangen und sie dann wieder entwischen zu lassen?

Und dann, als sie gerade vorne um die Hausecke herumkam sah Sylvie sie – Joanna, o Gott, es war Joanna, und sie schob einen Kinderwagen, noch ganz in der Ferne, aber sie näherte sich ihr. Sylvie wich einen Schritt seitlich neben das Haus zurück, damit sie außerhalb ihrer Sichtweite war, wischte sich die Tränen aus dem Gesicht und bemühte sich, ihr T-Shirt wieder ordentlich in der Hose zu verstauen. Sie lächelte, wenn es auch fast ein Akt der Gewalt war, ihre Mundwinkel tatsächlich dazu zu bewegen, daß sie sich nach oben bogen und dort blieben. Dann steuerte sie auf die Straße zu, hob eine Hand, um Joanna zuzuwinken, und ging ihr entgegen.

Sie hatte keine Ahnung, was sie überhaupt zu Joanna sagen würde, weil sie sich zu stark darauf konzentrierte, gleichmäßig zu gehen und die Augen auf sie gerichtet zu halten. Sie waren also nicht geflüchtet. Vielleicht hatte sie doch noch nicht mit ihrem Mann darüber gesprochen, hatte ihm noch nicht erzählt, wie Sylvie so seltsam, so eindeutig verstört davongerannt war.

»Sie sind wieder da«, sagte Joanna, als sie sich gegenüberstanden. »Ja«, sagte Sylvie und sah, daß die Kleine schlief. Ihr Gesicht, das halb unter einer Baumwolldecke verborgen war, lag der Wagenmatratze zugewandt da. Sie konnte das Baby von irgend jemand sein, genauso, wie Martinson es gesagt hatte, doch so war es nicht. Es war Cally. Sylvie hatte sie rufen hören. »Hat sie immer noch ein karoförmiges Muttermal auf dem Popo?« fragte Sylvie, selbst überrascht über die Direktheit ihrer Frage.

Joanna starrte sie an. »Wovon reden Sie da?«

»Hat sie ein Muttermal auf dem Popo?«

»Ja. Wieso wissen Sie was davon?« Joanna hatte sich über den Kinderwagen gebeugt und arrangierte nun die Decke so, daß sie noch mehr über dem Gesicht des Säuglings lag.

»Ich weiß es, weil sie mein Kind ist.«

Joanna zog den Wagen weg, näher zu sich heran. »Sie sind verrückt«, sagte sie.

»Sie heißt Cally«, erklärte Sylvie. »Sie ist mein Baby, und sie ist aus meiner Wohnung entführt worden. Geklaut worden. Es gab gar keine Leihmutter, keinen Rechtsanwalt, keine Unterlagen. Sie wurde gestohlen.«

»Sie sind wohl ausgerastet«, sagte Joanna, machte kehrt mit dem Kinderwagen und begann die Straße in der anderen Richtung hinunterzugehen, vom Haus weg. Sylvie hielt Schritt mit ihr.

»Hören Sie mir zu, Joanna«, appellierte Sylvie an sie. »Dieser Mann namens Peter, den ich erwähnt hab, er hat das Kind mit mir bekommen, es war sein Kind. Da gab es keine künstliche Befruchtung, wir haben zusammen gelebt, und dann hat er sie mir gestohlen und sie Ihnen verkauft, wie ich annehmen muß. Aber sie ist nicht Ihr Kind, und sie ist auch nicht das Kind von Keith. Irgendwer hat Sie wirklich gemein angelogen.«

»Es gibt Papiere«, erwiderte Joanna. Sie hatte ihr Tempo nicht verringert.

»Die Papiere sind gefälscht«, sagte Sylvie. »Sie hat doch das Muttermal, oder nicht?«

Sie hatten die Straßenecke erreicht, und Joanna blieb stehen. »Sie sind ihre leibliche Mutter?« Sylvie nickte. »Aber Sie können sie nicht zurückkriegen, Sie haben die Papiere unterschrieben.«

Sylvie schüttelte den Kopf. »Ich habe nie irgend etwas unterschrieben.«

»Doch, ich hab sie schließlich.« Joanna stand nun still da und hatte den Kinderwagen ganz eng an sich herangezogen.

»Dann zeigen Sie sie mir.«

»Die sind im Tresor.«

»Dann geh ich mit Ihnen zum Tresor, aber ich schwöre Ihnen, ich hab nie irgendwas unterschrieben.«

Joannas Gesicht war rot, ihre Augen waren feucht und voller Angst. »Ich wußte, daß das nie gutgehen würde, ich wußte, daß Sie wieder auftauchen. Keith hat gesagt, daß Sie labil sind, daß Sie die Kleine nicht wirklich aufgeben wollen, aber jetzt ist es zu spät. Das Gericht hat seine Entscheidung getroffen.« Ihre Augen schossen zwischen Sylvie und dem Baby hin und her. »Es ist alles geregelt«, sagte Joanna und hob das schlafende Baby hoch. Sylvie sah die kleinen Glieder sanft in der Luft pendeln und sich dann ruhig gegen Joannas Brust legen. Ihre leeren Brüste schmerzten sie, als sie das mit ansah.

»Bitte«, sagte Sylvie, »lassen Sie uns wenigstens zu Ihrem Haus zurückgehen, uns hinsetzen und darüber reden.«

»Nein«, beschied sie Joanna. »Ich rufe jetzt die Polizei.«

»Bestens«, entgegnete Sylvie. »Rufen Sie Detective Ortiz an. Er ist über den Fall informiert. Er steht mit der Polizei von New Haven in Verbindung. Er weiß, daß mein Baby gekidnappt wurde. Er kommt bestimmt her, wenn Sie das wollen.«

Joanna schüttelte den Kopf. »Das kann einfach nicht wahr sein.«

»Rufen Sie ihn an«, blieb Sylvie hartnäckig, obwohl sie keine Ahnung hatte, inwieweit Ortiz eingeweiht war oder ihr den Rücken stärken würde. Joanna starrte sie an. »Lassen Sie uns doch zum Haus zurückgehen«, schlug Sylvie erneut vor. Joanna schüttelte nur den Kopf, hörte dann auf damit, schloß die Augen für einen Augenblick, und Sylvie sah, daß Tränen anfingen ihr über das Gesicht zu rollen. Joanna schlug die Augen wieder auf und nickte einmal. Sylvie legte ihre Hand auf die Kinderwagenstange, direkt neben die der anderen Frau, und begann ihn in die umgekehrte Richtung zu wenden und zum Blessingschen Haus zu schieben. Joannas Füße schienen sich nur zu heben, wenn der Wagen so weit von ihr fortzog, daß er sie wie einen widerspenstigen jungen Hund an einer Leine entlangzerrte.

Sobald sie im Haus waren, legte Joanna das schlafende Baby in sein Bettchen. Sylvie schaute vom Flur aus zu. Sie hatte noch immer nicht das Gesicht ihres Kindes richtig gesehen. Sie gingen gemeinsam in die Küche. »Ich sollte lieber meinen Mann anrufen«, erklärte Joanna, und Sylvie stimmte ihr zu.

Sylvie konnte erkennen, daß sich am anderen Ende der Leitung jemand gemeldet hatte – Joanna begann herzzerreißend zu schluchzen. Sie schaffte es, den Namen ihres Ehemannes zu sagen, aber etwas darüber hinaus zu entschlüsseln würde dem Gesprächspartner am anderen Apparat gewiß nicht gelingen. Joanna nickte nur sinnlos mit dem Kopf, schluchzte ohne Unterlaß, lauschte seinen Worten, sagte aber selbst nichts. Schließlich übergab sie Sylvie den Hörer.

»Joanna braucht Sie zu Hause«, erklärte Sylvie.

»Was ist passiert?« ertönte eine angespannte, barsche Stimme zur Antwort.

»Es hat mit dem Baby zu tun«, sagte sie und legte auf, ohne weitere Fragen abzuwarten.

Sylvie ging durch die Küche, während Joanna weinte. Sie setzte einen Kessel voll Wasser auf und fragte die andere Frau, ob sie irgend etwas haben wolle. Als das Schluchzen nachgelassen hatte, saßen sie beide schweigend da.

Sylvie hörte das Kreischen des Wagens auf der Straße, das scharfe Einschlagen der Räder, als Keith in die Auffahrt einbog. Sie wollte schon zum Fenster rennen, ihn gleich zu Gesicht bekommen, endgültig und unwiderruflich Bescheid wissen, aber sie vermochte sich nicht von der Stelle zu rühren, konnte nicht einmal mehr ihre eigenen Glieder fühlen. Das einzige, was sie spürte, war der Schweiß, der ihr unter dem T-Shirt von den Achseln herunterlief. Sie hörte, wie er an der Haustür herumfummelte, dann eintrat und brüllte: »Joanna! Wo bist du?«

Sylvie holte tief Luft. *Seine* Stimme, ja – jetzt war sie sich dessen sicher.

»Ich bin hier, in der Küche«, sagte Joanna mit zitternder Stimme, erhob sich kurz und hielt sich dadurch aufrecht, daß sie sich an den Tisch lehnte, sackte dann aber wieder in sich zusammen.

Sylvie stand auf, als er den Raum betrat. Sein Haar war kürzer geschnitten, oder vielleicht lag es auch nur daran, daß er es hier anders frisierte – mit einem Seitenscheitel – konservativ, im Stil eines Geschäftsmannes, aber das galt auch für die andersartige Kleidung. Die khakifarbenen Twillhosen, der dunkelblaue Blazer und die Krawatte bildeten einen erheblichen Kontrast zu den leger modischen Sachen, die sie an ihm zu sehen gewohnt war. Es war nicht gerade das, was sie als bewußte Verkleidung bezeichnet hätte, sondern eher ein Stilwechsel. Für diese ganz andere Rolle; für eine ganz andere Art von Frau, vermutete sie. Aber er war Peter, daran war nicht zu rütteln.

Eine Hand seitlich zur Faust geballt, blieb er in der Tür stehen und starrte sie an. »Hab ich mir doch gedacht, daß du's bist«, sagte sie, und die Worte fühlten sich staubtrocken auf ihrer Zunge an. »Am Telefon«, ergänzte sie.

»Was willst du?« fauchte er sie an, und sie lachte auf angesichts dieser Absurdität – daß er das noch fragen mußte.

»Sie behauptet, daß Lily ihr Baby ist, Keith«, sagte Joanna zögerlich wie ein Sonnenstrahl im Winter.

»Peter«, korrigierte Sylvie, doch die beiden schienen das gar nicht zu hören.

»Ich hab dir doch gesagt, daß sie spinnt«, sagte er zu seiner Frau.

»Ich hab mich getäuscht«, erklärte nun Sylvie und beugte sich dabei zu Joanna hin. »Ich sagte doch, Ihr Mann ist nicht der Vater, aber er ist's.«

»Hab ich Ihnen doch gesagt«, erwidert Joanna. Er stand jetzt neben ihrem Stuhl, die Hände auf ihren Schultern.

»Joanna, sie ist durcheinander. Du weißt doch, der Seelenklempner hat erklärt, daß sie sich nicht mehr unter Kontrolle hat.«

»Aber es ist nicht so, wie er's behauptet hat«, fuhr Sylvie fort, indem sie einfach dazwischenging. »Sie ist sein Kind, aber es war keine künstliche Befruchtung. Wir haben zusammen gelebt. Und er war ständig unterwegs. Du bist doch immer hierher verreist, stimmt's?« sagte sie zu ihm. »Und außerdem nach Florida und wieder zurück, um deine Alibi-Anrufe einzuschieben. An dem Tag, als er Ihnen Lily gebracht hat«, richtete sich Sylvie nun an Joanna, »haben Sie da zur Feier auch eins Ihrer Gelage abgehalten, oder mußte er sich beeilen und schleunigst wieder weg?«

Joanna legte eine Hand auf die ihres Mannes. »Du bist tatsächlich gleich wieder weg«, sagte sie mit fast versagender Stimme.

»Natürlich bin ich das. Du hast doch gewußt, daß ich mich wieder auf den Weg machen mußte, nachdem ich soviel Arbeit versäumt hatte, um das mit der Leihmutterschaft zu organisieren.«

»Richtig, Joanna, er hat soviel Arbeit versäumt, weil er die Hälfte seiner Zeit mit mir verbracht hat, in New Haven, Connecticut. In unserm Bett.«

Sie hatte ihre Stimme wieder voll zurückgewonnen, doch sie sprudelte schneller dahin, als Sylvie es gewohnt war, eilte ihren Gedanken voraus und legte los, bevor Sylvie wußte, was ihre Stimme verkünden würde.

»Diese Phantasterei ist krankhaft, Joanna. Sie hat sich diese ganze komplizierte Geschichte zurechtlegen müssen, um das, was sie getan hat, zu erklären. Sie wünscht sich nur, daß es in Wahrheit so wäre.«

»Keith?« fragte Joanna so gequält, daß das Wort wie eine Spirale des Flehens aufstieg. Sie wandte den Kopf, um ihm ins Gesicht zu schauen. »Hast du mit ihr geschlafen?«

»Natürlich nicht.« Sylvie sah, wie Peters Hand Joannas Schultern und Nacken bearbeitete, beinahe massierte, aber sich auch irgendwie heftiger bewegte. »Wem willst du jetzt glauben?« fragte er sie. »Dieser verrückten Göre? Sie muß doch eine Geschichte auftischen, damit es danach aussieht, als wär's ganz in Ordnung gewesen, daß sie ihr Kind aufgegeben hat. Weißt du denn nicht mehr, was sie uns zugemutet hat – die ganze Zeit ihre Meinung zu ändern? Warum sollten wir uns von ihren Schuldgefühlen mitreißen lassen?«

»Was ist denn mit diesem Muttermal, bei dem du wolltest, daß es ein Schönheitschirurg wegmacht?« Sylvie hatte ihm die Frage an den Kopf geschmissen.

»Was soll damit sein?«

»Ich kann auf diese Weise ihre Identität nachweisen. Sie ist mein Kind.«

»Bestens. Dagegen sag ich gar nichts. Sie *war* dein Kind. Aber du hast sie per Vertrag abgegeben.«

»Das ist eine Lüge.« Sylvie knallte diese Worte wie Spielkarten hin, die von einem frisch gekauften Satz Schlag auf Schlag verteilt werden. »Du hast mein Baby einfach gekidnappt. Du hast gewußt, wo sie war, Peter, und du hast mich in dem Glauben gelassen, daß sie völlig verlassen oder tot ist. Hat es dir überhaupt nie was ausgemacht, daß ich vor lauter Angst und Schuldgefühlen völlig außer mir war? Hat dir das überhaupt nichts ausgemacht?«

Er wandte sich an seine Frau, nicht an Sylvie: »Mach mich nicht für ihre Wahnvorstellungen verantwortlich. Du mußt dieses ganze Getobe einfach ignorieren.«

»Joanna«, sagte Sylvie, »er hat der Polizei erzählt, daß er glaubt, ich hätte das Baby umgebracht. Er hat es so hingedreht, daß es danach aussah.« Sie wirbelte zu ihm herum. »Und es tut mir leid, daß ich mich solange dagegen gewehrt hab, sie allein zu lassen. Ich weiß, daß du ewig lange hast warten müssen, ständig eine neue Ausrede für Joanna hast finden müssen, aber dann hab ich's endlich doch getan, bin deinem Rat gefolgt, hab sie nicht aufgeweckt und sie allein gelassen.«

»Wir sollten einen Arzt holen, damit er ihr eine Beruhigungsspritze gibt, sie ist wirklich ausgeflippt«, sagte Peter zu Joanna.

»Keith?« sagte Joanna erneut.

»Ich hab Papiere«, erklärte er. »Keiner nimmt uns einfach unser Kind weg.«

»Ich habe nie irgendwelche Papiere unterschrieben.« Mit diesen Worten richtete sich Sylvie schreiend an Joanna.

»Das ist ja komisch – deine Unterschrift ist drauf. Und übrigens hab ich auch ihre Geburtsurkunde.«

»Und ich hab einen Brief von der Hebamme.« Sie warf ihm diese Mitteilung geradezu ins Gesicht. »Eine Kopie von dem, den du mich nie hast sehen lassen, wo draufsteht, daß ich Cally zur Welt gebracht habe.«

»Na, fabelhaft, aber weißt du, ich stelle ja gar nicht in Abrede, daß du sie zur Welt gebracht hast. Ich sage lediglich, daß du auf deine Recht als ihre Mutter verzichtet hast. Das heißt, daß ich das Sorgerecht habe, dazu die Papiere, um es zu beweisen«, verkündete Peter, während er sich von Joanna abwandte und sich um sie herum auf Sylvie zubewegte. »Die Polizei rührt Lily nicht an, sobald ich denen den Gerichtsbeschluß zeige. Aber *dich* werden sie verhaften, weil du gegen die Sorgerechtsregelung verstößt. Die kommen nicht mal in die Nähe des Babys, solange ich der Elternteil bin, der sorgeberechtigt ist.«

»Wovon redest du eigentlich? Ich habe nie auf meine Rechte verzichtet, ich bin nie im Gericht gewesen.«

»Ich ruf jetzt die Polizei«, sagte er und ging zum Telefonapparat an der Wand.

»Mach nur. Ich hab's schon deiner Frau gesagt – du kannst nach Detective …«, und dann fiel ihr sein Name nicht mehr ein.

»Ja?« sagte er, zu ihr gewandt. »Da gibt's also einen besondren Lieblings-Detective von dir, an den ich mich wenden soll?«

Verdammt noch mal, sie konnte sich überhaupt nicht mehr

an den Namen erinnern. Sie blickte kurz zu Joanna hinüber – sie hatte ihr doch vorhin den Namen genannt, vielleicht wußte sie ihn ja noch, doch wie idiotisch, dachte sie dann, Joanna war nicht auf ihrer Seite.

»Fällt dir sein Namen nicht mehr ein, Sylvie? Was ist denn los, das Hirn ein bißchen überfordert?« Er zeichnet mit einem Finger eine Reihe von Kreisen in die Luft. »Probleme damit, sich an Dinge zu erinnern? Wie erstaunlich. Du bist doch intellektuell immer so auf Trab. Ich kann mir gar nicht vorstellen, was nicht stimmen könnte. Vielleicht hast du ja heute noch nicht genug Pepsi getrunken, liegt's daran?«

»Also ruf die Polizei an«, sagte sie, überzeugt, er würde es nicht tun.

Er griff nach dem Hörer und drückte auf drei Tasten. »Ich habe hier einen Notfall«, sagte er, nachdem, wie es schien, höchstens ein oder zwei Sekunden verstrichen waren. »Ich habe das Sorgerecht für mein Kind vom Gericht zugesprochen bekommen, und die Mutter des Kindes ist hier in meinem Haus unter Mißachtung dieser Regelung. Sie hat ihre Absicht zu einer Entführung angedeutet, und sie droht dem Kind Schaden zuzufügen. Ich fürchte, mein Kind ist in Lebensgefahr.« Er nannte die Adresse, erklärte, sein Name sei Keith Blessing und legte auf.

»Ich weiß, das war nur gespielt, die haben sich zu schnell gemeldet«, sagte sie.

Der Küchentisch stand zwischen ihnen, und er stützte die Hände auf der Kacheloberfläche auf und beugte sich zu ihr hinüber. »Glaub's nur, wenn du magst«, sagte er. »Die melden sich sofort hier in Tucson, und die sind auch sofort zur Stelle, keine Bange.«

»Sie haben doch gesagt, daß Sie Marie heißen«, protestierte Joanna.

»Jetzt kapierst du also endlich, Joanna, wie sie lügt?« fragte Peter. »Jedes zweite Wort, das aus ihrem Mund kommt, ist eine Lüge.«

»Ich hab Ihnen diesen Namen genannt und diese Geschichte erzählt, daß ich ein Kind adoptieren will, damit Sie mit mir reden und mir nicht die Tür vor der Nase zumachen, Joanna. Aber alles übrige ist wahr, das schwöre ich.« Sylvie hielt einen Augenblick inne und lauschte auf Sirenengeheul. Nichts. Sie richtete ihren Blick erneut voll auf Peter. »Und was ist mit deinen Lügen? Mit deinem Namen? Dein ganzes Leben ist eine einzige riesige Lüge. Warum überläßt du mir jetzt nicht einfach mein Baby, und dann kannst du ja losziehen und dir ein anderes Spielzeug besorgen.«

»Zum Glück hab ich die Papiere hier im Haus verwahrt, und ich hol sie jetzt, damit ich sie den Cops zeigen kann. Rühr dich nicht von der Stelle, solange ich weg bin. Halt sie fest, wenn's sein muß«, sagte er abschließend zu Joanna, während er den Raum verließ.

»Sie können doch bei dieser Sache nicht mitspielen«, sagte Sylvie zu Joanna, sobald er weg war, und dann hörte sie den Schrei und erkannte an Joannas Miene, an ihrem starren Gesichtsausdruck, daß sie ihn nicht gehört hatte. Sylvie spürte, wie dieser schwache suchende Ton aus dem Schlaf heraus entstand, dieser fragende, an sie gerichtete Ruf von ihr, verspürte ihn wieder in ihrem eigenen Inneren. »Ich geh mal eben aufs Klo«, verkündete sie, ging dann aber in Richtung Kinderzimmer, weil sie unbedingt dort sein mußte, bevor das eigentliche Schreien einsetzte, damit sie die Kleine in den Arm nehmen, sie berühren konnte. Sie war schon halb im Zimmer angelangt, als Peter sie einholte.

»Faß sie ja nicht an«, kommandierte er und drängte sich vor sie, wobei er sie beinahe umstieß. Er nahm das Baby aus dem Kinderbett.

»Laß mich sie halten«, bettelte Sylvie und hielt die Arme dem flehentlichen Gesichtchen entgegen, daß Callys war. Aber er hastete mit dem Baby unter seinem Arm in einem Bogen an ihr vorbei, als sei er im Begriff, mit einem Football ins Ziel zu stürmen.

Sie folgte ihm zur Küche zurück und sah, daß er den kreischenden Säugling Joanna übergeben hatte. »Sie hat Hunger«, sagte Sylvie.

»Fütter sie«, schrie Peter Joanna an.

»Ich halte sie für Sie, während Sie die Flasche richten«,

sagte Sylvie, aber die Frau wirbelte herum und kehrte Sylvie den Rücken zu.

»Bleib ja weg von ihr«, sagte Peter und packte Sylvie am Arm.

»Besorg dir ein andres Baby, Peter«, entgegnete Sylvie, die sich gegen seinen Zugriff zur Wehr setzte. »Gib sie mir zurück. Hab ich denn nicht schon genug durchgemacht? Du hast gewußt, daß sie in Sicherheit war, du hat es *gewußt*, und da läßt du mich einfach in dem Glauben, daß sie bei irgendeinem Wahnsinnigen ist oder vielleicht tot ist, und die ganze Zeit hast du Bescheid gewußt.«

Joanna war dabei, Säuglingsnahrung in eine Flasche zu füllen. Sie hielt das schreiende Baby hoch gegen ihre Schulter.

»Lassen Sie mich sie halten«, bat Sylvie flehentlich. »Ich möchte fühlen, daß sie am Leben ist.« Sie versuchte sich Joanna und dem Kind zu nähern, aber Peter hielt sie noch immer fest.

»Was sollen wir jetzt machen, Keith?« fragte Joanna, während sie die Dose mit dem Milchpulver auf der Theke abstellte.

»Was?« fragte er, an seine Frau gewandt. »Du willst Lily ziehen lassen. Nach all dieser Scheiße, die wir hinter uns haben, willst du einfach alles hinschmeißen?«

»Natürlich nicht.« Joanna hielt das schreiende Kind eng an sich geschmiegt. Das Fläschchen stand verloren da, nur einen Fingerbreit mit Flüssigkeit gefüllt. »Ich will das alles einfach nur verstehen, will wissen, was passiert ist.«

»Himmel Herrgott, Joanna, mach keine Scherze. Du weißt doch, was passiert ist. Mach nicht *mich* für die Spinnereien von jemand anderem verantwortlich.« Er ließ Sylvie los und schritt zu seiner Frau hinüber.

»Ich möchte sie gern halten, bitte«, sagte Sylvie, aber keiner der beiden reagierte auf ihre wiederholten Appelle.

»Ich sag dir doch, was passiert ist, ich sag dir doch, daß sie labil ist. Das ist unser Kind.«

»Hast du diese Sachen, die sie behauptet, zu ihr gesagt, daß das Baby tot ist?«

»Nein, natürlich nicht.« Die Schreie des Babys gellten jetzt schneidend durch den Raum. Sylvie konnte sich nicht erinnern, sie je so schreien gehört zu haben. Sie griff nach der Babynahrungsdose und begann die Flasche aufzufüllen. »Laßt sie mich doch halten, solange ihr miteinander redet«, bettelte Sylvie und näherte sich den beiden.

»Hau ab«, sagte Peter. Er schob – schubste eher, wie es Sylvie vorkam – Joanna und den Säugling weiter von ihr weg und bezog zwischen ihnen Stellung.

»Sie schreit vor Hunger«, sagte Sylvie mit inständig bittender Stimme und hielt ihnen die Flasche hin. »Laßt sie doch nicht länger wegen euch leiden.«

Und dann stapfte Peter urplötzlich davon, und sie sprach mit Joanna. »Joanna«, sagte Sylvie nun fast im Flüsterton. Sie wollte Joanna irgendwie dabehalten, verhindern, daß sie mit Peter davonlief.

»Was?« fuhr die andere Frau sie an.

»Ich möchte Ihnen danken, daß Sie sich so gut um sie gekümmert haben«, sagte sie. Joanna war drauf und dran, ebenfalls rauszulaufen, das spürte Sylvie, und sie wußte nicht, was Peter ausgeheckt hatte, ob er womöglich irgendwen anrief, vielleicht ein paar Schlägertypen herholte, was wußte sie schon, und Joanna drehte ständig den Kopf nach dorthin um, wo er verschwunden war, Sylvie mußte sie einfach hierbehalten. »Sie sieht so gesund aus«, sagte Sylvie, obwohl sie noch kaum ihr Gesicht gesehen hatte, so wie Joanna die Kleine an sich gedrückt hielt. »Und ich weiß, daß Sie sie lieben, das weiß ich.«

Joanna schaute jetzt Sylvie mit voll zugewandtem Gesicht an. »Sie ist mein Baby«, sagte Joanna mit Tränen auf den Wangen. Sie mußte über das kräftige Kreischen des Säuglings hinwegschreien.

»Ich weiß. Und Sie sollten sie jetzt füttern, denn das braucht und will sie, und genau das müssen Sie jetzt für sie tun. Wenn sie dann wieder ruhig ist, können Sie auch besser nachdenken.«

Joanna zögerte, senkte dann das Baby in ihre Arme. »Geben Sie mir die Flasche«, sagte sie.

Sylvie bewegte sich näher auf Joanna zu und reichte ihr

an Cally vorbei das Fläschchen. Sylvie spürte, wie ihr die Nadelstiche alter Liebe durch die trockenen Brüste sausten, als sie nun auf Callys aufgeregtes, begehrliches Gesicht hinunterblickte; sie spürte, wie die Milch alles daran setzte, zurückzukommen. Joanna schob den Gummisauger auf den Mund der Kleinen zu, aber sie schrie nur um so lauter und drückte mit der Zunge dagegen. Joanna blickte Sylvie verblüfft an, versuchte es aufs neue. »Sie nimmt ihn sonst immer«, meinte sie, aber das Baby zuckte zurück und vermied das Gummiding, als sei es ein Angriffsinstrument. »Vielleicht hat sie keinen Hunger.«

»Nein, sie hat schon Hunger, aber sie ist außer sich, sie hat vergessen, was sie will. Versuchen Sie's einfach noch mal«, riet ihr Sylvie.

Sie wollte, daß Joanna mit Cally sprach, sie tröstete; daß sie alles tat, was nötig war, um sie zu beruhigen. Ihre Hände schwebten über dem Kind in der Luft, und ihre Handflächen fühlten sich heiß vor Verlangen danach an, Cally zu berühren. Und dann wandte sich das Baby von Joanna ab, bog sich zu Sylvie hin, suchte mit dem Mund die Brust, schloß die Kluft zwischen ihnen und saugte sich an ihrem Hemd fest. Sylvie sah, wie sich der dunkle Fleck bildete, wie die Feuchtigkeit sich ausbreitete, die Milch, die nun wieder da war. Und obwohl sie vor lauter Tränen auf ihrem eigenen Gesicht kaum sehen konnte, war es doch Cally, dieses kleine Gesichtchen, eigentlich nicht sehr verändert, mit seinem Mund, der nun ihre Hemd bearbeitete, während das Schreien nur noch in Abständen, aber so voller Frustration erklang. Und sie spürte sie an ihrem eigenen Körper, küßte sie, küßte ihre Cally, und sie bemerkte, daß Joanna zurückgewichen war, daß sie selbst ihre Hände um den Säugling gelegt hatte und daß ihr gegenüber Joanna mit der Flasche aufrecht in beiden Händen dastand. »Mein Baby«, flüsterte Sylvie Cally zu, und sie mußte sich hinsetzen – ihre Beine konnten sie kaum noch tragen, so verrückt zitterte sie. Sylvie hob ihr Hemd hoch, schob ihre Brust auf den offenen Mund zu, und da war das Baby nun, saugte sich fest, trank von ihr, sie beide wieder vereint. Die einzigen Geräusche waren Callys schmatzende und schluckende Laute.

»Sie erinnert sich«, sagte Sylvie zu Joanna, aber die andere Frau starrte die beiden nur an. »Und meine Milch erinnert sich auch«, sagte sie und lachte.

»Gib sie wieder her«, forderte Peter so lautstark, daß Sylvie zusammenzuckte, nur Cally schien es nichts auszumachen. Die verzweifelt gierigen Trinkgeräusche erfüllten den Raum.

Peter hielt ein Stück Papier in der Hand, und wedelte damit in ihrer Richtung. »Gerichtsbescheid«, verkündete er und schob es ihr so nahe vor das Gesicht, daß die schwarze Druckschrift zu einem Brei zerfloß. Er zog das Schreiben wieder weg, bevor sie ein einziges Wort darauf lesen konnte. Sie wäre ihm gern durch die Küche gefolgt, wollte das Blatt packen und ihm aus der Hand reißen, aber es ging nicht. Sie war entschlossen, Cally solange zu stillen, bis sie ganz satt war. Dann würde sie sich schon um ihn kümmern. Sie zog das Baby enger zu sich heran, beugte sich tief über sie und ließ sie weitertrinken. »Gib sie wieder her«, wiederholte er. Sie war nicht gewillt, ihn anzublicken. Sie hörte eine Sirene, durchdringend und schrill, hörte sie immer näher kommen. Sie wandte ihm die Augen zu, und er lächelte sie an. Das Sirenengeheul kam jetzt direkt auf sie zu, kam die Straße herunter, diese Straße hier bis ganz zum Haus. »Keine Zeit mehr für Spiele, Sylvie«, sagte er. Ihr war kalt, sie hatte am ganzen Körper zu schlottern begonnen. Und dann war es still. Kein kreischender Lärm mehr, nur noch Wagentüren, eilige Schritt, Gehämmer an der Haustür.

»Polizei«, hörte sie die Männer rufen. Callys Augen waren geschlossen, und sie seufzte im Schlaf. Sylvie löste den Mund, der wie ein Siegel die Brustwarze umschloß, davon ab und zog sich ihr Hemd wieder herunter. Cally wachte nicht auf.

Peter ließ sie herein. Sylvie hörte sie in der Eingangshalle miteinander reden, konnte aber die Worte kaum verstehen. Hinter ihr schniefte Joanna. Und dann waren sie da, zwei Polizeibeamte in Uniform, einer so blond und schlank wie Peter, der andere das genaue Gegenteil, ein dunkelhäutiger, gedrungener Mann spanisch-amerikanischen Ursprungs.

Da standen sie nun vor ihr, und der Helle hatte die Hand auf seinen Revolver gelegt. »Ma'am«, sprach er sie an, »sind Sie Sylvie Pierson?« Sie nickte. »Es tut mir leid, daß ich Ihnen das sagen muß, aber Sie werden dieses Baby jetzt Mr. Blessing zurückgeben müssen, weil das Gericht entschieden hat, daß das Kind jetzt ihm gehört.«

»Ich tu ihr doch nichts zuleide, das stimmt nicht«, protestierte sie.

»Das weiß ich, Ma'am, aber der Gerichtsbeschluß sagt, daß das Baby ihm und nicht Ihnen gehört. Ich weiß, das ist schlimm für Sie, aber wir sind hier, um diese gerichtliche Verfügung durchzusetzen, weiter nichts.«

»Es ist eine Fälschung«, sagte sie hartnäckig.

»Kommt mir aber okay vor«, erwiderte der Beamte. »Sieht wie eine gültige Gerichtsverfügung aus. Wir können bloß die Gesetze vollstrecken, Ma'am , so wie wir's unter Eid geschworen haben.«

»Ich hab das nie unterschrieben«, insistierte sie.

»Also, das stimmt schon, aber Mr. Blessing sagt, daß Sie schon vor dieser Verfügung auf ihre Rechte als Mutter verzichtet haben. In solchen Fällen bräuchten Sie, wie ich es sehe, gar nicht anwesend zu sein.«

Peter grinste. Sie wollte auf ihn losstürmen, auf sein Gesicht einschlagen, aber der Beamte war näher auf sie zugekommen. »Ma'am, ich muß verlangen, daß Sie mir dieses kleine Mädchen übergeben.«

»Er hat sie mir gestohlen«, sagte sie.

»Das klären wir alles, sobald Sie sie hergegeben haben.«

»Das kann ich nicht«, sagte sie, schubste den Stuhl nach hinten, erhob sich und wich zurück.

Sie standen an beiden Seiten, hielten sie an den Armen fest, rissen und drückten an ihr herum. Cally war verdutzt und jetzt wach und blickte sie mit vor Überraschung weit offenen Augen an. »Da gibt's einen Detective«, erklärte sie, »mir fällt jetzt nicht ein, wie er heißt, aber er ist darüber informiert. Detective Martinson kennt ihn«, sagte sie.

»Es gibt keinen Detective Martinson in Tucson, soweit ich weiß«, sagte er.

»Nicht Tucson«, erwiderte sie. »New Haven. Rufen Sie ihn an. Er hat die Leitung in dem Kidnappingfall gehabt. Er weiß, daß man sie mir weggenommen hat. Er weiß, daß Peter sie geklaut hat.«

»Wer ist Peter?« fragte der Beamte.

»Keith, Peter, sie sind ein und derselbe.«

»Sind sie nicht«, begehrte Joanna so erbittert auf, daß es klang, als schneide ein Schrei durch die Dunkelheit.

»Schaun Sie mal, über die ganze Sache reden wir dann im Wagen draußen, sobald Sie das Baby zurückgeben, okay?«

Sylvie schüttelte den Kopf.

»Sie machen es nur sich selbst und allen anderen schwer«, sagte der Blonde. »Mr. Blessing sagt, wenn Sie das Baby ganz einfach und ohne Probleme zurückgeben, wird er Sie nicht verklagen. Wenn Sie sich allerdings so aufführen wie jetzt und er auf Anklage besteht, bleibt uns nichts andres übrig, als Sie festzunehmen und das Baby zu ergreifen. Aber wir wollen doch kein Tauziehen, bei dem ihr vielleicht was zustößt, wissen Sie, was ich meine?«

»Was willst du mir eigentlich anlasten?« Sie schaute Peter direkt ins Gesicht.

»Mißachtung des Sorgerechts«, krähte er.

»Gut, dann tu's doch«, forderte sie ihn heraus. Sie wandte sich an die Polizisten. »Das ist mein Kind. Er hat sie entführt. Ich habe nie die Rechte auf sie preisgegeben. Es hat nie einen Leihmuttervertrag gegeben, das schwöre ich. Sie müssen bitte Martinson anrufen.«

»Was soll das mit der Leihmutter?« fragte der dunkle Beamte Peter.

»Darüber tobt und phantasiert sie ständig rum, deshalb sag ich Ihnen doch, sie braucht wahrscheinlich 'ne Beruhigungsspritze.«

Der südamerikanisch aussehende Beamte führte sie behutsam zu einer Ecke des Raums. »Lassen Sie doch die beiden ihr Baby haben«, sagte er sanft und in vertraulichem Ton. »Wir fahren dann zum Revier. Ich werde sehen, was es mit diesem Martinson auf sich hat.«

Sylvie weinte jetzt. »Ich kann sie nicht wieder gehen lassen.«

Der Polizist hatte eine Hand auf ihre Schulter gelegt. »Wird schon alles wieder«, sagte er.

Sie drückte Cally nur noch enger an sich, sie konnte einfach nicht anders. Ein Cop legte beide Hände um Cally, und der andere begann Sylvies Hände von ihrem Baby zu lösen. »Kommen Sie, Sylvie, seien Sie ein braves Mädchen«, sagte einer von ihnen. Cally krümmte sich und begehrte auf. »Wir bringen die Sache schneller in Ordnung, erreichen Ihren Freund in New Haven viel schneller, wenn Sie sie jetzt loslassen und einfach mit uns mitgehen.« Cally fing an laut zu plärren.

»Tun Sie ihr nicht weh«, bat sie flehentlich. »Bitte, tun Sie ihr nichts.«

Die Polizisten warfen sich gegenseitig einen Blick zu. »Kommen Sie jetzt mit uns mit?« fragte einer der beiden.

Sylvie nickte, und sie lockerten ihren Griff um Cally. Sylvie hob ihre Kleine hoch, um sie ein einziges Mal auf ihre winzigen, traurigen, zitternden Lippen zu küssen, und dann überließ sie ihnen das Kind; legte ihr schreiendes Baby einem Polizeibeamten in die Arme.

Sie wußte den Namen wieder. Sie waren noch keine zwei Blocks von der Larch Street entfernt, und der Name fiel ihr wieder ein. »Daniel Ortiz«, schrie sie ihnen zu. »Ortiz. Holen Sie Ortiz. Ortiz.«

»Ortiz weiß was über diese Sache?« fragte der Blonde und drehte den Kopf zu ihr nach hinten.

»Rufen Sie ihn an«, sagte sie, »er weiß Bescheid.« Und dann redeten sie hin und her auf ihrem Funkgerät oder Piepser oder Radio oder was immer das war und fragten nach Ortiz, aber es nützte nichts. Sie hatte einen hohlen Raum in ihrem Brustkorb für dieses Baby, der sich nie und nimmer mehr füllen und wieder heil werden würde. Sie dachte an all die Dinge, die sie in diesen wenigen Momenten, in denen es ihr vergönnt gewesen war, sie zu halten, hätte tun können – die Form und Größe ihrer Fontanelle ertasten, die Sohlen ihrer weichen kleinen Füße berühren, an ihrem Ohr knabbern oder auf das seidige blonde Haar blasen, so daß es wie bei einer Pusteblume auseinanderstäuben würde. Nichts davon hatte sie getan. Sie hatte die Möglichkeit dazu gehabt, und absolut nichts davon hatte sie getan, dachte sie nun und weinte leise. Sie versuchte ihren Kummer zu dämpfen, versuchte zu verhindern, daß er durch das Metallgitter sickerte, das sie von den Polizeibeamten trennte, aber sie spürte, wie er hervorbrach und von ihr wegströmte, und begriff, daß ihr Aufheulen so durchdringend und verzweifelt war wie das von Cally nur wenige Minuten zuvor.

Sie konnten überhaupt niemanden erreichen. Niemand in New Haven wußte, wo Martinson war. Er ging auch zu Hause nicht ans Telefon. Sie tigerte hin und her. Die Männer riefen wieder an. Er meldete sich noch immer nicht. Ortiz war ebenfalls nicht zu Hause. Sein Partner sagte, ja, Ortiz *habe* etwas von einem Anruf aus New Haven erwähnt, aber er wisse nichts weiter darüber.

»Die hauen doch ab«, sagte Sylvie zu ihnen. »Die nehmen mein Baby und verschwinden einfach. Sie sind wahrscheinlich schon weg«, stöhnte sie.

Sylvie verlangte von den Beamten, ihre Personalien aufzunehmen, die Sache hinter sich zu bringen und sie schleunigst wieder gehen zu lassen. *Sie* jedenfalls werde dorthin zurückgehen, wenn sie es schon nicht täten. Dort könne sie wenigstens in der Küche stehen und für einen Aufschub sorgen, erklärte sie. Die Polizeibeamten kamen nicht schneller voran als Kinder, die auf dem Heimweg von der Schule herumtrödeln. Auf was für Drogen seid ihr eigentlich, die euch in Zeitlupentempo versetzt haben, hätte sie am liebsten gefragt. Sie gaben ihr zu verstehen, sie hätten kein Interesse, ihre Personalien aufzunehmen, wenn es gar keinen Grund dafür gebe. »Nun machen Sie schon«, brüllte sie die Männer an. »Sie können mich doch nicht einfach hier gefangenhalten.« Verfluchte Kerle, es war schließlich ihr Baby, nicht das von diesen Typen. Und als der Blonde,

Carvey, von seinem Schreibtisch verschwunden war, und der Dunkle, der Flores hieß, ständig mit der Wahlwiederholungstaste an seinem Telefon herumspielte, sagte sie: »Schicken Sie jemand rüber zu dem Haus. Schicken Sie irgendwen.« Aber Flores bestand darauf, er habe noch keinen begründeten Anlaß, einen seiner Leute rüberzuschicken, bisher jedenfalls.

»Dann will ich einen Anwalt haben«, erklärte sie.

»Erst wenn ich Sie einer Unrechtmäßigkeit beschuldige, dann brauchen Sie einen Anwalt. Vorläufig aber«, belehrte er sie, »sollten Sie einfach ausharren.«

»Nein«, erwiderte sie, »Sie haben gesagt, daß ich das Recht auf einen Anwalt habe. Das haben Sie im Auto auf dem Weg hierher gesagt. Also will ich jetzt einen Anwalt. Ich hab einen Anspruch darauf.«

Flores zuckte die Achseln, hob die Arme in einer Geste der Unterwerfung. »Ich versuche doch nur nett zu sein. Ich hoffe nicht, daß ich Sie noch wegen irgend etwas festnageln muß.«

Sie sah seine Hände ziellos durch einen Stapel Unterlagen blättern. »Ich habe das Recht auf einen Anwalt«, wiederholte sie, und griff nach dem Telefonhörer.

Sie stapfte durch den Raum, während sie auf die Ankunft des Pflichtverteidigers wartete. »Wie dumm, daß die Kinder von Ortiz schon alle groß sind«, sagte Flores von der Ecke seines Schreibtischs aus, auf der er saß. »Wenn da ein Mädchen zum Babysitten bei ihm zu Hause wäre, könnte sie uns sagen, wo er steckt.«

»Na, dann raten Sie doch«, sagte sie. »Wo geht er normalerweise hin?«

Flores lachte. »Also, das weiß ich nicht, ich bin kein spezieller Kumpel von ihm.«

»Dann rufen Sie seinen Partner an«, drängte sie und wies dabei auf das Telefon.

Der Partner erwähnte ein paar ausgefallene kleine Restaurants im Süden von Tucson, und er berichtete auch von ein paar Filmen, von denen Ortiz gesagt habe, er wolle sie sich anschauen. »Aber er könnte doch überall in der ganzen Stadt sein«, versuchte Flores ihr klarzumachen.

»Rufen Sie an«, sagte sie wieder mit ausgestrecktem Zeigefinger.

»Der wird ganz schön sauer sein, wenn ich ihn aus einem Thriller raushole und erklärte, ich hätte da so eine Eingebung mit diesem Baby.«

»Sie mauern bloß und versuchen mich hier festzuhalten. Nehmen Sie schon meine Daten auf, und lassen Sie mich abhaun.«

Er wartete eine Minute, bevor er antwortete. »Sie wollen, daß ich Sie mir vornehme, bevor Ihr Verteidiger da ist?«

»Ja.«

Er schüttelte den Kopf, langte über den Schreibtisch hinweg nach dem Branchenverzeichnis und schlug den Gaststättenteil auf.

Sie fanden ihn, beim dritten Versuch. »Ein Glückstreffer«, sagte er zu Sylvie, während er darauf wartete, daß Ortiz an den Apparat in einem Restaurant kam, dessen Besitzer vermeldet hatte: »Ja sicher, Detective Ortiz ist unser allerliebster Stammgast.«

Sylvie gefiel es nicht, wie sich das Telefonat von ihr aus anhörte. Das Gespräch war zu leutselig und beliebig. Zu viele *Ahas*. Keine Diskussion darüber, wie bald Ortiz bei ihnen auftauchen würde. Und dann benützte Flores Ausdrücke wie *Familienangelegenheit*, und sie wußte, daß nichts geschehen würde. Cally würde irgendwo anders hin und zu einem wiederum neuen Namen gelangen. Nachdem Flores aufgelegt hatte, schwieg er lange Zeit. Sie hielt den Atem an, während sie wartete und darauf hoffte, Ortiz habe ihnen etwas Neues an die Hand gegeben. »Er ist zweifellos über den Fall informiert«, sagte er nach einer Weile. »Was er an Informationen hat, ist genau das, was Sie sagen – Betrug, vorgetäuschte Entführung. Der hat das ganze Revier von New Haven saftig reingelegt. Aber da gibt's auch einen Haken, verstehen Sie.«

»Ich weiß«, antwortete sie. »Er ist der Vater, also kann er

alles machen, was ihm in den Kram paßt, gegen jedes Gesetz verstoßen, wie er grade Lust hat, richtig?«

»Na ja, so würde ich es nicht gerade ausdrücken.«

»Wir würden Sie's denn ausdrücken?«

»Ich würde sagen, er hat etwas, was er als Verfügung des Familiengerichts bezeichnet, und wenn die echt ist, können wir nicht an ihn ran, was das Baby angeht.«

»Sie ist nicht echt.«

»Ich glaube ja, daß Sie recht haben. Ortiz sagt, daß vermutlich alles, was er an Papieren hat, gefälscht ist.«

»Dann ist doch alles klar, oder nicht?«

»*Vermutlich* ist nicht dasselbe wie *definitiv*, wenn Sie verstehen, was ich meine. Am Montag müssen Sie versuchen im Gericht was zu erreichen, das ist das einzige, was wir für Sie tun können. Martinson hat sich mit ihm in Verbindung gesetzt für den Fall, daß man Sie irgendwie bedroht, was aber nicht wirklich so ist.«

»Mein Baby ist aber bedroht.«

»Es ist keine Bedrohung. Die tun ihr ja nichts zuleide. Und soweit ich informiert bin, ist er der Elternteil, der das Sorgerecht hat.«

Sylvie hatte das schon einmal über sich ergehen lassen. »Ich hau jetzt hier ab«, sagte sie und sprang von ihrem Stuhl auf.

»O nein, auf keinen Fall«, erwiderte er und kam auf sie zu. »Jetzt kriegen Sie, was Sie wollten. Jetzt nehme ich Ihre Personalien auf.«

Er hatte sie am Arm gepackt, hoch am Oberarm, fast schon an der Achsel. »Wenn Sie sich diesem Haus auch nur nähern, verklagen die Sie wegen widerrechtlichen Betretens oder tätlicher Drohung oder sonst etwas, was mich dazu zwingt, Sie hier einzulochen. Zu diesem Haus hinzugehen bringt Sie keinen Schritt weiter.«

Das Telefon auf seinem Schreibtisch läutete. Mit seiner freien Hand griff er nach dem Hörer. Sie versuchte seine Finger von ihrem Arm zu lösen, aber er ließ nicht locker. Der andere Beamte, Carvey, betrat jetzt wieder das Zimmer, und Flores ließ sie los. »Ja, Mrs. Blessing«, sprach er in den Hörer hinein. Sylvies Puls raste bei der Erwähnung des Namens los. »Ja, Ma'am, wir kommen wieder rüber, Ma'am, selbstverständlich.« Er beendete das Gespräch. »Irgendwas ist da drüben ins Rollen gekommen«, erklärte er, »aber ich hab noch nicht rausgekriegt, was sie will.«

»Zeit für 'ne neue Spritztour«, sagte Carvey.

Kapitel 30

Nachdem die Polizei das Haus der Blessings mit Sylvie im Schlepptau verlassen hatte, schienen Keith und Joanna zunächst nicht in der Lage zu sein, sich zu rühren, schienen unfähig miteinander zu sprechen. Da war das unmißverständliche Geräusch, als die Türen des Streifenwagens zugeschlagen wurden, als der Motor angelassen wurde und gleichwohl standen sie regungslos da, nur ihre Blicke trafen sich kurz und wichen einander wieder aus. Erst das Baby durchbrach die Stille mit seinem Schreien, das so klang, als wäre der Kleinen soeben eingefallen, daß sie keine Gelegenheit zu Sylvies zweiter Brust erhalten hatte.

»Heiliger Strohsack«, platzte es schließlich so plötzlich aus Keith heraus, daß Joanna erschrak, als hätte ein Schlag ihren Körper getroffen. »Wir müssen weg von hier. Geh packen. Wohin wir fahren wollen, können wir besprechen, sobald wir im Auto sind.« Und dann machte er sich in langen Schritten Richtung Schlafzimmer davon.

»Schhhh«, sprach sie dem Baby gut zu, obwohl es nicht die geringste Wirkung zeigte. So folgte sie dann ihrem Mann, ging schweren Schrittes durch den Bogen, durch den er kurz zuvor hindurchgefegt war. Sie fand ihn dabei vor, wie er gerade eine Kiste von einem Schrankfach herunterholte. »Sag mir die Wahrheit«, forderte sie ihn auf.

»Hab ich doch schon getan.« Er zog eine weitere Kiste herunter, eine, die ihres Wissens mit irgendwelchen Unterlagen gefüllt war: Haushaltspapiere, hatte sie immer angenommen.

»Was hast du da drüben wirklich getrieben?«

Er blickte kurz zu ihr auf. »Ich hab uns ein Baby besorgt«, sagte er.

»Es war gar keine Leihmutterschaft, stimmt's?«

»Es war eine private Leihmutterschaft«, erwiderte er lapidar.

»Und das heißt was? Daß du im vergangenen Jahr mit diesem Mädchen zusammengelebt hast?« fragte sie und wies dabei mit dem Finger nach hinten über ihre Schulter zu der Stelle, wo Sylvie zuvor gestanden hatte.

»Nein.« Er schob die Kisten zur Seite und kam auf sie zu. »Joanna«, sagte er, ließ seine Hand über ihren Nacken gleiten, spielte weich mit ihren Locken.

»Was soll es dann heißen?«

»Es heißt, daß wir Lily haben.« Er neigte seinen Kopf zu ihr hin und versuchte sie zu küssen, aber sie wich zurück.

»Sag mir, was du getan hast, Keith, schließlich bin ich an dieser Sache beteiligt, ich muß es wissen.«

Er zog tief die Luft ein. »Ich konnte keine reguläre Leihmutter kriegen«, erklärte er. »Ich hab's versucht, das schwör ich bei Gott, ich hab's versucht, Joanna. Du wolltest das doch unbedingt ...«

»Ich? Und du wolltest es etwa *nicht*?« Joanna mühte sich, das Baby zur Ruhe zu bringen, indem sie es an ihrer Brust wiegte.

»Ja, natürlich wollte ich's, *wir* wollten es, alle beide. Hör mal, wir können im Auto drüber reden, wir müssen jetzt wirklich packen.« Er zog einen Koffer aus dem Wandschrank und legte ihn auf das Bett.

»Nein«, sagte sie mit einem Kopfschütteln. »Wir müssen jetzt wirklich reden. Ich bin vollkommen durcheinander, Keith.« Er ging verschiedene Papiere durch und würdigte sie keines Blickes. »Ich hab Angst, Keith, du mußt mir bei dieser Sache helfen.« Sie wiegte sich während des Sprechens vor und zurück und versuchte das Baby zu besänftigen, versuchte sich selbst zu besänftigen. »Keith«, sagte sie jetzt mit schärferer Stimme. »Wenn es keine reguläre Leihmutterschaft war, was war es dann? Ich muß einfach wissen, was du diesem Mädchen angetan hast. Sie hat mir ein paar ziemlich schreckliche Dinge erzählt.«

Er nickte. »Das weiß ich wohl. Ich hab dir doch gesagt, daß sie labil ist. Verrückte Menschen machen alle andern auch verrückt, wo immer sie hingehen. Sie ist nur hergekommen, um das, was wir haben, zu zerstören, und verdammt noch mal, sie ist sehr erfolgreich dabei.« Er legte die Hände auf Joannas Schultern, wobei seine Rechte auf dem Rücken des sich krümmenden Säuglings zu liegen kam. »Ich weiß, wie schlimm das alles für dich ist, aber du mußt dich jetzt einfach zusammenreißen.«

»Du hast mit ihr geschlafen?«

»Ja.« Joanna stöhnte auf. Seine Hand drückte fester auf ihre Schulter. »Hör mir zu, es war ein einziges Mal, das schwör ich dir. Wir hatten eine Vereinbarung, wir hatten einen Anwalt, wir haben den Leihmutterdeal durch und durch abgesprochen, wir haben den Vertrag aufgesetzt, alles war hundertprozentig legal.« Er hatte sich mittlerweile einen Schritt von ihr entfernt und die Worte präzise und voller Selbstsicherheit von sich gegeben. »Sie war eine perfekt zu dir passende Kandidatin, sie war bei bester Gesundheit, aber sie wollte sich nun mal nicht auf künstliche Befruchtung einlassen. Sie fand, das sei entwürdigend. Was blieb mir schon für eine Wahl? Ich hätte ja sagen können, vergessen Sie's. Ich weiß, daß ich das hätte tun können, aber es war einfach keine andere Leihmutter für uns aufzutreiben. Ich habe überall herumgesucht. Also, vielleicht hab ich ja das Falsche getan, was weiß ich, aber damals kam es mir richtig vor, das ist alles, was ich sagen kann. Sie wußte genau, wann sie fruchtbar war – sie hatte regelmäßige Schmerzen in der Mitte des Zyklus, die, wie ihr Arzt sagte, ein sicheres Zeichen für den Eisprung waren. Also standen die Chancen hervorragend, daß sie sofort empfangen würde, wenn wir nur einmal und zwar genau zu diesem Zeitpunkt Sex miteinander hatten. Und genau das ist dann auch passiert. Und nebenbei gesagt, haben wir dadurch auch zweitausend Dollar und zwei volle Monate gespart, weil wir den ganzen bürokratischen Kram mit einer Klinik vermieden haben, die eine künstliche Befruchtung durchführt. Und glaub mir, Joanna, da hat nichts gefunkt bei uns beiden. Wir sind in ein Motelzimmer gegangen, so eins aus Hohlziegeln mit einer Bettüberdecke mit Troddeln dran und einem Poster von van Goghs Sonnenblumen an der Wand. Sie hat sich danach geduscht, hat zu mir gesagt, ich soll ihr eine Dose

Pepsi holen gehen, und als ich dann wieder ins Zimmer kam, dröhnte die Glotze mit einem »Tom und Jerry«-Zeichentrickfilm. Ich bin allein zum Abendessen gegangen.« Joanna hatte sich aufs Bett gesetzt. »Die Leute machen das so. Es ist eine der Methoden, wie Kinder von Leihmüttern zustande kommen. Der Anwalt wußte davon. Er hat gesagt, daß es keine Rolle spielt, weil sich der Vertrag sowieso bloß auf die Zeit beziehen würde, wenn erst eine Schwangerschaft zustande gekommen war.«

»Der Anwalt hat gesagt, daß die Leute das so machen, daß es üblich ist?«

»Ja.«

Sie schüttelte den Kopf. Sie hatte sich überlegt, Lily in ihr Bettchen zu legen, da es vermutlich besser für sie war, wenn sie aus diesem scheußlichen emotionalen Zeug rausgehalten wurde, aber sie brachte es nicht über sich, die Kleine loszulassen. Sie blickte ihm direkt ins Gesicht und fragte: »Warum hast du mir nichts gesagt?«

»Ich mußte für uns beide eine Entscheidung treffen. Ich fand, daß es die richtige war. Und ehrlich gesagt, konntest du damals keinen klaren Gedanken fassen, da gibst du mir doch sicherlich recht. Hör mal, wir müssen packen, Joanna.« Er holte einen weiteren Reisekoffer aus dem Schrank und hielt ihn ihr hin.

»Warum?«

»Warum was?« Seine Stimme war brüsk.

»Warum müssen wir packen? Warum laufen wir davon?«

»Weil ich nichts mit ihr zu tun bekommen will, falls sie wieder hier auftaucht. Ich will nicht, daß sie dir das Leben schwermacht. Sieh nur, wie sie Lily aufgeregt hat.« Er stellte den Koffer ab und streckte die Arme aus, um ihr das Baby abzunehmen, aber sie drehte sich ein wenig zur Seite und entzog so das Kind seinen Händen. »Wir müssen mit unserm Leben weitermachen, und dieses Mädchen muß sich wieder um ihr eigenes kümmern. Wenn wir für eine Weile von hier verduften, wird sie es leid sein, weiter herumzuhängen, und wieder nach Hause fahren.«

»Ich will den Leihmuttervertrag sehen.«

»Den hab ich jetzt nicht hier.« Er schüttelte ihre Forderung mit einer Handbewegung ab.

»Weil es gar keinen gibt, stimmt's?«

»Doch, den gibt es, das hab ich dir doch gesagt.«

»Sicher, gesagt hast du's, aber warum hab ich ihn dann nie gesehen?«

»Weil du nie danach gefragt hast.«

»Ich hab bis heute noch nicht einmal dran gedacht. Aber jetzt, da es mir eingefallen ist, frage ich mich die ganze Zeit, wieso du mir die Papiere eigentlich nicht gleich vor die Nase halten und mir damit beweisen wolltest, daß Lily endlich uns gehört. Und wieso, als die von der Polizei da waren und Sylvie was von Leihmutterschaft erwähnt hat, wieso hast du da eigentlich behauptet, daß sie bloß Schwachsinn daherredet? Wenn es eine Leihmutterschaft war, wenn es irgendeinen Vertrag dazu gibt, warum hast du das dann nicht den Polizisten erzählt?«

»Können wir im Auto drüber reden?«

»Nein.« Und dann fing sie so fürchterlich zu zittern an, daß sie sich um die Sicherheit des Babys in ihren Armen sorgte.

Er starrte sie einen Augenblick lang an, begab sich dann zur anderen Seite des Bettes und fing wieder an, Dinge aus dem Schrank zu holen. »Ich setz mich nicht noch einmal dieser Scheiße mit ihr und der Polizei aus. Also entschließ dich jetzt, Joanna, entweder wir fahren zusammen oder eben nicht, aber ich fahr auf jeden Fall.«

»Was versteckst du eigentlich vor der Polizei, Keith?«

»Mehr als genug, Joanna. Wenn du Lily behalten möchtest, dann setz jetzt besser deinen Arsch in Bewegung und komm in die Gänge.«

»Holen die sie fort?«

»Ja, zum Teufel.«

»Weil es nicht so ist, wie du behauptet hast, ja?«

Er zog Sachen aus Schubladen heraus, schleuderte Kleidungsstücke und Papiere in seinen Koffer. »Kommst du jetzt?«

»Nein. Ich kann's einfach nicht glauben. Du hast mit ihr

gelebt, und dann hast du ihr ihr Baby weggenommen.« Sie rieb dem Säugling über den Rücken, während sie sprach.

»Ich hab gemacht, was am besten war, Joanna. Du hast ein Kind gebraucht.«

»Du hast nie mit ihr über einen Leihmuttervertrag geredet, und du bist nie zu einem Anwalt gegangen, stimmt's? Du hast sie schwanger gemacht, und dann ihr Baby einfach entführt, war das nicht so?« Joanna weinte jetzt, und ihr leises Schluchzen vermischte sich mit dem anhaltenden Schreien des Säuglings. Joanna ließ das Kind in ihre Arme heruntergleiten und begann es zu küssen, auf die Nase, den Mund, die Wangen, während ihre Tränen über das Gesicht des Säuglings liefen. »Meine arme Lily«, schluchzte sie. Sie schaute zu ihm hoch. »Und hast du der Polizei erzählt, daß du glaubst, sie hätte Lily ermordet, ihr eigenes Baby ermordet?«

Er legte die langen Hosen beiseite, die er gerade einpacken wollte, und sah ihr ins Gesicht. »Sie ist schließlich nicht gerade eine intellektuelle Leuchte, Joanna, das hast du doch wohl bemerkt. Sie ist eine typische Konsumratte, nichts weiter. Hohe Kultur bedeutet für sie die Auswahl zu haben, in welchem Schnellrestaurant sie essen geht.«

»Sie ist Lilys Mutter, Keith.«

»Ach, Joanna, das ist ein rein biologischer Zufall, vergiß es. Hast du sie dir angeschaut? Ist sie jemand, den du auch nur zum Babysitten für Lily anheuern wolltest? Dieses Mädchen würde zum Frühstück, Lunch und Abendessen Eis mit Pepsi essen, wenn sie könnte. Ich hab alle Hände voll zu tun gehabt, ihr ordentliches Essen zu verpassen, als sie schwanger war, damit Lily ein gesundes Kind wird. Ich hab sie löffelweise mit gutem Zeug gefüttert, verdammt noch mal. Sie ist 'ne Konsumratte, eine von diesen Vielfraßen, eine von diesen Kids, die nichts Besseres zu tun haben, als all ihre Körperöffnungen zu füllen. Weißt du noch, als wir mal im Einkaufszentrum waren und du mich darauf hingewiesen hast, daß es da die Jungenbanden und die Mädchenbanden gab, die alle lauernd herumgelungert sind und sich gegenseitig beäugt haben und regelrecht nach Sex gelechzt haben?«

»Was hat das mit unserm Baby zu tun?«

»Weißt du noch, wie du das gesagt hast?«

»Ja.« Ihre Stimme war hart und ausdruckslos.

»Dir nämlich hatte ich diese Idee zu verdanken. Das war gleich nach all diesem Scheiß mit der Vermittlungsstelle, wo sie uns mit der Adoption so gelinkt haben. Du hast gesagt, du könntest ihnen ihre sexuellen Phantasien von den Augen ablesen, immer wenn die Gruppen aneinander vorbeikamen.«

»Mag sein, daß ich das gesagt hab.«

»Du hast es gesagt.«

»Und worauf willst du hinaus?«

Er machte sich wieder ans Packen und legte eine letzte Hose ganz obenauf. »Ich will darauf hinaus, daß sie eine von diesen nichtsnutzigen Dingern ist, die durchs Einkaufszentrum schlurfen, eine Hand in einer Tüte Zuckerkekse, die andere streicht über die bunten Pullover, und in Gedanken schaut sie sich dabei diese Jungenkörper an. Joanna, als wir damals in dem Einkaufszentrum waren und du das gesagt hast, da sah ich vor mir, wie wir's angehen könnten; wie wir uns unser Baby beschaffen können. Ein Arrangement auf Zeit: Ich hab die Kekse und T-Shirts und Jeans und Pullover und den Sex beigesteuert, und sie hat das Baby beigesteuert. Ich schätze das als fairen Tauschhandel ein.«

»Du hast das aber nicht ganz richtig eingeschätzt, Keith, weil du dir nie die Mühe gemacht hast, sie über ihren Teil der Abmachung aufzuklären.«

»Nein, aber ich ging davon aus, daß sie nur froh sein würde, das Kind loszuwerden und sich wieder unter die Konsumkids mischen zu können.«

»Das war sie aber offensichtlich nicht.«

»Und ich hab das erledigt. Ich hatte immer vor, das Baby wegzuholen, falls es nötig sein sollte. Ich hab mir eine von diesen alten Wohnungen mit einer Verandatür aus Glas gemietet. Leicht reinzukommen, leicht rauszukommen«, sagte er und lachte bei der Erinnerung daran.

»Ich kann nicht fassen, daß du das wirklich sagst.«

»Sieh doch mal, Joanna, sie war eine totale Einzelgängerin, das armseligste Ding, das du dir vorstellen kannst.«

»Das ist so was von grausam, Keith.«

»Joanna«, erklärte er, während er auf den Koffer drückte und sich abmühte, das überfüllte Ding zuzubekommen, »sie wollte das, was ich zu geben hatte, und ich wollte das, was sie hatte. Und in meinen Augen ist es das, worum es auf der Welt überhaupt geht. Ich hab nicht oft mit ihr geschlafen, falls es das ist, was dich aufregt. Drei-, viermal, und schon hatten wir's. In ihrem Alter, wenn die fruchtbar sind, dann sind sie's wie verrückt.« Joanna wandte sich von ihm ab. »Ist es denn das, bist du darüber wütend, daß ich mit ihr geschlafen hab?« Sie schüttelte den Kopf. Er zerrte den Reißverschluß über die letzte Ausbuchtung von Kleidung und Unterlagen. »Kommst du jetzt?« fragte er sie. »Weil nämlich der einzige Weg, wie wir es hinkriegen, daß wir Lily behalten können, der ist, daß du jetzt hier abhaust. Ich hab schon einen neuen Ausweis, also sind wir in der Hinsicht bestens vorbereitet. Die kriegen uns nie. Der neue Name ist Kenneth Wilder. Auf jeden Fall 'ne Klasse besser als Blessing. Ich fand den Teil *wild* irgendwie raffiniert, was hältst du davon?«

»Wie viele verschiedene Namen hast du schon in deinem Leben verwendet?«

»Spielt keine Rolle.«

»Und wer bin ich dann? Wenn Blessing nicht dein richtiger Name ist, ist es meiner auch nicht.« Sie verlagerte das Baby in ihren Armen.

»Du kannst dir einen neuen Vornamen aussuchen, das ist der Spaß an der Sache. Dein Nachname ist natürlich Wilder.«

»Was soll ich dann in punkto Ausweisen tun?«

»Der Teil ist einfach. Ehemänner können immer für ihre Frauen bürgen. Wir fangen ganz unten mit einer Bibliothekskarte an, gehen dann weiter und benützen diese Karte, um was Besseres zu kriegen. Mit der Zeit bekommst du dann eine Kreditkarte, einen Führerschein. Und heh«, sagte er, während er dem Baby auf den Rücken klopfte, »sei doch nicht so angespannt. Du bist doch früher immer so gern umgezogen. Bei den anderen Gelegenheiten hast du gesagt, daß es dir Auftrieb gibt, von vorn anzufangen.«

»Wir haben nie den Namen geändert, wir haben es nie ohne vorherige Ankündigung getan.«

»Als wir hierher gekommen sind, haben wir's in zwei Tagen gemacht. Damals bei dem Umzug nach Sacramento hatten wir vielleicht drei Tage.«

»Wir sind aber nicht geflüchtet.«

»Du enttäuschst mich, Jo. Wo ist mein Mädchen, das zu jeder Schandtat bereit ist?«

»Sind wir damals auch geflüchtet, Keith?«

Er lachte. »Kenneth«, verbesserte er sie.

»Es gab gar keinen Anwalt, keine Papiere?« Es klang jetzt fast nostalgisch.

»Kommst du nun?« fragte er sie, als er den Koffer vom Bett hochwuchtete. Sie schüttelte den Kopf. »Du wolltest doch ein Kind, Joanna.« Sie antwortete nicht. Er ließ den Leinenkoffer auf den Boden fallen, stieß dann mit dem Fuß unschlüssig gegen das weiche Ungetüm. »Verdammt noch mal«, sagt er. Er blickte zur Zimmerdecke hoch. »Was zum Teufel tu ich jetzt bloß?« fragte er, ohne jemand Bestimmten damit zu meinen.

Im Gegensatz zu Sylvies erster Fahrt am selben Tag in dem Streifenwagen heulte diesmal die Sirene. Sylvie hielt sich mit beiden Händen an dem Türgriff fest, wenn sie in die Kurve gingen. »Ist Cally okay?« versuchte sie ihnen zuzubrüllen, aber sie erklärten, sie wüßten es nicht, sie müsse sich einfach gedulden.

Joanna kam an die Haustür, dünner nun, ganz so, als habe das Wasser, das sie in Form von Tränen verloren hatte, zu einem sichtbaren Gewichtsunterschied im Vergleich zu vorher geführt. Er ist mit ihr abgehauen, dachte Sylvie, als sie Joanna sah, die, ganz grau im Gesicht und völlig aufgelöst, vor ihnen zurückwich, als sie auf sie zugingen. Die Frau weinte und hielt dabei eine Hand vor den Mund, nicht so sehr, um das Schluchzen zu unterdrücken, dachte Sylvie, sondern eher um sich selbst Halt zu geben. »Wo ist das Baby?« fragte Sylvie, sobald sie sich dem Eingang näherte.

»Sie ist hier«, erwiderte Joanna und deutete nach hinten ins Hausinnere. Carvey hielt Sylvie wieder am Arm fest.

»Gehn wir mal gemeinsam nachschauen«, sagte er. Sie versuchte sich aus seinem Griff zu winden, aber immerhin bewegte er sich vorwärts, und so ließ sie sich von ihm führen.

»Im Schlafzimmer«, sagte Joanna, als sie an ihr vorbeikamen. Das Tempo war viel zu langsam, so wie Carvey es diktierte, wie er ruhig erst den einen, dann den anderen Fuß zu Boden setzte, aber endlich schafften sie es, und da war also Cally und schlief; ihr Atem wurde von diesem schrecklichen, einem Schluckauf ähnelnden Stocken unterbrochen, das von zu langem und heftigem Schreien herrührt. Carvey ließ sie los, und Sylvie streckte ihre Hände nach dem Baby aus. Sie führte den kleinen Körper eng an ihre Brust heran, und Cally zappelte ganz kurz, dann durchlief sie ein Schauer, und sie schlief weiter – das verzweifelte Geschrei war nun ausgestanden.

Flores und Joanna waren ins Zimmer gekommen. »Sie sollten sie nehmen«, sagte die Frau. »Er ist weg. Er hat gelogen.« Ihr Schluchzen war so intensiv, daß Sylvie nichts von dem verstand, was sie noch sagte.

»Sie sagt, er hätte ihr was von einem Leihmutterdeal erzählt, den er ausgehandelt hätte«, erklärte Flores und deutete dabei mit seinem Kopf zu Joanna hinüber. »Sie will, daß ich Ihnen sage, daß sie nicht wußte, was er getrieben hat. Sie dachte, es wäre alles eine ehrliche Angelegenheit.«

»Wo ist er hin?« fragte Carvey die weinende Frau. Joanna zuckte mit den Achseln. »Hat er Gepäck mitgenommen?« Sie schüttelte den Kopf.

»Ich liebe sie«, sagte Joanna, und ihre Hand bewegte sich zögernd auf den Rücken des schlafenden Babys zu, wich dann wieder zurück. »Ich liebe sie, aber ich kann Ihnen das nicht antun.« Sie griff nach einem Haufen Säuglingskleider auf der Wickelkommode und reichte ihn Flores. »Hier«, sagte sie. »Nehmen Sie alles weg von hier.« Sie schüttelte den Kopf. »Ich weiß nicht, was ich jetzt machen soll.« Sylvie konnte die Panik aus Joannas Worten heraushören, konnte hören, wie die Wörter gleich Weingläsern auf einem Kachelboden zerbrachen. Joannas Augen wanderten durch das Zimmer, huschten über seinen Inhalt, dann bückte sie sich und sammelte lauter Babysachen in ihre Arme auf. »Nehmen Sie's«, sagte sie und schob Carvey Windeln und Säuglingsbekleidung hin.

Sylvie küßte Cally, tastete ihre Fontanelle ab, spürte, daß sie weiter zusammengewachsen und das Haar dichter geworden war, und nun schlug Cally die Augen auf, und Sylvie sah, daß sie um vieles zielgerichteter blickten, als sie es im Gedächtnis hatte, und daß sie noch immer von demselben strahlenden, durchdringenden Blau waren, das ihre Erinnerung erhellt hatte. Joanna hielt ihr ein Paar winziger Schuhe hin, eine Mütze, ein paar Jäckchen.

»Das hier ist wesentlich komplizierter, als Sie, meine Damen, sich das offenbar vorstellen«, warf Flores ein. »Ich muß Sie daran erinnern, daß es einen Gerichtsbeschluß gibt, also können wir hier nicht einfach dabeistehen und zuschauen, wie Sie, Mrs. Blessing, ihr einfach so das Kind überreichen.« Flores legte, gefolgt von Carvey, die Babysachen wieder ab.

Sylvie drückte Cally enger an sich. »Ich bin ihre Mutter«, sagte Sylvie. »Ist das nicht genausoviel wert als daß er der Vater ist?«

»Aber der Punkt ist doch, daß Sie nicht das Sorgerecht haben. Wir sprechen hier vom Gesetz, nicht von dem, was wir für richtig oder falsch halten.«

Sylvie ging einen Schritt auf Flores zu. »Aber er hat genausowenig das Sorgerecht, Sie wissen, daß das alles bloß eine Lüge ist.«

»Sie hat recht«, meldete sich Joanna zu Wort. »Dieses Papier war eine Fälschung, da bin ich mir sicher.«

»Hören Sie«, erklärte Carvey und hob die Hände, als würde er gleich fordern, man möge ihm das Baby wieder abliefern, ließ sie dann jedoch während des Redens wieder sinken. »Sie müssen das vor Gericht klären, ganz einfach, es ist die einzige Möglichkeit.«

»Ich kann sie doch das Baby halten lassen, oder etwa nicht?« fragte Joanna.

»Na schön, das können Sie wohl.«

»Gut, das ist das einzige, was ich von ihr will.«

»Wir können Sie nicht davon abhalten zu bestimmen, wer das Kind hält.«

Joanna nickte. »Nun gut, dann danke ich Ihnen«, wandte sie sich an Flores und ging auf ihn zu. »Vielen Dank, daß Sie hergekommen sind.« Sie streckte ihm eine Hand hin, und er schüttelte sie. »Es tut mir leid, daß ich Sie herbemüht habe.«

Carvey und Flores warfen sich einen Blick zu. »Okay, Ma'am«, sagte Flores nach einer Pause, »gibt es hier jetzt noch irgendein Problem?« Joanna schüttelte den Kopf, »Dann schätze ich, gehn wir jetzt wohl«, sagte er.

Sylvie schaute die Männer prüfend an, ob sie etwa auf sie warteten, aber sie schritten auf die Vorderseite des Hauses zu, ohne sie zu beachten. Flores drehte sich um. »Viel Glück«, sagte er noch und ging seines Weges.

»Lassen Sie mich nur noch Wiedersehen zu ihr sagen«, sagte Joanna, nachdem sie vernommen hatte, wie die Haustür ins Schloß fiel. Sie beugte sich über das Baby und küßte sie erst auf die eine Wange, dann auf die andere.

»Es tut mir leid«, sagte Sylvie.

Joanna schüttelte den Kopf und wandte sich ab. »Lieben Sie sie einfach für mich, bitte.«

»Danke«, sagte Sylvie, und ging dann ganz langsam und vorsichtig, als wolle sie nichts von dem zerbrechen oder verändern, was in jenem Raum gesprochen oder zu einer stillschweigenden Übereinkunft gekommen war. Als sie das große Aussichtsfenster im Wohnzimmer erreichte, sah sie, daß der Streifenwagen verschwunden war. Sie brachte die übrige Strecke, durch das Haus und dann die Straßen hinunter, schnurstracks und flugs wie der Wind hinter sich.

KAPITEL 31

Als sie ins Hotelzimmer zurückkam, fand sie eine Nachricht von Martinson vor: »Bleiben Sie, wo Sie sind, ich bin schon unterwegs.« Die Ankunftszeit, die er angegeben hatte, lag noch fünf Stunden in der Zukunft.

Nie und nimmer, Detective, dachte sie. Ich sitze doch nicht hier rum und warte, bis du daherkommst. Sie legte Cally nur gerade solange aufs Bett, bis sie den Reißverschluß an ihrem Koffer zugezogen hatte. Wir machen uns auf die Socken, Detective.

Sie wählte die Nummer ihrer Mutter, geriet aber an ihren Anrufbeantworter. Wieso waren sie alle nie dort, wo sie eigentlich sein sollten, wenn sie sie brauchte? Sie wartete Hannahs überaus sorgsam artikulierte Telefonansage ab, und erklärte dann: »Hör auf, dir Sorgen zu machen. Wir sind endlich frei. Bis ganz bald, alles Liebe, Sylvie und Cally.«

Martinson würde sicherlich in Rage geraten, wenn er im Hotel eintraf und herausfand, daß sie sich bereits abgemeldet hatte, aber sie konnte jetzt keine Zeit damit vergeuden, darüber nachzudenken. Sie wollte wieder daheim sein und Cally in ihrem Bettchen verstauen. Außerdem verfiel Peter vielleicht noch auf eine Methode, wie er sie an der Abreise hindern konnte, solange sie noch in Tucson war. Ihr schien es, je schneller sie zum Flughafen und in eine Maschine gelangte und Entfernung zwischen ihn und sich brachte, um so besser standen ihre Chancen, ihn abzuschütteln. Er brauchte schließlich nur den Sicherheitsdienst am Flugplatz darauf aufmerksam zu machen, daß sie weg wollte, und dann entriß man ihr womöglich das Baby einfach aus den Armen – vorübergehend vielleicht, aber selbst das war mehr, als sie noch einmal hätte ertragen können. Sie würde keinesfalls fünf ganze Stunden abwarten, verteufelt noch mal.

Sie konnte sofort einen Flug ergattern. Und sie sorgte dafür, daß Martinson nach der ersten Etappe seines Fluges eine Nachricht erhielt – er würde in einer Stunde und fünfzehn Minuten in Dallas eintreffen. »Tut mir leid. Schon aus Arizona weg, bis dann in Connecticut«, lautete die Mitteilung. Und dann ging sie und versteckte sich in der Damentoilette, die ihrem Abflugschalter am nächsten lag, bis die Stimme über die Lautsprecheranlage ankündigte, Passagiere mit Kleinkindern könnten jetzt an Bord gehen.

Sie schaute sich nicht einmal nach Peter um, als sie herauskam. Jedenfalls nicht sorgfältig. Sie steuerte einfach direkt und zügig auf den Schalter zu. Falls er da war, hätte er sich erst ein Ticket besorgen müssen, um überhaupt bis hierher zu gelangen. Was immerhin möglich war, aber irgend jemand dort, ob vom Personal oder sonst jemand, würde ihr bestimmt helfen. Sie würden es nicht zulassen, daß er ihr einfach das Kind aus den Armen wegschnappte. Würden sie nicht der vernünftigeren, überzeugender klingenden Geschichte Glauben schenken? Aber welche Version, fragte sie sich traurig, die von Peter oder ihre eigene, klang tatsächlich auch nur im entferntesten überzeugend? Bitte, Joanna, stimmte sie im stillen und mit geschlossenen Augen einen Bittgesang an, behalte ihn dort, rede ihn nieder. Mach, daß alles endlich aufhört.

Sie bestieg das Flugzeug und überprüfte dann jeden, der hereinkam – er war nicht dabei. Sobald sich die Türen schlossen und die Maschine abhob, fing sie an zu weinen, und obwohl sie sich einredete, das komme von der freudigen Erleichterung und der Freiheit und dem Wiedervereintsein und all der gemeinsamen Zeit, die sie nun vor sich hatten, fühlte es sich so traurig und deprimierend an wie nie zuvor, wenn sie hatte weinen müssen. Diese Tränen galten der Erkenntnis dessen, was wahrhaft geschehen war. Ihr wurde bewußt, daß sie nun endlich verstehen mußte, daß sie keinen Liebhaber, keinen Ehemann oder zukünftigen Mann hatte, keinen Menschen, der sie liebte oder je geliebt hatte, und was am schlimmsten war, daß es keinen Vater für ihr Baby gab, daß sie beide ganz allein miteinander dastanden, daß es keine Möglichkeit geben würde, Cally später, wenn sie größer wurde, die Wahrheit zu erzählen, keine Möglichkeit, ihr zu erklären, wer sie war, ohne sie mit Haß und Angst zu erfüllen. »Sei du nur stark«, flüsterte sie ihrer Kleinen zu. »Wir müssen es beide sein.«

Martinson erwartete sie bereits in Dallas. Es sei leicht gewesen, erklärte er, sie abzufangen, sobald er erst die Nachricht erhalten habe. Er habe einfach nur auf die Ankunft der Maschinen aus Tucson zu warten brauchen und natürlich darauf hoffen müssen, daß ihr Flug über Dallas gebucht worden war. Er griff nach ihrem Leinenkoffer und warf ihn sich über die Schulter, wo er nun im Takt seiner Schritte gegen sein zerknautschtes Tweedjackett schlug. Er machte einen Laden mit Windeln ausfindig, eine Damentoilette mit einem Wickeltisch, ein eiskaltes Pepsi, und sie schafften den Weiterflug – gerade noch.

Dann, als das Flugzeug die Startbahn entlangrollte, begann er ihr einzuschärfen, sie dürfe nun nicht aufhören, wachsam zu sein, die Sache sei noch nicht ausgestanden. Er schaute sie dabei nicht wirklich an, obwohl sie das nicht mit Sicherheit feststellen konnte, denn sie schaute ihn nicht an. Sie hielt ihren Blick auf Cally gerichtet und küßte sie noch immer, überall auf ihr Gesicht, und hätte die Kleine fast angeknabbert. Er sagte. »Sie müssen sich klarmachen, dieser Mann gibt möglicherweise nie auf. Sie werden sich vielleicht für den Rest Ihres Lebens nach ihm umschauen.« Er würde Sylvie womöglich wieder aufspüren, sagte er, falls sie zu flüchten versuchte. Das wußte sie alles. Sie wußte, daß eine ganze Lagerhalle voller Träume auf sie wartete – Alpträume von seinem Gesicht am Fenster, seiner Stimme am Telefon, seinen Schritten, wie sie den Korridor entlangkamen, während sie unter der Dusche war. Sie wußte, welche Sorgen sich manche Leute jedesmal, wenn sie ihre Kinder am Morgen auf den Schulweg entließen, machen mußten. »Es ist doch sowieso zwecklos, zu flüchten«, erklärte sie Martinson.

Martinson sagte etwas darüber, wie sie jeden überprüfen

müsse – Schulbusfahrer, die Eltern von Freunden und dergleichen, wenn sie sich wirklich sicher fühlen wollte. Sylvie betrachtete Callys wuscheliges Haar, sah, wie es unter ihrem Atem tanzte, gleich Blütenblättern in einer leichten Sommerbrise, und sie erklärte Martinson, sie werde es schaffen.

Sylvie saß auf dem Fensterplatz, und sie hatte ihn soweit irgend möglich nach hinten gekippt. Cally schlief auf ihrer Brust, und das zarte Ein und Aus des Atems der Kleinen verflocht sich mit Sylvies eigenem Atem. Callys Körper, vom Schlaf gelockert, fühlte sich schwerer an, als Sylvie es noch im Gedächtnis hatte, und sie genoß den spürbaren Druck auf ihrem Herzen. Sylvie malte sich ihre Cally noch größer, schwerer und schon eher wie ein richtiges Kind aus, das bereits stehen konnte und Hand in Hand mit ihr vereint war. Jetzt jedoch ließ Sylvie eine Hand auf dem Haar ihrer Tochter ruhen, die andere umfaßte die winzigen Zehen in den weißen Baumwollsöckchen. Sie konnte nicht schlafen, so wohlig war ihr zumute.

Martinson hatte die Augen geschlossen, doch vermutete sie, daß er genausowenig schlief. »Detective«, flüsterte sie nah an seinem Ohr, »ich gebe sie nicht mehr her.«

Als er die Augen öffnete und sich ihr zuwandte, sagte er: »Das glaube ich gern.« Seine Hand kam auf Cally zu liegen, und seine Fingerspitzen bewegten sich langsam über den Rücken des Säuglings. Sylvies kleiner Finger streckte sich vom Kopf des Babys aus hinunter auf seine Hand zu und schob sich daneben. Zwei seiner Finger wickelten sich um ihren. Als sie das nächste Mal Luft holte, sehr tief Luft holte, spürte sie, wie das Baby ebenfalls tiefer einatmete. Sie spürte, wie die kleinen Fäuste seitlich über ihre Brust wanderten, und dann neigte Martinson seinen Kopf nach unten, brachte seine Lippen zu der Hand des Babys, die sich langsam zu öffnen begann. Als er einen Augenblick später den Kopf hob, ließ Sylvie Cally in die Wiege ihrer Arme hinab, und gemeinsam schauten sie zu, wie der Säugling erwachte.